Au péril de te perdre

Livre I

Chapitre 1

Changement de destinée

Je suis tranquillement installée dans mon bureau. C'est mon endroit à moi, dans cette maison familiale. Loin des péripéties de mes enfants, j'apprécie de pouvoir respirer au calme de temps à autre. Là, je décompresse et prends le temps de réfléchir, de me noyer dans mes pensées, dans mes souvenirs.

Soudain, on frappe à la porte. Je glisse précipitamment la photo que j'observais depuis de longues minutes, dans la poche de mon chemisier, et fais semblant d'être concentrée sur un dossier. A peine ai-je le temps de dire : « Entrez », que la porte s'ouvre sur ma fille. Du haut de ses dix-sept ans et demi, elle se comporte comme une vraie tornade depuis le début de son adolescence, quatre ans plus tôt. Pourtant, dans son visage encadré de longs cheveux châtains, l'enfance se lit encore.

— Maman, il faut que je te parle d'une chose méga importante !

Je réprime un sourire. Avec Orlane, tout est toujours méga important !

— OK, je t'écoute.

— Avec Alexandra, on voudrait se faire tatouer ! Lance-t-elle, excitée, comme si c'était la meilleure nouvelle de l'année.

— Un tatouage ?

Elle acquiesce énergiquement.

— Alors que tu es encore mineure ?

— Bientôt majeure.

— Oui, donc dix-sept ans et des poussières.

— Si tu le dis. Alors, c'est oui ? J'ai besoin du consentement des parents pour le faire.

— C'est hors de question !

Comme je l'avais prévu, le visage de ma fille vire au rouge colère, tandis que ses yeux clairs s'assombrissent.

— Tu ne me laisses jamais rien faire de cool ! Crie-t-elle en claquant la porte derrière elle.

Un autre de ces grands classiques est de fuir toute discussion en partant à grandes enjambées. Je l'entends hurler.

— Elle m'interdit toujours tout ! Elle n'est jamais là pour nous !

— Tu exagères ! Maman est toujours là dès que l'on a besoin d'elle, tente de la calmer mon fils d'un ton paternaliste.

D'une nature calme, réfléchie et très mature pour un jeune homme de seize ans, mon fils a un caractère aux antipodes de celui de sa sœur.

— Elle n'est pas cool comme mère !

Je décide de les rejoindre dans la cuisine.

— Si pour être tendance, il faut vous laisser boire de l'alcool, vous droguer, vous laisser sortir avec n'importe qui ou vous autoriser à vous faire tatouer, alors non, je ne suis pas cool…

— Mais pourquoi tu ne veux pas ? Après tout, c'est juste un petit dessin sur la peau, renchérit ma fille avec une moue boudeuse.

Mon Dieu, qu'elle est tenace… Comme moi finalement.

— Orlane, le jour où tu voudras te faire tatouer pour une bonne raison, j'accepterai, mais pas pour faire comme tes copines.

Mon fils nous regarde, imperturbable.

— Tu en as bien un, toi, de tatouage ! M'accuse-t-elle, rageuse.

Je baisse les yeux, pesant le pour et le contre, et finis par leur dire :

— Suivez-moi au salon tous les deux. Il faut que je vous parle.

Sans un mot, ils m'accompagnent, et s'installent chacun dans l'un des larges fauteuils, face au mien.

— Vous êtes tous les deux maintenant assez grands pour que je vous raconte une histoire. Et, s'il vous plaît, ne m'interrompez pas. L'histoire que je vais vous raconter m'est personnelle, mais il est important que vous la connaissiez, car elle a fait de nous ce que nous sommes.

Tout a commencé le 26 septembre 1991 :

L'automne n'est pas encore arrivé bien que les feuilles des arbres commencent à rougir sous les rayons moins soutenus du soleil. Je détaille mon reflet en me coiffant devant le miroir. Je ne me trouve pas jolie bien que beaucoup me disent le contraire. Je ne suis pas très grande, je n'ai pas la silhouette d'un top modèle, à vrai dire, je me trouve plutôt quelconque. Sans oublier ces maudits cheveux qui refusent de demeurer coiffés comme je le veux ! Renonçant à les dompter, j'abandonne ma brosse à cheveux et descends l'escalier de la maison. Je suis tellement contente d'être au lycée où je fais dorénavant partie des grands. Seize ans, c'est l'âge où ma vraie vie commence, l'âge où mes parents me traitent enfin comme une adulte et non plus comme une enfant immature. L'âge où tous les rêves sont réalisables et les désirs possibles.

Mon esprit s'évade un instant pour voler vers Chad, mon petit ami depuis quelques mois. Chad est jeune, beau, athlétique et intelligent lorsqu'il parvient à rester concentré assez longtemps sur ses devoirs au lieu de penser au sport, ce qui est dur pour lui. Il n'est pas très grand, mais taillé comme un sportif : tout en muscles. J'aime ses cheveux noirs coiffés en brosse, et ses yeux noisette. Nous nous connaissons depuis l'enfance. J'étais secrètement amoureuse de lui depuis des années. Au lycée, je suis connue pour être le genre de fille sérieuse, toujours première de la classe, ce qui n'attire pas les garçons, à mon grand désespoir. Chad est le garçon le plus populaire de l'école, il n'y avait donc aucune chance pour qu'il s'intéresse à moi jusqu'à ce qu'un professeur me demande de l'aider en maths. Quand, enfin, il m'a demandé de sortir avec lui, je n'y croyais plus.

Depuis six mois, Chad et moi filons le parfait amour...

D'accord, nous n'avons échangé que de chastes baisers, nous ne sortons pas beaucoup, passant plutôt notre temps à regarder des films chez lui. J'admets également que contrairement à ce que j'avais toujours imaginé, je ne ressens pas cette passion que nous vantent les romans d'amour, peut-être est-ce dû au fait que nous avons peu de choses en commun. Quand Chad m'embrasse, j'ai l'horrible impression d'embrasser mon meilleur ami mais je suis certaine qu'avec le temps, notre histoire deviendra plus intense, passionnelle et que cette sensation disparaîtra.

Après tout, il est celui que j'ai toujours voulu alors tout finira par s'arranger.

Poussant un soupir romantique, j'entre dans la cuisine. Presque toute ma famille y est rassemblée : Ashley et John, mes parents ainsi que Nina, ma sœur cadette. Il ne manque que Nicolas, mon grand frère parti à l'université de New York depuis peu et qui ne revient à la maison que pour les vacances.

— Ma petite Megan... Plus je te vois et moins tu ressembles à mon bébé, se lamente ma mère en me fixant.

Elle n'est pas très grande, elle a un visage aux traits doux qui charme la plupart des gens qu'elle rencontre. Je tiens d'elle ses cheveux bruns et ses yeux bleus. Elle s'exprime toujours calmement, mais avec conviction.

Je fais comme si ses élucubrations m'étaient égales.

— Maman, je serai toujours ta fille. Et puis, tu as Nina comme bébé...

Ma sœur fait une grimace. À treize ans, elle se voit davantage en ado qu'en petite dernière de la famille.

— Tu as toujours l'intention d'aller à la fête de Chad, ce soir ? Combien serez-vous ? Questionne mon père avant d'avaler son café.

— Oui, j'y vais. Nous serons environ cinquante.

Mon père tousse et s'étrangle.

— Tant que ça ? Interroge à son tour ma mère.

Je fais signe que oui.

— Il y aura toute la classe ainsi que les amis de Chad, cela fait du monde, il est très populaire au lycée.

— C'est vrai, acquiesce mon père avec un brin de fierté. Même s'il a tendance à être trop protecteur, j'aime beaucoup mon père. Je le trouve bel homme pour son âge. À quarante ans, ses cheveux châtain foncé commencent à prendre des nuances grises sur les tempes et des rides d'expression s'insinuent lentement sur son visage anguleux, marquant un peu plus son sourire et son froncement de sourcils. Mon père travaille dans le bâtiment, sa spécialité, c'est l'entretien des façades. Il juge chaque maison à la qualité de sa peinture extérieure ! Ma mère est secrétaire dans une agence immobilière, cela ne la passionne guère, mais elle a des horaires fixes, ce qui lui convient parfaitement. Nous sommes une famille de la classe moyenne américaine. Nous habitons un quartier résidentiel de la petite ville de Millisky dans l'État de Pennsylvanie, où presque tout le monde se connaît, ne serait-ce que de vue. La ville compte environ cinq mille âmes. Nous disposons d'un hôpital, de boutiques, restaurants, cinémas, et même d'un grand centre commercial, ce qui fait que nous ne nous ennuyons jamais. De plus, notre bourgade est entourée d'une belle forêt qui permet de faire de grandes balades, nous avons également un lac à environ cinq kilomètres au sud. À l'ouest, une colline surplombe la ville, c'est le quartier chic où tous les bourgeois du coin ont fait construire leurs belles demeures, qui le plus souvent ne servent que de résidences secondaires. Au nord, une autoroute nous conduit à Pittsburgh, la grande ville la plus proche à deux heures de route, et vers l'est, Philadelphie est à trois heures de voiture.

Un peu plus tard dans la journée, je suis dans le couloir principal du lycée. C'est un grand batîment blanc, certaines salles de classe ont les murs, à l'origine couleur crème, défraîchis et il en est de même pour les lieux de passage fréquents. Le couloir central possède de chaque côté de ses murs, deux rangées de casier gris empilées les uns au-dessus des autres. Je prends des livres dans le mien quand, en me retournant, je vois un garçon de taille moyenne, aux cheveux châtains et aux yeux clairs, passer devant moi. Il me regarde furtivement. En croisant son regard, j'ai la sensation de tomber d'un immeuble de 10 étages. C'est une chose étrange que je n'avais jamais ressentie auparavant et qui ne dure que quelques secondes. En reprenant mes esprits, je me dis que je dois devenir folle.

— Pas mal, admire Amy, ma meilleure amie, qui a suivi mon regard.

— Nouvel élève ? Je demande pour la forme tant je suis persuadée de ne jamais l'avoir aperçu auparavant.

— Je vais me renseigner, affirme mon amie en plissant les yeux avec intérêt.

— En tout cas, il est très mignon, je ne peux m'empêcher de faire remarquer.

— C'est toi qui dis ça, alors que tu sors avec le garçon le plus canon du lycée ! S'exclame-t-elle, choquée.

J'esquisse un sourire, me souvenant que Chad n'a jamais voulu sortir avec elle. Il m'a préférée. C'est tellement rare qu'un garçon la rejette, que je sais qu'elle m'en garde une petite rancœur. Elle ne me l'a jamais dit ouvertement mais parfois, comme à cet instant, elle me lance une petite pique. Sans être méchant cela devient pesant certains jours. Toutefois, elle est mon amie depuis tellement longtemps que je ne me vois pas me brouiller avec elle pour si peu.

Plus tard ce jour-là, en cours d'histoire, je suis passionnée par le documentaire que le professeur nous diffuse concernant la libération de l'Europe lors de la seconde guerre mondiale. Ce n'est pas le premier reportage que je vois sur le sujet mais à chaque fois, je suis happée par la violence, l'abomination de ce conflit. Lorsque les images des camps de concentration apparaissent à l'écran, je détourne le regard. Cela est trop dur pour moi, aussi je me concentre sur un tout autre thème. Depuis le début du cours, j'ai l'étrange sensation de me sentir observé. En me retournant pour scruter la classe, j'aperçois le nouvel élève assis deux rangs derrière moi, ses yeux sont rivés sur moi. Lorsqu'il se rend compte que je l'ai remarqué, il reporte son regard sur l'écran. Je l'imite mais après quelques secondes, je me retourne à nouveau. *Grillé !* Pensé-je en esquissant un sourire alors qu'il se reconcentre sur le documentaire. Pendant de longues minutes, je n'ose plus bouger. C'est idiot mais ce garçon m'intimide.

Quand le film se termine, je me retourne sur mon siège pour suivre le professeur des yeux tandis qu'il parcourt la classe en résumant ce que nous venons de voir. Le nouveau venu me fixe toujours. Son regard est indéchiffrable.

— Imaginez ces familles séparées pendant d'interminables années de guerre, imaginez leurs souffrances. Si vous aviez été à leur place, auriez-vous choisi la résignation face à l'envahisseur ou auriez-vous opté pour la résistance ?

Je lève la main, certaine de ma réponse.

— Oui Megan.

— J'aurais choisi la résistance. Face à l'injustice, je pense que j'aurais été incapable de regarder la situation sans prendre part au combat.

— Bien. L'avis de quelqu'un d'autre ?

Beaucoup lèvent la main dont le nouveau.

— Et toi, qu'en penses-tu ? Demande le prof en s'adressant à lui.

— Je crois qu'avec le recul, il est facile de donner son avis mais, à cette époque, les personnes qui s'engageaient dans la résistance encouraient d'énormes risques, non

seulement pour eux-mêmes mais également pour leurs proches. Tout ceci est à prendre en considération.
— Parfait, Jessy !
Jessy...
J'ai un mal fou à détacher mes yeux de lui alors que son prénom résonne en moi.
— Pour le prochain cours, vous m'écrirez un exposé sur ce sujet, reprend le professeur.
La sonnerie annonçant la fin des cours retentit, immédiatement le nouveau ramasse ses affaires et sort en baissant la tête. Il me donne l'impression de fuir le monde entier.

Je me dirige vers les toilettes pour me remettre un peu de brillant sur les lèvres et j'y retrouve mes amies Amy et Pearl.
— Alors, Meg, tu en es où avec Chad ?
Mes joues s'empourprent aussitôt.
— Il n'y a rien à dire.
— Ne nous dis pas que vous ne l'avez pas encore fait, insiste Amy.
— Ben non... Enfin, je veux dire, vous vous sentez prête, vous ?
Amy hausse les épaules. Je sais qu'elle n'est plus vierge depuis quelque temps.
— Il n'y a pas de raison, assure Pearl. Tu es avec le garçon que tu as toujours désiré, alors pourquoi ne pas aller jusqu'au bout ?
Ces paroles me font réfléchir davantage qu'elles ne le devraient. Cela fait des années que je rêve de Chad alors pourquoi est-ce que je ressens ce blocage ? Pourquoi mes sentiments ne me poussent pas à m'ouvrir totalement ?

Je me sens perdue et je sais parfaitement que ce n'est pas à mes amies que je pourrais me confier. Elles me jugeraient aussitôt, pensant que je suis folle de me poser mille questions alors que je sors avec un mec génial.

Si seulement Nick était là, songé-je avec regret.

Mon frère saurait parfaitement me conseiller. C'est fou comme il me manque. Vivement les prochaines vacances pour qu'il revienne nous voir.

— Au fait, vous avez vu le nouveau ? Reprend Pearl en arrangeant ses cheveux châtains devant le miroir. Il est trop beau !

C'est vrai qu'il est beau ! Un corps finement sculpté sans être maigre et un visage aux traits fins que je trouve raffinés, des yeux d'un vert perçant bordés de longs cils, des cheveux châtain clair un peu désordonnés... J'ai également mémorisé la croix au bout d'une petite chaîne qui se balance à son oreille gauche, lui apportant un petit côté rebelle que je trouve sexy.

— J'ai appris quelques petites choses sur lui...

Cette simple phrase d'Amy concentre toute mon attention.

Quelques heures plus tard, à la fin des cours, je retrouve mon père sur le parking du lycée. Ce jour-là est important pour moi. Je passe mon permis de conduire. Je suis confiante, car depuis plusieurs semaines, Chad m'apprend tout ce qu'il y a à savoir et, selon lui, je suis fin prête.

— Megan, il faut qu'on parle, commence mon père.

Sachant déjà que je vais avoir droit à une leçon de morale, je retiens un soupir.

— C'est à propos de cette fête chez Chad. Tu sais que je te fais confiance, mais... te savoir avec lui jusqu'à pas d'heure...

Comme je ne réponds pas, il poursuit :

— Tu seras... sérieuse ce soir ?

— Papa, je suis toujours vierge et je n'ai pas projeté que cela change cette nuit.

— Dieu merci, souffle-t-il avec soulagement après avoir grimacé.

Peu après, nous rentrons à la maison, moi avec mon permis en poche et mon père avec la certitude que je suis toujours innocente.

Le soir venu, je retrouve Chad chez lui. Il habite une grande maison moderne et chic, proche du centre-ville. Leur villa comprend trois chambres avec salle de bains indépendante, une salle de jeu, un bureau, une cuisine tout équipée et un gigantesque living qui, ce soir-là, contient facilement la cinquantaine d'invités. Dehors, dans un jardin, dans lequel ma maison entière pourrait tenir, se trouve une piscine chauffée. En tant que petite amie du maître des lieux, je fais une entrée remarquée. Je porte une jolie robe en soie noire, parfaitement cintrée, qui me va à ravir. Je fais tourner les têtes sur mon passage et surtout celle de Chad qui n'a d'yeux que pour moi. La fête bat son plein, la classe entière s'y est donnée rendez-vous.

Je discute avec Amy dans un coin de la pièce, lorsque je repère le nouvel élève, Jessy, qui se tient un peu plus loin. Il m'observe tout en bavardant avec Stanley, un copain de mon frère. Il me fixe et me fait un petit sourire auquel je ne peux m'empêcher de répondre.

Pourquoi est-ce que je rougis ?

— Il est trop canon, ce mec. Je vais aller faire connaissance, me dit Amy en scrutant Jessy.

Sans savoir pourquoi, j'ai le cœur qui se serre.

— Amy…, ma réaction est stupide. Tu es très jolie avec cette robe.

Elle sourit. Je la vois s'approcher de Jessy, Stanley s'éloigne rapidement tandis qu'Amy se lance dans une tirade en lui montrant plusieurs personnes dans la pièce. Elle doit l'informer des ragots qui circulent. Je ne parviens pas à retenir la pointe de jalousie qui s'insinue en moi lorsque je la vois poser une main sur le bras de Jessy. À cet instant, il relève la tête vers moi, son expression est indéchiffrable. Il faut que je regarde ailleurs… Mais je n'y arrive pas.

— Ça va, Meg ? Tu t'amuses ? Chad apparaît devant moi et pose ses mains sur mes hanches.

Enfin je détache mon regard d'Amy et du nouveau. Il faut que je pense à autre chose qu'à ses yeux verts qui me donnent la sensation de pénétrer mon âme.

Je pose mes lèvres sur celles de mon petit ami en un bref baiser.

— Où étais-tu ?

— Je faisais le tour de la maison. T'as pas remarqué que certains ont l'air d'avoir picolé ?

— Si, j'ai croisé Matt tout à l'heure, il empestait l'alcool.

— Génial, souffle Chad, dépité. Si mes parents apprennent ça, je suis mort.

Je jette un coup d'œil dans la direction de Jessy et d'Amy. Il a disparu tandis qu'elle revient vers nous en soufflant :

— Il est bizarre, ce mec !

— Qu'est-ce qui s'est passé avec Jessy ? Dis-je en essayant de contenir mon soulagement.

— J'en sais rien, je lui parlais et, d'un coup, il est sorti prendre l'air. Qui l'a invité d'ailleurs ?

— C'est moi. On a eu un cours ensemble, je lui ai dit que ça serait le meilleur moyen de rencontrer des gens.

Que Chad est gentil ! Voilà pourquoi je l'aime, me rappelle mon cœur.

— Je vais essayer de savoir qui a amené de l'alcool, reprend-il.

— Je viens avec toi.

Nous abandonnons Amy dans le living et partons vers la cuisine. Un groupe de joueurs de football américain, dont Chad est le quarterback, y tient siège.

— Purée, les mecs, vous faites chier ! Je vous ai pourtant averti : pas d'alcool.

Mon petit ami élève la voix.

— Relax, Chad, ce ne sont que des bières.

— Bières ou pas, si mes parents le découvrent, j'aurais de gros problèmes, débarrassez-vous de ça !

Les cinq jeunes prennent leurs bouteilles en râlant et en laissent tomber une qui se renverse sur le devant de ma robe.

— C'est malin ! S'écrie Chad tandis que je reste bouche bée.

J'attrape un rouleau d'essuie-tout et tente d'éponger d'alcool, en vain.

— Viens avec moi, me dit mon petit ami en me prenant par la main. Je ne veux pas être vexant, mais tu pues l'alcool. On va avoir des problèmes avec tes parents si tu repars comme ça.

— Je sais, c'est à cause de tes stupides copains !

— Je suis désolé. J'ai une idée. Va prendre une douche, et pendant ce temps, je lave et sèche ta robe et hop ni vu, ni connu !

N'ayant guère le choix, j'accepte.

Plusieurs minutes plus tard, qui me paraissent durer une éternité, je retrouve Chad dans sa chambre. Je suis en peignoir de bain et mon petit ami tient ma robe toute propre dans ses mains, lorsqu'on frappe à la porte. Aucun de nous deux n'a le temps d'esquisser un mouvement que déjà Amy et Pearl ouvrent. Elles restent sur le seuil, nous regardent et murmurent une excuse avant de refermer la porte en gloussant.

— Génial, elles vont s'imaginer n'importe quoi maintenant, je grommelle avec colère.

— Mais non, ce sont tes amies. Il suffit que tu leur expliques la situation quand on descendra.

Je ne suis pas convaincue, mais Chad a raison, elles sont mes amies, elles me croiront forcément. Et puis, je n'ai rien à me reprocher.

Décidément, cette soirée est loin d'être la soirée dont je rêvais !

Lorsque nous rejoignons les invités au rez-de-chaussée, je sens aussitôt qu'on me dévisage avec des petits sourires éloquents. Je vais me servir un verre de punch sans alcool lorsqu'Amy et Pearl viennent me parler.

— Alors, Meg, c'était comment ? Chad est un aussi bon coup qu'il y paraît ? Me questionne Amy, avec une étincelle de curiosité dans ses yeux.

— De quoi tu parles ?

— De toi et Chad à moitiés nus dans sa chambre !

— Ce n'est pas du tout ce que tu crois ! Il ne s'est rien passé ! Des idiots avaient renversé de la bière sur moi. J'ai dû prendre une douche pendant que Chad nettoyait ma robe et il était habillé au cas où vous ne l'auriez pas remarqué !

Cela m'énerve de devoir me justifier comme si j'avais commis un crime.

— Mais bien sûr ! Répond Pearl en ricanant avec Amy avant de s'éloigner vers d'autres élèves de notre classe.

Cette histoire est folle, et le pire, c'est que personne ne veut me croire, pas même mes meilleures copines, du moins celles que je prenais pour de vraies amies. Les regards que je trouvais déjà gênants se font encore plus insistants, et la honte m'envahit. C'est un comble de ressentir cela ! Sentant mon malaise, Chad vient me rejoindre.

— Je vais rentrer.

— Mais non, reste, tu ne vas pas laisser ces idiotes te gâcher la soirée !

Il me serre fortement contre lui pour me rassurer, mais je le repousse délicatement. Il y a déjà assez de commentaires comme cela, il est inutile d'en rajouter.

— Non, je rentre. On se voit demain ?

Déçu, il acquiesce. Je l'embrasse du bout des lèvres comme nous en avons l'habitude.

— Tu ne veux pas que je te raccompagne ?

— J'ai besoin de marcher…

Cela fait du bien d'être seule et de pouvoir profiter de la quiétude de la nuit fraîche. La lune dessine juste un croissant dans le ciel. Levant les yeux, j'admire les étoiles qui, loin de tout, se moquent bien des ragots qui courent sur Terre. Des larmes me brûlent les yeux, je me sens plus seule que jamais sur cette Terre qui décidément ne tourne pas très rond.

— Tu avais besoin de prendre l'air ? Questionne une voix douce à proximité, me sortant de ma rêverie.

Jessy est à mes côtés, le regard levé vers le ciel.

— Oui. Exactement. Toi aussi ?

C'est la première fois que je le vois de si près. Aussitôt, mon cœur s'emballe. Un petit diamant brille à son oreille, remplaçant la croix qu'il a portée dans la journée. Deux mèches encadrent son front, lui tombant devant les yeux lorsqu'il baisse la tête. Je sais que je ne devrais pas le fixer de cette façon, mais c'est plus fort que moi. Je me sens comme un insecte attiré par une lumière qui l'hypnotise. Il me regarde, me fait un sourire. Pourquoi est-ce que je me sens si intimidée en sa présence ?

Un souffle de vent s'élève, me faisant frissonner. Jessy enlève son blouson de cuir noir et me le tend, je l'enfile en le remerciant. Remarque-t-il mon trouble ? Je n'en sais rien, mais, à son regard perçant, je le soupçonne d'apprécier la situation.

— Oui, moi aussi j'avais besoin de prendre l'air, je n'aime pas trop la foule. Je t'ai vue partir, je me suis dit que tu aimerais peut-être un peu de compagnie ?

— Si tu veux, je hausse les épaules avec désinvolture tout en étant contente qu'il m'ait remarquée. Jessy, c'est bien ça ?

Il acquiesce avec un sourire.

— Moi, c'est Meg…

— Megan, je sais.

Je le regarde, étonnée.

— Bien. Que sais-tu d'autre sur moi ?

— Voyons… Tu es la meilleure élève de la classe, et tu sors avec le joueur vedette de l'équipe de foot.

— Tu as bon !

— Je suppose que tu as dû entendre des trucs sur moi aussi ?

— Pas beaucoup, en fait. Je sais juste que tu as dix-sept ans, que tu viens d'arriver à Millisky et que tu redoubles ton année scolaire.

— Tout est vrai. Ce n'est pas si grave que ça ? Ce qui te chagrine…, ajoute-t-il devant mon étonnement.

— Non, il y a bien pire dans la vie. Ce n'est rien, juste des idioties.

— Si c'est si anodin, alors pourquoi as-tu quitté la fête de ton copain ?

— Peut-être parce que, ce soir, j'ai vu le vrai visage de mes prétendues amies. Ma confiance en elles a fondu comme neige au soleil.

Jessy soupire tout en levant à nouveau les yeux pour regarder le ciel étoilé.

— Je connais bien ce sentiment de déception.

— Cela t'est arrivé aussi ?

Il paraît surpris que je m'intéresse à lui et se tourne vers moi en enfouissant les mains dans les poches de son pantalon.

— D'être trahi, déçu ? Oh oui ! Même si je ne comprends pas pourquoi tes amis te tourneraient le dos.

— Tu n'as pas entendu les ragots colportés par Amy et Pearl ? Elles ont raconté à tout le monde que j'ai couché avec Chad. J'ai eu beau leur dire que ce n'est pas le cas, elles ne m'ont pas cru, pire elles préfèrent continuer à me dénigrer.

En lui disant cela, je cherche son regard pour vérifier s'il est sincère ou s'il se moque de moi comme les autres.

— J'ai appris à ne plus écouter, et encore moins à croire, ce que les gens peuvent dire par pure méchanceté ou jalousie. Je suis persuadé que tu dis la vérité.

— Tu m'as l'air bien sûr de toi pour quelqu'un qui ne me connaît pas !

Il rive son regard au mien avant de répondre :

— Je vois en toi.

Cette réponse me laisse sans voix et me bouleverse bien plus qu'elle ne le devrait. Face à lui, à ses mots, je me sens perdue. Heureusement, nous sommes arrivés dans ma rue et je n'aspire plus qu'à me retrouver seule pour tenter d'analyser ce que je ressens.

— Merci, lui dis-je en lui rendant sa veste. Et merci de m'avoir raccompagnée.

— À ton service, me lance-t-il en tournant à gauche tandis que je continue tout droit.

Les jours suivants, rien n'efface cette attirance qui me pousse vers Jessy. Cela me fait tellement culpabiliser que je tente de me concentrer sur ma relation avec Chad, sans réellement y parvenir. Quant à Jessy, j'ai l'impression qu'il me fuit depuis l'autre soir. Il détourne les yeux dès que je le regarde et ne m'adresse plus la parole. J'ignore ce que j'ai fait de mal pour qu'il m'ignore ainsi mais cela me peine beaucoup. Peut-être a-t-il fini par croire lui aussi aux inepties qui ont circulé sur mon couple ? Si tel était le cas, j'en serais énormément blessée.

C'est pendant le cours d'histoire que le professeur me donne l'occasion de me rapprocher de lui.

— Je vous avais demandé à chacun d'écrire un exposé sur le dernier cours.

A ces mots, plusieurs élèves désignent leur copie sur leur table.

— Jessy, tu peux les ramasser ?

Celui-ci s'exécute. Lorsqu'il parvient à ma hauteur, son regard s'ancre enfin au mien. J'ai l'impression que les secondes deviennent des minutes. A cet instant précis, je réalise à quel point Jessy m'a manqué ces derniers jours. Sa main frôle la mienne alors que je lui tends ma feuille, me donnant envie de l'attraper pour ne plus jamais la lâcher.

Comme s'il lisait mes pensées, Jessy plisse légèrement les yeux en se pinçant les lèvres. Puis il se détourne vers la table suivante, rompant le charme qui nous unissait alors que le professeur continue de parler :

— Pour savoir ce que vous avez retenu de ce cours, je vous ai préparé une interrogation écrite.

Immédiatement, des huées se font entendre.

— Oui, je sais, je ne suis pas sympa. Pendant que vous répondrez au questionnaire, je parcourerai vos exposés et formerai des équipes de deux. Pour la semaine prochaine, vous devrez peaufiner vos différents points de vue, les confronter, afin de les partager devant toute la classe.

Bien que je sois une bonne élève, je n'apprécie pas particulièrement de me retrouver au tableau devant tous les autres et m'inquiète déjà de savoir avec qui je vais devoir travailler. Pourvu que ce ne soit ni avec Amy ni avec Pearl. Je ne leur ai pas parlé depuis la soirée chez Chad. Elles ont essayé de venir me voir lundi mais je les ai totalement ignorées. Même si je me retrouve seule la plupart du temps, Chad ne partageant pas tous mes cours, je préfère cela que d'être mal accompagnée.

Pendant de longues minutes, je mets ces pensées de côté pour me concentrer sur l'interrogation.

Lorsque je termine, je relève la tête et regarde derrière moi, vers Jessy qui finit quelques secondes après moi.

Le professeur nous remarque car il nous dit :

— Très bien. Megan et Jessy, vous ferez équipe la semaine prochaine. Vous pouvez y aller.

D'un même mouvement, nous nous levons et déposons nos devoirs sur le bureau du prof avant de quitter la salle de classe.

Je pensais que nous allions pouvoir discuter de ce projet mais déjà Jessy s'éloigne rapidement.

— Jessy attend !

Il ralentit, mais ne s'arrête pas.

— Il faut que l'on discute de la façon dont on va appréhender cet exposé.

Ses épaules se relâchent et il souffle.

— Je n'aime pas travailler à plusieurs. Donc je te suggère de faire ta partie de ton côté, j'en fais autant et on se retrouve avant le prochain cours pour comparer nos points de vue.

— Merci de ta proposition mais je refuse. Il est hors de question que je me paie une mauvaise note parce que tu es asocial.

— Je ne suis pas…

Avant qu'il ne termine sa phrase, je hausse un sourcil qui l'interrompt.

— Bon ok, peut-être que je le suis un peu, avoue-t-il avec un petit sourire. Très bien, tu gagnes Megan.

Sentant qu'il faut que je profite de mon avantage avant qu'il ne change d'avis, je griffonne rapidement mon adresse sur un morceau de papier que je lui tends.

— Viens chez moi à la fin des cours, on sera tranquille pour étudier.

— Merci pour l'adresse mais nous pourrions tout aussi bien nous retrouver à la sortie du lycée et nous rendre chez toi ensemble.

Pourquoi n'y ai-je pas pensé ?

Je me retiens de me gifler.

Gênée par ma bêtise, je souris timidement. Jessy se penche vers moi, glisse mon adresse dans sa poche et ajoute avec malice :

— Je la garde quand même. On ne sait jamais, on pourrait se perdre en chemin.

Je ne comprends pas pourquoi le simple fait de le regarder, de lui parler me met dans cet état. Je sens mes joues en feu et j'ai la certitude que lorsque j'ouvre la bouche, il n'en sort que des inepties.

Mais qu'est-ce qui m'arrive ?

Au cours suivant, je sens le regard de Chad, assis au pupitre voisin du mien, peser sur moi d'un air soupçonneux. Je fais de mon mieux pour paraître à l'aise et innocente jusqu'à ce qu'il me tende un papier.

Il se passe quoi avec Jessy ?

Étonnée, j'écris :

Quoi ?

La réponse de Chad ne tarde pas :

Amy m'a dit que vous semblez proches et que je devrais m'inquiéter. C'est le cas ?

La colère remplace l'incrédulité. C'est quoi son foutu problème ? Elle n'en a pas marre de s'occuper de ma vie, de m'inventer des histoires ?

Non, pas du tout. Nous avons juste un exposé à faire ensemble.

Un sourire éclaire les traits de Chad. J'ai réussi à le rassurer, pourtant je crains de ne pas avoir été totalement honnête envers lui.

Alors que j'observe son profil, je dois reconnaître que mon petit ami ne m'inspire plus les sentiments qui m'animaient il y a encore quelques mois. Je me sens me détacher de Chad, j'en viens à me demander si j'ai seulement été amoureuse de lui un jour ou si j'ai toujours confondu l'amour et l'amitié. Glissant mes mains dans mes cheveux, je souffle profondément. La seule chose dont je suis certaine c'est que je suis perdue au milieu de mes émotions.

À la fin des cours, Jessy vient me rejoindre, sac à dos sur l'épaule et un livre en main.

— J'adore ce bouquin. J'ai dû le lire une dizaine de fois depuis l'année dernière, m'apprend-il. J'ai pensé que tu aimerais peut-être le lire ?

Tout en marchant dans les rues, j'en parcours rapidement quelques pages.

— Cela te dérange si je le garde pour le lire ce soir ? Je te le rendrai demain.

— Au contraire. C'est tellement rare que je rencontre des gens qui aiment lire autre chose que des bandes dessinées.

— Je te comprends. Les bd sont la lecture préférée de Chad.

— Je ne suis pas étonné, Chad a davantage l'air d'être un sportif qu'un cérébral.

J'en reste bouche bée.

— Tu es toujours aussi franc ? Ne puis-je m'empêcher de lui demander.

Il hausse les épaules tout en répondant :

— Très souvent. Je t'ai blessé ?

Je réfléchis quelques secondes avant de lui répondre.

— Non. Je dois avouer que c'est la vérité.

Son sourire s'élargit, me faisant fondre un peu plus.

Parvenus à la maison, nous nous installons au salon et bavardons des devoirs que nous avons rendus. Nous pensons tous deux obtenir de bonnes notes. Ma mère revient du travail et entre dans le salon, nous surprenant. Je me sens soudain mal à l'aise d'être avec un autre garçon que Chad sous le toit de mes parents. Je me lève d'un bond, imitée par mon invité.

— Salut, Ch…, ce n'est pas Chad, sourit-elle.
— Maman, voici Jessy.

Ils se saluent.

— Nous avons un exposé à faire devant toute la classe au sujet de la seconde guerre mondiale.

D'un hochement de tête, Jessy confirme mes propos. Depuis que ma mère est arrivée, il n'a plus dit un mot, et semble intimidé. Celle-ci ajoute comme une évidence :

— Jessy, tu restes manger avec nous, ce soir ?

Celui-ci hausse les épaules.

— Je ne veux pas vous déranger…
— Ne t'en fais pas, je cuisine toujours trop depuis que Nick est parti à l'université.
— Nicolas est mon frère aîné…
— Cela nous ferait plaisir de t'avoir avec nous. Mon mari en a assez d'être entouré de filles.
— Alors d'accord, dit Jessy en souriant. Merci !

Un peu plus tard, il fait la connaissance de mon père, puis de Nina. À l'heure de passer à table, sans que personne ne lui dise, Jessy prend naturellement place à côté de moi. Je me maîtrise pour ne pas laisser apparaître mon trouble devant mes proches. Je me sens vibrer à chaque fois que son bras frôle le mien. De temps à autre, Jessy me regarde de côté et esquisse un petit sourire amusé, et je rougis immédiatement !

Le repas se passe dans une bonne ambiance jusqu'à ce que Nina, comme à son habitude, ne dise tout haut ce qu'elle pense :

— Tu n'es pas mal, Jessy, mais je préfère Chad. Il est génial !

— Nina ! On ne dit pas ce genre de chose ! La réprimande ma mère.

— Pourquoi ? Je dis la vérité.

— Chad est sympa, répond poliment Jessy.

— Et il est fort ! Reprend Nina, me donnant envie de me jeter par-dessus la table pour l'étrangler.

— C'est vrai, Chad est un grand sportif, ajoute mon père. Il a aussi appris à conduire à Megan. Vu le nombre d'invités à sa fête de l'autre soir, il est aussi très populaire. Il a tout pour lui, ce garçon, affirme mon père que j'aimerais étrangler en même temps que ma sœur.

— C'est vrai qu'il est vraiment très chanceux, chuchote Jessy en me regardant.

Je le fixe, ne sachant comment réagir. J'ai une envie subite et insensée de me jeter dans ses bras pour l'embrasser, cette idée me fait autant peur que ses paroles m'ont fait plaisir. Aussi, je reste sans voix, ce qui le fait sourire davantage.

À la fin du repas, Jessy m'aide à débarrasser la table, puis me demande où se trouve la salle de bains. Je la lui indique. Ma mère s'approche alors de moi et me fait un petit sourire.

— Il est très gentil ce garçon, commente-t-elle tout bas pour que moi seule puisse l'entendre. Et très mignon avec ça.

Je lui jette un regard en coin en souriant.

— Je suppose que tu sais ce que tu fais ?

— Pas vraiment.

— Meg, tu as seize ans. Tu ne t'es pas engagée pour la vie avec Chad. Vous êtes tous jeunes, vous avez le droit d'être insouciants. Je l'étais, moi, à ton âge et je n'ai connu ton père que bien plus tard, lorsque je me suis décidée à me fixer.

— Tu sais bien que je suis trop sérieuse pour me laisser guider par mes émotions sans avoir, préalablement, cogité pendant des heures.

— Oui, je sais, soupire ma mère. Et à première vue, je dirais que Jessy a l'air d'être comme toi.

— Tu crois que…

Je veux lui demander si elle pense que Jessy s'intéresse à moi, mais je laisse ma phrase en suspens en le voyant revenir vers nous.

— Merci beaucoup de m'avoir invité à votre table. Il commence à se faire tard, je vais rentrer chez moi.

— Attends, je vais faire un bout de chemin avec toi.

Jessy acquiesce avant d'aller prendre sa veste accrochée à une patère dans l'entrée.

— Merci encore ! Bonne soirée tout le monde, lance-t-il en sortant.

— Megan !

Je me retourne vers ma mère qui se tient dans le couloir, à l'entrée de la cuisine.

— J'en suis certaine !

Je lui fais un grand sourire.

— Elle est certaine de quoi ? Questionne Jessy qui a tout entendu depuis le perron.

— Oh, de rien, juste un truc que je lui ai demandé.

Heureusement, il n'insiste pas.

Nous marchons sur le trottoir en silence.

Mon quartier est un endroit calme, où toutes les maisons se ressemblent avec leur petite barrière blanche qui entoure le jardin. Seules les couleurs des habitations varient de l'une à l'autre, tantôt blanche aux volets bleus, tantôt marron aux volets rouges. Notre maison familiale est crème aux volets verts. Mon père met un point d'honneur à bien l'entretenir, la repeignant dès que la peinture donne des signes de vieillesse, et tondant la pelouse régulièrement. Ce coin de la ville n'est pas connu pour être le plus riche, mais au moins ses habitants veillent à ce que rien ne puisse le dégrader. J'aime cette petite ville tranquille qui semble vivre comme dans un cocon où rien de grave n'arrive jamais et, où le plus petit événement, comme l'arrivée de Jessy, est vécu comme une grande nouvelle. Cette pensée me tire de ma rêverie et, me retournant vers mon compagnon, je décide de le questionner.

— Tu as emménagé seul ici ?

Cela me paraît incongru puisqu'il n'a que dix-sept ans, mais je ne le vois jamais avec personne, pas même en ville.

— Non, j'habite avec ma mère.
— Et ton père ?
— Mon père est mort lorsque j'étais gamin.
— Désolée.
— Ce n'est rien. Ma mère s'est remariée et j'ai un petit frère, Jason, qui a sept ans maintenant.
— Donc ton beau-père et ton frère vivent avec vous ?

Jessy grimace.

— Non, ils sont restés à Allentown.
— Pourquoi ?

Jessy me fait un grand sourire tout en me répondant :

— Joker !

Préférant ne pas insister, j'enchaîne sur d'autres questions :

— Pourquoi avez-vous quitté Allentown ?

— Re-joker !
— OK. Je te vois toujours seul... mais tu dois avoir des amis ?
— Tu sais, je viens d'arriver et je ne connais encore personne, sauf toi. À Allentown, j'avais des amis, enfin je croyais, mais..., il s'interrompt, pince ses lèvres en secouant la tête :
— Je n'ai pas envie d'en parler... Disons simplement, que des fois, tu crois connaître les gens et tu te trompes.
— Comme moi l'autre soir...
L'air grave, il acquiesce.
— Ainsi tu viens d'Allentown ?
— Oui, j'habitais un petit quartier où tout le monde se connaît depuis toujours, un peu comme celui-ci. (Il regarde autour de lui.) Sauf qu'en ville, on ne voyait pas aussi bien les étoiles.

Je suis son regard, fixant le ciel illuminé par des centaines de points scintillants qu'aucun nuage ne vient cacher. Je me sens toute petite et fragile face à cette immensité. C'est étrange de se retrouver à côté de ce garçon dont je me sens proche et qui, en même temps, m'intimide tellement.

— Ta famille aime beaucoup Chad, dit-il soudain, brisant cet instant magique. Cela fait longtemps que vous êtes ensemble ?

Je m'assieds sur le muret qui borde une maison à vendre.

— Mon père était un grand sportif au lycée et je pense qu'il se reconnaît en Chad. Ma mère le trouve mignon et gentil, quant à ma sœur, elle en est amoureuse, je pense ! (Je souris.) Lui et moi, on se connaît depuis très longtemps, depuis le jardin d'enfants en fait...

— Et tu l'aimes depuis toujours, complète Jessy en s'asseyant près de moi.

Je rougis et baisse la tête.

— C'est compliqué... Mais parlons plutôt de toi. Tu as laissé une copine à Allentown ?

Jessy se tourne vers moi et hausse les sourcils, visiblement surpris. Je le fixe à la fois impatiente et redoutant sa réponse.

— Ta question est bizarre...
— Pourquoi ?
— Parce que tu sors avec un type parfait vu l'avis de tout ton entourage, alors je me demande ce que ton questionnement cache.
— Ce n'est pas toi qui m'as dit qu'il ne faut pas forcément écouter ce que les autres disent ?
— Touché, sourit-il. Disons que j'ai eu une copine.
— Tu as encore ?
— Eh bien non, on s'est sé...

Je ne lui laisse pas le temps de finir sa phrase que déjà mes lèvres se posent sur les siennes. Aussitôt, il me rend mon baiser.

Ses lèvres sont douces et chaudes sur les miennes, je le sens glisser une main sur ma taille, m'attirant à lui jusqu'à ce que, aussi soudainement que cela a commencé, il me repousse avec force avant de se lever d'un bond, visiblement énervé.

— Ce n'est pas vrai ! Pourquoi as-tu fait ça ? S'écrit-il en se tenant debout devant moi, les mains sur les hanches en attente d'une réponse.

— Je ne sais pas, dis-je le plus sincèrement du monde. Depuis que je t'ai rencontré, je me sens perdue. Je ne sais pas pourquoi mais j'ai l'impression de te connaître depuis toujours et cette sensation me bouleverse totalement. J'espérais que tu ressentais la même chose que moi.

Loin de se calmer, Jessy s'éloigne de moi, marchant aussi vite qu'il le peut. Je me lève et lui cours après.

— Jessy, attends ! Qu'est-ce qui se passe ? Je t'en prie, ne me dis pas que ce baiser était si terrible que ça !

Il ne s'arrête pas pour autant. Je le rattrape par un bras l'obligeant à stopper son chemin.

Il me fusille du regard.

— Je suis désolée si... Je n'aurais pas dû t'embrasser, mais je pensais sincèrement que tu en avais envie aussi.

— C'est le cas, souffle-t-il en me fixant.

— Alors où est le problème ?

— Je ne peux pas faire ça.

— Mais pourquoi ? Je sais que par rapport à Chad c'est une mauvaise chose mais...

— Cela n'a rien à voir avec lui. Le problème c'est moi. Je ne suis pas fait pour l'amour, s'énerve-t-il à nouveau. J'ai trop donné, maintenant cela m'est interdit.

Il se dégage de ma main avant de reprendre sa route. Restée sur place, je lui lance :

— Je ne comprends pas ! Tu ne peux pas prétendre avoir envie de m'embrasser et t'enfuir comme ça une seconde plus tard. Ce n'est pas moi qui t'ai fait souffrir alors pourquoi devrais-je payer pour ce que d'autres t'ont fait endurer ? Je ne suis pas tes ex !

Brusquement, il arrête sa course, se retourne avant de revenir vers moi. Ses traits sont déformés par la colère mais j'y lis également une forme de douleur.

— Non, tu n'es pas celle qui a changé ma vie et je ne souhaite en aucun cas devenir celui qui changera la tienne de la même façon ! Ma vie est foutue Meg, j'en suis déjà à la fin. Je vais mourir, ajoute-t-il lorsqu'il voit que je ne comprends pas ses propos.

— Qu... Quoi ? Je balbutie, sous le choc.

Il se rapproche davantage. Son visage n'est plus qu'à quelques centimètres du mien.

— Meg, je suis séropositif. J'ai le virus du sida, avoue-t-il tout bas pour que personne d'autre ne puisse l'entendre bien que la rue soit déserte. Alors reste loin de moi, crois-moi ça vaut mieux !

Il repart aussi vite que possible. Bientôt la nuit l'enveloppe complètement. Pendant un long moment, je reste sur place, atterrée, incapable d'esquisser le moindre geste, ne sachant plus quoi penser. Ses mots semblent tourner dans ma tête comme un manège endiablé que personne ne peut arrêter. Je ne sais combien de temps je reste debout sur ce trottoir à regarder dans sa direction bien après qu'il a disparu.

En rentrant à la maison, j'essaie de ne rien laisser paraître et vais m'enfermer dans la cuisine. Je pensais être tranquille mais à peine la porte fermée, ma mère l'entrouvre et passe la tête.

— Tu vas bien Meg ? Tu es toute pâle, tu n'es pas malade ?

— Tout va bien. Nicolas me manque, je voudrais lui parler.

Comprenant le message, ma mère acquiesce et referme la porte derrière elle. Aussitôt, je m'empare du téléphone et compose le numéro de mon frère. Heureusement, il répond après deux sonneries.

— Allô ? Lance-t-il, joyeusement.

— Nick, c'est moi.

J'ai beaucoup de mal à retenir les tremblements dans ma voix.

— Meg, qu'est-ce qui se passe ? S'inquiète-t-il.

Le jour où j'ai rencontré Jessy, j'ai prévenu mon frère le soir-même. Il semblait content qu'un autre garçon que Chad me chamboule. Pour je ne sais quelles raisons, Nick a toujours grimacé face à ma relation avec Chad.

— Jessy est venu dîner à la maison ce soir…

— Oh, soupire-t-il, il t'a jeté.

Je repense à la façon dont je l'ai embrassé et me sens rougir à nouveau. Si j'avais su comment il allait ensuite me repousser, jamais je ne me serais laissé emporter par mon envie.

— Oui, mais ce n'est pas le pire, je sanglote. Jessy m'a avoué être malade.

Réalisant l'horreur de la situation, je me laisse tomber sur le sol. Je n'ai pas peur du sida, je sais que je ne risque rien. Mais je suis terrifiée pour Jessy, pour son avenir qui risque fort d'être court. Mon frère ne parle pas, il me laisse le temps de me calmer. Lorsque mes sanglots se tarissent, je reprends :

— Jessy est séropositif, je lâche d'un trait.

Un hoquet de surprise échappe à mon frère.

— OK, souffle-t-il, me faisant comprendre qu'il réfléchit à la situation. Que comptes-tu faire ?

— Je n'en sais rien. Nick, j'ai besoin de connaître ton avis.

— Je t'avoue que je ne m'attendais pas du tout à ça. Est-ce que tu te vois lui tourner le dos ?

— J'en serais incapable.

— Meg, je sais que ce n'est sûrement pas le genre de relation que tu avais imaginé mais, d'après ce que tu m'as dit jusque-là sur ce garçon, je pense qu'à l'heure actuelle, il a surtout besoin de soutien et d'amitié. Ne le rejette pas parce qu'il ne correspond pas à ton idéal.

— Justement, il correspond à mon idéal et le fait qu'il soit malade n'y change rien. Si je suis dévastée c'est parce que le sida est une maladie incurable. Je ne veux pas qu'il meurt Nick, je pleure à nouveau.

Je suis consciente que je le connais depuis peu mais, sans que je ne puisse l'expliquer, il a déjà marqué mon existence.

— Allez petite sœur, ne pleure pas. Pour le moment, Jessy est vivant et, même s'il te tient à distance, je suis sûr qu'il serait heureux de t'avoir dans sa vie. Essaie de le faire sourire le temps où il sera là. Il doit avoir besoin de penser à autre chose qu'à cette saloperie.

— Tu as raison. Nick, ce que je t'ai confié, doit absolument rester entre nous. Personne ne doit le savoir.

— Enfin tu me connais ! Allez maintenant raconte-moi comment il t'a jeté ! Rit-il alors que, honteuse, je me mords la lèvre.

Chapitre 2

Rester debout

Le lendemain, Jessy ne se montre pas à l'école de la journée, pas plus que le jour suivant. Je suis morte d'inquiétude pour lui. Aussi à la fin des cours, je vais questionner Amy dans le but d'obtenir son adresse. Celle-ci esquisse un petit sourire qui me fait immédiatement songer qu'elle va s'empresser d'aller trouver Chad pour lui raconter mais, honnêtement, je m'en fiche. A cet instant, je me moque de ma réputation, seul compte ce garçon qui a déjà marqué ma vie de façon indélébile et pour lequel je m'inquiète tant. Je dois batailler un petit moment et inventer une histoire à dormir debout, mais, au final, je quitte le lycée les coordonnées en poche. Aussitôt, je me rends chez lui. Il habite une maison ancienne à deux étages qui a conservé un charme fou, malgré les travaux de rénovation qu'elle a subis. La peinture, un jaune clair, a été refaite il y a peu. C'est tout à fait le genre de maison bien entretenue que mon père aime. Cette pensée me fait sourire. Une terrasse couverte, où un banc et deux fauteuils ont été installés, abrite l'entrée de la maison. Je monte les trois marches du perron et sonne. Je n'ai pas à attendre longtemps avant que la porte ne s'ouvre sur Jessy.

— Je ne suis pas d'humeur à me prendre la tête, me dit-il de but en blanc.

Il a l'air fatigué, préoccupé. Malgré sa mauvaise humeur évidente, je suis heureuse de le voir. Ces deux derniers jours sans le croiser m'ont paru durer une éternité. Sa mère arrive derrière lui. Je ne peux que l'apercevoir brièvement.

— C'est pour moi, maman, lui indique-t-il.

Comprenant qu'il ne veut pas me parler devant elle, je décide de jouer là-dessus et, me penchant vers lui, je lui affirme tout bas :

— Je resterai jusqu'à ce que nous ayons discuté et tant pis si ta mère me demande ce que je veux.

Ses yeux verts me fixent, cherchant à savoir si je bluffe ou non, enfin, il capitule.

— Très bien, j'arrive.

Il prend une veste en jean avant de me suivre dans la rue.

Nous marchons sans but précis, suivant les routes qui défilent devant nous dans un silence complet. Je ne sais comment entamer la discussion, j'ai peur de le froisser, ou de le braquer si je le questionne trop.

— Alors ? Tu voulais me parler, vas-y ! Dit-il de mauvaise humeur, alors que nous arrivons près d'une usine désaffectée.

Intimidée, comme toujours par sa présence à mon côté, je prends sur moi pour me lancer :

— Tu n'es pas venu à l'école ces deux derniers jours…

— Ah oui, t'as remarqué, bravo !

— Ne sois pas sarcastique, s'il te plaît. Mais tu m'as laissée tomber pour l'exposé !

— Oh, et tu veux sans doute des excuses ?

— Non, je me fous de ce devoir.

J'emploie un ton calme afin de ne pas l'énerver davantage.

— Pourquoi es-tu venu me voir ?

Il s'arrête de marcher.

— Je m'inquiétais pour toi.

— Ben voyons ! Avoue plutôt que tu veux des détails pour tout aller raconter à tes copains après !

— Je n'ai pas l'intention d'en parler à qui que ce soit.

Il me scrute un long moment, semblant chercher au fond de mes yeux s'il peut me faire confiance.

— Tu es séropositif depuis combien de temps ?

— Cela fait environ un an, maintenant.

— Et tu l'as attrapé comment ?

— Un soir à une fête chez un copain, j'ai rencontré une fille…

— Et vous avez couché ensemble ?

— Non, on a regardé des dessins animés ! Dit-il, vraiment très énervé.

— Elle ne t'a pas dit qu'elle était séropositive ?

— Elle n'était pas au courant à ce moment-là… Un médecin a téléphoné à ma mère quelques semaines plus tard, Haley avait fait un test qui s'était révélé être positif. Elle avait informé le médecin que j'étais un de ses partenaires. J'ai dû aller me faire tester à mon tour et c'est ainsi que j'ai appris qu'elle m'a contaminé.

— Juste pour une nuit que vous avez passée ensemble.

Je murmure cette phrase comme pour moi-même.

— Pas une nuit, juste un court moment et un manque de préservatif et voilà le résultat. Un conseil Meg : Quand tu te décideras à le faire avec Chad, n'oublies pas la capote sinon tu finiras comme moi, en cadavre ambulant !

— Jessy, arrête de dire ça !

— Pourquoi ? C'est la vérité !

— Non, tu es en bonne santé, on ne dirait même pas que tu as ce virus alors il faut que tu sois optimiste.

— Comme si cela pouvait me guérir !

— Oui, ça peut t'aider à tenir le coup jusqu'à ce que les médecins trouvent un remède.

J'ai parlé plus fermement que je le voulais. Jessy m'observe, surpris.

— T'as raison, faut être positif et profiter de la vie, n'est-ce pas ?

Soudain son regard change, il devient plus sombre. Il s'approche de moi et me prend par la taille en me serrant fortement contre son corps. Je me dégage de lui aussitôt, non par peur de la maladie, mais comme je le ferais avec n'importe quel garçon s'y prenant de cette manière.

— Tiens, bizarre ! Tu ne veux plus m'embrasser maintenant ! Cela me surprend énormément ! Va retrouver ton copain si fantastique et pétant de santé et fous-moi la paix ! Crie-t-il en s'éloignant.

— Jessy, tu te trompes, ce n'est pas ça ! Reviens !Mes mots se perdent dans le silence. Le lendemain matin avant les cours, qui commencent plus tard aujourd'hui, et où Jessy va certainement encore briller par son absence, je suis assise dans un coin du snack-bar. C'est un café où tous les jeunes du lycée aiment se retrouver pour boire un verre, écouter de la musique et discuter. La salle est assez grande, avec ses banquettes en imitation cuir d'un vert clair, ses tables en métal argenté et sa décoration des années cinquante tout de rose et de bleu. J'y ai retrouvé Chad, qui s'amuse autour d'un flipper avec ses copains un peu plus loin, tandis que je lis le livre de Jessy. En fait, c'est la troisième fois que je le dévore depuis qu'il me l'a prêté. L'histoire de cet homme qui se bat seul contre tous pour obtenir sa liberté après avoir été condamné d'avance par l'opinion publique prend dorénavant un tout autre sens pour moi. Entre ces lignes, c'est la vie de Jessy que je vois.

Je ne peux m'empêcher de penser à lui, et cela me rend dingue. Je sors avec Chad, j'aime Chad. Alors pourquoi je ne fais que penser aux lèvres de Jessy sur les miennes ? Pourquoi je m'inquiète à ce point pour lui ? Comment se fait-il qu'il me manque autant ? Je suis déjà restée plusieurs jours sans voir Chad, lorsqu'il était parti en vacances avec ses parents, sans jamais ressentir ce vide au creux de mon cœur. Pourtant je suis amoureuse de lui.

J'aime Chad ?

Ah, je vais devenir folle si ça continue !

Je lève la tête et le regarde, il m'observe et me fait un sourire auquel j'ai du mal à répondre, avant qu'il ne reporte son attention sur ses potes.

Pourquoi je ne ressens rien lorsque je le regarde ?

Mettant mes pensées de côté, je me replonge attentivement dans ma lecture lorsqu'Amy s'approche de moi. Ce jour-là, plus que jamais, je n'ai aucune envie de lui parler. Comme je m'y attendais, elle a rapporté mes propos à Chad et, comme à chaque fois, j'ai dû me justifier. Heureusement que nous avons cet exposé à faire, cela m'a donné l'excuse idéale.

Amy soulève la couverture de mon livre et souffle :

— Lâche un peu ce bouquin !

— C'est un livre génial !

— Je ne comprendrais jamais comment tu peux avoir envie de lire en dehors des cours, il y a tellement de choses beaucoup plus passionnantes à faire…

— Excuse-moi…

Je me lève vivement après avoir vu Jessy passer dans la rue.

Précipitamment, je sors du café.

— Jessy ! Attends-moi !

Comme à son habitude, il m'entend, mais poursuit sa route.

— J'ai ton livre !

Cette fois, je réussis à capter son attention, il s'arrête sur le trottoir.

— Qu'est-ce que tu me veux ?

— Je voulais juste te rendre ça.

Je lui tends son livre de poche en le fixant, mon rythme cardiaque augmente.

— Et puis, je voulais que nous parlions.

— Je crois qu'on s'est tout dit. Tu devrais retourner voir ton copain.

— Je n'ai pas envie de parler avec Chad, mais avec toi.

— Merci, ça fait plaisir, lance une voix familière derrière moi, me faisant sursauter.

Je me retourne vivement pour voir mon petit ami.

— Ce n'est pas ce que tu crois. Mais je dois parler à Jessy.

— On n'a rien à se dire, répète celui-ci.

— Content de te l'entendre dire ! Arrête de tourner autour de ma copine !

— Eh, je suis là, Chad ! Tu n'as pas à parler en mon nom et encore moins à me dire avec qui je peux discuter ou non !

— Là, je suis d'accord avec toi, réplique Jessy.

— On ne t'a rien demandé !

— Laisse-le tranquille ! C'est moi qui veux lui parler !

— On fait ménage à trois maintenant ? S'énerve Chad en m'attrapant le bras.

Il me le serre fortement et m'entraîne avec lui vers le snack-bar.

— Lâche-moi, j'exige en essayant de me dégager de sa prise. Tu es ridicule !

Chad resserre davantage son emprise.

— Je veux juste te parler.

— Alors, lâche-moi, tu me fais mal !

— Lâche-la ! Exige Jessy en s'interposant.

— Toi, ne t'en mêle pas ! Crie mon petit ami en relâchant enfin mon bras endolori avant de pousser Jessy le long du mur de l'établissement.

— Ne me frappe pas, l'avertit Jessy.

— Ah, Monsieur donne des ordres en plus, lance rageusement Chad en mettant son poing dans l'estomac du jeune homme.

Sous le choc, Jessy se plie en deux en lâchant son livre.

— Chad, arrête ! Je crie au milieu de la rue.

Jessy, toujours courbé, fonce sur Chad et le renverse par terre. Il se retrouve à califourchon sur lui, tente de le maintenir au sol en lui demandant de se calmer. Mais c'est bien mal connaître Chad que de penser qu'il va se laisser maîtriser si facilement. Bientôt ils roulent sur le trottoir, manquant de tomber sur la route. Chad se retrouve au-dessus de Jessy et lui donne un nouveau coup dans le ventre. Puis il se redresse, attendant que Jessy se relève. Lorsque celui-ci se remet debout, il écarte les mains en signe d'apaisement, mais Chad se rue à nouveau sur lui et le frappe à la joue.

— Chad ! Laisse-le !

Jessy ramasse son livre et s'éloigne, mais Chad revient à nouveau à la charge et le frappe dans le dos. Jessy tombe à genoux alors que Chad le contourne pour lui faire face et l'attrape par le col de son T-shirt.

J'ai beau le supplier, Chad ne m'écoute pas. Je suis sur le point de trahir ma promesse lorsque, heureusement, deux agents de police interviennent pour les séparer, les ceinturant.

Jessy retrouve aussitôt son calme alors que Chad continue de se débattre afin de continuer le combat.

— Qu'est-ce qui se passe ici ? Demande l'agent qui retient Jessy.

— Ce type drague ma copine, s'écrie Chad, toujours énervé.

— N'importe quoi ! Je lance avec colère. Jessy est un ami et il est hors de question que tu m'interdises de lui parler !

Mon petit ami me fixe avec étonnement alors que je crois lire de la reconnaissance dans le regard de Jessy. Cela a le don de calmer Chad qui laisse retomber ses bras en soufflant.

— Nous pouvons vous lâcher ? Questionne le second policier.

Les deux garçons acquiescent faiblement.

— Ce n'est pas terminé, affirme Chad en fixant Jessy, avant de repartir vers le snack-bar.

— Ça va aller ? Demande l'autre agent. Il t'a amoché, tu veux aller à l'hôpital ?

Le teint de Jessy pâlit brusquement.

— Non, ça va.

— Je vais m'occuper de lui, j'interviens en me rapprochant de lui.

D'un air entendu, les deux policiers s'éloignent.

— Merci, soupire Jessy.

— Tu semblais paniqué à l'idée d'aller à l'hosto.

— Ouais, je n'en suis pas très fan. Je viens déjà de sortir de chez mon médecin, je ne vais pas passer le reste de ma journée sur un brancard.

Je ramasse son livre et lui rends.

— Tu veux bien qu'on discute maintenant ? Je demande.

Jessy pince ses lèvres.

— Tu n'abandonnes jamais ?
— Cela dépend des sujets mais lorsque c'est quelque chose d'important pour moi, non, je ne laisse jamais tomber.

Jessy semble touché par mes mots, il baisse la tête et acquiesce en se pinçant les lèvres.

Sans même lui demander s'il compte aller en cours ce matin, nous prenons la direction de chez lui.

— Tu as aimé le livre ? Finit-il par demander après un long silence.

— Je l'ai dévoré ! Il va falloir que je m'en achète un exemplaire.

Son sourire est radieux lorsqu'il me dit :

— Je suis content que tu aies aimé. Tu es la première personne à qui j'en parle.

Je profite de cette confidence pour essayer d'en apprendre davantage.

— Tu m'as dit être allé chez le médecin, est-ce que tu vas bien ?

— Ma toubib m'a dit qu'en dehors d'être séropositif, je suis en super forme. Elle va me faire des bilans sanguin régulièrement pour surveiller comment évolue le virus et m'a également encouragé à rejoindre un groupe de parole de gens qui ont le même problème que moi, m'apprend-il en s'arrêtant de marcher.

Je médite ses paroles quelques secondes, je sais combien le sujet est important et je ne veux surtout pas le braquer.

— Je crois que tu devrais essayer d'aller à une de ces réunions. Après tout, qu'est-ce que tu risques ?

Il lève le visage vers le ciel et observe un nuage qui se déplace lentement, poussé par un léger vent.

— Tu as peut-être raison.

Satisfaite de sa réponse, je le laisse devant chez lui. Alors que je reprends le chemin de mon domicile, je suis partagée entre le plaisir de m'être rapprochée de Jessy et la colère qui m'envahit lorsque je pense à Chad. Je sais que cette situation n'a que trop duré.

A peine ai-je franchi le seuil de chez moi que ma mère m'annonce que Chad m'attend dans le jardin.
— Aucun de vous deux n'a été en classe et Chad a l'air énervé, dit-elle. Qu'est-ce qui se passe, Megan ?
— Je suis désolée maman. J'aurais dû te prévenir. Chad et Jessy se sont battus avant que nous allions au lycée Chad a dépassé les bornes, Jessy est blessé et, crois-moi, il n'avait vraiment pas besoin de ça.
Ma mère me scrute avec attention. Je ne vais pas mentir, en chemin j'ai repensé au déroulement des événements et plus je réfléchis, plus ma colère prend de l'ampleur.
— Et cette bagarre a eu lieu à cause de ce que tu ressens pour Jessy ?
J'acquiesce en hochant la tête.
— A présent, sais-tu ce que tu fais ?
— Oui, même si c'est douloureux, je ne peux plus me voiler la face.
Ma mère esquisse un petit sourire complice.
— Bien. Je n'aime pas que tu sèches l'école mais pour cette fois, je passe l'éponge. Tu iras en cours cet après-midi. En attendant, va régler cette situation. Bon courage.

Chad fait les cent pas dans le jardin lorsque j'ouvre la porte arrière de la maison pour le rejoindre.
— Enfin te voilà ! Tu étais avec lui ?

Le ton de sa voix est glacial. S'il croit que je vais le laisser me parler comme ça, il se trompe lourdement.

— Rappelle-moi, nous nous sommes mariés quand ?
— Pardon ?
— Non, parce que pour que tu te comportes comme un incroyable abruti, c'est que nous sommes mariés depuis des années et que tu crois que je suis devenue ta propriété, non ?

Chad porte la main à son front et éclate d'un rire sans joie.

— J'aurais dû me douter que tu allais prendre son parti. Putain, Meg, tu ne te rends pas compte que ce mec te manipule pour nous séparer !

Si jusqu'à présent, j'avais réussi à garder mon calme, ses paroles me font perdre tout contrôle.

— Mais tu délires complètement ! Je ne suis pas ta chose, je suis libre de faire ce que je veux !
— Comme coucher avec lui !? S'écrit-il en serrant les poings.
— Je ne sors pas avec lui ! Je hurle. Et je ne sors plus avec toi !

Sous le choc, il recule de deux pas.

— Quoi ?
— Tu m'as très bien comprise. C'est fini Chad.
— Il a réussi alors ? Il voulait nous séparer et toi, tu deviens sa complice.

Cette fois c'est moi qui suis sous le choc. Où a-t-il été chercher une idée pareille ?

— Non mais tu t'entends ? Je te parle de nous, pas de Jessy. Il ne m'a jamais ne serait-ce que suggéré de rompre avec toi, même après que tu l'aies frappé tout à l'heure.
— Tu ne vas pas me faire croire qu'il suffit qu'il arrive pour que tu te rendes compte que tu ne m'aimes plus.

— Depuis que nous sommes ensemble, je me pose beaucoup de questions, j'avoue en allant m'asseoir sur une chaise du salon de jardin. Nous n'avons rien en commun. Je sais que je t'ennuie quand je te parle de littérature et moi tu m'énerves lorsque j'essaye de partager un moment avec toi et que tu es tellement captivé par un match à la télé que tu t'en fous.

Chad ouvre la bouche pour répondre mais il demeure muet.

— Tu sais que j'ai raison, j'insiste calmement. Toi et moi, on se connait depuis qu'on est gosses, nous avons toujours été amis et je crois que nous aurions dû le rester.

Il souffle un grand coup alors que ses yeux s'humidifient.

— Alors tu ne m'aimes plus ? Murmure-t-il.

— Si je t'aime mais, contrairement à ce que je pensais, je me suis rendue compte que je ne suis pas amoureuse de toi. Je t'aime comme un ami, pas comme l'homme de ma vie.

— Et tu t'es aperçue de ce que tu ressens, avant ou après être tombée amoureuse de Jessy ? S'énerve-t-il à nouveau. Ce n'est pas fini Meg ! Je suis sûr que ce mec cache quelque chose et crois-moi je vais trouver ce que c'est ! Tu reviendras vers moi Meg !

— Chad ! Chad !

Mais il est trop tard, il a déjà claqué la porte derrière lui.

Je me sens soulagée d'enfin avoir pu mettre des mots sur ce qui me gênait depuis le début de notre histoire mais je suis également inquiète à l'idée que Chad ne découvre le secret de Jessy. J'espère que ses menaces sont dues à la colère et qu'après s'être calmé, il réalisera leur stupidité.

L'après-midi, je reprends le chemin du lycée et souris dès que je vois Jessy arriver dans le couloir principal.

— Tu t'es décidé à revenir, je commente.

— Oui, je ne veux pas que Chad pense qu'il a pris l'ascendant sur moi, me répond-il alors que nous arpentons le couloir vers notre classe.

— Bonne décision. Mais, il faut que je te parle.

Sans attendre, je le tire par sa veste afin de l'éloigner de la foule des élèves et l'entraîne dans un coin près des toilettes pour garçons. Je ne souhaite pas que quelqu'un entende notre échange.

— Qu'est-ce qui se passe ? Me demande-t-il en fronçant les sourcils.

— Chad était chez moi quand je suis rentrée.

— OK, fait-il lentement.

— J'ai rompu avec lui, j'avoue brusquement.

Son regard déjà perçant se rive au mien pour ne plus le lâcher. J'aimerais pouvoir me noyer dedans mais je n'ai que peu de temps devant moi avant que la sonnerie ne retentisse.

— Il t'en veut énormément. Il pense que tu m'as poussé à le larguer.

— Je n'ai jamais fait ça ! S'écrit-il, choqué.

— Je le sais parfaitement mais je crois qu'il cherche un coupable à notre rupture, alors qu'il n'y a pas de responsable. Nous ne sommes pas faits l'un pour l'autre, c'est tout. Quoi qu'il en soit, il m'a affirmé que tu caches quelque chose et qu'il va découvrir de quoi il s'agit. Alors sois prudent, d'accord ?

— Ouais.

Il s'appuie le long du mur derrière lui et murmure, les larmes aux yeux :

— Je ne veux pas que ça recommence comme dans mon ancien lycée, je ne le supporterais pas.

Le voir ainsi délaisser son armure au profit de la sincérité, me bouleverse au-delà des mots. Dans ces instants de fragilité, je rencontre le vrai Jessy, pas celui qui prend une attitude froide pour m'envoyer promener mais le garçon sensible qui n'a que trop souffert.

— Ça n'arrivera pas, je le rassure. Tu n'es pas seul ici, je suis ton amie, je serai toujours là, peu importe ce qui se passe.

— Merci Meg. J'ai pensé à ce que tu m'as dit tout à l'heure, à propos du groupe de parole pour les séropositifs. J'ai téléphoné à ma toubib pour lui demander les coordonnées du centre.

— Génial, je souris. Ça va te faire de parler avec des personnes qui ont le même virus que toi, vous allez certainement pouvoir vous entraider.

— Je n'y crois pas trop mais je vais tenter d'aller à une réunion, dit-il en reprenant une attitude distante. Comme ça peut-être que tu me lâcheras un peu !

La sonnerie qui annonce la reprise des cours, interrompt notre discussion.

— Tiens, lui dis-je en lui tendant mes notes. Comme ça tu seras à jour pour les maths.

— Merci Megan. Cela a parfois du bon de t'avoir dans ma vie !

La dernière sonnerie annonçant la fin de la journée retentit à peine que déjà une rumeur envahit l'établissement. Je range mes affaires dans mon casier quand j'entends des murmures à propos de Jessy. Je me tourne vers lui qui se tient un peu plus loin devant son casier. Il baisse la tête, les épaules voûtées et les lèvres pincées.

Autour de nous, les élèves murmurent entre eux, stupéfaits. À l'époque, le sida est encore une maladie méconnue, nous n'en sommes qu'aux premiers stades de la recherche médicale. Des tas de rumeurs courent sur la manière et la raison pour lesquelles cette maladie se propage, mais la vérité, c'est que les gens n'en savent encore que très peu sur le sujet. Les seules choses que nous savons de façon certaine sont que le sida fait peur et qu'il est mortel. Tous les regards se fixent sur Jessy, ceux qui passent derrière lui, s'écartent pour être sûr de ne pas le toucher.

Un élève que je connais vaguement passe devant moi, je l'intercepte pour lui demander quelle est cette nouvelle rumeur.

— Tu n'es pas au courant ? Jessy Sutter, le nouvel élève, il a le sida et en plus il est homosexuel ! M'annonce-t-il fièrement. Surtout ne t'approche pas de lui, on ne sait jamais.

Je n'ai pas le temps de l'envoyer balader qu'il s'est déjà éloigné.

Je regarde à nouveau Jessy. Celui-ci relève la tête, me fixe avec un regard brûlant de colère avant de quitter le lycée le plus rapidement possible.

Je n'y comprends rien. Comment tout le monde peut être au courant ? Une chose est sûre, vu la fureur de Jessy, il pense que je l'ai trahi.

Je m'élance derrière lui mais lorsque j'arrive dehors, il a déjà disparu.

Après avoir cherché Jessy partout en ville pendant ce qui me semble être des heures, l'avoir imaginé seul, déprimé, j'ai pris mon courage à deux mains et je suis allée chez lui. La porte s'ouvre sur sa mère.

— Bonjour, me salue-t-elle gentiment.

Dès le premier regard, je sens que c'est une femme compréhensive. Ses longs cheveux blonds et ses yeux verts identiques à ceux de son fils reflètent la douceur que je décèle également en Jessy.

— Bonjour. Est-ce que Jessy est là ?

— Non. Tu es Megan, n'est-ce pas ?

J'acquiesce d'un hochement de tête.

— Jessy m'a parlé de toi.

— Je le cherche partout depuis la fin des cours, il n'est pas revenu ?

— Non, je ne l'ai pas vu. Il doit être en train de marcher quelque part maintenant que tout le monde sait que Jessy est contaminé.

Je la regarde, surprise qu'elle ait pu deviner, elle poursuit :

— J'ai reçu un appel de l'école. Apparemment, des parents d'élèves ont appris la rumeur et l'ont tout de suite rapporté à la direction du lycée. Je suis convoquée ce soir pour parler de l'état de santé de mon fils et voir s'il peut poursuivre sa scolarité dans cet établissement.

— Mon Dieu, mais c'est n'importe quoi !

— Malheureusement c'est ce qui arrive quand les gens savent que Jessy a le sida. Partout où il va, on le rejette. Cela s'est déjà produit à Allentown, et ça recommence ici. Tout le monde a peur d'être contaminé par un simple contact, même mon mari ne supporte pas d'habiter sous le même toit que lui.

Mme Sutter secoue la tête comme si ses pensées peuvent s'évaporer par ce geste.

— C'est tellement injuste. Il faut que je lui parle. Contrairement à ce qu'il pense, je ne l'ai pas trahi. J'ignore comment son secret a été révélé. Vous ne savez pas où il peut se trouver ?

— Cela lui arrive par moments de partir seul pendant des heures.

— Vous n'avez jamais peur qu'il…

Mme Sutter me regarde comme pour me dire : « Est-ce que cela serait pire que ce qui l'attend ? »

Je la remercie et rentre chez moi, totalement abattue. Non seulement tous les élèves doivent à présent être au courant de l'état de santé de Jessy, mais même l'administration menace de ne pas le garder.

Lorsque je franchis le pas de la porte de ma maison, la nuit commence à tomber. J'entends mes parents discuter.

— Meg, c'est toi ?

— Oui, papa.

— Tu peux venir ?

Je parcours le couloir et entre dans la cuisine, où mes parents sont assis autour de la table.

— Nina nous a raconté ce qui se dit en ville à propos de Jessy. C'est vrai ?

J'acquiesce en silence.

— Tu le sais depuis quand ? Demande ma mère.

— Depuis l'autre soir, lorsqu'il est resté manger. Il me l'a avoué quand je l'ai raccompagné.

— Tu aurais pu nous en parler ! Fait remarquer mon père.

— Je lui avais dit que je ne dirais rien à personne. Je ne voulais pas manquer à ma parole…

— Alors comment…

— Tu peux me croire maman, je n'arrête pas de me poser la question. Je ne vois qu'une réponse : Chad. Ce midi, il était très remonté contre Jessy et m'a promis de trouver son secret. Cependant, je ne sais pas comment il a pu l'apprendre.

— C'est vrai que Chad s'est battu avec Jessy parce que tu voulais lui parler ?

J'acquiesce.

— Chad voulait me forcer à rentrer dans le snack-bar, Jessy est intervenu pour me défendre.

Ma réponse fait serrer les poings de mon père qui affirme :

— Il ne perd rien pour savoir ce que je pense de sa façon de se battre comme cela et du reste.

— Vous êtes au courant que Mme Sutter est convoquée au lycée ?

Devant les regards interrogateurs de mes parents, je leur rapporte les paroles de la mère de Jessy.

Ma mère passe quelques coups de téléphone et nous annonce :

— Le conseil des parents d'élèves se réunit ce soir avec l'administration. Officiellement, ils ne peuvent pas renvoyer Jessy parce qu'il est malade, mais ils peuvent envoyer un rapport à l'académie qui jugera quoi faire en pareille circonstance.

Voyant mon visage atterré, mon père me dit :

— Ne t'en fais pas, chérie. Nous allons aller à cette réunion et nous soutiendrons Mme Sutter. Ça va s'arranger.

Moins convaincu que mon père, je vais dans le jardin et m'assieds sur la balancelle. Seule avec mes pensées, je réalise que j'ai vieilli d'un seul coup. Avant de connaître Jessy, j'étais une gamine insouciante qui n'avait que peu de soucis, mais à présent, je vois la vie différemment. Et dire qu'il ne s'est écoulé que dix jours depuis la fête de Chad. J'avais souhaité devenir adulte, je suis servie !

Jessy, où es-tu ? Je soupire en ressassant les derniers événements. Je n'entends pas Nina ouvrir la porte de derrière.

— Je me demandais où tu étais, lance-t-elle, me faisant sursauter. Les parents sont sortis, Chad est là. Il veut te voir.

Je soupire à nouveau. Après ce qui s'est passé ce midi, je n'ai toujours pas envie de lui parler. Mais il n'attend pas de connaître mon opinion pour suivre ma sœur qui, sentant l'orage gronder autant dans le ciel qu'avec mon ex petit ami, s'éclipse.

— Je suis venu m'excuser pour mon comportement de ce matin. Si j'avais su que Jessy était homo, je n'aurais pas été jaloux que tu lui parles.

Je souffle, exaspérée. Chad me regarde, je lis l'incompréhension sur son visage.

— Il n'est pas homosexuel. C'est une fille qui l'a contaminé !

— Désolé, mais comment j'aurais pu le savoir ? Tu ne me dis plus rien !

— Désolée mais quand quelqu'un me confie un secret, je fais mon possible pour le garder. Est-ce que c'est toi qui as révélé la maladie de Jessy à tout le monde ?

Son faux air innocent le trahi avant même qu'il n'avoue. Je crois voir un petit garçon ayant fait une bêtise avec les mains dans les poches de son pantalon, se tortillant à la recherche de ses mots. Déjà quand nous étions enfants, il se comportait de cette façon. Son attitude fait exploser ma colère.

— Il serait temps que tu grandisses, Chad ! Tu es si immature par moments ! Tu te rends compte que, dorénavant, tout le monde est au courant de son état de santé ? Qu'il va peut-être être viré de l'école ? Que tu fous sa vie en l'air ? Mais non, tu t'en moques du moment que tu lui fais payer ma rupture !

Vexé, il baisse la tête. Cette attitude m'énerve de plus belle.

— Je sais, j'ai merdé. Mais si tu m'avais tout dit…

Je lui jette un regard assassin. Il est assez grand pour savoir comment se comporter.

— Ne me demande plus jamais pourquoi j'ai rompu avec toi ! Si tu veux avoir une réponse, regarde toi dans un miroir… Enfin si tu y arrives !

— Tu ne réalises même pas que depuis qu'il est arrivé en ville, tu m'ignores totalement ! S'énerve Chad à son tour.

— Il n'y est pour rien ! C'est moi la coupable, celle qui a compris que nous sommes trop différents. Jessy n'avait rien à voir dans notre couple !

— Je sais, murmure-t-il. Je l'ai entendu le dire cet après-midi.

Mes yeux doivent être ronds comme des soucoupes car Chad reprend :

— J'étais derrière la porte de toilettes lorsque vous parliez. J'ai entendu votre conversation, c'est comme ça que j'ai su.

— Oh mon Dieu !

Les larmes aux yeux, je plaque mes mains sur ma bouche.

— Je suis désolée Meg. Je ne voulais pas que les choses aillent si loin.

— Et tu t'es empressé de le répéter à toute l'école ?

— Je ne l'ai dit qu'à quelques copains mais cela s'est propagé rapidement. Je m'en veux vraiment.

Les yeux remplis de larmes, je murmure :

— Tu peux.

— Tu ne voudras jamais plus de moi après ça, n'est-ce pas ?

Je secoue la tête.

— Tu m'as beaucoup déçu Chad. Tu es toujours mon ami mais je n'ai plus confiance en toi. Je suis désolée.

— Tu n'as pas à l'être, c'est de ma faute. J'ai été beaucoup trop loin. Le rôle du petit copain jaloux ne me réussit pas, sourit-il tristement. Tu veux bien qu'on reste amis ?

J'acquiesce d'un hochement de tête. Je sais qu'après avoir digéré ces événements, je lui pardonnerai. Je suis incapable de ne pas l'avoir dans ma vie, il en fait partie depuis trop longtemps.

Chad est sur le point d'entrer à nouveau dans la maison lorsque, se retournant, il me dit :

— Au fait, si tu cherches Jessy, il paraît qu'il traîne près du pont qui surplombe l'autoroute.

Sitôt Chad parti, j'enfile ma parka noire et prends la direction qu'il m'a indiquée. La nuit est à présent tombée, l'air est lourd, l'orage menace d'éclater d'un moment à l'autre. Je me dépêche de parcourir les trois kilomètres, courant la moitié du chemin. J'arrive sur le pont, essoufflée, mais contente d'y voir Jessy. C'est un pont étroit, réservé aux piétons, il nous permet de rejoindre un coin de la forêt qui encercle la ville. Jessy fait les cent pas le long de la rambarde en acier, regardant les voitures et les camions qui passent à vive allure sur les deux fois deux voies, juste en dessous. Son visage est à demi éclairé par les lampadaires disposés tout au long de l'autoroute. Il se retourne vers moi tandis que je m'approche.

— Qu'est-ce que tu fais là ?

Son ton est sec.

— Je t'ai cherché pendant des heures.

— Eh bien, tu m'as trouvé. Tu vois, je suis toujours en vie, tu peux repartir maintenant.

— Je suis désolée pour ce qui est arrivé. J'en ai discuté avec Chad, c'est lui qui a répandu la rumeur.

— Alors tu es venue pour que je lui pardonne ?

Je le regarde, incrédule ; cependant, je dois admettre qu'il n'a pas tout à fait tort. J'aimerais que nous puissions tous être amis, mais je sais que cela est une vision utopique de notre amitié. Pourtant, même si elle est souvent gênante pour ses interlocuteurs, j'aime la franchise de Jessy.

— Je suis venue parce que j'ai peur pour toi. Il est tard, rentre avec moi.

Jessy me regarde d'un air désabusé mais ne répond pas. Il se remet à longer la rambarde, s'éloignant de moi. Il semble hypnotisé par les véhicules qui défilent sous nos pieds.

— Depuis que je te connais, tu passes ton temps à t'éloigner. Pourquoi fuis-tu tout le monde ?

Je crie pour couvrir le bruit d'un poids lourd qui passe en dessous.

Soudain un éclair déchire le ciel. Jessy fait volte-face avec colère.

— Je ne fuis personne ! Ce sont les autres qui ne veulent jamais de moi !

Il s'assied sur la rambarde qui n'est large que de quelques centimètres, passe ses jambes dans le vide, les enroule autour des barreaux métalliques. Un nouvel éclair illumine le ciel. Malgré la lourdeur de la nuit, je tremble et me rapproche de lui pour le retenir par le dos de sa veste.

— Jessy, je t'en prie. Reviens ! Tu me fais peur !

— Je suis un danger pour les autres, Meg ! Je suis juste en sursis face à cette saloperie !

Le ton de sa voix n'est plus chargé de colère, mais empli de désespoir. Cela me serre le cœur.

— Non ! Tu n'es un risque pour personne ! Et tu es toujours là, bien vivant !

Le tonnerre claque subitement me faisant sursauter. Je me rapproche davantage de lui et resserre mon emprise.

— Tu veux savoir ce qui m'a amené ici ? Me lance-t-il en lâchant des mains la rambarde.

Il ouvre grand les bras, ferme les yeux et se laisse tomber vers l'avant en hurlant de rage. Malgré mes efforts pour la retenir, sa veste en cuir glisse entre mes doigts et je lâche prise.

— Jessy, non !

Je hurle aussi fort que je peux tandis que je le vois basculer dans le vide.

Je porte mes mains à ma bouche en fermant les yeux, n'osant plus les rouvrir tellement je suis sûre qu'il s'est jeté sous les roues des véhicules qui passent en dessous. Et alors je réalise brusquement que je tiens à lui bien plus que je n'ai voulu me l'avouer jusqu'à présent. Oui, il est séropositif, en colère contre le monde entier et il passe beaucoup de temps à m'envoyer balader et pourtant, sans encore savoir pourquoi, je ne peux m'empêcher de penser à lui à chaque minute. Soudain, je l'entends crier à nouveau en même temps que le tonnerre claque près de nous. Je rouvre lentement les yeux pour le voir suspendu par les jambes au-dessus du vide. D'un geste vif, il parvient à se redresser, puis à se rasseoir sur la rambarde avant de revenir de mon côté. J'admire sa souplesse en soufflant de soulagement. Il fonce droit vers moi avec colère.

— Je vais mourir, Meg, mon espérance de vie est si faible que cela ne vaut pas le coup de vivre !

Sa voix est chargée de colère et de désespoir.

— Non, dis-je en pleurant. Tu n'es pas malade et tu ne le seras peut-être jamais, mais tu dois continuer à respirer, continuer à te battre contre cette merde !

— Pour quoi faire ? Qu'est-ce qui m'attend dans cette maudite vie ? Tout le monde va recommencer à me tourner le dos, à chuchoter sur mon chemin, à avoir peur de moi. Tu crois que c'est vivre ça ?

Il désigne l'autoroute.

— Le sida m'a déjà fait tomber dans le vide, les véhicules m'ont déjà écrasé. Et aucune de tes prières ou aucun de tes espoirs ne pourra me sauver ! Crie-t-il.

Mes larmes redoublent devant mon impuissance. Jessy va mourir, c'est juste une question de temps et, en cette seconde, j'en prends pleinement conscience.

— Ce virus circule en moi et rien de ce que l'on pourra me dire ou me faire ne le fera partir ! Je vais devoir vivre le peu de temps qui me reste en portant seul ce fardeau ! Je ne peux pas, je ne peux plus supporter ça. Revivre ce que j'ai vécu à Allentown est au-dessus de mes forces !

Il baisse les bras, la lassitude se lit sur chacun de ses traits. Des pleurs qu'il a dû refouler maintes fois inondent son visage. Je vais me blottir contre lui, aussitôt ses bras m'enlacent.

— Je suis là, tu n'es plus seul. Je suis là Jessy, je lui répète plusieurs fois en espérant que mes mots pénètrent son coeur meurtri.

Au-dessus de nous l'orage se calme alors que la pluie se déchaîne, mêlant nos larmes à celles du ciel.

Chapitre 3

Rapprochement

Pendant de longues minutes, je caresse les cheveux mouillés de Jessy en essayant d'apaiser sa douleur, ses craintes. Quand il redresse le visage, il semble honteux d'avoir pleuré dans mes bras. Délicatement, j'efface ses dernières larmes, surprise qu'il me laisse faire, et lui sourit pour le rassurer.

Nous reprenons le chemin du retour sous une pluie diluvienne, pourtant nous marchons tranquillement, savourant le fait d'être ensemble. Je me moque qu'il pleuve du moment que je suis avec lui.

— De toute façon, nous sommes déjà trempés, je réponds à Jessy lorsqu'il me demande si je veux courir pour arriver chez lui plus rapidement. Ça va aller ?

— Ouais, je crois.

— Jessy, s'il te plaît, promets-moi de ne jamais plus te laisser tomber dans le vide comme ça. J'ai eu la peur de ma vie.

Les mains dans les poches, il hausse les épaules et souffle profondément avant de me dire :

— Promis. Pourquoi est-ce que tu te soucies autant de moi ?

Sa question fait battre mon cœur plus vite. Je ne suis pas prête à lui avouer les sentiments qu'il m'inspire. Je dois d'abord les analyser et tenter de savoir ce qu'il ressent.

Aussi même si je sens mes joues rosirent, je lui réponds évasivement.

— Pourquoi pas ?

— Lorsque les gens apprennent pour le sida, ils me tournent le dos. C'est pour cela, qu'avec ma mère, nous sommes venus vivre ici. Même mon beau-père ne supportait plus que je vive sous son toit.

— Il y a des crétins partout, je souffle. Jessy, je t'apprécie. Je ne vais pas me mettre à t'ignorer parce que tu as un souci de santé.

— Merci, murmure-t-il en pinçant ses lèvres. Je suis désolé pour tout ce que je t'ai dit. Je ne voulais pas me montrer si désagréable.

Ses excuses inattendues me font réellement plaisir. Lorsque Jessy arrête de m'envoyer promener, je vois en lui le garçon que j'avais deviné au premier regard : Un mec bien à qui il arrive des choses difficiles. Je crois que c'est d'ailleurs pour cela qu'il essaie toujours de montrer une face colérique, il a tellement souffert qu'il ne souhaite pas que les gens perçoivent sa fragilité.

— C'est oublié. Au fait, j'ai rencontré ta mère. Elle a l'air très gentil.

Malgré notre marche lente, nous parvenons déjà devant chez lui.

— Elle l'est. Tu veux que je te raccompagne ? Je peux emprunter sa voiture.

— Non, ça va aller. Je ne veux pas détremper les sièges, je souris. On se voit demain ?

Je suis heureuse de le voir acquiescer avec un grand sourire. Et tandis que je m'éloigne, je réalise que je n'ai jamais été aussi proche de lui que ce soir.

Il est presque 23 heures lorsque je rentre chez moi, complètement trempée. Mes parents m'attendent, impatients et inquiets.

— Enfin te voilà, rugit mon père. Regarde-toi, tu es bonne à essorer !

— Tu étais avec Jessy ? Demande ma mère de son habituelle voix douce.

J'acquiesce en frissonnant de froid.

— Nous avons parlé avec Mme Sutter à la réunion, elle nous a dit que son fils était absent depuis des heures et qu'elle ignorait où il pouvait se trouver. Elle était très inquiète pour lui, m'indique mon père.

— Il est rentré chez lui. Comment s'est passée la réunion ?

— Commence par te sécher, nous te raconterons après.

Je file dans la salle de bains où je me réchauffe rapidement et m'empresse de mettre mon pyjama, ainsi qu'une robe de chambre bien chaude, tant j'ai hâte de connaître le déroulement de la soirée. Je retrouve mes parents au salon, où chacun, dans un fauteuil, boit un café en m'attendant.

— Alors comment ça s'est passé ? Dis-je en m'installant en face d'eux dans le canapé.

— Difficile à dire, grimace mon père. Le proviseur avait demandé à un médecin de venir répondre aux questions des parents. Cela en a calmé certains lorsqu'il a assuré que leurs enfants ne couraient aucun risque à respirer le même air que Jessy ou à le toucher. Mais d'autres parents sont obtus et veulent à tout prix le faire renvoyer. Ils sont simplement morts de peur, au point de ne pas comprendre que le sida ne s'attrape pas comme ça.

— Mme Sutter a pris la parole, affirmant combien elle aime son fils et qu'il n'y a aucun risque à partager sa vie puisqu'elle le fait depuis un an sans problème, surenchérit ma mère. C'est une femme très digne et courageuse. Elle nous a dit que tu étais passée la voir.

— En effet, je cherchais Jessy.

— Nina nous a raconté que tu étais partie à sa recherche après la visite de Chad. Tu l'as retrouvé ?

— Oui, et autant que vous le sachiez, entre Chad et moi, c'est fini.

Contrairement à ce que je pensais, mon père ne semble pas surpris. Ma mère avait déjà dû lui en parler. Cependant, je n'aime pas le regard qu'ils échangent avant que ma mère ne me demande :

— À cause de Jessy ?

— Oui et non. Jessy et moi sommes amis. Mais disons que le fait de l'avoir rencontré m'a permis d'ouvrir les yeux sur Chad et son petit monde. Je me suis rendu compte que, contrairement à ce que je croyais, je ne suis pas amoureuse de lui. Je l'aime beaucoup mais amicalement.

A nouveau mes parents s'échangent cet étrange regard qui semble signifier qu'ils ne sont pas au bout de leur peine avec moi.

Le lendemain matin, en arrivant près de l'école, je vois Jessy qui attend devant, sur le trottoir.

— Salut, ça va ?

Il porte une main à son cœur.

— Oh, tu m'as fait peur !

J'éclate de rire.

— Ça, c'est pour la trouille que tu m'as fait hier soir !

— C'est de bonne guerre, sourit-il.

Il fixe le grand bâtiment blanc sans faire un pas vers lui. Depuis que je suis restée dans ses bras la veille pendant plusieurs minutes, il ne m'intimide plus autant, et cette impression de le connaître depuis longtemps s'est renforcée. J'ai vu sa fragilité derrière sa colère, j'ai vu son désespoir, mais aussi sa force.

— Tu comptes venir en cours aujourd'hui ?

— Je ne sais pas. Après ce qui s'est passé hier… et puis cette réunion.

Il souffle puis se pince les lèvres, visiblement mal à l'aise.

— Ta mère t'a raconté ?

— Oui, apparemment les parents d'élèves ne peuvent rien contre moi, mais il reste toujours la possibilité qu'ils contactent l'académie et posent une plainte pour me faire virer. En fait, je me demande si cela ne serait pas mieux que j'abandonne…

— Pas question !

Jessy me regarde, surpris.

— On va y aller ensemble et tout se passera bien, tu verras.

— Il y a des regards qui sont parfois durs à supporter, m'avoue-t-il.

Toutefois, je remarque qu'il m'accompagne vers le lycée.

— Je crois que, malheureusement, on ne peut jamais plaire à tout le monde, alors laisse une chance de te connaître à ceux qui le veulent et oublie les crétins.

Nous pénétrons dans le couloir principal, des élèves se retournent sur nous tandis que je continue à parler pour qu'il se concentre davantage sur ma voix que sur les yeux braqués sur lui.

— Avec le temps, il y en a qui se rendront compte de qui tu es vraiment et ils viendront vers toi, quant à ceux qui continueront à te critiquer, fais comme s'ils n'existaient pas. Ce sont eux les abrutis, pas toi.

Je croise le regard d'un grand type, nommé Tyler, qui grimace en m'entendant.

— Oui, de purs abrutis, dis-je à nouveau d'une voix plus forte.

Jessy m'adresse un sourire reconnaissant.

— Oh, ça se gâte, murmure-t-il.

Je suis son regard et vois Chad approcher à grandes enjambées vers nous. Il se plante devant Jessy et, après quelques secondes d'hésitation, lui tend la main.

— Je suis désolé pour hier. Pour la bagarre… et tout le reste. Je n'aurais jamais dû écouter votre conversation et surtout je n'aurais jamais dû répéter son secret. Je suis vraiment navré.

Jessy hésite quelques secondes puis serre sa main en hochant la tête.

— Merci.

Ses yeux passent de Jessy à moi, il semble ne plus savoir comment se comporter avec moi.

Autour de nous, plusieurs élèves observent la scène. Chad est le garçon le plus populaire du lycée et je me doute qu'après cette poignée de main réconciliatrice, l'attitude de certains va changer.

Il donne une tape sur l'épaule de Jessy en nous disant « À plus tard » et s'éloigne.

— C'est bizarre que Chad soit venu s'excuser. C'est toi qui lui as demandé de le faire ?

— Non, il l'a fait tout seul, mais tu sais, il est comme ça. Il est impulsif, mais regrette vite ses emportements…

Je sens, plus que je ne vois, Jessy me regarder de profil.

— Quoi ?

Je tourne la tête vers lui.

— Pourquoi vous avez rompu ?
— Nous sommes trop différents.
Je hausse les épaules comme si c'était une évidence.
— Et ça va ?
Je vois dans ses yeux qu'il s'inquiète réellement pour moi, cela me fait chaud au cœur.
— Très bien.
Un petit sourire se dessine aux commissures de ses lèvres.
— Je sais que tu n'aimes pas beaucoup Chad, mais efface ce petit air satisfait. (Je souris à mon tour alors que la sonnerie du début des cours retentit.) On va être en retard, viens.

Dans les jours qui suivent, les esprits se calment au lycée. Je ne peux pas dire que Jessy passe inaperçu, mais il est moins perçu comme un paria, ce qui est déjà une petite victoire. À l'école, j'ai toujours été l'élève modèle, collectionnant les bonnes notes. La fille hyper sérieuse qui a les professeurs de son côté. Lorsque je suis sortie avec Chad, qui est le mec le plus populaire, je suis devenue à mon tour populaire et les autres filles ont eu tendance à prendre exemple sur moi. Aussi, même s'il s'en trouve quelques-uns pour détourner les yeux et chuchoter sur son passage, la plupart des élèves commencent à accepter Jessy. Depuis la soirée sur le pont, nous passons beaucoup de temps ensemble. Je préfère être avec lui plutôt qu'avec mes pseudo amies : Pearl et surtout Amy, qui d'ailleurs me tourne le dos depuis que Chad et moi sommes séparés.
Jessy est devenu mon meilleur ami, je peux lui parler de tout sans avoir peur qu'il ne me juge ; cependant, il me donne toujours son avis franchement.

Jessy vivait entouré par sa famille et ses amis avant d'apprendre sa séropositivité, mais il m'a confié que lorsque ses proches ont appris sa maladie, tous lui ont tourné le dos et, du jour au lendemain, il s'est retrouvé abandonné. Seule sa mère est restée près de lui. En déménageant à Millisky où Mme Sutter a trouvé un emploi comme secrétaire dans une banque, elle a espéré qu'enfin son fils puisse retrouver une vie normale.

Plus j'apprends à le connaître et moins je veux de cette vie solitaire pour lui, c'est comme une sorte de mission que je me suis fixée. Je ne peux peut-être pas le sauver, mais je peux lui redonner le sourire. Aussi, je le force à m'accompagner au cinéma, au théâtre, au fast-food. Jessy râle, proteste, parfois traîne des pieds, mais finalement, je le fais toujours céder.

« Tu as assez vécu enfermé comme ça ! » est ma phrase clef pour le convaincre.

Il lève alors les yeux au ciel, souffle d'exaspération tandis que sa boucle d'oreille en forme de croix se balance au rythme de sa respiration. Finalement, il me regarde avec un petit sourire qui à lui seul symbolise ma victoire.

Je suis moi-même avec lui. Nous avons beaucoup de goûts en commun, nous rions des mêmes plaisanteries, nous parlons de tout et de rien sans jamais nous lasser. Et lorsque je ne suis pas avec lui, il hante mon esprit. Il est la première personne à qui je pense le matin en me réveillant et la dernière le soir avant de m'endormir. En quelques semaines, il a envahi ma vie et j'espère plus que tout que cela continue le plus longtemps possible.

— Bonjour Mme Sutter, vous allez bien ? Je lance joyeusement en pénétrant dans le salon, accompagnée de Jessy.

Depuis quelques semaines, je passe tellement de temps chez les Sutter que j'ai l'impression que c'est devenu ma seconde maison. J'apprécie beaucoup la mère de Jessy. Rien qu'à son regard, on perçoit sa gentillesse et sa force. Je suis toujours la bienvenue chez eux et même si Jessy peut venir chez moi quand il le souhaite, je comprends qu'il est plus à l'aise dans son environnement.

— Bien Meg et toi ?
— Ça va.

Elise se lève alors que Jessy va allumer la télévision.

— Vous allez regarder quel film ?
— Ghost ! Avec un grand sourire, je montre la cassette vidéo que j'ai apportée, en lui demandant : Vous restez le regarder avec nous ?
— Malheureusement, je ne peux pas. Je n'ai pas fini de remplir une demande de prêt pour un client. Je vais aller m'enfermer dans ma chambre avec ce dossier, soupire-t-elle.
— Bon courage, Mme Sutter.

Elle s'éloigne de quelques pas avant de se retourner vers moi.

— Meg, pour la centième fois, appelle-moi Élise.
— Je vais essayer, je promets.

Sa mère quitte la pièce, nous laissant seuls.

— Pop-corn ? Me demande Jessy. Je n'ai que du salé, je n'aime pas le sucré.
— Cela me va très bien.

Une fois le maïs soufflé dans un grand saladier, nous nous installons sur le canapé devant la télévision. Presque deux heures plus tard, j'ai surmonté ma crainte qu'il m'envoie promener pour oser appuyer ma tête sur l'épaule de Jessy. A mon grand soulagement, il a juste esquissé un sourire en continuant à regarder le film. A présent qu'il se termine, je ne contiens plus mon émotion et verse de nombreuses larmes.

— Ne te moque pas, dis-je en le voyant rire discrètement.

Je me redresse et m'étire avant de m'essuyer les yeux.

— Patrick Swayze est trop sexy, je commente.

— Demi Moore n'est pas en reste, soupire-t-il en baissant la tête.

Il semble triste soudainement, cela m'inquiète.

— Ça ne va pas ?

— Si, c'est juste que… Tu crois que l'au-delà existe ?

Toujours assise sur le canapé, je me tourne vers lui.

— Je pense, oui. Cependant, je ne sais pas si c'est comme dans ce film.

Il adopte la même position que moi, nous nous retrouvons face à face.

— Si c'est le cas, je m'arrangerai pour te le faire savoir lorsque j'y serai.

Je ne m'attendais pas à cette réponse qui me prend totalement au dépourvu. De nouvelles larmes incontrôlables inondent mon visage. La réalité se rappelle brusquement à moi. Lorsque je suis avec Jessy, j'oublie sa maladie tant il est lui, le garçon que j'aime de tout mon coeur même s'il ignore tout de mes sentiments. Mais là, face au virus, je me retrouve devant sa mort prochaine. C'est une chose horrible à laquelle je m'efforce de ne pas penser, comme si cela pouvait éviter sa réalisation. Je sais que cela est stupide et malgré tous mes efforts, le sida reste toujours présent dans un coin de ma tête. Mais entendre Jessy évoquer son départ est bouleversant. J'aimerais tant lui dire que je suis amoureuse de lui et qu'il n'a pas le droit de me laisser, jamais. Cependant, cela fait partie des sujets que je ne peux aborder avec lui tant je suis certaine qu'il m'enverrait à nouveau balader. Il a besoin de soutien, aussi je me contente d'être son amie en espérant secrètement qu'un jour il se rendra compte que je représente davantage à ses yeux.

— Qu'est-ce que tu as ? S'étonne-t-il.

— Je ne veux pas que tu meures Jessy !

J'éclate en sanglots en me jetant à son cou. Immédiatement, il me rend mon étreinte.

— Ne pleure pas, murmure-t-il à mon oreille. Je n'aime pas te voir triste.

Son cœur qui bat à tout rompre contre ma poitrine, me rappelle qu'il est toujours bien vivant et qu'aussi longtemps que ce sera le cas, il ne faut pas perdre espoir. Le fixant, je me détache de lui.

— Tu vas te battre pour rester en vie, n'est-ce pas ?

Il caresse une mèche de mes cheveux qui retombe sur le côté de son visage tout en m'observant attentivement. Il semble peser le poids de ses mots.

Finalement, il hoche la tête pour acquiescer.

— J'ai confiance en l'avenir et en la médecine. Ils vont trouver un remède, c'est juste une question de temps, je reprends avec confiance.

— Meg, nous en avons déjà parlé. On ne peut pas me sauver.

Il baisse la tête mais j'ai le temps de voir ses yeux se remplirent de larmes.

— Je sais... Pour le moment, mais je peux garder espoir, je souris en effaçant les dernières larmes qui s'attardent sur mes joues.

Mme Sutter entre à cet instant dans la pièce, brisant notre moment de complicité.

— Megan, tu pleures ? S'inquiète-t-elle en nous regardant à tour de rôle. Et toi aussi ?

Jessy et moi échangeons un regard avant d'éclater de rire sous le regard surpris d'Élise.

— Je vais rentrer chez moi, j'annonce en quittant le canapé.

— Je te raccompagne.

— Non, ça va aller. J'ai besoin de prendre l'air.

J'ai surtout besoin de chasser de mon corps ce trouble que je m'efforce de maîtriser, de taire aussi mes craintes sur son avenir. Gentiment, il va me chercher mon manteau. Après l'avoir enfilé, je me tourne vers lui et le reprends dans mes bras. Pendant encore quelques secondes, je veux le sentir contre moi.

— Fais-moi plaisir, accroche-toi à la vie, je lui murmure à l'oreille.

Emu, il acquiesce.

Lorsque je quitte la chaleur de ses bras, j'aperçois Elise qui nous observe depuis la cuisine, elle arbore un petit sourire complice, qui me fait comprendre qu'elle sait parfaitement ce que je ressens pour son fils.

— Bonne nuit, à demain ! Je lance avant de sortir.

Je fais quelques pas en fixant le ciel sombre, intérieurement je me fais la promesse de tout faire pour sauver la vie de Jessy.

Puisque Jessy refuse obstinément de me parler de son virus, durant les jours qui suivent, je fais le tour des librairies à la recherche de revues médicales. A cette époque, où le sida terrifie la population, j'avais espéré en apprendre davantage, malheureusement les articles sont encore rares et les traitements possibles encore plus. Tous répètent les consignes à respecter pour ne pas être contaminé mais aucun ne me renseigne sur les solutions pour vaincre cette maudite maladie.

— Qu'est-ce que c'est que tout ça ? Me demande ma mère lorsque je rentre chez moi, les bras chargés de magazines et de livres.

— Je me renseigne sur le sida, j'avoue en déposant ma charge sur la table de la cuisine.

— Meg, je sais que tu tiens à Jessy mais… Ne gâche pas ta vie pour lui.

Les paroles de ma mère me font l'effet d'un coup de poignard en plein cœur.

— Ce n'est pas ce que je voulais dire, reprend-elle en se rendant compte de mon effroi.

Main sur le front, elle secoue sa tête alors que je m'empare à nouveau de mes livres, bien décidée à mettre un terme à cette discussion.

— Megan, tu as 16 ans, tu as toute ta vie devant toi.

— Et pas Jessy, c'est ça ?! Je m'énerve.

Ma mère baisse les yeux.

— Ce n'est pas ce que j'ai dit. Je trouve juste que tu es trop jeune pour avoir tous ces soucis. Tu devrais pouvoir profiter de ton adolescence en pleine insouciance.

— J'aurais aimé aussi maman, crois-moi j'aurais préféré que Jessy ne soit pas malade. Mais il l'est et si je peux l'aider d'une quelconque manière, je serai là pour lui. Je suis consciente que je ne peux pas faire grand chose, toutefois, peut-être qu'un de ces livres parlera d'un traitement et que je pourrais en informer Jessy.

Ma mère acquiesce faiblement.

— Je te demande juste d'être prudente. Ne t'implique pas trop.

— Il est déjà trop tard pour ça, je souligne. Si c'était papa qui était malade, tu ne ferais pas ton possible pour lui venir en aide ?

Je tourne les talons, prête à quitter la pièce lorsque ma mère me demande :

— Tu l'aimes, n'est-ce pas ?

Je ne réponds pas. Je rive mon regard à celui de ma mère, essayant de lui faire comprendre tous les sentiments qui m'habitent.

— S'il te plait, ne parle pas de ces livres à Jessy, je lui demande avant de sortir.

— Bonsoir, Megan, me lance Mme Sutter depuis la cuisine lorsque j'arrive chez eux.

— Bonsoir.

— Jessy n'est pas encore rentré.

Je lève sur sa mère des yeux inquiets. Il est 20 heures, les cours sont finis depuis plusieurs heures.

— Ne t'en fais pas, me rassure-t-elle. Tu sais que son médecin lui a conseillé d'aller au centre pour les sidaïques, il y avait une réunion ce soir. Il n'avait aucune envie d'y aller, mais je pense que cela lui fera du bien de parler avec des gens qui traversent la même chose que lui.

— Il y est parti en râlant ?

— Tu le connais assez pour savoir qu'il ronchonne beaucoup, dit-elle en souriant.

— Quand il est avec moi, il est plutôt...

En entendant la porte d'entrée s'ouvrir, je ne finis pas ma phrase.

— Oui, mais toi, tu es spéciale pour lui, me chuchote Élise.

Je reste interdite en me demandant ce qu'elle veut dire par là.

— Désolé d'être en retard.

Jessy a les traits tendus, il semble contrarié. La soirée risque d'être longue s'il demeure dans cet état d'esprit.

— Comment c'était ? L'interroge aussitôt sa mère.

Jessy me jette un rapide coup d'œil avant de lui répondre froidement :

— Je n'ai pas envie d'en parler.

Mme Sutter nous regarde à tour de rôle avant de nous annoncer qu'elle va aller regarder la télévision dans sa chambre afin de nous laisser l'écran du salon. Jessy contourne le bar et va se servir un jus de fruits.

— Tu en veux ?

Son ton est moins froid, mais toujours chargé d'une colère qu'il essaie de contenir.

— Oui, merci.

Il pince ses lèvres avant de me demander :

— Tu as apporté quel film, ce soir ?

La semaine précédente, j'avais amené le film *Ghost* qui nous a valu de finir tous les deux en larmes. Cette fois, j'ai choisi d'en prendre un plus léger, mais toujours avec mon acteur fétiche. Fièrement, je sors la cassette vidéo de mon sac à dos et la lui montre.

— *Dirty Dancing* !

Il lève les yeux au ciel, mais je sens qu'il se retient de sourire.

— Toi et ton Patrick Swayze ! Je sais que tu trouves qu'il est le plus beau mec du monde, mais ta fixette sur lui commence à tourner à l'obsession.

Je fais semblant de prendre un air choqué, ce qui le fait rire.

— C'est vrai qu'il est canon, mais, dans mon classement des plus beaux mecs, il n'occupe que la seconde place.

— Oh, mon Dieu, souffle-t-il avec un semblant de désespoir. Avec quel autre acteur comptes-tu me harceler lorsque tu auras fini de me faire voir tous ses films ?

Jessy soupire en faisant une grimace. Sa bonne humeur est revenue, ce qui me rend heureuse. Je n'ai pas envie de l'interroger sur la réunion ; s'il veut m'en parler, il le fera tout seul. Je veux juste lui changer les idées et le voir sourire. Je me lève pour aller allumer le magnétoscope tandis qu'il range la bouteille de jus d'orange.

— Aucun autre, promis. Pour moi, le mec le plus canon n'est pas un acteur.

— Ah bon ? C'est qui ?

Il vient me rejoindre sur le canapé en fronçant les sourcils.

— C'est quelqu'un que je vois tous les jours.

Le film commence et je me tais. Du coin de l'œil, je vois mon ami se creuser la tête pour trouver de qui je parle.

— Ton père ? Demande-t-il au bout de quelques minutes.

Sans quitter l'écran des yeux, je secoue négativement la tête en souriant. Cela m'amuse de le voir chercher.

— Quelqu'un du lycée ?

J'acquiesce.

— Chad ?

Une pointe de colère et d'incrédulité filtre dans sa voix.

— Non. Jessy, tu veux regarder le film ou me citer tous les noms des mecs de l'école ?

— Désolé, mais j'ai beau chercher, je ne vois pas qui…

— C'est toi.

Je n'avais pas l'intention de lui dire, c'est sorti tout seul et, maintenant, je me sens rougir tandis que je garde les yeux rivés sur la télévision. Les mots ont à peine franchi mes lèvres que Jessy s'étrangle en ravalant sa salive et se met à tousser. Il se lève pour aller boire de l'eau.

— Eh bien, ça te fait de l'effet, dis-je moqueusement en mettant le film sur pause.

— Tu m'as bien eu, lance-t-il depuis la cuisine.

Je me retourne sur le canapé pour le regarder.

— C'est la vérité, Jessy, je ne te fais pas marcher.

Il revient s'asseoir à mon côté sur le sofa. Ses joues sont rouges lorsqu'il dépose un bisou sur mon front.

— C'est gentil d'essayer de me remonter le moral. Je t'adore.

Ce n'est pas ce que j'essaie de faire, je le pense vraiment, pourtant mon cœur s'emballe aussitôt : *il m'adore.*

— C'est vrai ?

— Bien sûr. Tu es ma meilleure amie, Meg.

Oh... Amie ? Mon cœur se calme rapidement.

— Tu n'as pas le moral ? C'est à cause de la réunion ? Ta mère m'en a parlé, j'ajoute devant son froncement de sourcils.

— Ouais... c'était déprimant. Entendre tous ces patients parler de leurs peurs... ça m'a renvoyé aux miennes.

— Tu as parlé avec eux ?

— Non, je les ai écoutés. C'est bizarre d'arriver dans ce centre où je ne connais personne et où on m'invite à me confier.

— Si tu veux, la prochaine fois, je pourrai t'accompagner ?

Je propose, mais je connais déjà la réponse.

— Non !

Son ton est plus cassant que je le pensais. Cependant, il se radoucit très vite.

— C'est gentil, mais non. Je ne veux pas que tu entres dans cette partie de ma vie.

— Pourquoi ?

La colère réapparaît dans son regard, il baisse la tête.

— Parce que tu es trop importante à mes yeux pour que je t'entraîne avec moi dans cet univers de maladie.

— Jessy...

— Non, Meg. Je veux bien céder lorsque tu me forces la main pour sortir de cette maison, mais en ce qui concerne le sida, je ne changerai pas d'avis, dit-il d'un ton ferme en reportant son regard sur la télévision.

— OK, comme tu veux.

Je soupire alors qu'il reprend la lecture du film. Après quelques minutes de silence, il me jette un coup d'œil en murmurant :

— Tu m'en veux ?

Je ne peux me retenir de sourire et pose ma tête sur son épaule comme j'ai pris l'habitude de le faire lorsqu'on regarde des films ensemble.

— Non, c'est ton choix.

Il dépose un nouveau baiser sur mon front. Je lui murmure sans quitter Patrick Swayze des yeux :

— Moi aussi, je t'adore.

Chapitre 4

Je suis de ton côté

— Non, je n'ai pas envie.
— Mais si, ça va être marrant.
— Qu'est-ce qu'il y a de drôle dans le fait d'aller au lycée un jour où il n'y a pas classe ?

Nous avons l'une de ces discussions où j'essaie de le convaincre de sortir. Cette fois, j'ai jeté mon dévolu sur la fête d'Halloween que l'école organise comme chaque année le soir du 31 octobre.

Je réfléchis un instant à sa question. Comment le faire céder, cette fois ?

— Les classes seront vidées de leurs pupitres. Il y aura des animations, des sucreries… un bal.

Il lève un sourcil et me fait comprendre que ce n'est pas gagné.

— Tu me vois danser ? !

J'ignore sa réplique et poursuis avec malice :

— Nous serons déguisés, et tu pourras embêter tous ceux qui te critiquent par-derrière. Pourquoi crois-tu que j'irais sinon ?

Je vois à son expression que j'ai marqué un point.

— Bonjour, Megan.
— Bonjour, Élise, vous allez bien ?

Je passe tellement de temps avec Jessy que je suis devenue très proche de Mme Sutter. Elle est toujours contente de me voir chez eux et m'invite à y venir chaque fois que je le veux. Je m'y sens un peu comme chez moi.

— Où irez-vous déguisés ? Questionne Élise qui a entendu ma dernière phrase.

— À la fête d'Halloween du lycée.

— Bonne idée !

D'un regard, Jessy fusille sa mère. Mme Sutter pose un panier à linge sur la table de la salle à manger où nous nous trouvons et se met à plier les vêtements. J'attrape un T-shirt et l'étale sur la table pour l'aider.

— Cela te fera du bien de sortir t'amuser, tu restes trop enfermé ici à ruminer.

— J'aime être seul avec mes pensées, se défend Jessy en attrapant le T-shirt que je tiens entre mes mains.

— Heureusement que tu es là, Meg, sinon il ne quitterait jamais sa chambre.

Je me saisis d'un autre vêtement et commence à le plier.

— Maman, stop. C'est bon, vous avez gagné, j'irai à cette satanée fête ! Mais Meg, par pitié, arrête de t'occuper de mes fringues !

Je baisse les yeux sur le vêtement que je tiens : c'est l'un de ses caleçons. Je le lâche aussitôt, mais déjà je sens mes joues virer au rouge. Jessy l'attrape et le cache derrière son dos. Son visage est aussi rouge que le mien.

— Désolée... J'ai... tellement l'habitude de le faire... à la maison, dis-je en bégayant.

Mme Sutter éclate de rire en nous observant.

— Mission accomplie, elle vient me taper dans la main.

— En quoi allons-nous nous déguiser ?

— Il est hors de question que je mette un costume ! Réplique vivement Jessy en nous regardant à tour de rôle.

La semaine suivante, nous sommes dans le couloir principal du lycée pendant l'intercours, à discuter de la fête d'Halloween. J'essaye toujours de convaincre Jessy de se déguiser mais il demeure buté.

— Je te verrais bien en James Dean, je songe à voix haute en l'observant.

— C'est parce que je vais mourir jeune comme lui ?

Immédiatement, je grimace.

— Arrête avec ça! Je pensais à James parce que tu es beau et sexy comme lui mais si tu préfères voir le côté négatif…

— Je plaisantais, sourit-il. Beau et sexy, hein ?

Je lève les yeux au ciel en souriant alors que mes joues s'empourprent. Mes paroles sont sorties avant que je ne puisse les retenir. En présence de Jessy, j'ai l'impression de perdre mes moyens. Il suffit qu'il me fixe de ces beaux yeux verts pour que ma bouche réponde sans avoir l'approbation de mon cerveau.

— Je rêve ou tes joues sont toutes rouges, se moque-t-il, en désignant mon visage de son index.

Je lui donne une petite tape sur le bras ce qui le fait éclater de rire. J'adore entendre ce son. Je l'ai tellement vu en colère, renfrogné, solitaire, que lorsqu'il rit je suis heureuse.

— Par moments, tu me fais penser à mon frère. Vous avez le même humour douteux tous les…

Je laisse ma phrase en suspens tandis que mon sourire se fige quand j'aperçois Amy qui passe à proximité de nous. Elle me jette un regard glacial et ignore totalement Jessy.

— Pourquoi Amy te dévisage comme ça ? Me questionne Jessy.

Je me tourne vers lui, essayant d'ignorer mon ancienne amie. Je ne veux pas qu'elle se rende compte à quel point son attitude me blesse et me déçoit.

— Je ne sais pas. Depuis que je ne suis plus avec Chad, elle ne m'adresse plus la parole. Dire qu'elle était ma meilleure amie... Enfants, nous étions tous souvent ensemble : Chad, Amy et moi. Et aujourd'hui, j'ai l'impression d'avoir perdu une part de mon passé.

— Les gens changent, évoluent différemment avec les années. Elle reviendra vers toi un de ces jours.

— Tu crois ? Je lui demande en espérant qu'il dise vrai.

— J'en suis sûr. Qui pourrait renoncer à une amie telle que toi ?

— Ouais, une amie, je souffle avec dépit en le scrutant.

J'aimerais tellement qu'il me voit autrement que comme son amie.

— Et avec Chad, où en es-tu ? Questionne-t-il avec désinvolture.

— Nulle part. Nous ne nous sommes pas parlé depuis plusieurs semaines. J'ai tourné la page sur lui. En revanche, je poursuis en le fixant. Il y a trois autres garçons qui m'ont proposé un rencard.

Je rêve ou son expression vient brusquement de changer ? Il baisse le visage, fixant le sol comme s'il contenait toutes les réponses de l'univers.

— Tu as accepté de sortir avec eux ? Murmure-t-il d'une voix étranglée.

— Non, j'ai refusé. Tu es le seul mec avec qui j'ai envie de passer du temps pour le moment.

Subitement, il relève le visage et sourit. Je l'observe attentivement. Il ne me voit peut-être pas vraiment comme une amie après tout. Cela suffit à me redonner le sourire.

— Chad et toi, vous avez rompu peu de temps après mon arrivée en ville mais il y a une chose qui m'a frappé pour le peu de fois où je vous ai vus ensemble.
— Ah bon ? Quoi ?
— La distance qu'il y avait entre vous. Je veux dire, vous n'étiez jamais dans les bras l'un de l'autre, ni à faire un geste pour vous toucher.
— C'est ce que tu faisais, toi avec tes ex ?
Je le scrute pour lire sa réaction qui ne tarde pas :
— Non, mais moi, je n'ai jamais été amoureux.
— Peut-être que Chad ne m'aimait pas tant que cela, je hausse les épaules. Ou que je ne suis pas le genre de fille que les mecs aiment prendre dans leurs bras.
— Oh si, n'importe quel homme serait heureux de pouvoir te serrer contre lui, affirme-t-il sans l'ombre d'une hésitation.
Alors pourquoi tu ne le fais pas ?! Ai-je envie de lui demander.
Mais me doutant que cela le braquerait, je me contente de le fixer en gardant le silence. Toutefois, je suis contente de son aveu, aussi je reprends avec le sourire :
— Bon alors pour Halloween, on se déguise en quoi ?

Le vendredi soir, je retrouve mes parents dans le séjour en attendant l'arrivée de Jessy. J'entre dans la pièce et tourne sur moi-même en leur demandant :
— Ça va, ma robe ?
— Tu es très chic, admire mon père.
Pour l'occasion, j'ai misé sur une robe noire à la mode charleston, et ma coiffure est ornée d'une plume blanche. Ce n'est pas ma tenue préférée, mais Jessy n'a accepté de porter qu'un complet veston très classe.

— Megan, pourquoi as-tu un masque à la main ? Demande Nina.

— Je le mettrai en arrivant au lycée. J'ai promis à Jessy que, sous couvert d'anonymat, il pourrait embêter les élèves qui le critiquent.

Ma mère rit.

— C'est bien une idée à toi, ça !

— C'était l'un des arguments pour le décider à quitter sa maison.

— Vous passez beaucoup de temps ensemble tous les deux, commente mon père sérieusement.

— Oui, il est génial !

— Tu sais que nous aimons bien Jessy, mais nous sommes inquiets pour toi.

— Nous sommes juste amis.

— Je ne parle pas de ça. Perdre une personne proche, c'est difficile.

— Je sais. Je suis au courant qu'un jour, il ne sera peut-être plus là, mais si cela devait arriver, j'aurais le temps de m'y préparer. Et puis, il est mon meilleur ami, je ne peux pas arrêter de le voir, cela ne serait juste ni pour lui ni pour moi.

— Es-tu sûre que c'est juste de l'amitié ?

Mon père scrute mon visage qui s'empourpre aussitôt.

— Moi, je préférais Chad, objecte ma sœur en boudant.

Sans le vouloir, Nina me redonne le sourire et détourne l'attention de mon père. M'avouer que je suis amoureuse de Jessy est une chose, lâcher cette bombe devant mon père en est une autre. Je sais déjà la leçon de morale qui m'attendrait.

— Et je trouve stupide ce règlement de l'école qui stipule qu'il faut avoir quinze ans pour pouvoir assister à cette soirée. J'aurais voulu y aller ! Lance-t-elle en croisant les bras sur sa poitrine.

— Dans ce cas, tu aurais dû demander à Chad de t'y inviter ! Dis-je en la provoquant.

Pour toute réponse, elle tape du pied par terre tandis que l'on sonne à la porte.

— J'y vais !

Je fonce ouvrir à Jessy. Et je reste littéralement scotchée sur place en le voyant dans son costume noir à chemise blanche, cravate et chapeau noirs. Il tient à la main un masque blanc semblable au mien. Il dégage un charme particulier qui me perturbe encore plus que d'habitude, ce qui n'est pas peu dire.

Après quelques secondes passées à nous scruter mutuellement, il se penche vers moi pour accrocher une rose blanche à la bretelle de ma robe.

— Que tu es jolie, me murmure-t-il.

Ses mains effleurent la peau de mon épaule et je me sens fondre. Je souffle un grand coup pour me forcer à me ressaisir.

— Ça ne va pas ? Me demande-t-il visiblement inquiet.

Je ne peux lui dire la vérité. Il a été très clair avec moi quand je me suis laissé aller à l'embrasser. Et même s'il ne m'en a pas reparlé, je ressens toujours une honte cuisante. Depuis je contiens mes gestes et me contente d'être l'amie dont il a tant besoin.

— Si, ça va très bien. C'est juste qu'il fait chaud dans la maison et froid dehors, le contraste m'a saisie. Viens, entre une minute, je vais prendre mon manteau.

Il hoche la tête et me suit au salon où il salue poliment ma famille comme à son habitude.

— Waouh, Jessy ! Ça te va super bien, ce costume ! Lance ma mère.

— Merci, madame Crawfords. Nina, j'ai pensé à toi, je t'ai apporté une petite chose pour te consoler de ne pas pouvoir venir à la soirée.

Il sort de sa poche une rose semblable à la mienne et il la tend à ma sœur qui en reste bouche bée pendant quelques secondes.

— Merci, Jessy, finit-elle par dire. Puis nous regardant, elle ajoute : je retire tout ce que j'ai dit tout à l'heure, c'est Jessy, mon préféré !

Nous éclatons de rire.

— Bravo, Jessy, tu as réussi à détrôner Chad ! Plaisante mon père.

— Ce n'était pas gagné pourtant, sourit le jeune homme.

— On y va ? Je lui demande.

Jessy fait une grimace hésitante et me répond sans grand enthousiasme :

— Je m'en serais bien passé, mais puisqu'il le faut... allons-y !

Deux heures plus tard, je constate que Jessy passe une bonne soirée. Nous avons fait le parcours de l'angoisse : une promenade au milieu des couloirs du lycée qui, pour l'occasion, ont été décorés en maison de l'horreur avec des squelettes surgissant d'un seul coup devant nous, des vampires assoiffés de sang qui se jettent sur ceux qui osent les approcher ou encore des loups-garous qui nous courent après dans l'espoir feint de nous dévorer. Il y a de nombreuses animations, mais Jessy n'oublie pas non plus sa petite vengeance. Quand nous croisons un grand type brun déguisé en Dracula, que mon compagnon reconnaît immédiatement comme étant l'un de ses persécuteurs, il met son masque, s'approche lentement et parvient à déposer sans que personne, sauf moi, ne s'en rende compte une grosse mygale en caoutchouc sur son épaule. Un instant plus tard, nous entendons un hurlement résonner dans la classe alors que le mec en question se tortille dans tous les sens pour échapper à l'araignée. Jessy et moi sortons de la pièce en riant aux larmes.

— J'avoue, me dit-il peu après dans l'un des couloirs, lorsque nous avons repris notre respiration, que rien que pour cela, ça valait le coup de venir !

— Tu vois, je t'avais dit qu'on s'amuserait !

— T'avais raison, merci de m'avoir forcé la main. (Il ôte son masque avant de me fixer.) Parmi toutes les personnes que je connais, toi, tu es toujours là pour moi, en toutes circonstances. Pourquoi ?

Il est subitement sérieux.

Tu ne vois donc pas que je suis amoureuse de toi, idiot ! Ai-je envie de lui dire, mais je me retiens.

À la place, je lui réponds :

— Pourquoi pas ? Tu es mon ami, non ?

Il acquiesce, et ses yeux verts brillent d'une étrange lueur.

— Oh, Jessy, viens !

Sans attendre de réponse, je l'attrape par la manche de son costume et le force à me suivre dans l'une des classes qui indique : « Venez découvrir votre avenir par les cartes.»

Pour l'occasion, la pièce, volontairement assombrie, a été divisée en trois parties par des rideaux, constituant ainsi des cabines où se tiennent des voyantes. Nous nous approchons de l'une d'elles.

— On peut ? Dis-je en désignant les sièges devant elle.

— Bien sûr, mes enfants, venez. Asseyez-vous.

C'est une petite femme aux cheveux bruns, à la corpulence assez charnue, qui inspire confiance au premier regard.

— Qui veut commencer ?

Jessy et moi échangeons un regard.

— Vas-y, Meg.

— OK, tirez sept cartes dans l'éventail qui est devant vous.

Elle retourne les cartes l'une après l'autre en les disposant en une sorte de grande croix.

— Vous êtes une fille gentille, un peu trop sérieuse par moments, me dit-elle. Vous êtes toujours là pour les gens que vous aimez. Cette carte, qui désigne l'Impératrice, me dit que vous êtes douée pour les études. Je peux vous assurer que vous irez à l'université et que vous ferez de longues études. Un beau métier vous attend à la fin.

Je suis contente, les études ont beaucoup d'importance pour moi.

— Cette carte-là, reprend-elle en me montrant l'Amoureux, me dit que vous hésitez entre deux garçons. L'un a la clef de votre cœur et l'autre relation est plus commandée par votre raison, le premier garçon vous fait complètement chavirer, le second symbolise plutôt la sécurité.

Je me sens rougir des pieds à la tête et, silencieusement, je remercie le ciel que la pièce soit juste éclairée par des bougies. Jessy et Chad ! Seulement je ne suis pas amoureuse de Chad et j'ai misé sur l'amour... Je sens le regard de Jessy peser sur moi, mais je n'ose pas y répondre.

— Je ne peux pas vous en dire plus, ça sera à vous de choisir parmi ces deux hommes, elle pose sa main sur la mienne.

— Merci.

— À votre tour, jeune homme, annonce la femme en battant ses cartes avant de les étaler à nouveau sur la table.

Comme je l'ai fait, Jessy sort sept cartes du jeu qu'elle retourne au fur et à mesure.

— Vous êtes un garçon gentil, très sensible, qui a beaucoup souffert, mais vous faites tout pour que cela ne se voie pas. Vous jouez aux durs pour cacher votre cœur d'or. Vous êtes doué pour les études, mais cette carte, elle désigne la Lune, m'incite à croire que vous êtes surtout doué pour les arts. Le dessin ?

— J'ai beaucoup peint, mais il y a un moment que j'ai arrêté.

— Vous devriez reprendre. Vous êtes un garçon angoissé, et cela vous calmerait.

Elle retourne une autre carte : l'Hermite.

— Celle-là me dit que vous avez tendance à fuir les autres. Vous aimez être seul et, en même temps, vous subissez cette solitude comme si vous aviez peur du monde qui vous entoure. Pourtant vous n'êtes pas seul... Il y a quelqu'un dans votre vie que vous aimez, mais, pour je ne sais quelles raisons, vous semblez fuir cet amour que la vie vous offre.

Je vois Jessy devenir nerveux à côté de moi tandis qu'il fixe les cartes intensément.

La voyante retourne l'avant-dernière carte : l'Arcane sans nom. Malgré moi, je tressaille.

— Ne vous inquiétez pas, la dame se montre rassurante, cette carte fait peur par le squelette faucheur de corps qu'elle représente, mais elle ne signifie que rarement la mort physique. Elle est surtout un signe de changement dans la vie. Votre existence va être bouleversée, vous allez réussir à dépasser vos peurs pour vivre pleinement votre destin.

Elle retourne la dernière carte : le Monde.

— Dans les prochains mois, vous allez être très heureux jeune homme, bien plus que vous ne l'imaginez mais, pour cela, il faut que vous ouvriez votre cœur pour accepter le cadeau que l'on vous donne, dit la voyante en regardant Jessy.

— Merci Madame, balbutie-t-il visiblement gêné.

— Une dernière chose : Concernant votre santé, contentez-vous de vivre au jour le jour sans trop vous angoisser. Le destin est le destin, vous ne pourrez rien changer à ce qui va arriver.

Jessy acquiesce, l'air grave, alors que mon cœur bat à tout rompre. Vient-elle de confirmer son décès prochain ?
Ses paroles sont énigmatiques pour moi mais pas pour Jessy qui se lève précipitamment et quitte la pièce, je lui emboîte le pas.

— Jessy, ça va ?

— Oui, très bien.

— Je suis désolée. C'était une idée stupide d'aller voir une voyante.

Il s'arrête et se tourne vers moi.

— Ne t'en fais pas, elle nous a annoncé une fin que toi et moi connaissons déjà.

— Ce n'était pas aussi clair pour moi.

— Oui mais toi tu es toujours d'un optimisme débordant alors que moi…

— Tu es d'un pessimisme désarmant.

Ma réplique fait rire Jessy.

— C'est vrai. A nous deux, nous avons l'équilibre parfait.

Je souris à mon tour en songeant à combien nous nous complétons à la perfection.

— Sérieusement, tu es sûr que ça va ? Si tu veux, on peut rentrer ?

— Non, on s'amuse bien. Allez, viens !

Il me fait un clin d'œil rassurant. Pour la première fois, il me prend la main, ce qui me rend soudainement fébrile, et me guide vers le gymnase qui s'est transformé en salle de bal. Des guirlandes noires et orange tombent du plafond en cascades, des citrouilles en papier ont été installées sur les tables où des boissons sans alcool sont servies. Aux quatre coins de la pièce, des squelettes en plastique retenus par des fils s'agitent telles des marionnettes. Au centre de la salle, des élèves se trémoussent au rythme d'une chanson endiablée des Rolling Stones.

— Tu as soif ?

J'acquiesce d'un mouvement de tête. Jessy m'abandonne pour aller chercher deux gobelets. Je parcours la salle des yeux. Dans un coin, je vois Chad déguisé en vampire, et ses copains. Apparemment ce sont eux qui sont chargés de l'animation du parcours de l'angoisse. Puis une grande fille blonde arrive et l'embrasse à pleine bouche. Malgré son déguisement de Marilyn Monroe, je reconnais tout de suite Amy. Voilà pourquoi elle me fuit depuis notre rupture, elle a tout fait pour le séduire et cela a fonctionné. Chad m'a vite oubliée et elle, cette traîtresse ! Jessy revient avec les gobelets. Je bois le mien cul sec.

— Qu'est-ce que tu as ? S'enquit-il devant mon visage furieux.

D'un hochement de tête, je lui montre Chad et Amy.

— Oups, est le seul son qui sort de sa bouche.

Jessy regarde vers le coin où Chad et Amy nous observent, semblant guetter ma réaction.

— Viens danser.

Il me reprend la main, ce qui a pour effet de me calmer immédiatement.

— Je croyais que tu ne dansais pas ?

— Je n'ai jamais dit ça.

Son sourire me fait totalement fondre. Je me laisse guider jusqu'à la piste de danse. La musique démarre sur une chanson douce. Comme à chaque fois que je suis en contact avec Jessy, mon cœur se met à battre la chamade. Sans réfléchir, je passe les bras autour de son cou, tandis qu'il pose ses mains sur ma taille. Bientôt ma tête repose sur son épaule. Je respire son odeur douce et enivrante, un mélange de savons aux fleurs et d'after-shave. Je me sens merveilleusement bien, tout est si naturel avec lui. Mais il s'arrête brusquement. Son regard est braqué sur une fille, petite de taille, les cheveux roux coupés au carré, qui nous tourne le dos et discute avec des amis à quelques pas de nous.

Jessy ne la lâche pas des yeux tandis que je sens ses épaules se contracter.

— Qu'est-ce que...

La fille se retourne, nous dévoilant son visage. Jessy souffle un grand coup avant de reporter son attention sur moi.

— J'ai besoin de prendre l'air, m'annonce-t-il, blanc comme un linge.

Nous fendons la foule jusqu'au parking où il prend une profonde inspiration. Un vent froid s'est levé emportant avec lui les feuilles mortes des arbres jusqu'à nos pieds. Nous nous adossons à une voiture.

— Pourquoi tu trembles ?

Je le questionne timidement.

— Je n'ai pas très envie d'en parler.

— Mais tu es livide !

— J'ai pas envie d'en parler. On oublie ça, OK ?

— D'accord, comme tu veux.

Il lève un sourcil interrogateur devant ma résolution. Cela ne me ressemble pas d'abandonner si vite. D'ordinaire, j'insiste pour qu'il me parle, mais là, j'ai peur de connaître la vérité.

— On rentre ?

— Ouais, je crois que ça vaut mieux après tout ça.

On se met en marche. Le lycée n'est qu'à quelques pâtés de maisons de nos habitations.

— Tout ça quoi ?

— Entre la voyante, Chad et Amy...

— Et ta dernière conquête, je lui glisse, ne pouvant retenir le sentiment de jalousie qui m'a envahi depuis qu'il a vu cette fille.

Jessy se tourne vers moi.

— Ce n'est pas ce que tu crois. J'ai cru que c'était Haley... La fille qui m'a transmis le sida.

— Chaque fois que tu m'as parlé du virus, tu m'as dit que tu gérais tout ça. Mais après avoir vu ta réaction de ce soir, je crois que tu gères mal les choses. Tu n'as pas réglé le problème avec elle. Je pense que tu devrais la revoir, ou du moins lui parler.

— Je ne vois pas à quoi cela m'avancerait. Tu sais, c'était juste une aventure, mais une aventure que je regretterai toute ma vie...

— Réfléchis-y.

Il acquiesce en silence.

Je n'ajoute rien. C'est son histoire, et lui seul sait s'il veut regarder droit devant lui après avoir réglé ses comptes, ou rester plongé dans un passé qui le ronge.

Le lendemain, c'est un dimanche ; vêtue de mon manteau, d'une écharpe et de mes gants, je sors de chez moi, bien décidée à affronter le froid matinal qui est tombé d'un coup sur la région.
Une voiture noire s'arrête à ma hauteur.
— Salut, me lance une voix familière.
— Salut. Jessy, tu as une voiture ?!
— Eh oui ! Ça fait un moment que j'en parle à ma mère et, ce matin, elle est revenue avec. Elle était trop contente de me voir sortir de la maison ! Tu viens ? Je t'emmène.
Il démarre et, rapidement, je vois qu'il prend la direction de la bretelle d'autoroute.
— Où va-t-on ?
— Devine !
— Au ciné ?
— Non.
— Faire une balade en forêt ? Non, ce n'est pas la route. Alors, peut-être visiter un musée ?
— Non. Tu verras, c'est une surprise, et il me fait un grand sourire innocent.
— OK, de toute façon où que ce soit, je suis partante.
— Tes parents ne vont pas s'inquiéter ?
— Je leur ai dit que j'allais te voir. Ils se doutent bien que je vais passer la journée avec toi.
— Et ça va être le cas, car on ne va pas tout près. Je pense que nous ne serons pas de retour avant ce soir. Toujours envie de venir ?
Il s'engage sur l'autoroute.

— À fond !

— Je veux te faire découvrir Allentown. Aujourd'hui, on va marcher sur les traces de mon passé...

Après avoir roulé pendant près de trois heures, Jessy se gare dans une petite rue pavillonnaire qui semble bien sympathique. Toutes les maisons sont à n'en pas douter la possession de gens aisés.

— Nous sommes arrivés, déclare-t-il en descendant de voiture.

Je suis contente qu'il me fasse assez confiance pour me faire voir les lieux qui ont compté pour lui. Je descends à mon tour et regarde la maison devant laquelle nous sommes stationnés. C'est une villa blanche de plain-pied où la pelouse est bien entretenue. De grandes baies vitrées laissent passer le soleil, et une solide porte en chêne accueille les visiteurs par un petit chemin qui scinde la pelouse en deux parties.

— C'est ici que tu habitais ?

Jessy a un sourire énigmatique.

— Non, ce n'est pas chez moi. On est chez Haley.

Il désigne d'un geste du menton la belle maison. J'ai soudain un creux au niveau de l'estomac.

— Quoi ?

— Je l'ai retrouvée, cela a été très facile, en fait. Elle m'avait dit son nom et dans quel quartier elle habitait, un coup de fil aux renseignements téléphoniques a suffi.

Il est adossé à sa voiture, fixant la maison comme s'il pouvait voir à travers les murs. Peu à peu, son bel enthousiasme semble diminuer. Son visage devient blême...

Brusquement, Jessy fait le tour de la voiture et m'annonce :

— Viens, on s'en va.

Je reste stupéfaite.

— Ah non, nous n'avons pas fait tout ce chemin pour repartir maintenant. Il faut que tu ailles lui parler !

Il me regarde fixement, le visage figé.

— J'ai peur.

— Je sais, mais si tu n'y vas pas, tu resteras avec tout ce que tu as sur le cœur pendant encore longtemps. Il faut que tu avances Jessy, tu ne peux pas rester bloqué avec toutes ces émotions.

Il hoche la tête et, prenant une grande inspiration, se dirige vers la maison. Je le vois s'avancer vers la porte en empruntant le petit chemin de gravillons. J'ai peur pour lui. Il sonne et n'attend que quelques secondes avant que la porte ne s'ouvre. Jessy entre. Je ne suis pas franchement ravie qu'il revoie l'une de ses ex-copines. Et s'il retombait dans ses bras ? Cela m'angoisse autant que de l'imaginer en train de lui hurler des horreurs.

Après tout, elle est séropositive, il pourrait parfaitement avoir une vraie relation avec elle. Pas juste une amitié comme avec moi. Voilà que j'en arrive presque à souhaiter être malade, mon Dieu, je deviens vraiment cinglée !

Pendant son absence, je m'interroge aussi sur son comportement. La veille encore, lorsque l'on a parlé des propos de la voyante, il m'a répété qu'il n'avait rien à offrir à une femme qui, de toute façon, se lassera vite de ne pouvoir que l'embrasser. J'ai rusé pour lui dire que certaines relations dépassent cela. Mais il est resté ferme sur ses positions. Perdue dans mes pensées, je ne le vois pas revenir. Je sursaute lorsqu'il ouvre la portière côté conducteur et se glisse derrière le volant. Je vois tout de suite que ça ne va pas. Il est encore plus pâle que lorsqu'il est allé sonner, et ses mains s'accrochent au volant comme si sa vie en dépendait. Son corps entier tremble. Je le sens à bout de nerfs bien qu'il tente de se contrôler. Je lui demande du bout des lèvres :

— Ça s'est mal passé ?

— C'est sa mère qui m'a ouvert...

Son visage exprime une telle haine que je pense tout de suite à la soirée sur le pont quand il s'était suspendu au-dessus du vide en hurlant. Je parierais qu'à cet instant précis, il se laisserait tomber sous les roues des véhicules plutôt que de vivre une minute supplémentaire sur cette Terre. Il peine à parler, mais je ne fais rien pour le presser.

— Haley est morte il y a cinq mois.

Je comprends aussitôt les idées noires qui lui traversent la tête à ce moment précis.

— C'est tout ce que sa mère t'a dit ?

— Oh non, s'énerve-t-il. Elle m'a dit qu'elle est désolée que son enfant m'ait contaminé ! Elle m'a également donné une lettre qu'Haley m'a écrite avant de mourir. On se casse d'ici !

Il démarre en trombe et fonce à travers les rues qui, apparemment, n'ont aucun secret pour lui.

— Jessy, s'il te plaît, ralentis un peu, tu me fais peur.

Il ne répond rien, mais je note qu'il lève le pied. Il conduit comme cela pendant plusieurs minutes, en silence. Nous entrons dans le centre-ville d'Allentown. Il prend l'artère principale puis bifurque plusieurs fois avant de stopper net dans une petite rue. De chaque côté, de grands immeubles masquent la plus grande partie de la lumière du jour. Le long des bâtisses aux murs devenus gris, des escaliers de secours en fer rouillé rendent le lieu encore plus sinistre.

Jessy sort de la voiture et claque la portière. Je le suis. J'ai tellement peur qu'il ne tente de mettre fin à ses jours. Il se dirige vers le centre de la rue, là où sont entassés des conteneurs à ordures en métal et frappe dedans de toutes ses forces à plusieurs reprises.

— Jessy, calme- toi, s'il te plaît, je le supplie.

— Pourquoi ? Tu peux me dire à quoi ça sert tout ça ? À quoi ça sert de vivre ?

— Arrête. (Je me place entre lui et la poubelle sur laquelle il déverse toute sa hargne.) Tu es en vie ! Tu m'entends ? Tu es toujours en vie ! Et d'ici à ce que la maladie se déclare peut-être que les médecins auront trouvé un traitement. Mais la force que tu mets à taper sur ce conteneur, tu dois la mettre à te battre.

— Mais pourquoi ? Qu'est-ce qui me retient sur cette planète ? Tu ne comprends donc pas que je vais finir comme Haley ?

Il m'écarte d'un bras avant de frapper à nouveau. Bientôt, son poing est en sang.

— Mais pourquoi tu tapes sur cette poubelle ?

— Parce que je suis en colère, et encore, colère est un euphémisme par rapport à ce que je ressens.

— Pourquoi ?

Lui, d'ordinaire si secret, se décide enfin à se confier à moi tout en donnant maintenant de grands coups de pied dans la pauvre poubelle.

— Ici, c'est le lieu où ma vie a basculé, me dit-il essoufflé.

Il s'arrête de cogner et désigne un emplacement près du mur de droite, un peu plus loin.

— Tu vois là-bas ? C'est l'endroit où mon père, mon vrai père est mort. Il a été tué par un gang du coin qui voulait lui piquer son fric, ils l'ont entraîné ici avant de l'abattre. Quand j'étais petit, j'avais une peur bleue de perdre mes parents. Je ne sais pas d'où me venait cette angoisse, elle était déraisonnable, m'éveillait la nuit. Mon père me rassurait, me répétait sans cesse qu'il serait toujours là pour me protéger, et quand j'ai eu cinq ans, d'un seul coup, il n'a plus été là. Il m'a laissé tomber. Il ne m'a pas protégé ! Les choses auraient été bien différentes s'il était toujours là. Et maintenant, c'est Haley qui est partie ! Et ça me fout en l'air car, même si c'est mal, j'aurais aimé lui crier toute la rage que j'ai dans le cœur ! Et tout ce que j'ai à la place c'est cette foutue lettre !

Il sort la missive de la poche de son manteau et la secoue dans l'air, comme s'il voulait s'en débarrasser mais qu'il en était incapable.

— Ça, je le comprends bien ! Mais lorsque tu seras calmé, tu voudras savoir ce qu'elle avait à te dire. Ton père n'a pas pu te dire au revoir, Haley l'a fait à travers ces mots dans cette enveloppe.

Ma voix est nouée par la tristesse. Jessy me regarde, cherchant dans mes yeux la raison de ma subite émotion.

— Tu as raison, souffle-t-il en regardant la lettre toujours dans sa main. Je ne dois pas la condamner, elle n'était pas la seule responsable de ce qui s'est passé ce soir-là, dit-il plus calmement.

— C'est vrai. Elle ne se savait pas malade à ce moment-là. Mais d'un autre côté, je ne peux m'empêcher de me sentir soulagée que tu ne l'aies pas revue. Je sais, c'est affreux de penser ça !

Je me détourne, je n'ose plus le regarder. Je viens de lui avouer la crainte qui m'a envahie dès la première fois où il a mentionné Haley. Même si elle l'a contaminé, il a eu une histoire avec elle, il a été plus proche d'elle qu'il ne le sera jamais de moi, et cela me brise le cœur de l'admettre. Jessy se place face à moi et scrute mon visage.

— Pourquoi te sens-tu soulagée ?

Il n'y a plus aucune trace de colère dans sa voix, juste de la curiosité.

— Pour rien, laisse tomber.

— Si, dis-moi, souffle-t-il doucement.

J'hésite, observant son regard perçant.

— Parce que j'avais peur que tu te remettes avec elle.

Il me regarde, incrédule.

— Je sais…, je reprends mais je m'interromps rapidement, ne sachant plus comment poursuivre sans avouer mes sentiments.

Jessy me fixe un instant qui paraît durer une éternité.

— Quand tu étais avec Chad, je me disais : « Il ne se passera jamais rien entre nous alors que lui peut tout pour elle. »

Je reste sous le choc, il vient bien de me dire qu'il crève d'envie d'être avec moi ou bien j'ai rêvé ?

— Je ne retournerai pas avec Chad.

— C'est vrai ?

J'acquiesce en attrapant le revers de son manteau.

— Chad n'a jamais été un obstacle entre nous. Ce n'est pas avec lui que je veux être.

Il s'essuie le front où des perles de sueur apparaissent et regarde sa main abîmée.

— En fait, je pensais surtout que cela te ferait peur d'être avec moi.

— Tu aurais peut-être dû me le demander ?

Je triture un bouton de son manteau.

— C'est vrai.

Il pince les lèvres et se lance :

— Tu veux sortir avec moi ?

— Enfin tu te décides ! Je souris. Bien sûr, je veux être avec toi, je ne pense qu'à cela depuis qu'on s'est rencontrés.

Jessy me fait un grand sourire.

— Je ne sais pas combien de temps je vais rester en vie.

— On verra bien. Nous allons faire en sorte que chaque jour compte.

— Et avec Chad c'est définitivement fini ? Tu es sûre ?

— Jessy, Chad et moi on a rompu parce que tu es arrivé dans ma vie et que tu as offert un autre horizon à mon avenir. Quand je t'ai rencontré, j'ai réalisé que je ne l'avais jamais vraiment aimé. Il est juste un ami. C'est ça la vraie raison... Enfin pour moi.

Je lui tends des mouchoirs en papier qu'il enroule autour de sa main éraflée, qui a déjà cessé de saigner. Puis il passe son bras autour de mes épaules, m'embrasse sur le front et m'entraîne vers la voiture en remisant la lettre dans la poche de son manteau.

— Je me doutais que j'étais un peu le responsable dans cette histoire, dit-il en me faisant un clin d'œil.

Soudain, il me tend les clefs de la voiture.

— Je ne me sens pas de conduire après tout cela, ça te tente ?

Trop contente de pouvoir me mettre au volant, je m'empare des clefs avec empressement.

Nous entrons dans Millisky, la ville est déserte à cette heure, seuls les lampadaires donnent un semblant de vie aux rues. Je jette un coup d'œil sur Jessy, perdu dans ses pensées. Soudain, au lieu de prendre la direction de sa maison, je change de route et m'engage vers la colline. Je ne peux pas le laisser rentrer chez lui dans cet état.

Parvenue au sommet, je stoppe la voiture. Jessy sort de ses pensées et regarde autour de lui, surpris. Il ne connaît pas ce coin de la ville où, moi-même, je ne vais que rarement.

— Où sommes- nous ?
— Viens avec moi.

Nous sommes sur un petit chemin de terre bordée d'une barrière de sécurité. De hautes herbes dépassent de la pente qui domine la ville. Jessy me rejoint devant la voiture, je lui prends la main et l'entraîne devant l'une des somptueuses demeures, qui offre une vue parfaite de la ville endormie.

— Je sais que tu n'as pas le moral et je comprends parfaitement pourquoi, je lui assure. Je sais également que tu attends de te retrouver seul pour lire la lettre d'Haley. Mais je ne vais pas te laisser faire, je ne veux pas que tu sois bouleversé, seul, dans ton coin alors que je serais en train de m'angoisser pour toi.
— Meg…
— S'il te plait, Jessy, fais ça pour moi. Je ne te demande pas à la lire, je veux juste que tu la lises en ma présence parce que, quoi que tu en penses, tu auras besoin de soutien ensuite et je veux être celle qui te serrera dans ses bras pour t'assurer que tout ira bien.

Les larmes au bord des yeux, il acquiesce.

Je m'éloigne de quelques pas pour lui laisser son intimité. Il sort l'enveloppe, hésite quelques secondes puis l'ouvre. Dès les premiers mots qu'il lit, je perçois le changement de son expression, il semble se décomposer. Rapidement, je vois des larmes rouler sur ses joues alors que je me retiens d'aller le rejoindre tant j'ai mal pour lui. Quelques secondes plus tard, il arrête de lire, se penche jusqu'à s'appuyer sur la barrière de sécurité alors qu'un sanglot sonore lui échappe. Je ne résiste plus et vais le serrer dans mes bras. Mes bras sont autour de son cou, mon visage sur son épaule.

— Je suis là, Jessy, Je suis là, je lui chuchote à l'oreille.

Il se redresse, se retourne et me serre contre lui comme si j'étais la seule chose qui le retenait sur terre.

— Tiens, me dit-il en me tendant la lettre.

— Non, elle t'est destinée.

— Je ne veux rien te cacher à propos d'Haley, pas après ce que tu m'as avoué tout à l'heure.

Bien que cela me gêne, je m'empare de la feuille.

Jessy,

Si tu lis ceci c'est que je ne serais plus là pour te parler de vive voix. C'est également que tu cherches des réponses à tes questions, des explications. Je vais essayer d'y répondre.

Déjà, je voulais te dire que je suis profondément désolée de t'avoir contaminé. Si j'avais su que j'étais porteuse de ce virus, jamais je ne t'aurais draguée ce soir-là. Comme je te l'ai dit lors de cette fameuse soirée, je ne cherchais rien de sérieux, pourtant en te voyant, tu m'as plu tout de suite. Si je suis si vite partie une fois que nous avions couché ensemble, c'est que j'aurais pu éprouver des sentiments envers toi et sortant d'une relation difficile, je ne le voulais pas.

Si tu te demandes comment je suis devenue séropositive, c'est justement cet ex que j'avais tant de mal à oublier qui m'a contaminée après m'avoir trompé. Lui non plus ne se savait pas malade.

A l'heure où je t'écris ces mots, je suis à l'hôpital. Je ne pense pas m'en sortir. Je ne te dis pas ça pour t'inspirer de la pitié, mais pour te dire que je prie pour que tu ne vives jamais la même chose. Je souhaite de tout coeur que la médecine trouve un remède avant que le virus ne se manifeste. En aucun cas je n'ai voulu te condamner à vivre cet enfer, ni toi, ni les deux autres garçons que j'ai également contaminés.

Je vais partir en étant rongé par la culpabilité. Je prie pour que Dieu me pardonne, pour que tu parviennes à me pardonner un jour.

Haley

Ces mots me bouleversent tant ils me paraissent sincères. Je me tourne vers Jessy qui s'est essuyé les yeux mais semble toujours perturbé.

— Comment tu te sens ? Je lui demande.
— Triste et soulagé à la fois. En fait, j'ai l'impression que la vie ne me fera jamais de cadeau et que chacun de mes espoirs sera déçu.
— Tu te trompes Jessy. Tu vois ça ? Je désigne Millisky illuminée devant nous. C'est cela ta vie aujourd'hui. Ce n'est plus une ruelle sombre d'Allentown, ni même une demeure dernier cri dans laquelle se cachent bien des malheurs. Non, ta vie est ici maintenant. Quant à ton avenir, je ne sais pas de quoi il sera fait, de même que j'ignore mon futur, mais il y a une chose dont je suis certaine : je serai avec toi.

Il se penche vers moi, je l'embrasse à pleine bouche. Cette fois, il me rend mon baiser avec force. Son corps se colle au mien, me faisant frissonner. De mes lèvres, il laisse sa bouche glisser lentement jusqu'à mon cou. Je savoure ce baiser, ce désir qui me pousse à le vouloir toujours plus proche de moi. Puis il prend à nouveau ma bouche avec un mélange de tendresse et d'avidité. Du bout de sa langue, il entrouvre mes lèvres, sa langue caresse la mienne tandis qu'il aspire mon souffle. Aucun garçon, pas même Chad, ne m'a jamais embrassé ainsi. Je me sens défaillir entre ses bras, mes jambes ont du mal à me soutenir. Il s'écarte légèrement de moi en me fixant. Je peux lire dans ses yeux que j'ai gagné cette première bataille, il a repris foi en la vie, en mon amour pour lui. Pour la première fois depuis que je le connais, il est heureux.

Derrière nous, dans la maison, le groupe Divinyls se fait entendre avec leur chanson *I'm on your side*.

— Mademoiselle Crawfords, m'accorderiez-vous cette danse ?

Il me tend sa main.

— Avec plaisir.

« *I'm on your side*
You know I'm not the enemy. »

Il ne fait pas chaud ce soir, mais à l'abri dans les bras de Jessy, je n'ai pas froid.

« *I love you, babe* » s'élève dans le silence de la nuit.

Jessy s'écarte de quelques centimètres et me regarde avec un sourire malicieux.

— Alors finalement, qui a gagné ? Le cœur ou bien la raison ? Me demande-t-il en citant les paroles de la voyante.

— Tu es le cœur, tu l'as toujours été, je lui réponds avec force.

« *I'll hold on to you.* »

C'est ainsi que, blottis dans les bras l'un de l'autre, la musique nous berce.

« *I love you babe, I love you babe, I'm on your side.* »

Chapitre 5

Premiers émois

— La musique s'est arrêtée, je remarque avec regret, quelques instants plus tard.

Jessy ne semblait pas y avoir fait attention et continuait de nous bercer en un doux rythme. Le silence règne totalement sur la colline surplombant la ville de Millisky. Je sens Jessy relâcher doucement son étreinte, toutefois, je n'esquisse pas un mouvement. Je suis tellement bien entre ses bras que je ne voudrais jamais le lâcher. La tête posée contre son torse, j'écoute les battements de son cœur en ayant la certitude que tant qu'il battra, je serais auprès de ce garçon.

— Ne me lâche pas, je chuchote avant de lever les yeux sur lui.

— Il fait froid. Viens, retournons dans la voiture.

Je m'empare de la main qu'il me tend et le suis. Maintenant que la magie de l'instant est passée, j'angoisse à l'idée qu'il ne me repousse une nouvelle fois. Il me fait monter dans sa vieille voiture avant d'en faire le tour pour s'installer derrière le volant. Son regard croise le mien et s'y attache. J'ai envie de lui demander si ces baisers comptent autant pour lui que pour moi mais je redoute tant la réponse que je n'ose pas. Lorsque je le vois se pencher vers moi, je me rapproche et nos lèvres se rencontrent à nouveau. Aussitôt, je retrouve ma place entre mes bras alors que nos lèvres ne se quittent plus et que nos langues se caressent pendant plusieurs secondes. Lorsque Jessy rompt notre baiser, je garde son visage dans le creux de ma main et en caresse la joue.

— Qu'est-ce que tu as ? Je lui demande.

Ses yeux se rivent aux miens avec un sérieux qui me fait craindre le pire.

— Es-tu certaine de vouloir être avec moi ?

Sa question me désarçonne totalement. Nous venons de nous embrasser et déjà il le regrette. Ma main retombe sur la banquette, je me recule légèrement alors qu'il poursuit :

— Je ne vois pas ce que je pourrais t'apporter mis à part des emmerdes. Vivre avec ce virus est déjà difficile, je ne veux pas t'entraîner là-dedans. Sans oublier le fait que je ne prendrais jamais le moindre risque de te contaminer comme Haley l'a fait avec moi. Il n'y aura rien de plus entre nous que ce que nous avons en ce moment…

A travers ses mots, je comprends qu'il a tout simplement peur.

— Jessy, stop ! Tu crois que je n'ai jamais réfléchi à tout cela ?

Je lui fais un sourire et me penche à nouveau vers lui pour lui assurer :

— Tout ce que je veux, c'est être avec toi, le reste m'est égal. Cela fait des semaines que nous nous sommes rencontrés et autant de temps que j'espère pouvoir te sentir si proche de moi.

Je m'empare de sa main, il entrelace nos doigts.

— Fais-moi confiance, je susurre contre sa bouche avant de l'embrasser.

Immédiatement, il me rend mon baiser alors que son corps se presse contre le mien. Je savoure sa tendresse, son cœur qui bat à l'unisson du mien, sa langue qui explore ma bouche. J'ignore combien de temps s'écoule ainsi mais je n'ai pas envie que cela se termine. J'aimerais passer ma vie entre ses bras, en respirant son odeur.

Quand nos bouches se séparent, c'est pour échanger de petits baisers qui me donnent autant de papillons dans le ventre que les précédents. Jamais je n'avais ressenti cela avec Chad. Depuis que j'ai rencontré Jessy, j'ai la sensation de découvrir la réalité de la vie, de me découvrir moi-même. Je me sens heureuse, à ma place, pour la première fois de mon existence.

Jetant un coup d'œil vers le tableau de bord, je le vois grimacer et suis son regard. Il est 23h15.

— Tu souhaites rentrer chez toi ? Je lui demande.

— Pas du tout. Mais il va falloir. Demain, on doit aller au lycée.

En soupirant, il démarre la voiture et redescend en ville, prenant la direction de chez moi. Je sais que nous allons être séparés pour la nuit mais je n'ai aucune envie de le laisser. Malheureusement, il n'y a que peu de circulation et nous parvenons rapidement devant la maison. Jessy coupe le moteur alors que je me penche pour observer les fenêtres. Une seule lumière est encore allumée à l'étage, celle de la chambre de mes parents, sinon toute la maison est plongée dans l'obscurité.

— Mon père m'attend, je grimace avant de me retourner vers lui.

Sa main glisse sur ma nuque, il m'attire vers lui.

— Je n'ai pas envie de te quitter, il affirme contre ma bouche.

Je me blottis contre son corps, renforçant notre baiser. Je sens ses lèvres quitter les miennes et descendre dans mon cou où elles aspirent la peau délicate. Je retiens un gémissement.

— Tu n'as pas peur ? Me questionne-t-il quelques secondes plus tard.

Songeant qu'il parle de mon père, j'avise à nouveau la fenêtre parentale devant laquelle l'ombre de mon paternel vient de passer. S'il nous voit, je crains le pire.
Reportant mon attention sur Jessy, je remarque ses sourcils froncés et réalise soudainement qu'il n'est nullement question de mon père.

— Peur de toi ?

Il acquiesce d'un hochement de tête.

— Bien sûr que non ! Pourquoi le devrais-je ? La seule chose qui me fait flipper en ce moment, c'est le savon que mon père risque de me passer.

— Tu comptes parler de nous à tes parents ? S'étonne-t-il.

Je l'embrasse furtivement avant d'ouvrir la portière.

— Évidemment. Je n'ai pas l'intention de te cacher.

Je suis sur le point de sortir lorsqu'il s'empare de ma main et m'attire à nouveau contre lui.

— Ce n'est pas juste, j'avoue contre sa bouche. Je ne veux pas me séparer de toi.

— On se revoit demain matin, sourit-il. Si tu ne m'as pas oublié d'ici là.

— T'es dingue ! Je ris en prenant son visage entre mes mains, en affirmant : Un dernier bisou et j'y vais.

Je sais déjà que je ne vais pas beaucoup dormir cette nuit, trop d'idées tournoient dans ma tête pour cela. Je n'ai qu'une envie : Parler à la personne que j'aime le plus au monde. Aussi, après m'être mise en pyjama et m'être assurée que mon père avait éteint la lumière de sa chambre, je redescends doucement jusqu'à la cuisine pour m'emparer du téléphone.

— Salut Nick, dis-je lorsque mon frère me répond après quelques sonneries.

— Bonsoir Meg. Il y a un problème pour que tu m'appelles à cette heure-ci ? Il est arrivé quelque chose aux parents ?

C'est seulement que je remarque l'heure : 1h 25.

— Oups, je n'avais pas vu qu'il était si tard. Je suis désolée de te réveiller.

— Ne t'inquiète pas, je ne dormais pas. En fait, voilà que je reviens de chez… une copine.

Sa confidence ne me surprend guère, mon frère a toujours eu du succès.

— Nick, je ne voulais pas attendre le matin pour te dire que j'ai passé la soirée avec Jessy.

Mon frère soupire d'un air déçu.

— Ouais, vous avez regardé des films ensemble, comme d'habitude quoi…

— Non, pas cette fois…

En quelques minutes, je lui raconte la journée que nous venons de passer et surtout sa terminaison.

— Enfin vous vous êtes décidés ! C'est pas trop tôt ! Cela fait des semaines que tu me parles du grand amour de ta vie sans que rien ne se produise entre vous !

— Arrête de te moquer de moi, je râle doucement.

— Non ! C'est mon privilège de grand frère d'embêter mes petites sœurs.

— Tu me manques Nick. Tellement.

Un silence suit mon aveu. Je connais mon frère, je sais que mes paroles le touchent plus que ce qu'il n'admettra jamais.

— Tu n'as plus besoin de moi maintenant que tu vas passer tout ton temps avec Jessy, réplique-t-il avec sarcasme.

— J'aurais toujours besoin de toi Nick. Je t'aime.

— Moi aussi petite tête. Bon je suppose que les parents ne sont pas au courant que tu as passé la soirée avec ta langue dans la bouche de ce mec ?

— Non, pas encore. Mais je compte leur annoncer demain matin.

— Eh bien bon courage, surtout avec papa !

Mon enthousiasme retombe brutalement alors que l'angoisse m'envahit. Annoncer à mon frère que je sors avec Jessy était une joie, l'annoncer à mes parents ne sera pas une partie de plaisir.

Le lendemain matin, je me lève de très bonne humeur. Depuis des semaines, je me posais mille questions sur Jessy et moi, sur mes sentiments pour lui, sur le fait qu'il me tenait à distance et d'un coup, il ne reste plus rien de ces questionnements, juste le bonheur d'être avec lui.

Malgré moi, je souris en me regardant dans le miroir et glousse au souvenir du long baiser que Jessy m'a donné dans le cou et qui maintenant est devenu un suçon imposant. J'aime avoir sa marque sur moi, cela me prouve que je n'ai pas rêvé. J'attrape un foulard en soie noire, bien décidé à camoufler ce suçon. Je ne veux pas que mes parents apprennent mon histoire avec Jessy de cette façon. C'est à moi de leur en parler. À ce moment-là, j'entends

Nina glousser. Je me retourne tandis que le foulard tombe sur la moquette de ma chambre.

— Je le savais. (Elle pointe un doigt en direction de mon cou.) Tu t'es remise avec Chad ! J'en étais sûre !

Je reste interdite un instant, me demandant où elle est allée chercher une idée pareille.

— Non, ce n'est pas ça…

— Ben voyons, répond ma jeune sœur en quittant précipitamment ma chambre avec un grand sourire.

Je renonce à lui courir après et m'évertue à bien placer l'étoffe autour de mon cou. Lorsque le résultat me paraît concluant, je descends rejoindre ma famille dans la cuisine.

— Hello, tout le monde !

— Salut ! Tu es de très bonne humeur, ce matin.

Mon père, installé devant son café, me regarde d'un œil suspicieux.

Avant que je n'aie le temps de dire quoi que ce soit, Nina prend la parole :

— Normal, elle s'est remise avec Chad !

— Quoi ? S'exclament en chœur mes parents, visiblement surpris.

Je reste bouche bée un instant avant de répliquer vivement :

— Mais pas du tout !

Nina fronce les sourcils.

— Ben si, sinon qui t'a fait l'énorme suçon que tu as dans le cou ?

Mes yeux s'écarquillent et, en pensée, je maudis ma sœur d'être tellement bavarde. Je vois les yeux de mes parents se poser sur mon foulard, comme s'ils essayaient de voir à travers le fin tissu.

— Je ne suis pas avec Chad.

— Euh... Megan, peux- tu enlever cette écharpe, s'il te plaît ? Demande trop poliment mon père.

En hésitant, je défais le nœud et le foulard glisse le long de ma peau révélant la marque violacée.

— Bon sang ! Jure mon père en se levant d'un bond.

Il se détourne pour ne plus avoir à me regarder. Ma mère m'observe avec un petit sourire que je lui rends. Elle a compris depuis longtemps ce que je ressens réellement pour Jessy.

— Calme- toi, John, c'est de son âge.

— De son âge ! Mais enfin, c'est une enfant !

Décidément, mon père ne me verra jamais comme la femme que je deviens.

— Elle a seize ans ! Réplique ma mère. Ce n'est plus une gamine !

— Et... Et d'ailleurs... Qui... Qui t'a fait ça ? Bégaye mon père en tournant en rond devant moi, osant à peine lever les yeux dans ma direction.

— Il était tard quand je suis rentrée hier soir, mais je comptais vous en parler ce matin, si une peste n'avait pas tout balancé à ma place. (Je jette un coup d'œil mauvais à ma sœur.) Depuis hier, Jessy et moi sommes ensemble.

Mon père s'arrête brusquement de marcher et me dévisage, incrédule.

— J'en étais sûre, sourit ma mère. Je sais depuis le début que tu lui plais.

Mon père jette un regard d'incompréhension à sa femme.

— Je rêve ou bien cela te fait plaisir ?

— Jessy est un garçon très bien.

— Je suis d'accord avec toi sur ce point et je suis désolé qu'il soit malade, mais justement... il est malade !

Je lève les yeux au ciel. Je vais avoir droit au sermon que j'appréhende depuis la veille.

— Papa, je sais que tu vas t'inquiéter pour moi, mais Jessy et moi sommes grands, et nous savons ce que nous faisons. Il ne fera jamais rien qui puisse me mettre en danger. Il a été très clair là-dessus. Tu dois me faire confiance, nous faire confiance.

Et c'est vrai, Jessy a été très clair sur ce point, jamais il ne prendra le moindre risque de me faire ce que Haley lui a fait.

— J'espère pouvoir vous croire, mais quand je vois l'état de ton cou, j'ai de sérieux doutes !

— C'est juste un suçon, rien d'autre. Il n'y a aucun risque à s'embrasser et qui plus est dans le cou.

— Regarde-moi ça, on dirait que tu es passée entre les mains d'un vampire !

Mon père fixe la tâche qui ressort sur ma peau blanche.

Devant son expression, j'éclate de rire. Bientôt ma mère se joint à moi. Voyant nos réactions, mon père se calme et obtempère :

— Je suppose que je dois accepter que tu grandisses, cependant je t'encourage fortement à ne pas dépasser certaines limites.

Ce qui, chez mon père, se résume à « Tu peux sortir avec Jessy, mais ne couche pas avec ».

— Merci, papa.

— Meg, nous te faisons confiance avec Jessy, mais promets-nous d'être prudente.

— Promis, maman.

Cela a été moins compliqué que je ne le redoutais.

— Et va mettre un pull à col roulé pour cacher cette marque !

— Salut Jessy, lui dis-je joyeusement en le rejoignant devant son casier avant la première heure de classe.

Dès le premier regard, je suis surprise de le voir si peu en forme. Je m'étais attendue à ce qu'il m'embrasse, me prenne dans ses bras en me voyant, ou au moins à ce qu'il sourie, mais non, il me regarde, pince ses lèvres puis détourne le regard, visiblement mal à l'aise.

— Je dois aller en cours, on se voit plus tard ?

Je sens mes traits se figer et j'acquiesce sans enthousiasme.

Qu'est-ce qui lui arrive ?

Je me sens totalement perdue. J'étais si heureuse depuis hier et maintenant je suis désespérée. J'ai besoin de lui parler, d'y voir clair dans cette situation. Aussi, à la fin des cours, je vais le voir en prétextant les devoirs que nous avons à faire pour le lendemain. Il réagit comme d'habitude et m'invite à réviser chez lui.

Nous sommes installés à la table de la salle à manger, nos livres et cahiers étalés devant nous. L'ambiance est pesante entre nous.

— Qu'est-ce que tu veux boire ? Me demande-t-il en se dirigeant vers la cuisine.

— Comme toi.

Je me lève et m'avance vers le comptoir de la cuisine tandis qu'il verse du jus d'orange dans deux verres.

— Jessy ? Dis-moi franchement, tu regrettes ce qui s'est passé entre nous, hier ?

Surpris par ma question, il repose trop brutalement la bouteille de jus de fruits et manque de renverser les deux verres.

— Non, pas du tout.

J'esquisse un timide sourire devant cet espoir qui renaît.

— Alors pourquoi tu ne m'as pas embrassée, ni touchée de toute la journée ?

Il baisse le visage et pince ses lèvres. Mon cœur bat à une vitesse affolante lorsque je le vois sortir de derrière le bar et s'avancer vers moi.

— Je pensais que tu allais me dire que tu avais fait une erreur hier, avoue-t-il. Que tu avais réfléchi et changé d'avis.

Je le regarde, incrédule.

— Jessy, je croyais que toi, tu regrettais et que tu ne voulais plus être avec moi.

— Bien sûr que si Meg. Seulement, vu ma situation...

— Je sais ce que je fais. Je sais parfaitement ce que je veux.

— Je peux te demander ce que c'est ?

— Toi.

Les yeux levés sur lui, je surveille sa réaction. J'ai l'impression d'entendre les battements de son cœur faire écho aux miens. Fébrilement, il se penche et s'empare de ma bouche. Je suis si heureuse qu'il n'ait pas changé d'avis.

— J'ai peur, chuchote-t-il quelques minutes plus tard alors que nous sommes toujours enlacés au milieu du living.

— De quoi ?

— De tenir à toi et de te perdre.

Je vois la crainte au fond de ses yeux, cela me chavire le cœur et m'emplit de bonheur. Du dos de ma main, je caresse sa joue avec tendresse.

— Je ne compte pas te quitter.

— Meg, je vois la façon dont les mecs du lycée te regardent depuis que tu as rompu avec Chad. La manière dont ton ex te regarde.

— Tu es bien mieux que ces types. Tu es le seul avec qui je veux être.

— Pourquoi ?

Il s'éloigne pour aller s'adosser au comptoir, les bras croisés sur son torse. Il semble réellement se demander pourquoi je veux être avec lui, cela me déroute.

— Je tiens à toi parce que tu es beau, gentil, intelligent, délicat, attentionné…

Je lui fais une longue liste, et plus je parle, plus il paraît ému. Je devine que je dois être la première, hormis sa mère, à lui faire des compliments depuis qu'il se sait séropositif. Jusqu'à présent, il n'a reçu que des remarques désobligeantes, des railleries et des insultes. Pourtant je ne fais qu'énoncer des vérités, Jessy est tout cela et bien plus encore à mes yeux.

Il a la tête baissée vers le carrelage. Je pose mes mains sur son bassin tandis que mon front se colle au sien.

— Je sais que ces derniers mois ont été difficiles à vivre pour toi. Mais ils appartiennent au passé. Tu n'es plus seul à présent, je suis là… Tu veux toujours de moi ?

Les yeux débordants de larmes, il relève le visage pour me scruter.

— Meg… (Il respire profondément comme pour se donner du courage.)… Depuis que l'on se connaît, pas un jour ne s'est passé sans que je n'aie rêvé de te tenir dans mes bras.

Mon visage s'illumine alors que j'essuie l'eau salée qui roule sur ses joues. Enserrant ma taille, il me prend contre lui.

— Oh ! Dans la liste de tes qualités, j'ai oublié sexy !

Il éclate de rire dans mon cou. Voilà le Jessy que je veux voir, un Jessy qui rit, qui est heureux et je me promets de tout faire pour le voir sourire le plus souvent possible.

Il resserre ses bras autour de mon corps pour m'embrasser à nouveau. Comme la veille, il ne parvient plus à me lâcher. Je me serre contre lui, ressentant la même chose. Soudain, quelqu'un tousse à proximité, nous faisant sursauter. Nos deux visages se tournent d'un même mouvement vers la cuisine où sa mère nous observe en posant un sac de courses sur le bar.

— Grillés, murmure Jessy en reportant son attention sur moi.

Je sens mon visage devenir subitement très rouge alors que je fixe toujours Élise.

— Madame Sutter... Je suis désolée..., balbutié-je.

Jessy me serre toujours contre lui, je tente d'échapper à son étreinte, mais il me retient doucement.

— Ben voilà, tu sais, dit-il simplement à sa mère.

Élise nous fait un grand sourire qui me détend aussitôt.

— Je savais bien que tu me cachais quelque chose, l'accuse-t-elle. Je suis contente pour vous deux.

Je quitte les bras de mon petit ami pour aller aider Élise, tandis qu'il rassemble nos affaires de classe éparpillées sur la table.

— Alors vous n'avez pas d'objection à ce qu'on soit ensemble ?

— Aucune, au contraire. Et tes parents ?

— Ils n'ont rien contre, non plus.

— Parfait ! (Puis sa mère baisse la voix pour me parler, mais je suis sûre que Jessy entend ce qu'elle me dit.) J'ai remarqué depuis longtemps que vous êtes amoureux l'un de l'autre.

Je tourne la tête et rencontre le visage de Jessy qui s'empourpre, reflétant le mien. Ses yeux vert clair ne quittent pas les miens.

— Tu restes manger avec nous, Meg ?

Je me retourne vers sa mère. Jessy s'approche et passe un bras autour de mon cou avant de m'embrasser sur le front.

— Avec plaisir.

Je suis tellement contente qu'Élise accepte notre relation même si, de temps en temps, je la surprends à nous regarder soucieusement, je crois qu'elle s'inquiète de savoir comment réagirait Jessy si cela ne fonctionnait pas entre nous. Après tout ce qu'il a dû endurer ces derniers mois, j'ai redonné un nouveau souffle à sa vie et, en tant que maman, Élise se soucie de ce que deviendrait son fils si je sortais de sa vie, ce que je comprends parfaitement.

Le lendemain matin, je retrouve Jessy devant le lycée. Bras croisés sur son torse, il regarde passer les autres élèves avec un air soucieux qui ne me dit rien qui vaille.

— Salut, mieux dormi ? Je lui demande en posant mes mains sur ses bras.

— Ouais et toi ?

Il se penche et dépose un léger baiser sur mon front. Je me fige aussitôt et rive mon regard au sien.

— Qu'est-ce qui se passe ? Je le questionne avec inquiétude.

— Rien. Pourquoi ?

— Parce qu'hier soir tu n'arrivais plus à te séparer de moi et que ce matin, j'ai juste droit à un bisou d'ami. Tu veux que je te répète combien je suis certaine de vouloir être avec toi ? Je souris mais mon cœur, ce traître, manque un battement tant je redoute ses sautes d'humeur.

— Hier soir, on était chez moi. Pas devant l'école.

Les mains toujours posées sur ses bras, je me retourne vers nos camarades de classe dont le flux migratoire vers l'établissement ne semble jamais vouloir se tarir et hausse les épaules?

— Et alors ?

Meg, je supporte les regards de certains d'entre eux tous les jours. Je sais ce qu'ils pensent de moi et à quel point c'est parfois difficile de garder la tête haute. Je ne veux pas te faire endurer cela.

— Donc tu préfères m'éviter devant les autres ?

Il me répond par un geste évasif.

Je sais que Jessy manque énormément de confiance en lui et aussi qu'il veut me protéger, mais je ne compte pas vivre notre relation cachée. Je ne souhaite pas qu'il pense, ne serait-ce qu'une seconde, que j'ai honte d'être avec lui.

— Je peux te dire ce que je pense de ton raisonnement ? Demandé-je.

— Bien sûr, mais j'ai l'impression que cela ne va pas me plaire.

J'esquisse un sourire et décroise ses bras, il se laisse faire sans résistance. Je me colle contre son torse et caresse sa joue.

— Jessy, je me moque de ce que des idiots peuvent dire ou penser de nous. Je ne vais pas m'interdire de te toucher ou de t'embrasser juste parce que des ragots vont circuler. C'est toi qui remplis ma vie, pas eux, je certifie en voyant des élèves nous observer.

— Je voulais juste te protéger, chuchote-t-il.

— Je sais, mais je n'en ai pas besoin. Tout va très bien. Sauf que j'aimerais avoir un vrai bisou, je souris malicieusement tandis que mes mains glissent sur sa nuque.

Immédiatement, il passe ses bras autour de ma taille et resserre notre étreinte avant de m'embrasser à pleine bouche.

— J'en mourrais d'envie, confesse-t-il lorsque, souriant toujours, je me détache de lui.

Des murmures s'élèvent déjà autour de nous. D'ici peu notre histoire aura fait le tour du lycée puis de la ville.

— On y va ? Me demande-t-il en me tendant une main que je m'empresse de saisir.

Des têtes se retournent sur nous tandis que nous avançons dans les couloirs. Stanley, un ami de mon frère, passe à côté de nous et, aussitôt, son attention se porte sur nos mains enlacées.

— Salut Meg, Jessy. Alors ça y est tous les deux ?

Son index pointe sur notre couple.

— Euh…Ouais, balbutie Jessy.

De mon côté, je lève les yeux au ciel. J'ai toujours bien aimé Stan, il a toujours été très gentil avec moi mais je ne compte pas lui demander la permission pour sortir avec Jessy.

— Ça te pose un problème Stan ? Je questionne froidement.

— Pas du tout, au contraire. Je suis content pour vous.

Il donne une petite tape sur l'épaule de Jessy avant de gagner sa salle de classe.

— Il est sympa, commente Jessy.

— Oui, c'est un copain de mon frère, j'indique comme si cela coulait de source.

— Oups, murmure-t-il en voyant Chad nous lancer un regard furieux avant de disparaître dans une classe. Ça ne te dérange pas qu'il nous ait vus ?

Je hausse les épaules. A lui non plus, je ne compte pas demander la permission.

— Il aurait bien fini par le savoir de toute façon. Cela te tente d'aller au ciné ce soir ?

Quelques heures après la fin des cours, Jessy et moi nous retrouvons au centre commercial à attendre devant l'un des deux cinémas, que les portes s'ouvrent pour une nouvelle séance. Parmi la foule, beaucoup de jeunes du lycée. A peine sommes-nous arrivés que les commentaires sur notre couple se multiplient. Si certains n'avaient pas encore connaissance de notre relation, à présent le monde entier semble être au courant. A mon côté, je sens Jessy s'énerver alors que des bribes de conversation nous parviennent :

— Elle doit avoir le sida aussi, c'est pour ça qu'elle le défend depuis le début.

Je vois Jessy se raidir alors que je lance un regard mauvais à la fille qui a sorti cette énormité.

— C'est ce que je voulais t'éviter ce matin. Je savais que cela se passerait ainsi, murmure Jessy en baissant la tête et en glissant ses mains dans les poches de son jean.

Je pose mes mains sur ses poignets afin de le rassurer.

— Tu la connais celle-là ? Je demande en haussant la voix pour que cette pétasse m'entende.

— Juste de vue.

Je décide de combler les lacunes de Jessy en parlant fort dans le but de combler également celles des autres autour de nous.

— C'est Ronny Charp. Elle a perdu sa virginité à l'âge de 14 ans avec un collègue de son père. Évidemment, celui-ci l'ignore. Depuis elle passe de mecs en mecs sans la moindre gêne. En ce moment, je pense qu'elle est juste jalouse parce que tu es canon et qu'elle ne pourra jamais t'avoir !

Jessy hausse un sourcil accompagné d'un sourire amusé alors que la bouche de Ronny est grande ouverte sous le choc. Quitte à remettre les pendules à l'heure, je continue sur ma lancée :

— Et tu vois le grand type brun à quelques pas de nous qui répète depuis tout à l'heure, combien je suis tombée bien bas en ayant quitté Chad pour toi ? C'est…

— Ouais, c'est vrai, je le dis et je le pense ! Me coupe le principal intéressé en rivant son regard mauvais au mien, qui n'a rien à y envier.

Depuis son arrivée à Millisky, je crois que la personne la plus agressive envers Jessy est Tyler. Même si mon petit-ami a tout fait pour le cacher, je ne suis pas dupe et sais parfaitement les calomnies que raconte cet idiot. Malheureusement, jusqu'à présent, il a toujours agi lorsque je n'étais pas présente. Ce soir, il semble enfin décidé à m'affronter.

—Tyler, enfin tu oses me le dire en face ! Et je suppose que ta réaction n'a rien à voir avec le fait que je t'ai envoyé balader lorsque tu m'as demandé de sortir avec toi, il y a quinze jours ?

— Heureusement que tu as refusé car, avec le recul, je me rends compte que tu n'es qu'une garce ! Réplique froidement Tyler en me fixant avec horreur.

A mon côté, les poings serrés et les lèvres pincées, Jessy fait un pas vers lui, bien décidé à en découdre.

— Jessy, non ! Je m'interpose aussitôt entre les deux garçons, appuyant mes mains sur son torse pour le retenir. Ne fais pas cela, c'est ce qu'il cherche. Ne le laisse pas gagner.

— Ben alors le sidéen, on se laisse dicter sa conduite par une salope ? Se moque Tyler.

Aussitôt d'autres élèves, autour de lui, rient. Tyler fait un tour sur lui-même en paradant, mains en l'air pour se faire acclamer.

D'un geste brusque, Jessy m'écarte et fonce sur Tyler pour lui flanquer un coup de poing dans l'estomac. Je retiens mon souffle, Tyler est plus grand que Jessy et de corpulence fine et j'ignore s'il sait se battre. Sous le choc, il se plie en deux en se tenant le ventre.

— Ne t'en prends jamais plus à ma copine, c'est clair ? S'écrit Jessy avant qu'il ne revienne vers moi.

Je me retiens de lui sauter au cou tant je suis fière de lui. Je n'aime pas la violence, loin de là, mais voir Jessy me défendre ainsi me conforte dans ma certitude qu'il est un garçon merveilleux. D'autres élèves sont groupés autour de nous et observent la scène avec curiosité.
Tyler se redresse péniblement en lançant un regard noir sur notre couple. J'ai peur qu'il ne s'en prenne à Jessy dont je tiens la manche son blouson en tremblant.

— Tu peux garder Meg ! De toute façon, maintenant qu'elle t'a touché, elle n'a plus aucun intérêt !

Tyler est suicidaire ou quoi ?

— Jessy, non, s'il te plaît, laisse tomber, je le supplie en me plaçant devant lui pour le retenir.

La peur me fait monter les larmes aux yeux. Je ne me souviens que trop bien de sa bagarre contre Chad. Je ne veux absolument pas revivre ça.
Après quelques secondes d'hésitations, il acquiesce et me prend la main avant que l'on s'éloigne.

— T'as raison, dégage le condamné ! Tu pues la mort ! Crie Tyler en se pavanant devant les autres qui se remettent à rire.

Cette fois, c'en est trop pour moi ! Je lâche la main de Jessy et fonce vers Tyler. Celui-ci me regarde brièvement avec un sourire narquois juste avant que je lui donne un grand coup de pied dans sa virilité. Avec un cri de douleur,

Tyler tombe à genoux en se tenant l'entrejambe. Il n'y a plus de rires, seulement un silence choqué.

— Oh et si je n'ai pas voulu sortir avec toi, c'est parce qu'en comparaison de Jessy, tu n'es qu'un sombre crétin ! Mais si tu persistes à nous malmener, mon petit ami et moi, n'oublie pas que j'ai un dossier épais sur toi. Je suis sûre que beaucoup aimeraient connaître certains de tes secrets inavouables, je menace avec colère.

Lorsque je rejoins Jessy, il m'observe avec admiration.

— Tu ne m'avais pas menti, ton frère t'a bien appris à te défendre, rit Jessy.

J'esquisse un sourire et reprends sa main.

— Je n'ai plus très envie d'aller au ciné.

— Moi non plus. On va chez moi ? Propose-t-il.

— Allons plutôt à la maison. Il est grand temps que mes parents apprennent à mieux te connaître.

Jessy est blême lorsqu'il gare sa voiture devant chez moi.

— Tu crois que c'est nécessaire ? Je connais déjà tes parents, soupire-t-il.

— Je sais, mais mis à part bonjour et au revoir, on ne peut pas dire que vous ayez pris le temps de discuter. Tu ne les as pas revus depuis qu'on est ensemble.

— C'est justement ce qui m'inquiète.

Sa grimace d'appréhension me fait sourire mais son manque de confiance en lui me serre le coeur, je serre sa main en lui assurant :

— Tu n'as pas à te faire de soucis. Ils savent tout et n'ont rien contre. J'aimerais juste que tu t'entendes aussi bien avec eux que moi avec Élise.

Il acquiesce avant de me suivre.

— C'est nous ! J'annonce en entrant.

Nous allons rejoindre mes parents dans le salon où, chacun dans un fauteuil, ils discutent en regardant d'un œil distrait une émission de divertissement à la télévision.

— Bonsoir M. et Mme Crawfords, dit-il d'une voix tremblante.

— Bonsoir Jessy. Vous voilà déjà, nous vous pensions au cinéma, dit Ashley en nous scrutant.

J'invite Jessy à prendre place sur le canapé et m'assieds près de lui avant de leur raconter notre soirée écourtée. Mes parents se montrent choqués par les propos de Tyler. Jessy n'ouvre que peu la bouche et baisse la tête devant mon père qui ne cesse de le fixer. Lorsque je pose ma main sur son genou, John semble à deux doigts de l'étrangler. Mais je n'ai pas le temps de réagir que déjà mon père entraîne mon petit ami dans la cuisine.

— Papa ne va pas tuer Jessy ? Je demande avec inquiétude à ma mère.

— Non, ne t'en fais pas. Mais aux yeux de ton père, tu est sa petite fille, il se fait du souci pour toi. Tu sais, ce n'est pas facile pour lui de te savoir dans les bras d'un autre homme que lui.

— Oui, mais il s'agit de Jessy.

Je ne trouve rien d'autre à répondre. Pour moi, Jessy n'est pas n'importe quel garçon que j'aurais pu ramener à la maison, il représente tellement plus. En l'espace de quelques semaines, il a pris une place centrale dans ma vie.

— Tu tiens beaucoup à lui, n'est-ce pas ? Me demande ma mère de son habituelle voix douce alors que son regard brille d'une étrange lueur.

— Oui, énormément.

— Alors tu devrais aller le rejoindre avant que ton père ne le fasse fuir, rit Ashley.

Alors que j'approche de la cuisine, j'entends mon père dire :

— Très bien, je vais donc vous faire confiance à tous les deux malgré...

Me doutant de la fin de la phrase, je décide de les interrompre, faisant sursauter Jessy qui me tourne le dos.

— Ah vous êtes là ! Papa, ne me dis pas que tu as refait le coup de l'interrogatoire, comme tu l'avais fait avec Chad ?

John acquiesce.

— Nous parlions entre hommes.

Mais bien sûr !

— Tu viens ? Je voudrais te montrer ma chambre.

Sans attendre la réponse de mon petit ami, je m'empare de sa main et l'entraîne dans les escaliers.

— Megan, laisse ta porte ouverte ! Crie mon père ce qui me fait lever les yeux au ciel.

Ma chambre est simple mais je l'aime bien avec son papier peint rose pastel, sa moquette beige, son grand lit en fer forgé blanc assorti à une armoire. Un miroir imposant est disposé dans un coin de la pièce, près de la fenêtre. Mes vieilles peluches d'animaux traînent sur des étagères entre mes innombrables livres. Mon bureau est couvert de manuels scolaires, de cahiers et de stylos en tout genre.
Jessy fait le tour de la pièce, curieux de découvrir mon univers.

— Je te reconnais bien là, sourit-il en me montrant le livre de math.

— En fait, je voulais surtout te sortir des griffes de mon père, j'avoue en le rejoignant.

— Ça a été, ne t'inquiète pas.

Il pose ses mains sur mes hanches, je lève le visage vers lui.

— Tant mieux. Et puis aussi, j'ai très envie de t'embrasser.

Sans hésiter, il se penche et s'empare de ma bouche en un baiser qui me laisse pantoise entre ses bras.
Lorsque nous nous séparons, je le guide vers mon lit, il faut que je m'assois avant que mes jambes ne me lâchent.

— Merci Jessy de m'avoir défendu face à Tyler. Je le connais depuis longtemps, il a toujours été un crétin.

— Je suis désolé que tu doives endurer ce genre de remarques par ma faute, souffle-t-il tout bas en me caressant la joue.

— Tu n'y es pour rien si des personnes ont un esprit limité. Cela ne me touche pas, je sais qui tu es. Tu les vaux mille fois. De plus, je pense qu'il n'y aura plus de problème avec Tyler.

— Tu as des informations cachées sur lui ?

— Oh oui, je ris. Enfants, nous avions la même baby-sitter. Si un jour il t'embête, rappelle-lui qu'il a fait pipi au lit jusqu'à l'âge de 13 ans, ça devrait le calmer. Et j'en ai encore d'autres dans le même goût, c'est pour cela que je pense qu'il se tiendra tranquille. Et tu sais, si je n'ai pas voulu sortir avec lui ou un autre, c'est parce que j'espérais que tu te déciderais. Il n'y a que toi qui comptes pour moi.

Avec un sourire, il m'embrasse tendrement.

— En tout cas, il n'est pas prêt d'oublier ce que tu lui as fait ! Tu tapes fort... Pour une fille ! Plaisante-t-il.

Avec malice, je le pousse pour l'allonger sur mon lit et m'installe près de lui en me penchant au-dessus de son visage.

— Tu veux tester ? Je lui demande en riant.

Jessy me sourit tout en scrutant chacun de mes traits comme s'il était plongé dans une profonde réflexion. Je ne lui avais jamais vu cette expression que je ne sais déchiffrer.

— Tu as l'air très sérieux d'un seul coup, qu'est-ce que tu as ?

Ses mains viennent délicatement encadrer mon visage.

— J'ai une chose importante à te dire Meg, une chose que je n'ai jamais dite à quiconque auparavant.

Craignant le pire, je pose mes doigts sur son poignet afin de m'éloigner rapidement s'il doit m'annoncer une mauvaise nouvelle. Je sais ce que je ressens pour lui, ce qu'il représente pour moi, le problème est que Jessy a des réactions parfois tellement contradictoires que je ne sais jamais à quoi m'attendre. J'espère que cela va changer avec le temps mais ces derniers jours m'ont déjà fait douter de ses sentiments. Sa maladie occupe une place importante dans notre couple et son rapport avec les autres personnes. Après réflexion, va-t'il me dire une nouvelle fois que cette situation me sera trop dure à supporter ?

Non, s'il te plaît, ne me brise pas le cœur alors que je suis heureuse pour la première fois de ma vie.

Loin de mes angoisses, Jessy prend une profonde inspiration avant de dire :

— Ma mère m'a raconté que mon père disait souvent qu'il y a une différence entre aimer quelqu'un et en être amoureux. Jusqu'à présent, je ne comprenais pas ce qu'il voulait dire mais, aujourd'hui, je le sais. On peut aimer n'importe qui en croyant à tort que c'est un réel sentiment d'amour. Mais être amoureux ce n'est pas ça. Être amoureux est le premier pas avant l'amour total envers l'autre. Être réellement amoureux, c'est ne cesser de penser à l'autre, vouloir être avec cette personne à longueur de temps, même si c'est juste pour l'observer, vouloir tout faire pour la voir sourire. Aujourd'hui, je peux t'affirmer sans l'ombre d'un doute que je suis amoureux de toi, Megan.

Quel soulagement, quel bonheur ! Mon sourire doit être immense. Je me penche vers lui et l'embrasse avec passion.

— Moi aussi, Jessy, je suis amoureuse de toi, je chuchote en m'écartant légèrement.

Son sourire doit refléter le mien. Il me serre contre lui en m'avouant :

— Je n'avais jamais ressenti cela pour personne.

— Tu sais, je comprends également ce que ton père voulait dire. Avant de te connaître, je pensais aimer Chad mais lorsque tu es arrivé, je me suis rendu compte que ce que je ressentais pour lui, c'était juste de l'amitié. Une forme d'amour fraternel. La façon dont je tiens à toi, je secoue négativement la tête, moi non plus, je n'ai jamais éprouvé cela pour quiconque.

— Au début, j'ai essayé de lutter contre mes sentiments. Je me disais que c'était un amour condamné, que tu ne voudrais jamais de moi, mais c'est plus fort que tout.

— Moi, je n'ai jamais vraiment réprimé ce que je ressens. Même lorsque j'étais encore avec Chad, je pensais à toi tout le temps.

— C'est vrai ? S'étonne-t-il.

Sa réaction me fait rire. Je m'assieds et lui explique les mots qu'il a tellement besoin d'entendre pour retrouver foi en lui.

— Je t'assure, cela me rendait dingue ! Tu étais la dernière personne à qui je pensais le soir en m'endormant et la première en me réveillant chaque matin. Ensuite, je te croisais au lycée et tu étais si distant avec moi à cette période. Puis Chad venait vers moi et je culpabilisais de ne rien ressentir pour lui. D'ailleurs, lorsqu'il a rompu, il m'a dit que je n'étais plus amoureuse de lui. Il s'est aperçu que tout a changé depuis que je te connais. C'est pour cela qu'il piquait des crises de jalousie.

L'air totalement décontenancé, il s'assied à côté de moi.

— Au début, je m'étais rendu compte que je ne t'étais pas insensible mais je n'imaginais pas que tu éprouvais tout ça, murmure-t-il. Tu aurais dû m'en parler.

— J'avais peur que tu m'envoies promener, je confesse.

Comme pour me rassurer, il pose une main sur ma joue.

— À chaque fois que je me suis énervé contre toi, tu ne peux pas imaginer à quel point je m'en suis voulu ensuite. Ce n'était pas après toi que j'étais en colère mais contre moi et ce maudit virus. Tu veux bien me pardonner ?

— C'est fait depuis longtemps, Je lui souris en rapprochant mes lèvres des siennes.

Chapitre 6

Face à la maladie

Bientôt décembre est là et, avec lui, les préparatifs de Noël, ma fête préférée.

Entre Jessy et moi, tout se déroule très bien et si l'ombre du sida ne planait pas constamment au-dessus de nos têtes, je pourrais qualifier notre relation comme étant parfaite.

— Ça te dirait que nous allions faire les achats de Noël à la fin des cours ? Me propose Jessy au détour d'un couloir du lycée.

— Bien sûr !

C'est la première fois qu'un garçon me propose cela. Avec Chad, je devais sans cesse batailler pour réussir à le traîner dans les boutiques.

— J'aimerais bien avoir ton opinion pour acheter un cadeau à ma mère. Faire les magasins n'est pas trop mon truc.

Cela me fait sourire, car Élise m'a également demandé si je savais quel cadeau ferait plaisir à son fils. Tandis qu'il parle, Jessy passe son bras autour de mes épaules. Ce geste est devenu une habitude entre nous. Un peu plus loin, j'aperçois Chad qui se dépêche de rentrer dans une classe après nous avoir vus.

— Ne t'en fais pas, ça lui passera. Il lui faut juste un peu de temps pour digérer la situation, affirme Jessy qui a suivi mon regard.

— Tu as sans doute raison. (Je soupire, puis retrouve mon entrain.) Alors on se retrouve à la fin des cours ?

Jessy hoche la tête et dépose un baiser sur mes lèvres.

— À tout à l'heure, lance-t-il en s'éloignant vers sa salle.

Il y a foule au centre commercial comme nous nous en étions doutés. Chacun rêve de trouver le cadeau parfait. Main dans la main, nous entrons dans une boutique de vêtements.

— Ma mère a aimé ce chemisier la dernière fois qu'elle m'a traîné ici.

Il me montre un joli chemisier en soie couleur rose pastel.

— Tu comprends pourquoi je préférais que tu viennes avec moi ?

— Oh oui !

Je ris en imaginant sa gêne en passant seul à la caisse avec un pareil article. Une fois le chemisier payé, nous retrouvons les larges allées peuplées d'acheteurs.
Nous parcourons plusieurs boutiques et après avoir acheté un livre pour ma mère, un gilet pour mon père, un parfum pour Nina et un pour Élise, il ne me reste plus qu'à trouver le cadeau de Nicolas qui doit revenir pour les fêtes.

— Rappelle- moi de ne plus te proposer de faire des courses, me dit Jessy après deux heures passées à entrer et sortir des magasins.

— Oh, tu exagères ! Il ne me reste plus que mon frère, et j'ai fini. J'ai trop hâte qu'il revienne à la maison, il m'a tellement manqué à Thanksgiving. Et j'ai surtout hâte de te le présenter.

— Dis-moi que tu as une idée de son cadeau, supplie-t-il en abaissant les épaules.

— Eh bien, il se trouve que oui. Il voulait une parure de stylo donc...

— Génial ! Voilà une papeterie.

Je repère rapidement une parure qui me plaît, Nicolas sera content. Jessy s'est éloigné et regarde des mallettes en bois contenant des peintures de toutes sortes. À côté, des toiles vierges de tous formats sont alignées, attendant patiemment l'artiste qui saura les faire vivre.

— Cela te manque, hein ? Le dessin ?

Il réfléchit un instant en caressant du bout des doigts les tubes de peinture allongés dans un écrin velouté.

— Oui... beaucoup.

Je lui souffle à l'oreille :

— Tu devrais t'y remettre.

Jessy hésite un instant.

— Pas aujourd'hui. On verra ça plus tard. Tu as fini ?

Je n'insiste pas, c'est un chemin qu'il doit faire seul. Je le sais rongé par les angoisses, mais, au moins, à mon contact, il a retrouvé le sourire. Je ne veux pas le brusquer pour le reste.

— Terminé ! On peut sortir d'ici !

— Alléluia !

Une semaine plus tard, j'ai effectué mes derniers achats de Noël sans Jessy pour ne pas lui dévoiler le cadeau que je lui réserve. Cette année, les fêtes de Noël promettent d'être magnifiques. Mes parents ont invité Mme Sutter et son fils à se joindre à nous, me faisant là un immense plaisir. Mes parents et la mère de Jessy ne se sont pas revus depuis la réunion de l'école, cela sera une bonne occasion pour faire plus ample connaissance et je ne doute pas qu'ils vont très bien s'entendre. La journée de cours se termine, j'ai hâte de retrouver Jessy qui ne partage pas mon cours de géographie, d'autant plus que je ne l'ai pas trouvé en grande forme aujourd'hui. En nous retrouvant le matin, il m'a embrassée du bout des lèvres, ce qui m'a étonnée. Lorsque je lui en ai fait la remarque, il m'a répondu qu'il a une petite plaie à l'intérieur de la joue, sûrement un aphte, et qu'il ne veut prendre aucun risque. À midi, au réfectoire, il s'est contenté de goûter au plat du jour : lasagnes au saumon, et n'a fait aucun cas du dessert. Or, je sais qu'il raffole du chocolat, aussi la mousse qu'on nous a servie aurait dû lui plaire, mais il n'y a même pas touché.

La sonnerie a à peine retenti que je sors précipitamment dans le couloir et l'attends devant sa porte de classe. Il est l'un des derniers à quitter la salle, là encore je ne trouve pas cela normal.

Cependant, il esquisse un sourire en me voyant.

— Tu vas bien ?

Je lui trouve les traits tirés.

— Oui ça va, je suis juste un peu fatigué, ça va passer.

Il a les paupières rouges, des perles de sueur apparaissent sur son front et humidifient ses cheveux.

— Quoi ? S'agace-t-il.

— Jessy, tu es malade ?

— Très drôle, dit-il en se dirigeant vers son casier. Comme si tu ne le savais pas !

Je le suis, de plus en plus inquiète.

— Non, je ne te parle pas de ça...

Il ouvre la porte de son casier, y prend un livre et deux cahiers qu'il glisse dans son sac à dos et se tourne vers moi. J'applique ma main sur son front, puis sur ses joues qui ont une teinte rosée.

— Mais tu as de la fièvre ! Tu es brûlant.

— Ce n'est rien, ça va passer.

— Arrête, tu sais parfaitement que la moindre infection affaiblit considérablement ton système immunitaire.

Jessy lève un sourcil surpris.

— Depuis quand en sais-tu autant sur le sida ?

— Depuis que je me renseigne puisque mon petit ami ne me dit rien.

En effet, Jessy ne me parle jamais des traitements qu'il suit, des effets secondaires que cela implique, ni même de quoi que ce soit qui soit lié à sa séropositivité. Aussi, au lieu de batailler sans cesse contre lui, j'ai lu des magazines médicaux qui traitent du sujet.

Il lève les yeux au ciel.

— C'est avec moi que tu sors, pas avec mon virus !

— Là n'est pas la question ! Tu es malade, je t'emmène voir un médecin.

Cette fois, il baisse les yeux et soupire :

— J'ai peur. Imagine que le sida se soit déclaré... Je ne veux pas que cela arrive déjà... Pas encore.

Je vois ses yeux s'humidifier. Je lui prends la main pour le rassurer.

— Je suis sûre que ce n'est pas ça. Tu as juste dû attraper un rhume, mais, chez toi, cela prend tout de suite plus d'ampleur. Tu as trop de fièvre. Tu dois me laisser te conduire à l'hôpital.

— Fait chier, murmure Jessy en regardant un point au-dessus de ma tête. OK, mais je me laisse examiner, on prend des médicaments et on se casse, d'accord ?

J'acquiesce en espérant que cela se déroule ainsi.

Lorsque nous entrons au service des urgences de l'hôpital, la salle d'attente est pleine à craquer. La température de Jessy a l'air d'avoir encore augmenté au contact du froid hivernal, il peine à se tenir debout et je dois passer mon bras autour de sa taille pour être sûre qu'il ne tombe pas. Lui d'ordinaire si fier se laisse guider sans rechigner, ce qui prouve bien son état de faiblesse. Les urgences ne sont pas le service le plus moderne de l'hôpital, les murs qui ont dû être blancs sont à présent ternis par les va-et-vient incessants. Malgré cela, le personnel garde la salle la plus propre possible, le carrelage notamment ne compte que quelques traces de pas, ce qui, au vu de l'affluence, est un exploit. Nous avançons vers le comptoir d'accueil, je sens Jessy se raidir tandis qu'il jette un regard circulaire sur les gens qui attendent.

— On se tire, murmure-t-il en essayant de faire demi-tour, mais je le retiens fermement.

— Hors de question ! On ne partira pas tant qu'un médecin ne t'aura pas ausculté.

À cet instant, je sais qu'il m'en veut de lui forcer ainsi la main, mais je suis trop inquiète pour renoncer. Une femme d'une quarantaine d'années accueille les patients les uns après les autres. Enfin, c'est notre tour, sans me lâcher, Jessy s'approche du comptoir.

— Qu'est-ce que je peux faire pour vous ? Demande la femme, sans lever les yeux des papiers étalés devant elle.

— Il a de la fièvre, dis-je en désignant mon compagnon.

Sûrement surprise par la jeunesse de ma voix, la secrétaire lève enfin les yeux vers nous. Elle nous tend une fiche de renseignements, que je remplis le plus vite possible à la place de Jessy qui a à peine l'air de savoir où il se trouve. À la case : Y a-t-il des antécédents que nous devrions connaître ? Je note qu'il est séropositif et rends la fiche à l'hôtesse. Elle la parcourt vaguement, puis s'arrête brusquement. Elle relève la tête, nous fixe à tour de rôle. C'est à cet instant que je comprends vraiment ce que Jessy endure chaque fois que quelqu'un apprend sa séropositivité. Mon Dieu, c'est horrible de se sentir ainsi jugé et condamné par des gens qui ne savent rien de son histoire, de sa vie.

— Je reviens.

Elle se lève pour aller rejoindre des médecins et des infirmiers dans une pièce voisine dont la porte est grande ouverte.

J'ai cru que Jessy ne s'était rendu compte de rien, je me suis trompée. Il observe le petit groupe qui s'est formé autour de la secrétaire et qui chuchote en nous dévisageant, puis brusquement annonce d'un ton sans réplique en lâchant le comptoir.

— Meg, on s'en va !

— Non, attends juste deux minutes.

Je parle dans le vide, Jessy s'éloigne déjà de moi. J'essaye de le retenir mais malgré ses jambes qui semblent sur le point de lâcher, il poursuit vers la sortie.

— Oh, tout tourne, murmure-t-il en posant ses mains sur ses genoux alors qu'il vacille dangereusement.

Je passe mes bras autour de sa taille en appelant à l'aide. Je ne sais pas combien de temps je vais pouvoir le retenir ainsi. Aussitôt un médecin qui, un instant plus tôt, nous regardait depuis la pièce voisine, accourt. C'est une femme d'une trentaine d'années aux cheveux blonds coupés en un carré impeccable.

— Mais il est brûlant ! Dit-elle en lui touchant le visage.

— Ça va, chuchote Jessy alors qu'elle m'aide à le maintenir debout.

La femme docteur donne des ordres afin que Jessy soit conduit tout de suite dans une salle d'examen. Des infirmiers l'allongent sur un brancard pour éviter qu'il ne tombe et l'emmènent dans un couloir, je les suis en m'emparant de sa main. Il n'est pas question que je laisse seul.

— Meg, va-t'en ! M'ordonne Jessy en lâchant ma main. Rentre chez toi !

— Mais Jessy…

Voyant que je ne l'écoute pas, il se tourne vers la femme médecin.

— Ne la laissez pas venir ! Je ne veux pas d'elle ici !

Ses mots me transpercent le cœur me faisant souffrir à un point tel que j'ai l'impression de recevoir un coup de poignard au milieu de la poitrine.

Le médecin s'interpose entre le brancard, qui emmène Jessy, et moi.

— Vous êtes de la famille ?

— Non. C'est mon petit ami.

— Je suis désolée, mais vous n'avez pas le droit d'entrer pour le moment. Nous allons lui faire des examens. Vous pouvez me rendre service et prévenir quelqu'un de sa famille.

Encore sous le choc du rejet, je hoche fébrilement la tête.

— Ne vous inquiétez pas, je vais m'occuper de lui.

Elle me touche gentiment l'épaule avant de s'éloigner. Mais cela ne peut suffire à me calmer. Assaillie par les angoisses, je téléphone à Élise, lui résumant la situation. Elle se met en route sur-le-champ. Puis j'appelle mes parents, j'ai besoin de leur soutien et surtout de comprendre pourquoi d'un seul coup, Jessy me rejette. Ma mère est la première à arriver.

— Comment va-t-il ? Me demande-t-elle aussitôt en me prenant dans ses bras.

Je suis installée dans une autre salle d'attente, moins vétuste et plus confortable que celle de l'accueil. Des tableaux de paysages sont accrochés aux murs pour tenter de rendre ce lieu sympathique. Cette pièce est attenante au service où a été transféré Jessy : Maladies infectieuses.

— Je ne sais pas, les médecins ne veulent rien me dire. Oh ! voilà la maman de Jessy !

Je me précipite vers elle.

— Megan, que s'est-il passé ? Il avait l'air d'aller bien ce matin avant de partir à l'école. Il a fait un malaise ?

— Non, en fait, il m'a paru fébrile toute la journée et, à la fin des cours, j'ai vu qu'il avait de la fièvre, mais il ne voulait surtout pas vous inquiéter.

— Comme si je pouvais arrêter de m'inquiéter pour mon petit garçon...

Ma mère s'approche de nous et tente de nous réconforter de son mieux. Enfin du coin de l'œil, je vois la femme docteur venir vers nous.

— Je suis sa mère, annonce Élise. Comment va-t-il ?

— Nous lui avons fait passer toute une série d'examens, nous n'avons pas encore tous les résultats. Votre fils étant séropositif, chaque petite infection prend une autre dimension car, à cause du virus, son corps se sent tout de suite très agressé.

— Est-ce que le sida s'est déclaré ? Demande fébrilement Mme Sutter.

Mon cœur accélère son rythme tandis que mes mains deviennent moites.

— Il est encore trop tôt pour le dire, mais je ne pense pas. Je pencherais plutôt pour un virus grippal, il y a une épidémie actuellement, mais il faudra attendre quelques semaines pour en être sûr. Avec ce virus qui est encore assez nouveau, on en apprend tous les jours. À l'heure actuelle, notre priorité est de faire baisser sa fièvre et de le stabiliser.

— On peut le voir ? Demandé-je timidement.

— Il a dit ne vouloir voir que sa mère pour le moment.

D'un signe de tête, la docteur nous salue avant de repartir dans son service.

Je me sens dépitée, triste et aussi, je l'avoue, en colère qu'il ne veuille pas me voir. Comprenant mon désarroi, Élise se tourne vers moi.

— Ne t'en fais pas. J'ai également dû me battre contre lui pour qu'il accepte que je le vois malade. La journée a été longue pour vous deux, tu devrais rentrer chez toi. Je vais rester un peu avec lui et je te téléphone dès que je suis à la maison, ajoute-t-elle en voyant que je vais protester. Ne t'inquiète pas, je te préviens s'il y a quoi que ce soit.

Je la remercie et, un bras autour de mon cou, laisse ma mère me reconduire chez moi.

Le lendemain après-midi, je retourne à l'hôpital. La veille au soir, Mme Sutter a tenu parole et m'a téléphoné pour me rassurer. La fièvre de Jessy était tombée, il dormait à poings fermés lorsqu'elle a été contrainte par une infirmière de partir à la fin des heures de visites. Je me moque d'affronter la neige qui tombe sans relâche depuis le milieu de la nuit, radoucissant l'air ambiant. Je me pose bien trop de questions sur la réaction de Jessy pour faire véritablement attention au magnifique paysage que les flocons blancs ont créé, en recouvrant la forêt et la colline qui entourent et surplombent la ville. Les trottoirs sont devenus glissants, je manque de tomber plusieurs fois avant d'atteindre l'entrée de l'établissement hospitalier. Je tape mes bottes sur le tapis du hall, puis me dirige vers le service des maladies infectieuses. Élise est déjà là, assise dans l'un des canapés noirs. Elle vient m'embrasser avant de me faire une place à son côté.

— Merci d'être venue, Meg. J'ai essayé de parler à Jessy, mais il n'a pas voulu me répondre.

Je soupire, malheureuse.

— Pourquoi est-ce qu'il ne veut pas me voir ? Il m'en veut parce que je l'ai forcé à venir ici ?

C'est la seule raison que je vois à son brusque changement d'humeur à mon égard. Mme Sutter hausse les épaules, ne sachant quoi me dire pour apaiser ma tristesse.

— Tu sais, avant d'être malade, il avait déjà été confronté à un abandon. Il était encore enfant lorsque son père est mort, il l'a très mal vécu, même s'il n'en parle jamais.

— Je sais, il me l'a dit.

Je repense à sa terrible réaction dans la ruelle d'Allentown, lorsqu'il a craqué et déchargé toute sa haine de la vie.

Mme Sutter me regarde, incrédule.

— Ah bon, il t'en a parlé ?

J'acquiesce d'un hochement de tête. Elle me fait un sourire encourageant.

— Cela prouve combien il a confiance en toi car, à ma connaissance, il n'en avait encore parlé avec personne.

Je baisse la tête et murmure :

— Si vraiment il me faisait confiance, je serais avec lui en ce moment.

— Non, pas forcément. Comme tu le sais, tout le monde lui a tourné le dos lorsqu'il est devenu séropositif. Depuis je pense que, même s'il s'en défend, il a une peur incontrôlée que les gens l'abandonnent à nouveau. Je crois qu'il craint que toi aussi, tu ne le laisses tomber en te retrouvant face à cette maladie.

— Mais jamais, je ne ferai ça ! Je proteste de façon virulente.

Élise me fixe intensément, semblant lire dans mes yeux la profondeur de mes sentiments.

— Il ne le sait pas.

Elle parle calmement, et a le don de m'apaiser avec quelques paroles. Soudain, elle me pose une question qui me donne l'impression de rougir des pieds à la tête.

— Est-ce que tu l'aimes vraiment ?

Mon regard toujours accroché au sien, je réponds sans l'ombre d'un doute, malgré mes joues qui me semblent être en feu.

— Je suis totalement amoureuse de votre fils.

Élise me fait un grand sourire.

— C'est bien ce que je pensais. Alors tu ne devrais pas te laisser faire. C'est en insistant que tu le convaincras de tes sentiments, alors il comprendra que tu ne vas pas le rejeter.

— Hier, vous m'avez dit que vous aviez dû vous battre pour qu'il ne vous repousse plus. Qu'est-ce que vous avez fait pour le faire céder ?

— Je suis juste restée dans sa chambre jusqu'à ce qu'il comprenne que je ne partirais pas.

— J'y vais ! Dis-je, déterminée, en me levant.

Sans un regard en arrière, je pousse la porte du service des maladies infectieuses. Je ne suis pas très rassurée. À seize ans, j'ouvre physiquement la porte de la maladie. Cet univers m'était inconnu jusqu'alors, et plus j'avance dans le couloir, plus j'ai l'impression de mûrir, plus je deviens adulte avec toutes les responsabilités que cela implique. En passant devant les chambres, dont certaines portes sont ouvertes, je jette un coup d'œil à la fois apeuré et résolu sur ce qui m'attend. Il est certain qu'en restant auprès de Jessy, je serai amenée à passer du temps dans les hôpitaux. Dans l'une des chambres, je vois une femme penchée au-dessus d'un homme alité, elle lui tient la nuque, essayant de lui faire boire de l'eau dans un verre qui tremble légèrement.

Voilà ce qui m'attend, me dis-je.

Pourtant loin de me terrifier, cette vision me rassure, l'amour qui unit ces deux personnes est plus fort que la maladie. Il y a quelque chose de romantique et de fragile à la fois qui me ramène à ma situation actuelle. Cette fois, content ou pas, Jessy ne me fera pas partir, il en est hors de question. Parvenue au bout du couloir, je pousse fébrilement la porte de sa chambre qui est la dernière sur la gauche. Il est seul, allongé dans un lit médicalisé. Un drap blanc borde la couverture bleu pastel qui lui arrive à hauteur du torse. Il a revêtu la blouse que les patients doivent porter, blanche à petits pois bleus. Ses traits sont tirés, son visage pâle ressort à peine sur l'oreiller blanc qui le soutient. Ses yeux se posent sur moi, j'y lis une douceur qui me redonne espoir. Mais très vite son visage affiche la même dureté que le soir où il avait joué l'acrobate suspendu au pont.

— Je t'avais interdit de venir !

Son ton est si froid que l'espace d'une seconde, je suis tentée de ressortir sur-le-champ.

— Et moi j'ai décidé que je viendrais tout de même.

Je parle d'une voix calme, essayant de me maîtriser pour ne pas laisser éclater ma colère. Je le connais assez pour savoir que si je crie, il se braquera davantage et cela ne conduira à rien de constructif.

— Pourquoi ? Cela te plaît de me voir avec une perfusion dans le bras ?

Jusqu'alors je l'avais regardé lui, et n'avais pas fait attention à l'aiguille dans son bras, qui est reliée à une poche d'antibiotique suspendue à une perche à côté du lit.

— Non ! Je suis venue voir mon copain, mais je ne reconnais pas celui qui est dans ce lit ! C'est donc ce que tu ferais si demain je venais à être hospitalisée ? Tu me tournerais le dos ?

Je vois le visage de Jessy devenir encore plus pâle. Il fixe un point invisible devant lui, évitant mon regard. Sachant qu'il ne pourra pas être chez moi pour Noël, je lui ai apporté une carte réalisée avec une photo de nous deux, que nous avons prise au lac, afin qu'il sache que même s'il est retenu à l'hôpital, je ne l'oublie pas. Je m'approche de lui et pose l'enveloppe sur son lit puis je fais demi-tour, bien décidée à ressortir de la chambre le temps de le laisser réfléchir un peu.

— Attends… Meg… Reste, s'il te plaît.

Je me retourne vivement.

— Pour quoi faire ? Tu veux m'envoyer balader une nouvelle fois ?

Jessy soupire. L'austérité quitte ses traits, remplacée par la douceur à laquelle il m'a habituée ces dernières semaines.

— Je suis vraiment con par moments ! Me lance-t-il en ouvrant ma carte de Noël. Si la situation était inversée, je serais là pour toi à tous moments.

Je ne réponds pas et reste à distance pour voir sa réaction. Il lit les simples mots que j'ai écrits au dos de la photo, avant de me regarder avec un mélange d'incrédulité et de bonheur.

— Je suis désolé de m'être comporté comme cela avec toi.

— Je peux savoir pourquoi tu me repousses de cette façon ?

Il déglutit, cherche ses mots.

— Je ne veux pas que le sida fasse partie de ta vie. C'est déjà trop lourd à supporter pour ma mère. Le virus, c'est ma vie. Toi, tu n'as rien demandé.

— Je suis avec toi Jessy, avec ou sans sida. Tu as lu ce que je t'ai écrit, non ? Demandé-je en sentant mes joues rosirent à nouveau.

Jessy acquiesce et tend la main dans ma direction.

— Tu ne veux pas venir près de moi ?

Le cœur battant à tout rompre, je m'approche et mets ma main dans la sienne. Il m'attire à lui. Je me retrouve assise sur le lit, penchée au-dessus de lui. Il glisse ses mains sur mes hanches tandis que je me blottis dans ses bras. Qu'est-ce que cela fait du bien de retrouver la chaleur de son corps, la douceur de sa peau.

Je lui murmure :

— Tu m'as manqué.

Il me serre encore plus contre lui.

— Toi aussi. Tu te souviens de ce que je t'ai dit à propos d'être amoureux ? Que c'est le premier pas avant l'amour inconditionnel.

Je me redresse pour l'observer.

— Je m'en souviens parfaitement.

— Alors ce que tu m'as écrit… C'est vrai ? Questionne-t-il sérieusement.

Je sens son cœur battre à vive allure sous mes doigts, faisant écho au mien. D'une main fébrile, je lui caresse la joue en lui répondant :

— Bien sûr que c'est vrai.

Il se fend d'un grand sourire en me reprenant contre lui.
— Je t'aime, Meg. Je t'aime tellement, susurre-t-il à mon oreille.

En cet instant, je suis la plus heureuse au monde. C'est la première fois qu'il me dit ces mots que je ressens moi-même sans jamais avoir oser lui dire en face.
Posée sur le lit à côté de Jessy, je vois ma carte où j'ai simplement écrit : *Remets-toi vite, je t'aime. Meg*

Le lendemain matin, j'arrive à l'hôpital avec mon frère, Nicolas. Il est revenu de son université de New York la veille en fin de journée, pour le réveillon de Noël, et doit rester deux semaines au sein de notre famille. Il n'a jamais rencontré Jessy, mais connaît tout ce qu'il y a à savoir sur lui. J'aime beaucoup mon frère qui a toujours été un soutien pour moi, peut-être parce que nous n'avons que trois ans d'écart d'âge. Pendant des années, il m'a écoutée me lamenter sur l'indifférence de Chad à mon égard sans jamais me décourager. Lorsque j'ai rencontré Jessy, il était parti pour la fac, mais je lui ai téléphoné discrètement, sans que nos parents ne soient au courant, pour lui raconter ce que je ressentais, et là encore, contrairement à d'autres, il m'a assuré de son soutien quel que soit mon choix. Il me manque beaucoup depuis qu'il a quitté son studio au-dessus de notre garage pour aller étudier dans la Grosse Pomme, aussi suis-je très heureuse de son arrivée. Lorsque, me prenant à part au cours de la soirée, il m'a demandé où en était ma relation avec Jessy et que je lui ai expliqué les derniers rebondissements, il m'a aussitôt demandé s'il pouvait m'accompagner pour le rencontrer. Aussi, je marche fièrement à côté de mon grand frère dans le couloir du service des maladies infectieuses en ce matin de Noël.

J'ai apporté le cadeau que je réserve à mon amoureux et Nicolas ne voulant pas venir les mains vides lui a acheté une boîte de chocolats. En plus d'être la gentillesse même, Nick est beau garçon, grand, à l'allure athlétique, ses cheveux bruns coupés en brosse affinent son visage aux traits réguliers. Ses yeux noisette aux reflets dorés font craquer beaucoup de filles, comme je le remarque une fois de plus lorsque nous croisons une jeune aide-soignante, avant de parvenir à la chambre de Jessy. La jeune femme se retourne sur lui, le dévorant littéralement des yeux. Il faut dire qu'en plus d'être beau, mon frère a un charisme fou qui ne laisse personne indifférent.

— Ah ! c'est là, dis-je en lui indiquant la porte de la chambre. Prêt ?

Nicolas acquiesce avant que je frappe.

— Entrez, indique une voix de femme que je reconnais tout de suite comme étant celle de Mme Sutter.

— Joyeux Noël !... Chouette, tu es debout !

Jessy se tient debout au milieu de la pièce face à sa mère qui est assise dans un fauteuil confortable. La perfusion lui a été enlevée, il a bien meilleure mine. Il a délaissé la blouse de l'hôpital au profit d'un jean et d'un T-shirt noir à manches longues, au dos duquel sont imprimées en blanc des ailes d'ange. Il reste un instant stupéfait en me voyant entrer avec un garçon. Il sait que je devais venir, mais je ne lui ai pas parlé de la présence de mon frère. Je m'avance vers lui.

— Joyeux Noël, répond-il.

Il m'embrasse du bout des lèvres en me touchant la taille puis se penche pour regarder Nick.

— Tu m'as déjà remplacé ? Me demande-t-il tout bas en souriant, mais je vois une pointe de jalousie briller dans ses yeux.

— Ne dis pas de bêtise. Jessy, je te présente mon frère, Nicolas.

Je me dirige vers Élise pour l'embrasser alors que, du coin de l'œil, je vois mon amoureux et mon frère se serrer la main amicalement.

— Tu as vu, il va nettement mieux. Il a réussi à mettre les vêtements que je lui ai offerts en plus du reste…, dit Mme Sutter énigmatiquement.

Surprise de voir Jessy hors de son lit, j'en ai oublié mon cadeau. Je me rapproche de lui et lui tends le sac imposant que je tiens. Avec délicatesse, Jessy l'ouvre sur le lit et y découvre l'une des mallettes à peinture qu'il avait longuement contemplée avec moi, lors de notre visite au centre commercial. Sans rien lui dire, j'y suis retournée avec sa mère dans les jours qui ont suivi et nous avons acheté ensemble tout le nécessaire dont il aura besoin.

— Waouh, fait-il admiratif devant les tubes de peinture de multiples couleurs. Merci beaucoup !

— Meg a tenu à t'offrir les peintures, et je t'ai pris des toiles vierges de tous formats. Elles t'attendent à la maison, affirme Élise avant de faire la bise à mon frère.

— Je ne sais pas quoi dire. C'est trop.

Il est visiblement ému. Il s'est assis en biais sur son lit, contemplant les accessoires que contient la mallette, je m'assieds près de lui et pose mon menton sur son épaule en lui murmurant à l'oreille :

— On ne t'oblige pas à t'y remettre, mais maintenant tu sais que tu peux et franchement, j'aimerais voir ce que tu fais.

Il tourne le visage vers moi et sa bouche rencontre la mienne. Nicolas tousse pour nous rappeler que nous ne sommes pas seuls.

— Ce n'est pas aussi précieux, mais j'ai aussi un petit présent.

Il tend sa boîte de chocolats à Jessy.

— Alors là, c'est parfait ! Merci ! Qui en veut ?

Une heure plus tard, Nicolas et Jessy discutent et rient comme deux vieux amis qui viennent de se retrouver après de longues années d'absence. Soudain mon frère regarde sa montre avant de se lever précipitamment de son siège, me faisant sursauter.

— Meg, tu as vu l'heure ? Les parents vont nous tuer !

En effet, nous avons reçu l'ordre de rentrer pour midi et il est déjà midi et demi. J'enfile en vitesse mon manteau, puis, avec mon frère, nous disons au revoir.

— Meg, je sais que c'est Noël, mais tu pourrais repasser plus tard ? Me demande Jessy, les yeux suppliants.

Je le lui promets. Ce ne doit pas être évident pour lui de rester à l'hôpital un jour de fête.

En sortant de l'hôpital, je demande à Nick :

— Alors ?

Une fumée blanche, due au froid, sort de ma bouche. La neige a recommencé à tomber, recouvrant tout sur son passage. C'est le décor idéal pour les fêtes de fin d'année.

— Quoi alors ?

— Oh, ne fais pas l'innocent avec moi ! Comment le trouves-tu ?

— Trop maigre.

C'est vrai que Jessy, déjà mince, a encore perdu du poids depuis qu'il a eu cette fièvre.

— Tu vas arrêter, oui ! Tu sais très bien ce que je veux dire !

Je vois de profil mon frère se fendre d'un sourire. Comme d'habitude, il me taquine et cela fonctionne toujours. Je veux lui donner une tape dans le dos, mais, au même moment, je glisse, manquant de tomber dans la neige. Heureusement, Nick me voyant déraper me retient par un bras

— Ouf, merci ! Maudites chaussures !

Il me relâche avant de planter ses beaux yeux dans les miens.

— Tu as mûri, finit-il par me dire en replaçant une mèche de mes cheveux derrière mon oreille.

Son regard se pose sur l'établissement blanc que nous venons de quitter et, sérieusement, il reprend :

— Ce que je pense, c'est que Jessy est un mec génial, vraiment, il est le genre d'homme avec lequel je te vois faire ta vie. Mais, petite sœur, j'ai peur que tu ne te prépares à vivre des moments difficiles.

— Je sais, dis-je dans un murmure, les larmes aux yeux.

Je crois que c'est la première fois que mon frère me parle aussi sincèrement, l'inquiétude que je vois dans ses yeux me touche autant que ses mots.

— Mais tu sais quoi ? Si tu restes avec lui, tu pourras toujours compter sur moi pour te soutenir.

Je passe mes bras autour de son cou avant de lui claquer un bisou sonore sur la joue.

— Merci !

— Allez, viens, rentrons avant de nous transformer en bonhomme de neige.

Il époussette les épaules de mon manteau que la poudre blanche commence à recouvrir.

Nous parvenons à la voiture de Nick. Il ouvre les portières tout en recommençant à me taquiner.

— Je crois que c'est la première fois que je te vois autant accro à un mec ! C'est papa qui va être content quand je vais lui raconter comment Jessy t'a embrassée goulûment devant moi !

— Mais tu vas te taire, oui !

En début de soirée, je suis de retour seule à l'hôpital. Le repas s'est bien déroulé malgré les remontrances de nos parents lorsque nous sommes rentrés. Mon père s'est un peu renfrogné lorsque Nicolas lui a vanté les qualités de cœur qu'il a découvert chez mon petit ami en si peu de temps.
— Bonsoir, je passe ma tête par l'ouverture de la porte. Tu dormais ?
— Non, je pensais, sourit Jessy en s'asseyant en tailleur sur son lit.
Je vais m'asseoir devant lui.
— Tu es tout seul ?
— Oui, j'ai renvoyé ma mère à la maison. Je ne voulais voir que toi, ce soir.
Je suis surprise. Jessy se lève et va ouvrir sa penderie, il revient vers moi avec une petite boîte en velours rouge qu'il me tend.
— Je ne voulais pas te donner ton cadeau de Noël devant tout le monde, ce matin.
— Avec tout ça, je croyais…
— Que j'avais oublié ?
J'acquiesce.
— Eh bien non, je l'ai acheté il y a quinze jours. J'espère que tu vas aimer.
Il me fait un grand sourire charmeur.
— Alors tu l'avais déjà quand tu m'as demandé ce que je souhaitais ?
— Je plaide coupable, s'esclaffe-t-il.
J'ouvre doucement la boîte et y découvre une chaîne en argent au bout de laquelle est suspendu un pendentif, du

même métal, en forme de cœur sur lequel est gravé : « Je t'aime ».

— C'est magnifique ! Je m'exclame en me levant.

— Retourne-le.

Au dos du pendentif est gravé « Jessy, le 25/12/1991 ». Je m'élance dans ses bras, il chancelle une seconde avant de retrouver sa stabilité, et je lui murmure, en me souvenant qu'il n'est pas encore totalement remis :

— Désolée.

— Ne le sois pas.

Il resserre la pression autour de ma taille. Je respire l'odeur de sa peau, un mélange de fleurs et d'un après-rasage envoûtant, tandis que mes lèvres se posent sur les siennes en un doux baiser.

— Profitons de cet instant avant que ton père ne découvre ton cadeau et ne vienne m'achever !

— Si cela peut te rassurer, il réagirait de la même façon quel que soit le garçon que je fréquenterais. Il est juste hyper protecteur.

— Je sais, je ne lui en veux pas.

Jessy attache le pendentif autour de mon cou. Il m'embrasse sur le front avant de me prendre la main.

— Je sors après-demain, m'informe-t-il. Mon médecin me l'a dit avant que tu arrives.

— Génial ! Pour le jour de l'An, tu seras chez toi !

Et en effet, nous passons le jour de l'An tous ensemble, chez Mme Sutter. Ma mère et elle ont sympathisé à l'hôpital, elles se sont revues entre les fêtes. Mon père s'est joint à elles, tout le monde s'entend très bien. C'est un grand moment de voir nos familles si heureuses, partager un bon repas ainsi que des éclats de rire. Jessy a quitté l'hôpital à la date prévue ; de toute façon, je crois que rien, ni personne, n'aurait pu le convaincre d'y séjourner une journée de plus. Je trouve qu'il a retrouvé la forme, ses traits ne sont plus fatigués, même s'il faut encore attendre des examens complémentaires pour savoir si le sida s'est déclaré. Je reste relativement confiante tandis que je l'observe en train de plaisanter avec Nicolas comme deux vieux copains. Mes parents, Nina et Élise bavardent joyeusement tandis que je regarde cette tablée en me disant que j'ai vraiment eu de la chance cette année de croiser la route de Jessy. Lorsque résonnent les douze coups de minuit, je fais le vœu que l'année 1992 soit bénéfique à la santé du garçon que j'aime.

Chapitre 7

Règlements de comptes

Quelques jours plus tard, l'école reprend. Je me moque de retourner en classe, mais je suis triste de voir Nicolas repartir à l'université. Je sais que je ne le reverrai pas avant un long moment, car il pense partir faire la fête en Floride avec ses copains pendant les vacances de printemps. Je sais que beaucoup de frères et sœurs se disputent. Nick et moi ne faisons pas exceptions à la règle mais cela n'est jamais méchant, nous nous chamaillons et nous réconcilions aussitôt. Mon frère est vraiment l'épaule sur laquelle je peux m'appuyer.

Lorsque la cloche sonne, annonçant la reprise des cours, je n'ai toujours pas vu Jessy arriver, ce qui m'inquiète. Il n'est jamais en retard d'habitude. Une demi-heure plus tard, je suis soulagée en le voyant entrer dans la classe. Il tend un mot d'excuse au professeur d'algèbre, me fait un clin d'œil en passant à côté de moi et vient s'asseoir au pupitre derrière le mien. Dès que le prof reporte son attention sur le grand tableau noir, j'en profite pour me retourner.

— Ça va ? J'ai eu peur en ne te voyant pas, ce matin.
— Désolé, j'ai été retenu au laboratoire d'analyses.

Je lève des sourcils inquiets. Jessy remonte la manche de son pull bleu marine et me montre la trace d'une prise de sang. C'est donc aujourd'hui qu'il est allé faire un nouvel examen pour savoir où en est l'infection du virus.

— Je ne vous dérange pas trop, mademoiselle Crawfords ? Me demande soudainement M. Stark.

Je me retourne, le prof est penché au-dessus de mon bureau et me fixe. Je sursaute tandis que toute la classe éclate de rire.

— Bonjour, la honte ! Dis-je lorsque nous sortons de classe.

— Mais non, ça m'a bien fait marrer. La meilleure élève prise en flagrant délit de bavardage !

Jessy rit à nouveau alors que j'aimerais disparaître sous terre. Compatissant, il passe son bras autour de mon cou.

— Ne t'en fais pas, ce n'est pas cet incident qui va t'empêcher d'aller à la fac. Cela montre juste que tu es humaine.

Il dépose un baiser sur mon front et, telle une enfant blessée à qui l'on donne un bisou pour guérir, je me sens un peu mieux.

— Et c'est moi qui devrais être mal, vu les résultats que j'attends, dit-il en voyant mon visage triste.

— Ce n'est pas ça. Nick repart tout à l'heure, cela me fout le moral à zéro.

— Tu le reverras cet été, ne t'en fais pas, ça va vite passer, et puis vous vous téléphonerez.

— Oui, je sais bien. Je suis seulement une sale égoïste qui aime tellement son grand frère qu'elle souhaiterait le garder près d'elle.

— Est-ce que tu as cette réaction avec tous les gens que tu aimes ?

— Tous sans exception.

Je confirme, dépitée d'avouer l'un de mes pires défauts.

— C'est très intéressant.

Je ne comprends pas où il veut en venir.

— Pourquoi tu dis ça ?

— Parce que tu n'es pas prête à me laisser partir !

Cette idée doit lui plaire, car il se fend d'un grand sourire. Généralement, les gens autour de moi n'aiment pas ce défaut qui me fait les retenir auprès de moi, pour Jessy, c'est le contraire, il doit penser que d'une certaine manière, je le rattacherai à la vie le plus longtemps possible.

— Quand auras-tu tes résultats d'analyses ?

Mon petit ami grimace avant de répondre :

— Demain, dans la matinée.

— Tu stresses ?

— Pour le moment, ça va. On verra demain.

Tandis que j'approche de chez moi, je vois Nick dehors qui m'attend pour me dire au revoir, avant de reprendre la route. Mes parents et Nina sont près de lui. Cette vision me donne envie de pleurer, je dois lutter pour me retenir.

— Tu n'as pas amené ton chéri ? Questionne aussitôt mon frère.

Malgré moi une pointe de jalousie me transperce le cœur. J'ai voulu que tous les deux s'entendent bien, et voilà que Nicolas préfère Jessy à moi.

Cela fait plaisir, je pense en soupirant.

Comme je ne réponds rien, mon frère se penche vers moi.

— Je plaisante, petite tête ! Viens là !

Il me prend dans ses bras. Je me sens minuscule par rapport à lui. Je lui souffle à l'oreille :

— Tu vas tellement me manquer.

— Toi aussi, mais tu n'es pas toute seule et puis on se revoit bientôt. Tu en parleras avec Jessy, mais je lui ai proposé quelque chose... Il te racontera, ajoute-t-il avant de jeter un regard en biais vers notre père.

Je reste interdite, je meurs d'envie de le questionner, seulement on ne peut demeurer indéfiniment dans les bras l'un de l'autre sans éveiller les soupçons. Aussi je ne dis rien lorsqu'il relâche son étreinte. Il embrasse le reste de la famille avant de monter dans sa vieille voiture, qu'il s'est payé en travaillant comme serveur l'été dernier. Il en baisse la vitre, nous fait signe de la main tandis qu'il s'éloigne en nous criant : « À bientôt. » Une fois que la voiture tourne à droite, elle disparaît de ma vue. Je laisse couler les larmes que j'avais retenues jusqu'alors.

Le lendemain matin, je retrouve Jessy dans le couloir principal du lycée où se trouvent nos casiers. Il m'embrasse quand je parviens à sa hauteur, mais, bien qu'il paraisse en forme, je le trouve différent. Ses yeux sont assombris par un voile d'ennuis.

— Ça a été hier soir ? Demande-t-il.

— J'ai pleuré comme une madeleine, après je me suis sentie mieux. Tu as eu tes résultats ?

J'appréhende de savoir ce qu'il en est. C'est une sensation atroce que d'être consciente du fait que quoi que cette fichue prise de sang puisse révéler, je ne pourrai rien y changer. Je veux aussi le questionner sur ce que mon frère lui a dit, mais je sais que ce n'est pas le bon moment pour cela.

— Non, pas encore.

Il baisse la tête.

Je lui caresse le bras dans un geste de réconfort, mais à l'idée de ce qu'on va lui annoncer, je me sens fébrile.

— Tu as peur ?

Il jette un regard autour de lui. Des élèves se pressent dans les couloirs alors que d'autres plaisantent ou se racontent les derniers potins. Chad passe à côté de nous, il nous salue avant de se pencher sur son casier, non loin de l'endroit où nous nous tenons. Les vacances de Noël ont dû le faire réfléchir pour qu'il cesse de nous fuir.

— J'ai surtout envie de sortir d'ici !

Chad relève la tête, soudainement intéressé.

— Oui, mais il faut aller en cours.

— Pourquoi ?

Jessy a un ton de défi dans la voix.

— Ben parce que… c'est comme ça.

— Excusez-moi, intervient Chad en se glissant entre Jessy et moi. Mais si ça vous tente de sécher les cours aujourd'hui, avec des copains, on va aller dans une salle de jeux dès que la cloche sonne.

— Voilà qui me paraît très bien, affirme mon petit ami alors que je pâlis.

— Jessy, non, tu ne vas pas sécher les cours.

— Et pourquoi pas ?

— Ben oui, pourquoi pas ? Répète Chad avec un sourire innocent.

Je lui réponds d'un regard noir, il n'insiste pas.

— On se retrouve tous sur le parking dans cinq minutes si vous voulez venir…

— J'arrive ! Merci, Chad !

Celui-ci s'éloigne avec un geste de la main.

— Mais… tu… tu ne vas pas y aller ? Balbutié-je.

— Si, j'en ai envie. Écoute, Meg, je n'arriverais pas à me concentrer sur les cours tant que je n'aurais pas eu mes résultats. Je n'ai pas l'intention d'être en classe tel un zombi. Je te promets que demain je me tiendrais à carreaux mais pour une fois… J'ai besoin de décompresser, de me changer les idées.

Tout en parlant, Jessy s'est éloigné des classes et se rapproche dangereusement du parking du lycée. Je le suis, désireuse de lui remettre un peu de plomb dans la cervelle.

— Depuis quand es-tu copain avec Chad ?

Il lève les yeux au ciel. Nous sommes dehors. L'air demeure frais, mais un grand soleil est apparu faisant fondre les dernières traces de neige. Au loin, je vois la voiture rouge de Chad qui attend à côté d'un autre véhicule de couleur grise.

— Je crois que c'est depuis que vous avez rompu. Dis-moi si je me trompe, mais, depuis qu'on s'est battus pour toi, tout va bien, non ?

— Ce n'est pas moi qui vous ai demandé de vous battre, je te rappelle !

Cependant, mes joues sont en feu à ce souvenir.

— Ben voyons ! Et maintenant tu vas me laisser partir seul, sans défense, avec ton ex-petit ami ? Se moque-t-il.

Inexorablement, Jessy se dirige vers la voiture de Chad.

— Tu ne vas pas y aller ?

Il se retourne vers moi, écarte les bras. Son long manteau noir flotte autour de sa frêle silhouette.

— Si, j'y vais. Juste cette fois, s'il te plaît Meg, viens avec moi ?

J'hésite devant sa main tendue. Je n'ai jamais séché les cours et je ne me sens pas capable de le faire. Cependant à la perspective de laisser Jessy seul avec Chad, je suis mal à l'aise. Vont-ils encore se battre dès que j'aurais le dos tourné ? Et puis si Jessy a ses résultats pendant mon absence et qu'ils sont mauvais, qui sera là pour lui ?

— Oh, mon Dieu ! Mais qu'est-ce que je suis en train de faire ? Lui dis-je en faisant le pas qui nous sépare.

Jessy sourit et m'ouvre la portière de la voiture.

Il faut vraiment que je l'aime pour faire ça, ma réflexion me fait sourire.

Je me faufile sur le siège arrière tandis qu'il prend place devant, à côté du chauffeur. Je vois la voiture grise démarrer à notre suite. Il y a quatre élèves à l'intérieur que je connais de vue et de nom sans jamais avoir fait partie de leur groupe. Mon ex-petit ami se met à rire en observant ma mine déconfite dans le reflet de son rétroviseur.

— Respire, Meg, ça va aller ! Se moque-t-il.

— Oh toi et tes idées lumineuses !

Je maugrée, de mauvaise humeur, ce qui le fait rire de plus belle.

Nous roulons pendant quelques minutes avant d'arriver à un vieil entrepôt transformé en salle de jeux du côté de la gare.

— Tu es sûr que tu veux y aller ? Dis-je à Jessy quand nous quittons le véhicule.

Sans un mot, il me prend la main et me guide à la suite des autres qui, déjà, entrent dans le bâtiment.

— Là, vous avez des billards, ici les fléchettes et par là c'est la piste de karting ! Annonce Ethan, l'étudiant qui conduisait la seconde voiture en montrant les différentes sections du lieu. C'est la salle de jeux de mes parents, donc faites ce que vous voulez, mais ne cassez rien ! Amusez-vous bien !

Il laisse notre groupe à l'entrée et se dirige vers d'autres personnes qui sont arrivées avant nous. Parmi elles, je reconnais immédiatement Amy, mon cœur se serre. Depuis la soirée d'Halloween, je ne lui ai pas reparlé, j'ai passé mon temps à l'éviter.

— Ce n'est pas vrai, me dis-je à moi-même en marmonnant tandis qu'elle lève les yeux dans ma direction.

Jessy, qui a suivi mon regard, me souffle :

— Cela aurait pu être pire. Imagine que Haley ait toujours été en vie et présente dans cette salle, nous aurions tous été réunis !

— Jessy ? Une partie ? L'appelle Chad, déjà devant les billards.

— Vive les règlements de comptes ! Lance-t-il en allant rejoindre mon ex.

Je lui emboîte le pas, désireuse de m'éloigner le plus possible d'Amy. Je prends place sur une banquette recouverte d'un velours vert foncé. Chad et Jessy disputent une partie tandis que je regarde autour de moi. *Qu'est-ce que je fais là alors que les professeurs nous attendent ?*

La salle de jeux est simple et rustique avec ses murs en pierres apparentes et ses poutres en bois brut au plafond. Dans un coin, un bar tout en bois offre des boissons variées. Des lampes de formes rectangulaires sont disposées au-dessus des quatre billards alors que, sur le mur, un grand tableau blanc est accroché pour noter les scores des joueurs. Dans l'espace à côté, séparé par un muret en pierres apparentes et d'une poutre, deux cibles de fléchettes ont été installées à côté d'un juke-box qui joue de vieux tubes des années soixante-dix, des tables rondes et des chaises attendent les clients. Au fond de la salle, la piste de kart n'est pas très grande, mais elle a du succès. En face, un grand meuble contient des casques et d'autres habits de sécurité que tous les pilotes doivent enfiler avant d'entrer sur le circuit. Une porte à côté du placard conduit aux vestiaires.

— Tu prends les gagnants ? Me demande soudainement Chad, me sortant de ma rêverie.

Je n'ai pas le temps de répondre qu'une voix s'élève dans mon dos.

— Inutile. Tu sais bien qu'elle n'aura jamais le cran ! Notre petite Megan a toujours été lâche !

Je me retourne vivement. Amy ! Bien évidemment qui, à part elle, peut parler de moi ainsi.

— C'est étrange. (Je me lève et regarde ostensiblement autour d'elle.) Tu n'as pas de mecs près de toi dans les bras de qui sauter ?

Ma remarque la pique au vif. Je vois son visage pâlir puis s'empourprer.

— C'est toi qui me dis cela, Miss Jessy. Ça te fait quoi de sortir avec un sidaïque ? Crie-t-elle. Tu y trouves ton plaisir ?

D'un geste rapide, je saute sur l'assise du sofa, je vais enjamber le dossier qui me sépare d'elle, prête à lui sauter au visage pour lui arracher ce petit sourire mesquin qu'elle affiche. Je hurle :

— Retire ça tout de suite !

Brusquement, je me sens soulevée du canapé. Stupéfaite, je me débats pour me libérer de cette étreinte. Amy, face à moi, gesticule tel un pantin désarticulé dans les bras d'Ethan qui a entendu les cris et est arrivé en courant avant que cela ne dégénère davantage.

— On se calme, les filles ! clame-t-il.

Je jette un coup d'œil derrière moi et me rends compte que c'est Jessy d'un côté et Chad de l'autre qui me retiennent chacun par un bras.

— Lâchez-moi que je lui explose la gueule à cette sale conne !

— Salope, me fustige mon ancienne meilleure amie.

J'entends Jessy grogner de rage dans mon dos. Je sens l'étau qui me retient se desserrer un peu. Chad m'a lâchée et se glisse entre Amy et moi, les mains levées en signe d'apaisement.

— Ça suffit, les filles ! Regardez- vous, vous êtes ridicules !

Quittant Amy des yeux, je regarde autour de nous : une dizaine de personnes, des élèves pour la plupart, se sont rassemblées pour nous observer. J'ai soudainement honte de ma conduite, mais les paroles qu'elle a tenues sur Jessy sont pour moi impardonnables. Rien que d'y penser, j'ai à nouveau envie de lui sauter à la gorge, de la frapper.

— Si vous voulez régler ça, faites-le sans vous battre, reprend Chad.

— Je la prends à n'importe quel jeu ! S'insurge Amy.

Je me détends, prête à régler cela de manière plus civilisée.

— Ça va, chéri, tu peux me lâcher, dis-je à Jessy qui me maintient toujours par les bras.

Il desserre son emprise, mais garde ses mains prêtes à me rattraper au cas où la fureur me reprendrait.

— Très bien, dis-je à Amy. Une course de karting, ça te tente ?

— Je relève le défi !

— Parfait ! La perdante devra présenter ses excuses à la gagnante, négocie Chad qui nous regarde à tour de rôle.

En silence, Amy et moi acquiesçons. Ethan la lâche à son tour, rapidement elle s'éloigne vers la piste. Je me retourne vers mon amoureux qui est blanc comme un linge.

— Quand tu t'énerves, tu ne fais pas semblant, commente-t-il.

— Tu as entendu ce qu'elle a dit sur toi ? Sur nous ?

Jessy acquiesce d'un hochement de tête.

— Et cela ne te fait rien ?

Son calme olympien m'étonne.

— Bien sûr que si, mais que veux-tu que je fasse ? C'est une fille... Je ne vais pas la frapper !

— C'est vrai. Mais moi, je peux m'en charger ! Je vais me la faire !

Je suis toujours remontée tandis que je m'avance vers la piste de kart. Je m'empare d'une combinaison bleue à rayures rouges et entre dans le vestiaire pour l'enfiler par-dessus mon jean et mon pull. Amy est là, volontairement, nous nous tournons le dos sans échanger une parole. Quand je ressors, Jessy me tend un casque assorti à ma tenue.

— Tu sais conduire ça ? S'inquiète-t-il.

— J'ai déjà fait des courses avec Nick.

— Je te fais confiance, m'affirme Jessy.

Amy passe à côté de nous et nous jette un regard glacial. Il lui retourne son regard avant de m'embrasser à pleine bouche, sa main pressée sur ma nuque. Je le soupçonne de le faire exprès pour l'agacer, ce qui me fait sourire. Les yeux de mon petit ami brillent d'une lueur étrange, la colère gronde en lui, bien qu'il demeure calme.

— Défonce-la ! Ajoute-t-il en haussant le ton.

Amy doit nous voir et nous entendre, car elle se dirige vers son véhicule sans demander son reste. Déterminée, je prends place dans le kart voisin. Ethan les met en route avant de s'éloigner vers le drapeau à damier. Il compte jusqu'à cinq et l'abaisse. Aussitôt ma petite voiture fonce à toute allure, je laisse Amy sur place. Je prends un premier virage, puis un second. Amy remonte son retard sur moi. J'accélère de plus belle, faisant crisser les pneus à la courbe suivante. Mon ex-meilleure amie s'efforce de me suivre, mais je sais qu'elle n'a jamais fait de vraie course. Intérieurement, je remercie mon frère de m'avoir souvent convaincue de participer à ses délires avec ses copains. Je finis le premier tour de piste avant d'enchaîner avec le second, toujours en tête. À l'entrée du troisième tour de piste, je double Amy, qui mauvaise joueuse, donne un brutal coup de volant pour envoyer mon kart dans les ballots de paille qui encerclent le parcours. Je l'évite et éclate de rire quand je la vois rater son objectif et sortir elle-même de la piste. Elle s'encastre dans la paille dont des fétus se soulèvent sous le choc avant de s'éparpiller autour de son kart immobile. Elle se lève rapidement, furieuse, tandis que je finis la course seule. J'arrête le kart après avoir passé le drapeau et me jette dans les bras de Jessy qui m'attend fièrement à l'entrée de la piste. Il me serre très fort alors que Chad, à côté de lui, me gratifie d'une tape amicale dans le dos.

— Bien joué ! Se réjouit-il.

Amy parvient à notre hauteur, son visage est rouge de colère. Les gens se sont à nouveau regroupés autour de nous pour entendre ses propos en direct.

— Je m'excuse pour ce que je t'ai dit tout à l'heure. Je ne le pensais pas, dit-elle.

Je me demande s'il y avait du vrai dans ses paroles lorsque je la vois se tourner vers Jessy. Rien ne l'y oblige.

— Auprès de toi aussi, je tiens à m'excuser, j'ai été trop loin et j'en suis vraiment désolée.

Nous restons stupéfaits en la regardant s'éloigner, l'air plus abattu que jamais.

— Bon, qui veut me battre aux fléchettes ? Interroge Chad pour détendre l'atmosphère.

— Je vais ôter ça, je désigne ma tenue à Jessy.

Lorsque j'entre dans les vestiaires, je vois Amy assise sur un banc, la tête baissée, en train de pleurer. Malgré nos différends, j'ai un pincement au cœur en la voyant si fragile. Elle a été ma meilleure amie pendant des années ; ce genre d'amitié ne s'oublie jamais. En entendant du bruit, elle relève le visage.

— Ce que je t'ai dit est vrai, affirme-t-elle. Mes excuses. Je suis vraiment désolée pour tout ce que j'ai dit sur vous. Je ne sais pas ce qui m'a pris.

Elle sanglote de plus belle. Je ne suis pas insensible, mais quelque chose s'est brisé entre nous et je ne me vois pas aller la consoler. Cela serait hypocrite de ma part.

— J'apprécie tes excuses, dis-je d'un ton froid. Cependant, je te serais encore plus reconnaissante si à l'avenir tu laissais Jessy en dehors de nos histoires. Il a déjà assez de choses à gérer sans que tu en rajoutes. Le terme sidaïque n'est pas sympa du tout, on dit séropositif ou sidéen. Essaies de t'en souvenir.

Amy hoche la tête alors que de nouvelles larmes roulent sur ses joues.

— Je crois qu'en fait, je suis jalouse. Envieuse de toi qui as tout ce que tu veux. Tu as eu Chad et maintenant Jessy. Alors qu'avec moi les garçons ne font que passer dans ma vie sans vouloir y rester.

Elle renifle bruyamment. Je prends un mouchoir dans la poche de mon jean et lui tends.

— Amy, mon petit ami est séropositif, il est condamné à avoir une courte vie, tu crois vraiment que j'ai tout ce que je veux ? (Je lui pose la question plus froidement que je ne le voulais.) Si j'avais vraiment tout, il serait guéri à cette heure-ci.

Elle me regarde et réfléchit à mes paroles.

— C'est vrai. Mais tu vois, malgré le sida, vous vous aimez, cela se voit. Alors que moi... Même Chad n'a pas voulu rester avec moi et pourtant je l'aime depuis longtemps.

— Peut-être que si tu te comportais un peu mieux ?
Je ne peux m'empêcher de lui faire cette remarque.
— T'as raison. Je me conduis comme une garce.
— Tu n'étais pas comme ça avant... Tu étais une fille bien, que tout le monde aimait.
Elle reste un instant perdue dans ses pensées.
— Je crois que je me suis égarée en cours de route. À moi d'essayer de me retrouver...
Je ne trouve rien à lui répondre, aussi dans le silence, nous finissons d'enlever nos tenues avant de sortir ensemble des vestiaires. Chacune rejoint ses amis sans échanger d'autres paroles.
— Vous ne vous êtes pas entretuées ? M'interroge Jessy, les bras croisés.
— Non, finalement cela m'aura peut-être permis de comprendre des choses...
Je pose mes mains sur les bras de mon petit ami.
— Tu as téléphoné au laboratoire ?
— Pas encore. Il jette un coup d'œil vers l'horloge accrochée au-dessus du bar. Il n'est que 10 h 30, je vais attendre un peu plus.
— Dis-moi, tu n'as pas voulu venir ici pour éviter de téléphoner ?
Jessy scrute intensément mon regard.
— Et si...
— Je serai là, l'interromps-je.
Il acquiesce et pince ses lèvres, le visage blême.
— Eh, Jessy ! Je veux ma revanche ! Lance Chad en lui montrant les fléchettes.
— J'arrive ! Crie-t-il, puis en me prenant la main, il ajoute : je l'ai battu au billard. Nous allions jouer la seconde partie quand on t'a entendue parler avec Amy.

Parvenus dans le coin fléchette de la salle, je m'installe à une table pour les regarder se disputer la cible.

— Je prends le gagnant, leur dis-je.

Cela me fait plaisir de voir ces deux garçons discuter, plaisanter comme s'ils avaient toujours été amis. Peut-être qu'un jour, je serai capable d'agir de la même façon avec Amy. Je lui jette un regard, elle est assise un peu plus loin, à l'écart des autres. À son visage stoïque, je vois qu'elle est perdue dans ses pensées. Malgré moi, je ressens de la peine pour elle. Être jalouse à ce point du bonheur des autres doit être un sentiment qui lui bouffe littéralement la vie.

— Meg ? Tu viens ?

La voix de Chad me fait sortir de mes pensées.

— Alors qui a gagné ?

— C'est moi ! Annonce fièrement mon ex.

— Coup de chance, commente Jessy avec un sourire taquin.

— Autant que toi au billard !

— Très bien dans ce cas à nous deux, mon vieux !

Je me saisis des fléchettes.

— Je t'en prie, honneur aux dames.

Chad s'efface pour me laisser passer et, après avoir ajusté mon tir, je lance ma première flèche qui se fiche directement... dans le mur au-dessus de la cible. Chad éclate de rire.

— Ah ah ah ! C'est très drôle, maugréé-je avec mauvaise foi.

Je me retourne et remarque que Jessy n'est plus là. Je parcours la salle des yeux et le vois près du bar. Il discute avec Ethan. J'esquisse un sourire, contente qu'il se fasse des copains.

— Tu t'inquiètes tout le temps pour lui, commente Chad qui a suivi mon regard.

Je reporte mon attention sur la cible.

— Ouais, c'est vrai.

— Tu n'avais pas ce problème quand tu étais avec moi.

Il lance sa flèche qui atterrit en plein centre de la cible.

— Les choses étaient différentes avec toi. Plus simples, mais moins…, je n'arrive pas à trouver le mot qui convient.

— Fusionnelles ?

— Oui… Je crois que c'est le terme qui correspond.

Chad baisse les yeux, j'ai la sensation que je viens de le blesser.

— En tout cas, je suis contente de voir que vous parvenez à vous entendre tous les deux.

— Il est sympa en fin de compte, cependant je dois t'avouer que je prends sur moi à chaque fois que je vous vois ensemble.

Je le fixe, incrédule.

— Je pensais que tu t'étais remis de notre rupture.

— Pas vraiment, j'ai toujours envie de le frapper quand je le vois t'embrasser.

— Je te rappelle que c'est toi qui as rompu ! On était trop différents d'après ce que tu disais.

— Ce n'était pas la vraie raison et tu le sais très bien ! La vérité, c'est que tu étais déjà amoureuse de lui et que tu allais me larguer d'un jour à l'autre. J'ai juste pris les devants en trouvant une fausse excuse.

— Je suis désolée, murmuré-je. Navrée que tu aies eu de la peine, mais je ne peux pas contrôler mes sentiments.

— Je sais, mais le pire dans cette histoire, c'est qu'un jour, il ne sera plus là. Cependant même lorsqu'il sera mort, tu l'aimeras toujours, tu penseras à jamais à lui alors que moi, tu m'auras oublié depuis longtemps. Et de savoir cela, ça me fout en l'air !

Il se passe une main dans les cheveux, comme si, par ce geste, il pouvait effacer ce qu'il venait de me dire. Soudain, son regard se pose sur le cœur qui pend à mon cou, je le vois faire une petite grimace tandis qu'il lit les mots gravés dessus.

— Il te rend heureuse au moins ?

Je jette un coup d'œil vers Jessy qui rit avec Ethan. Un autre garçon, que je ne connais pas, les a rejoints.

— Oui, très.

— Alors je n'ai plus qu'à me consoler en gagnant cette partie !

— Tu peux toujours y croire !

Je lance une nouvelle fléchette qui, cette fois, se plante en plein milieu de la cible.

La conquête pour la victoire est difficile, mais, à la fin, c'est Chad qui s'impose. Satisfait, il va rejoindre Ethan qui est seul en train de boire un jus de fruits. Soudain une main se pose sur mon épaule, je sursaute.

— Je te cherchais.

Je souris en reconnaissant Jessy.

— Tu as gagné ? Me demande-t-il très pâle.

Je hoche négativement la tête.

— Tu veux faire une partie ?

— Non... J'ai téléphoné au labo... J'ai besoin de prendre l'air.

Mon coeur accélère sa cadence en un rythme affolant. J'essaie de lire dans le regard de Jessy mais ne parviens pas à déchiffrer l'éclat de ses pupilles.

— Des mauvaises nouvelles ?

— Pas ici, murmure-t-il à mon oreille.

Sans un mot, nous prenons nos manteaux avant de sortir. Cela fait du bien de sentir la fraîcheur de l'hiver sur ma peau. Jessy marche en longeant le mur de l'établissement, il me tourne le dos. Il paraît si grand, mince et fragile dans son manteau noir qui lui arrive à hauteur des genoux. J'observe ses moindres gestes, cherchant à deviner ce que le médecin a pu lui dire. Mes mains tremblent, mais ce n'est pas à cause du froid. Il demeure silencieux, à caresser du bout des doigts le mur sali par les vapeurs d'échappement, d'un geste délicat sans même y prêter attention.

— Jessy, parle-moi, qu'est-ce qui se passe ?

Il se retourne vers moi et je vois la colère briller dans ses yeux, son visage est fermé. Mes mains se mettent à trembler de peur.

— C'est si grave que ça ?

Il se rapproche de moi avant de me parler avec dédain :

— Le médecin m'a dit que le sida ne s'est pas déclaré. En fait, je suis en parfaite santé et je peux vivre tout à fait normalement, comme n'importe qui !

— Mais c'est génial !

Je laisse échapper un long soupir de soulagement. Je passe mes bras autour de son cou et l'attire à moi. Il reste de glace.

— Ce n'est pas génial ?

Je relâche mon étreinte. Il lève les bras et se remet à faire les cent pas.

— Si !

— Tu n'as pourtant pas l'air d'être ravi. Tu aurais préféré que le médecin te dise que tu allais mourir dans deux mois ?

Il me regarde, bouche bée.

— Comment oses-tu me dire ça ? Dit-il en retournant sa colère contre moi.

— C'est l'impression que tu me donnes. Tu trouves ça plus facile de déprimer en comptant les jours ? Je t'ai observé aujourd'hui. Tu as passé un bon moment avec les gens qui sont dans cette salle. Tu plaisantais, tu riais et, l'espace de quelques heures, tu as oublié cette putain de maladie ! Lui dis-je sur le même ton. Mais apparemment, tu as hâte de me quitter, de me laisser seule. C'est ça ton projet pour l'avenir ? M'abandonner ?

— Moi aussi, je t'ai observée, ça allait avec Chad ? Il ne te manque pas trop ? Vous aviez l'air très proche ! Il saura sûrement te consoler le moment venu !

— Parce que c'est mal de rester ami avec son ex ?

Ma voix tremble de colère. Je ne le comprends pas, il devrait être heureux, pourtant il est furieux d'être en bonne santé, c'est le comble ! Et voilà qu'en plus, il m'accuse de je ne sais quoi avec Chad ! Je croyais pourtant lui avoir montré à quel point je l'aime, lui !

— J'en ai assez entendu. Je me casse d'ici, dit-il en s'éloignant rapidement.

D'habitude, je lui aurais couru après, mais là j'en ai assez. Je veux me calmer de mon côté. Je sais très bien que nous finirons par nous réconcilier, une fois la tempête achevée. Jessy est impulsif, mais lorsque la tension redescend, il sait parfaitement s'expliquer.

Toutefois le soir venu, ma certitude s'effrite. Je n'ai eu aucune nouvelle de lui depuis le midi. J'ai passé le reste de la journée avec les autres à la salle de jeux et lorsque les cours ont officiellement pris fin, je suis rentrée chez moi comme si de rien n'était. À mon grand soulagement, le lycée n'a pas prévenu mes parents. Je m'en sors pour cette fois, mais, mal à l'aise à la seule idée de mentir à mes proches, je me promets de ne plus renouveler cette expérience.

Il est tard, je suis allongée sur mon lit à fixer les lumières des lampadaires de la rue qui se projettent sur le plafond de ma chambre, incapable de dormir. Les bras croisés sous ma tête, je m'efforce de comprendre pourquoi Jessy a réagi ainsi. Tout d'un coup, j'entends un petit clic sur ma fenêtre, je relève la tête aux aguets, le bruit se renouvelle. Je me lève pour regarder par la vitre. Jessy est dans le jardin, il lance des petits cailloux pour attirer mon attention. Je lui fais signe et, attrapant ma robe de chambre, je descends le plus discrètement possible pour aller le rejoindre. Il m'attend assis sur la balancelle, ses baskets glissent négligemment sur l'herbe humide.

— Viens, entre, il gèle dehors.

Je resserre les pans de mon peignoir sur mon pyjama.

— Et tes parents ?

— Ils dorment.

Rassuré, il me suit dans le salon où nous prenons place sur le canapé, tournés l'un vers l'autre, après avoir soigneusement refermé la porte.

— Je suis désolé pour ce que je t'ai dit tout à l'heure.

— J'ai beaucoup de mal à comprendre ta réaction...

— Je sais, m'interrompt-il calmement. Je suis malade d'être en pleine forme, c'est le comble de l'ironie !

Ne tenant pas en place, il se lève pour me faire face.

— Je n'y comprends rien !

Il se rapproche et me prend la main.

— Cela fait un peu plus d'un an que j'ai appris que j'ai cette saloperie dans le sang. Quand je l'ai su, tout s'est arrêté pour moi. J'ai laissé tomber le sport, la peinture, tout ce que j'aimais faire. On m'a rejeté, mais je me suis aussi coupé du monde. Et aujourd'hui, on me dit que je peux vivre comme n'importe qui. J'ai la sensation d'avoir gâché un an de ma vie. Un an que je ne pourrai jamais rattraper.

— Mais tu peux recommencer à faire tout ce dont tu as envie dès maintenant.

Il lâche ma main et glisse les siennes dans les poches de son jean.

— Quand je croise le regard des jeunes de notre âge, je sais parfaitement ce qu'ils pensent. Ils se disent que je dois être terrifié à l'idée de mourir... Ce n'est pas le cas. Vivre me fait bien plus peur que mourir. Mourir c'est facile, on a juste à se laisser aller à s'éteindre, mais vivre... Comment fait-on pour avancer jour après jour avec une épée de Damoclès au-dessus de la tête ?

Il a le visage baissé, il fixe un petit défaut sur une lame du parquet. Je m'approche de lui et glisse mes bras autour de sa taille.

— On avance un pas après l'autre en regardant vers l'avenir. Tu vas apprendre à refaire des projets, car c'est ce qui nous fait tous avancer.

— Ça fait longtemps que je n'ai plus rien projeté pour mon avenir.

— Il suffit de t'y remettre. Il n'y a pas des choses que tu aimerais faire ?

— Peindre, affirme-t-il. C'est ce que je voulais faire de ma vie avant tout ça.

— Eh bien, tu vois, tu as déjà un but. Autre chose ?

Il ôte les mains de ses poches et enserre ma taille à son tour, son corps se serre contre le mien. Un agréable frisson me parcourt la colonne vertébrale.

— T'embrasser.
— Très bonne idée.
Je souris.

Ses lèvres prennent possession des miennes avec une infinie tendresse, mais aussi une passion que nous nous efforçons de contenir.

— Pourquoi est-ce que je ne t'ai pas rencontrée avant toute cette merde ? Demande-t-il son front contre le mien.
— Je n'en sais rien, mais je t'attendais, je t'espérais.
— Tout aurait été si différent.
— Ne pense pas au passé, concentre-toi sur l'avenir. Et à ce propos, j'attendais que tu aies tes résultats pour en parler avec toi, mais que t'a dit mon frère ?

Jessy esquisse un sourire malicieux.

— Moi aussi j'attendais de savoir pour te le dire. Il m'a demandé si je me sentais assez en forme pour conduire jusqu'à New York. Il aimerait que nous allions tous les deux passer quelques jours avec lui. J'ai vu qu'il y avait un week-end prolongé en février. On pourrait peut- être y aller à ce moment-là. Qu'en penses-tu ?

Telle une enfant, je sautille sur place tant je suis contente.

— Oh oui ! Mais... cela ne tombe pas en même temps que ton anniversaire ?
— Mon anniversaire est le mercredi juste avant. Mais qu'est-ce que ça peut bien faire de toute façon ?
— Jessy, tu n'auras pas dix-huit ans tous les jours. Ta mère voudra être auprès de toi ce jour-là.

Il hausse les sourcils comme pour dire que c'est bien un truc de fille de se soucier de ce genre de chose. Cependant, j'ai assez appris à connaître Élise pour savoir qu'elle voudra assister à tous les anniversaires de son fils, tant elle craint qu'ils ne soient pas nombreux. Mais bien sûr, je m'abstiens d'expliquer cela à Jessy.

— On partirait le vendredi, sitôt les cours terminés. Tu crois que tes parents seront d'accord ?

Je fais la moue, j'imagine par avance la tête que mon père va faire en me sachant seule avec mon petit ami durant tout un week-end.

— Je crois que je vais laisser Nick leur en parler, je suggère en remettant en arrière une mèche de ses cheveux qui s'est égarée sur son front.

— En effet, ça vaut peut-être mieux, sourit Jessy qui a pensé à la même chose que moi.

— Tu sais, reprends-je sérieusement, je ne veux pas que tu croies que j'aime toujours Chad...

— J'ai été con de te dire cela, ce midi, coupe-t-il.

— Non, en fait, je voulais t'en parler... Quand tu nous as vus parler ensemble pendant la partie de fléchettes, nous discutions de toi.

Jessy relâche son étreinte et va prendre place sur l'accoudoir du canapé avec un air très intéressé.

— Ah bon ?

— Oui. En gros, il m'a demandé si tu me rendais heureuse.

— Je peux savoir ce que tu lui as répondu ?

— Je lui ai dit... (Je m'assieds sur ses genoux et passe mes bras autour de son cou.)... que je suis très heureuse avec toi.

Il laisse ses doigts parcourir mon dos, me faisant frissonner à nouveau. Il me fixe intensément.

— Et pourtant, parfois je me demande si tu ne serais pas plus heureuse avec lui.

— Tu sais que quelquefois je déteste ta franchise.

Je me relève subitement.

— Excuse- moi, je ne voulais pas te blesser. C'est juste que, lorsque j'analyse la situation, je me dis que lui pourrait t'offrir tout ce que moi je ne pourrai jamais. Il pourrait t'épouser, te faire des enfants... toutes ces choses que tu ne peux espérer vivre avec moi.

— Je t'ai déjà dit que cela n'est pas important pour moi. Tout ce qui m'importe, c'est d'être avec toi.

Jessy se lève et vient poser ses mains sur mes hanches, il m'attire à lui. Nos deux corps sont si serrés l'un contre l'autre que j'ai l'impression qu'ils ne forment plus qu'un. Je sens sa virilité se réveiller et un gémissement m'échappe. Il me regarde avec un sourire satisfait, comme pour me dire qu'il a raison.

— Arrête de te mentir. Ne me dis pas que tu ne me désires pas.

— Toi non peut-être ?

Je lève un sourcil curieux.

— Bien sûr que si mais, je t'ai déjà expliqué que jamais je ne mettrais ta vie en danger pour une simple envie. Je sais me maîtriser.

— Que dois-je faire pour te prouver que le plus important pour moi, c'est d'être avec toi, Jessy ? Bien sûr que j'ai envie de toi. C'est cela que tu voulais m'entendre t'avouer ? Mais si nous ne pouvons jamais faire l'amour, ce n'est pas si grave, ce n'est pas l'essentiel de notre relation. Je ne te quitterai pas pour ça.

Son visage n'est qu'à quelques centimètres du mien, je sens son souffle chaud caresser mes lèvres. Délicatement, je pose mes mains sur ses joues et, à mon tour, je l'attire à moi. Ses lèvres s'entrouvrent et viennent à la rencontre des miennes en un baiser qui nous laisse tous deux à bout de souffle.

— Je ne sais pas si tu as fait attention, mais à la salle de jeux, ce matin, tu m'as appelé chéri, sourit-il.

— Je m'en souviens très bien, cela m'a échappé. Tu n'aimes pas ?

Je frôle sa joue du bout de mes doigts.

— Au contraire, j'adore !

— Tu es mon amour, susurré-je avant de l'embrasser à nouveau.

Chapitre 8

Croque la pomme

J'entends chuchoter avant même d'ouvrir les yeux. Je bats des paupières à plusieurs reprises cherchant où je me trouve dans ce décor flou. Après quelques secondes, ma vision devient nette en même temps que mon esprit se rappelle les événements de la veille.

Mes parents se tiennent devant le canapé, je suis surprise de voir que le visage de mon père a une expression attendrie identique à celui de ma mère. Je jette un coup d'œil sur mes mains qui sont enlacées à celles de Jessy. Hier soir, après avoir parlé, nous n'avions pas envie de dormir, nous nous sommes installés sur le sofa devant la télévision. Il s'est étendu, je me suis allongée sur lui, il a posé ses mains sur mon ventre, les miennes les ont noués et nous nous sommes endormis dans cette position. Tandis que j'essaie de me dégager doucement pour ne pas l'éveiller en incitant mes parents au silence, Jessy remue dans un demi-sommeil.

— Non, reste avec moi, dit-il la bouche pâteuse en retenant ma main.

Aussitôt mon père lui jette un regard féroce. Sentant ma main lui échapper malgré tout, Jessy ouvre les yeux et sursaute en voyant mes parents devant lui. Affolé, il jette des regards autour de lui, cherchant les raisons de sa présence au milieu de mon salon.

— La mémoire te revient ? Demande John d'un ton amusé.

Jessy hoche la tête, le visage livide tandis qu'il s'assied.

— M. Crawfords ce n'est pas ce que vous pensez. On n'a rien fait...

— Ne t'en fais pas, coupe mon père. Je sais bien que vous ne seriez pas assez bête pour faire ça juste en dessous de ma chambre.

— Petit déj pour tout le monde ? Questionne ma mère en sortant du salon.

— Je veux des gaufres ! Affirme John en la suivant.

Restés seuls, nous échangeons un sourire gêné.

— Tu parles d'un cauchemar ! Maugrée Jessy en se frottant les yeux. Je m'endors avec toi et je me réveille avec ton père !

J'éclate de rire.

Nous rejoignons mes parents dans la cuisine.

— Pourquoi tu ne m'en fais pas ? Râle John.

— Parce que je n'ai pas envie. Tu n'as qu'à te les faire tes maudites gaufres !

— Des gaufres ? Je m'en occupe, lance Jessy.

Aussitôt, il se met à l'ouvrage devant les yeux stupéfaits de mon père. J'en profite pour aller prendre une douche, lorsque je reviens, John déguste une gaufre bien dorée et d'autres attendent dans une assiette au centre de la table.

— Hum, ça sent drôlement bon, commente Nina en pénétrant dans la pièce.

— Elles sont délicieuses. Jessy, tu reviens quand tu veux, affirme mon père.

Nina et moi nous servons et même ma mère, l'air courroucé, finit par en prendre une, pour : « Juste y goûter. » Tout le monde félicite mon petit ami.

— J'aime bien faire la cuisine.

J'ai découvert ses talents de cordon-bleu lorsqu'il m'a invité à dîner, il y a de cela quelques semaines.

— Tu utilises ces gaufres comme diversion ? Je murmure à Jessy en me penchant vers lui.

— Tu as tout compris. Ton père a même oublié de me questionner, marmonne-t-il en souriant. Ce n'est pas que je m'ennuie, mais il faut que je repasse chez moi avant d'aller en classe, ajoute-t-il à haute voix. À plus tard.

Jessy m'embrasse sur le front avant de partir.

— Je l'apprécie de plus en plus ce garçon, commente John. Mais au fait, qu'est-ce qu'il faisait ici et pourquoi vous dormiez sur le canapé ?

— Megan ! Ton frère au téléphone, m'indique ma mère à peine ai-je franchi le seuil de la maison.

Je cours vers le combiné.

— Salut, petite sœur, comment vas-tu ?

— Bonjour, ça va et toi ?

— Bien. J'ai fait exprès d'appeler à cette heure-ci, je voulais te parler. Jessy t'a raconté ?

— Oh oui ! Nous aimerions venir te voir, mais ce serait mieux que ce soit toi qui en parles aux parents.

— J'avais peur que tu me dises ça, soupire-t-il.

Un silence pesant s'installe. Malgré la distance, je devine mon frère se passant une main nerveuse dans les cheveux en secouant légèrement la tête.

— Tu sais très bien ce que va dire papa si c'est moi qui lui demande, j'insiste doucement.

— Oh, ça oui, je le sais ! Il va penser que l'idée vient de Jessy et qu'il veut te violer pendant ce séjour !

— Exactement.

— OK, dis à maman que je les rappelle ce soir. Papa sera revenu du boulot, je leur expliquerai que je vous ai invités. Ce n'est pas facile de convaincre les parents, il faut avoir des techniques... Je te laisse, je t'embrasse et transmets mon bonjour à ton amoureux.

— Tu es génial Nick ! Bisous.

Je raccroche et vais dire à ma mère que Nick les rappellera dans la soirée. Elle en est surprise, mais je demeure énigmatique.

Lorsque le téléphone sonne dans la soirée, mes parents s'isolent dans la cuisine pour parler tranquillement à mon frère ; je regarde la télévision sans même la voir. J'essaie d'écouter ce qui se dit, mais rien ne filtre à travers la porte, et lorsque j'entends la porte de la cuisine s'ouvrir, je lève des yeux craintifs sur mes parents, cherchant à lire une réponse sur leurs visages.

— C'est gagné ! Dit ma mère en souriant.

Je saute du canapé pour aller les prendre dans mes bras.

— Oh, merci, merci, merci !

— Quoi ? s'indigne Nina. Elle va aller voir Nicolas ? Alors ça, ce n'est pas juste !

Alors que ma mère confirme, ma sœur se met à bouder en croisant les bras sur sa poitrine.

— Megan est plus âgée que toi et, en plus, elle n'y va pas seule, mais avec Jessy.

— De toute façon, il y en a toujours que pour elle et son mec ! Dit ma sœur en rageant avant de quitter la pièce.

Nous la regardons passer, interloqués.

— Je vais aller lui parler, je souffle.

— Attends, juste une seconde, Meg. Vous ne ferez pas de bêtise tous les deux quand vous serez là-bas ?

— Papa arrête de t'en faire. Je ne suis plus un bébé !

John soupire.

— Je sais, grimace-t-il. C'est justement pour cela que je m'inquiète ! Heureusement que Nick sera là pour vous surveiller.

Tout d'un coup se matérialise, dans mon esprit, l'image de mon frère tournant autour de nous sans relâche. Si c'est la condition pour me rendre à New York, je ne suis plus très sûre de vouloir y aller.

Je retrouve Nina dans sa chambre. Elle est allongée sur son lit, ses jambes relevées battent l'air en un rythme furieux. En me voyant entrer, elle roule sur le lit et me tourne le dos.

— Je n'ai pas envie de te parler ! Crie-t-elle.

Pourtant je m'avance et m'assieds sur son lit. Nina ne bronche pas.

— Je sais que tu es en colère parce que je vais aller voir Nick...

— Ce n'est pas ça !

Lentement, craignant sa réaction, je pose ma main sur son épaule.

— Alors qu'est-ce qu'il y a ?

Les yeux débordant de larmes, elle se tourne vers moi.

— Tu ne sais pas ce que c'est que de t'avoir pour sœur, m'accuse-t-elle. À chaque fois que je reviens de l'école avec de bonnes notes, les parents me disent que c'est bien et, hop, ils enchaînent avec tes résultats. Dès que tu quittes la maison, devine de qui ils parlent ? De toi ! De toi et de Jessy ! Tu devrais les entendre !

Je reste interdite un instant.

— Quoi ? Mais qu'est-ce qu'ils disent ?

— Oh, bien généralement, papa dit : « Je m'inquiète pour Megan. » Et là, maman répond : « Mais non, elle est devenue très mature depuis qu'elle sort avec Jessy. » Et papa qui reprend : « Justement, qu'est-ce qui arrivera si elle passe la nuit avec lui ? » À ce moment-là, souvent, tous deux me jettent un regard qui signifie clairement que je suis trop jeune pour entendre la suite. À leurs yeux, je suis toujours une gamine ! Achève-t-elle avec un regain de colère.

— Parce que tu crois que c'est différent pour moi ? Les paroles que tu viens de me rapporter en sont le parfait exemple ! Ils me traitent toujours comme si j'étais une petite fille.

— Mais toi, au moins, tu vas aller à New York !

— Nina, je sais que ce que je vais te dire va te blesser, mais tu n'as que treize ans ! Tu es trop jeune pour aller voir Nick toute seule. Tu iras plus tard, lorsque tu auras vieilli un peu.

Elle paraît se calmer et s'assied sur le lit.

— Tu crois ?

— Bien sûr et puis d'ici là, je serai aussi à l'université, tu pourras venir me voir autant que tu le souhaiteras.

— Promis ? Demande-t-elle en me tendant sa main.

— Promis.

Nos petits doigts se croisent. Ma sœur me fixe, l'air perplexe.

— Pourquoi tu ne me dis plus rien ?

— Quoi ?

— Ben oui, avant quand tu sortais avec Chad, tu me parlais de lui, tu me racontais ce que tu ressentais. Mais depuis que tu sors avec Jessy, tu ne me dis plus rien. J'ai parfois l'impression qu'il m'a volé ma grande sœur.

Elle se remet à sangloter. Je la prends dans mes bras, elle pose sa tête sur mes genoux tandis que je caresse ses longs cheveux châtains.

— Puis-je te rappeler ce que tu faisais lorsque je te parlais de Chad ?

Je n'attends pas qu'elle me réponde pour ajouter :

— Tu allais voir les parents pour tout leur répéter !

Je secoue négativement la tête.

— Voilà pourquoi je ne te dis plus rien. Je n'ai pas envie que nos parents soient au courant de ce qui se passe entre Jessy et moi.

— J'étais petite, renifle-t-elle. Je ne leur dirai plus rien maintenant.

— Croix de bois ?

— Croix de fer ! Si je mens, je vais en enfer.

Je doute qu'elle puisse tenir sa langue, mais je décide de lui confier quelques petites choses pour la tester.

— OK, que veux-tu savoir ?

Son visage toujours posé sur mes genoux, elle pivote pour me regarder.

— Tu l'aimes vraiment Jessy ? Plus que tu n'aimais Chad ?

Comme à chaque fois où l'on parle de sentiments, je sens mes joues rosirent.

— Oh oui, cela n'a rien de comparable...

Je passe le reste de la soirée à tenter de redevenir la grande sœur attentionnée dont Nina semble avoir besoin. Et je dois reconnaître au fil des jours qu'elle garde pour elle ce que je peux lui dire. À partir de ce moment, nos rapports prennent une autre tournure. Je n'ai plus seulement Nick comme allié, j'ai aussi ma petite sœur qui, de son côté, me confesse être amoureuse de Chad, ce dont je m'étais toujours doutée.

Le 5 février 1992 marque les dix-huit ans de Jessy. Il n'a pas voulu de fête, juste un repas le soir avec sa mère et nous. Pour l'occasion, je lui ai offert un bracelet à quatre lanières parsemées de petits clous argentés. Jessy aime bien porter des bijoux masculins. Il est ravi de son cadeau. L'après-midi en sortant du lycée, il est venu réviser à la maison en vue d'un contrôle de maths que nous aurons le lendemain. Il est assis dans un fauteuil, avec ses notes sur les genoux, un chewing-gum dans la bouche. Moi je suis assise sur l'un des tapis qui recouvrent par endroits le parquet, le dos appuyé sur ses jambes, mes livres posés devant moi sur la table basse en bois du salon. De temps en temps, je relève la tête, Jessy se penche et nous échangeons un baiser. C'est agréable de réviser ainsi.

— Tu crois que le devoir va également porter sur la géométrie ? Me demande-t-il.

— Non, je ne pense pas, cela sera plus des problèmes de calcul à mon avis.

Il pleut ce jour-là, mon père est à la maison, ne pouvant travailler sur son chantier en extérieur.

— Je venais juste voir si vous vouliez boire quelque chose ? S'excuse-t-il en entrant dans la pièce.

Mais franchement, nous ne sommes pas dupes, il est juste venu nous espionner comme chaque fois que nous sommes seuls.

— Je veux bien un coca, si vous avez, répond Jessy.

— Je ne sais pas...

— Il y en a au sous-sol, j'y vais, affirmé-je. Je t'en remonte un aussi, papa ?

Mon père acquiesce. Je le sens soudain mal à l'aise à l'idée de rester seul avec mon petit ami, comme s'il ne savait pas quoi lui dire.

Quelques minutes plus tard, je remonte les escaliers avec trois canettes de coca dans les mains lorsque j'entends la voix de Jessy. Je m'arrête dans le couloir pour écouter ce qui se dit.

— Je sais que vous ne m'aimez pas beaucoup, dit Jessy calmement avec la franchise qui le caractérise.

— Tu te trompes, Jessy, je t'aime bien. Vraiment. Tu es un garçon sérieux, réfléchi et fiable.

— Mais ?

— Mais je me rappelle ce que c'est que d'avoir dix-huit ans et les hormones en ébullition devant une jolie fille. Ce n'est pas facile de se contrôler en permanence.

— C'est vrai, admet mon petit ami, mais il est hors de question que je fasse subir à Megan ce que je vis avec cette foutue maladie.

— Je suis désolé que tu aies attrapé ce virus et crois bien que si je pouvais faire quelque chose pour te sauver, je le ferais sans la moindre hésitation. Mais ce n'est pas de cela dont je parle. J'aurais tenu le même discours à tous garçons sortant avec ma fille. J'ai toujours pris soin d'elle, c'est difficile de la voir avec un homme et quand je pense à ce qui pourrait se passer quand vous vous retrouvez seuls tous les deux…

Mon père fait une grimace bruyante en faisant vibrer ses lèvres.

— Je vous comprends, affirme Jessy. Mais vous ne pouvez pas l'empêcher de vivre non plus.

— Je sais bien. Je suppose que, de toute manière, maintenant, il est trop tard pour l'enfermer dans sa chambre jusqu'à ses trente ans, plaisante John. Cependant, en tant que père, je te demande une chose : ne fais pas de mal à ma petite fille, ni physiquement, ni en ayant une idée aussi stupide que lui briser le cœur.

— Sinon vous me casserez la gueule ?

— Oh non, cela serait trop doux par rapport à ce que j'aurais envie de te faire !

Jugeant en avoir assez entendu, je les rejoins et leur tends les boissons.

— Bon, j'ai du travail ! Déclare mon père qui file vers la cuisine.

— Vous parliez de quoi, Jessy ?

— Ton père m'aime bien, me dit Jessy, l'air très étonné.

Pour moi, cela n'a rien de surprenant. Si mon père n'avait pas apprécié le garçon avec qui je sors, je n'aurais tout bonnement pas eu l'autorisation de le fréquenter. Mais pour Jessy, cela paraît exceptionnel, peut-être est-ce dû au fait qu'il a perdu son père lorsqu'il était enfant, ou que son beau-père ne l'a jamais considéré pour finir par le rejeter lorsqu'il a appris sa maladie ? En tout cas, sans même s'en rendre compte, John a fait un très beau cadeau d'anniversaire à mon amoureux. Voyant que je l'observe, Jessy reprend d'un ton taquin :

— Par contre, il doit avoir un sixième sens qui l'avertit dès qu'on s'embrasse ! Ce n'est pas possible autrement !

— J'ai tout entendu ! S'exclame joyeusement mon père depuis la cuisine.

Deux jours plus tard, en fin de matinée, sitôt les cours finis, nous prenons la route pour New York ! Je suis tellement heureuse d'aller voir mon frère ! Nous allons être les premiers à découvrir son université, sa manière de vivre loin de nos parents.

Nous mettons un peu plus de quatre heures pour arriver sur place. Nick poursuit ses études dans l'école Léonard N. Stern School of Business, la faculté d'affaires et de l'administration publique située sur le campus à Washington Square Village. Je m'étais attendue à un campus avec de la verdure, des arbres, où il fait bon vivre, j'étais à côté de la plaque. La Stern est un imposant immeuble gris, en plein centre du quartier. Il compte une dizaine d'étages avec des vitres tout le long de sa façade. Un dôme en béton et en verre surplombe l'entrée. Au premier abord, cette université me paraît austère. Seule la présence de Nick devant le bâtiment me fait l'apprécier. Je laisse Jessy garer sa voiture un peu plus loin, le long du trottoir, tandis que je me précipite pour embrasser mon frère.

— Salut, petite tête, dit-il en me serrant contre lui. Comment tu vas ?

— Super bien ! Et toi ?

Nicolas a de petites poches sous les yeux qui n'existaient pas lors des vacances de Noël.

— Salut, Jessy, ça va ? Pas trop de mal à conduire jusqu'ici ?

— Aucun, mais cela fait plaisir d'être arrivé, répond celui-ci, en s'étirant pour faire disparaître les crispations dues à la conduite. Tu as une sale tête !

Comme d'habitude, mon petit-ami n'hésite pas à dire ce qu'il pense.

— Ce n'est rien, nuit de folie ! (Nick nous fait un clin d'œil.) Je vous propose d'aller chez moi manger un bout. Prenez vos bagages.

— On te suit, lance Jessy en me prenant la main.

— Eh, pas de ça ! Vous êtes sous ma responsabilité tous les deux pendant tout le week-end.

Surpris, Jessy me lâche aussitôt. Alors que je vais protester, Nick éclate d'un rire sonore qui fait se retourner plusieurs personnes sur le trottoir.

— Ne me dites pas que vous m'avez cru ! Bon, officiellement, je suis censé vous garder à l'œil, mais, officieusement, faites tout ce que vous voulez, je ne vous dénoncerai pas.

Nicolas loge dans un petit studio meublé au premier étage d'une résidence à quelques rues de l'université. C'est le genre d'appartement typiquement conçu pour les étudiants avec ses murs blancs, ses meubles noirs, un coin cuisine, un fauteuil, et un sofa qu'il déploie pour dormir. Je remarque que son logement est propre et bien rangé, ce qui n'était pas toujours le cas lorsqu'il logeait dans son studio au-dessus de notre garage.

— Comme vous le voyez, ce n'est pas très grand, donc j'ai dit aux parents que vous dormiriez ici, Jessy avec moi dans le canapé deux places, et toi, sur un lit d'appoint. Mais, comme je tiens à mon intimité et je suppose que vous aussi, je vous ai réservé un hôtel juste au bout de la rue. Donc pas de gaffe en parlant aux parents, OK ?

Nous acquiesçons. Nick reprend :

— Je vais commander des pizzas !

Il s'éloigne avec le téléphone vers la salle de bains.

— J'ai soif, dis-je en me dirigeant vers le réfrigérateur. Qu'est-ce que tu veux boire ?

Jessy prend place sur le canapé.

— Qu'est-ce que tu proposes ?

À ce moment, Nick revient et me voit plongé dans son frigo.

— Pizzas commandées. Vous avez soif ?

— Tu n'as pas grand-chose là-dedans, dis-je en faisant l'inventaire des rayonnages presque vides.

Une tranche de jambon attend dans une barquette déchirée, un hot-dog à l'étrange couleur verdâtre, et ce qui a dû être une tomate sont ratatinés sur l'une des étagères.

— Pousse-toi, petite tête ! Tu devrais plutôt téléphoner à la maison pour les avertir que vous êtes bien arrivés.

Je m'exécute en me retirant à mon tour dans la salle de bains pour parler tranquillement. Ma mère rassurée, je rejoins les garçons dans la pièce principale. Je prends place dans le canapé à côté de Jessy et reste interloquée en découvrant trois bières sur la table basse. Nick, assis en face de nous dans un fauteuil, me regarde avec un petit sourire amusé.

— Tu sais quel âge on a ?

— Qu'est-ce que je t'avais dit ?! Lance Nick à Jessy avant de poursuivre en me regardant. Ne me dis pas que vous n'avez jamais bu d'alcool ? !

Jessy ôte la capsule.

— Bien sûr que non !

— Moi oui ! Lance Jessy. À toi ! Merci pour ton accueil chaleureux !

Il lève sa bière en la tapant légèrement contre celle de mon frère.

— Depuis quand tu bois de l'alcool, toi ?

— J'ai eu une vie avant de te rencontrer. C'est juste une bière, ce n'est pas très fort.

— Meg, papa n'est pas là, profites-en pour te lâcher un peu !

C'est vrai, pendant tout un week-end, je n'ai pas mes parents derrière moi pour surveiller mes moindres faits et gestes.

— Bon, allez !

Je cède et ouvre ma canette pour me joindre à eux.

À la première gorgée, je sens l'alcool descendre dans mon estomac, provoquant une petite brûlure.

— Ne t'en fais pas, petite sœur, tu seras vite redevenue sobre ! S'exclame Nick avec un grand rire devant ma grimace.

Nous passons la soirée à manger des pizzas en discutant et en riant. Je trouve mon frère différent dans sa vie new-yorkaise, il est moins sérieux comme si, loin de nos parents, il s'autorisait à faire ce qu'il voulait sans trop penser aux conséquences. Je ne le connais pas sous cet aspect, mais je m'y habitue rapidement. À la fin de la soirée, il nous raccompagne sur le trottoir et, pointant un doigt, nous montre notre hôtel au bout de sa rue. Après un dernier au revoir, Nicolas regagne son studio tandis que nous nous mettons en route pour l'hôtel.

— C'est calme ! On ne se croirait jamais en plein centre de New York, dis-je à Jessy.

Autour de nous, les hauts arbres plantés sur le trottoir ne peuvent rivaliser avec la hauteur des immeubles qui s'élèvent telles des flèches déchirant la nuit. Un léger vent froid soulève nos cheveux tandis que nous avançons main dans la main, traînant nos valises derrière nous.

— On ne voit pas une seule étoile, ici.

En suivant le regard de Jessy, je me rends compte qu'il a raison. La ville est trop éclairée pour que l'on puisse voir les scintillements du ciel. Nous restons bouche bée en arrivant devant l'hôtel. Nick a choisi un bâtiment moderne qui s'élève sur une douzaine d'étages, tout en baies vitrées. Au-dessus de l'entrée, des néons rouges clignotent en indiquant le nom de l'enseigne : *New Street*. Sans échanger une parole, nous pénétrons dans le hall. Le lieu est en marbre, du sol jusqu'au comptoir d'accueil. Des lumières diffuses donnent à l'endroit un côté romantique tout en

respectant le design dernier cri. Un peu intimidés, nous nous avançons vers le réceptionniste. L'homme est grand, noir et sa carrure est impressionnante.
Cependant, je suis surprise par la douceur de sa voix lorsqu'il ouvre la bouche :
— Bonsoir, que puis-je faire pour vous ?
— Bonsoir, mon frère a réservé des chambres au nom de Sutter ou Crawfords.
L'homme regarde son cahier de réservation.
— En effet, c'est au dernier étage, il nous tend une clef. Bon séjour !

Un peu surprise, je me saisis de la clef. Je m'étais attendue à ce que nous ayons chacun notre chambre, mais apparemment Nicolas a dû réserver une chambre double, c'était certainement plus économique pour lui. Après tout, il a tenu à nous inviter, or vu la décoration de l'hôtel, les prix doivent être élevés. Nous prenons l'ascenseur dont le sol est recouvert d'une moquette rouge. En parvenant au douzième et dernier étage, la porte s'ouvre sur un long couloir recouvert de la même moquette. Les murs d'un blanc cassé donnent l'impression d'avoir été peints la veille.

— Chambre 21, c'est là ! Dit Jessy en se postant devant une porte.

Galant, il se décale pour me laisser entrer la première. Un petit couloir nous accueille avec sur la droite la salle de bains et sur la gauche un placard dans lequel suspendre nos affaires. Le couloir débouche sur une chambre spacieuse, à la moquette beige et aux murs blancs. De grandes vitres laissent voir les lumières de la ville. Sur notre droite, il y a une petite table et deux fauteuils. Néanmoins, il y a un problème et il m'apparaît de taille : il n'y a qu'un lit à deux places !

— OK, articulé-je lentement. Je pensais que c'était une chambre double...

— Oui, moi aussi, souffle Jessy en posant son sac sur l'un des sièges.

— Je vais aller demander s'ils n'ont pas autre chose...

— Non, attends, on est plus des gosses. Nous sommes capables de dormir dans le même lit tout en restant... sages, non ? Si cela ne te pose pas de problème ?

— Ça va aller, ne t'inquiète pas.

— D'accord, il est tard, je vais aller me mettre en pyjama.

Je suis un peu gênée en prenant mon sac avant de me diriger vers la salle de bains. Jessy pince ses lèvres en me regardant m'éloigner. Seule dans la salle d'eau, je me fais une leçon de morale tout en me brossant les dents :

Enfin Megan, c'est Jessy ! Tu ne vas pas flipper à l'idée de dormir avec lui. Oui, mais ça va être la première fois que tu vas te retrouver au lit avec lui. Au lit avec un garçon. Et alors ? Ce n'est pas la fin du monde !

Je sors de mon sac mes affaires pour la nuit. Comme je m'étais attendue à dormir seule, je n'ai pris qu'un grand T-shirt épais qui m'arrive au-dessus des genoux !

Oh ! Zut !

Au bout de plusieurs minutes, après m'être recoiffée, je dois me résoudre à quitter cette pièce. Jessy s'est changé pendant mon absence, son jean et son pull noir ont été remplacés par un pantalon de pyjama à carreaux gris et noir et un débardeur blanc. En le voyant ainsi, je me fais la réflexion qu'il est plus mince que ses vêtements habituels ne le laissent paraître. Mais je remarque aussi que ses bras sont musclés et son corps parfaitement taillé, comme celui d'un athlète. Alors que nous nous détaillons l'un l'autre avec un petit sourire gêné, je sens mes joues devenir rouges.

— Tu es jolie même lorsque tu vas te coucher.

Il a un drôle d'éclat dans le regard en me disant cela.

— Ce sont les lumières tamisées qui te donnent cette impression, lui dis-je en souriant et en écartant les draps du côté de la fenêtre. Cela te convient si je prends ce côté du lit ?

— Parfait. Je reviens.

Il prend une trousse de toilette et se dirige à son tour vers la salle de bains. Toutefois vu la taille de son nécessaire de toilette, je comprends qu'il y a glissé son traitement. Il ne m'a jamais parlé des soins qui rythment son existence, c'est sa mère qui me l'a expliqué un jour où nous bavardions. Devant Jessy, je fais toujours semblant de rien. Il veut me tenir éloignée le plus possible du VIH, je ne peux lui en vouloir pour cela.

Il réapparaît quelques minutes plus tard, éteint la lumière avant de se glisser de l'autre côté du lit. Les bras croisés sous la tête, il fixe le plafond.

— Je me demande quand même ce qui a pris à ton frère de nous faire ce coup-là, finit-il par dire.

Allongée, je me tourne vers lui et admire son profil qui se dessine dans la semi-pénombre. De temps à autre, le vent fait bouger les arbres à l'extérieur et de drôles de stries apparaissent sur son visage.

— Je n'en sais rien, mais je compte bien éclaircir cela demain. Tu ne le trouves pas… bizarre ?

— Bizarre ? Non. Mais un peu différent, oui. Je pense que le fait de vivre loin de sa famille doit lui donner des ailes. Il se dit que maintenant il peut faire tout ce qu'il veut.

— C'est aussi ce que je pense. Si mes parents le voyaient...

Et d'un seul coup en pensant à mon père, un fou rire me prend. C'est incontrôlable ! Jessy s'est tourné vers moi et est gagné par mon fou rire.

— Mais enfin, pourquoi tu ris comme ça ? Questionne-t-il amusé.

Je peine à reprendre mon souffle et m'allonge sur le dos pour prendre une grande inspiration.

— Ce n'est rien, j'ai juste imaginé... imaginé la tête que ferait mon père s'il nous voyait ici ensemble, maintenant !

— Oh, *my God* ! Il m'aurait déjà passé par la fenêtre.

— Et Nicolas irait vite te rejoindre. Il est censé être mon garde du corps pour me protéger de toi pendant ce week-end.

— Tu parles d'un garde du corps qui te jette directement dans mes bras, sourit-il.

S'appuyant sur les mains, Jessy se penche au-dessus de moi, mon cœur se met à battre plus vite.

— Et tu crois que ton père ferait quoi en me voyant faire ça ? Demande-t-il avant de m'embrasser.

Ce baiser reflète la passion qui nous habite. L'une de mes mains caresse son visage tandis que, de l'autre, j'appuie sur sa nuque pour le tenir au plus près de moi. Sa langue cherche la mienne tandis que ses lèvres reviennent encore et toujours à l'assaut des miennes. Lorsqu'il s'écarte de moi, j'ai le tournis.

— Je pense qu'arriver à un certain stade, mon père n'aura plus son mot à dire, je réponds sincèrement, mes bras autour de son cou.

Jessy reste un moment ainsi à me regarder. Je caresse ses cheveux qui lui retombent sur les yeux.

— On ferait mieux de dormir, finit-il par dire. Bonne nuit.

Il me donne un baiser du bout des lèvres avant de rejoindre son côté du lit. Les bras sous la tête, il contemple les ombres qui dansent au plafond.

— Bonne nuit, lui dis-je, soudainement refroidie par son changement d'attitude.

Je lui tourne le dos, cherchant en vain le sommeil pendant de très longues minutes. À mon côté, j'entends sa respiration qui n'est pas celle, régulière, des dormeurs.

— Tu ne dors pas non plus ?

— Non, je n'ai pas l'habitude de partager mon lit avec quelqu'un.

Je le vois esquisser un sourire.

— Chéri, est-ce que tu crois que je pourrais dormir dans tes bras ?

— Meg..., soupire-t-il.

— Juste une fois, je voudrais pouvoir m'endormir et me réveiller dans les bras de l'homme que j'aime.

Jessy tend un bras vers moi.

— Viens là.

Je me glisse jusqu'à lui, il me serre contre son torse, son bras enserre ma taille. Je pose ma tête sur son cœur qui bat à un rythme effréné, en accord parfait avec le mien. À cet instant, je sais que je suis à ma place dans le monde, exactement là où je suis censée passer ma vie.

Lorsque je m'éveille le lendemain matin, le soleil inonde la chambre. La matinée est bien avancée. Jessy dort encore, accroché à mon corps tel un naufragé qui s'agrippe à une bouée de sauvetage. Doucement, je me tourne vers lui. Je pourrais rester des heures à le regarder dormir. Il doit sentir mon regard peser sur lui, car il cligne des yeux et, lentement, sort de sa nuit. Il paraît étonné de me voir là, au creux de ses bras puis me demande :

— Alors qu'est-ce que cela t'a fait de te réveiller dans mes bras ? C'était comme tu l'avais l'imaginé ?

— Non, c'était encore mieux. Et pour toi ?

— C'est confus, dit-il en me lâchant.

Je me redresse, subitement inquiète.

— Que veux- tu dire ?

— Dormir avec toi est fantastique mais me demande beaucoup de maîtrise pour ne pas te toucher. Plus que je ne le pensais. Je crois que la nuit prochaine nous ferions mieux de dormir chacun de notre côté, cela sera plus prudent et moins frustrant.

Je suis très partagée, je comprends ce qu'il ressent puisqu'à chaque fois où je l'ai senti si proche de moi pendant la nuit, je me suis retenue de le toucher, j'ai empêché mes mains de caresser son corps qui m'attire tant. Mais d'un autre côté, j'ai aimé passer ces quelques heures à l'abri dans ses bras. Je vis un paradoxe qui me surprend chaque jour : bien que mon petit ami soit séropositif, c'est lorsqu'il me tient serré contre lui que je me sens le plus en sécurité.

Plus tard, ce jour-là, nous retrouvons mon frère dans un restaurant à côté de chez lui. C'est un établissement sans prétention, mais joliment tenu, où les repas sont copieux pour un prix raisonnable.

— Salut, les amoureux !

Il sourit en nous voyant arriver.

— Vous avez bien dormi ?

Nous prenons place autour d'une table ronde où il est installé, et je rétorque sans préambule :

— Très drôle !

Nicolas me regarde abasourdi, je comprends rapidement qu'il n'a aucune idée de ce dont je lui parle.

— Qu'est-ce qui t'a pris de nous mettre dans la même chambre et qui plus est dans le même lit ? Tu es stupide ou quoi ? Je le gronde à voix basse.

Je n'ai pas voulu m'en prendre à Jessy, respectant ce qu'il ressent du coup, tant pis pour lui, c'est mon frère qui essuie les plâtres.

— Ben quoi ? Dit-il sans comprendre, son regard passant de Jessy à moi. Vous n'avez jamais…

Je hoche négativement la tête. Jessy garde le silence, mais ses joues ont pris une jolie teinte rosée, ce dont je me félicite, car je sens les miennes prendre la même couleur.

— Pourquoi ?

Un serveur arrive pour nous donner les menus, nous nous taisons.

— Tu sais comment se transmet le virus, non ? Questionne Jessy.

— Je t'en prie, je ne suis pas débile à ce point-là.

— Alors tu comprendras que je ne veuille pas aller plus loin avec ta sœur.

Jessy me lance un regard indéchiffrable où semblent s'affronter sa passion et sa raison.

— Euh, Jess, commence Nick en parlant si bas que je dois tendre l'oreille pour être sûre de ce qu'il lui dit. Les capotes, ça existe !

— Il y a toujours un risque que ça craque.

— Cela arrive quoi ? Une fois sur un million ?

— C'est une fois de trop ! Je ne veux prendre aucun risque. Tu sais que je pourrais tuer ta sœur ?

Nicolas regarde longuement Jessy. Parler de sexualité avec mon frère et mon petit ami dans un restaurant de New York a un côté plus qu'irréel.

Le serveur revient prendre nos commandes.

— Des tagliatelles au saumon pour moi, annonce Nick en rendant son menu.

— Pareil pour moi, dis-je sans réfléchir.

— Ouais, pour moi aussi, renchérit Jessy.

Une fois le serveur reparti vers la cuisine, mon frère reporte son attention vers mon amoureux.

— Jess, tu n'es pas une arme de destruction massive. Quand je te regarde, je vois un jeune homme qui, apparemment, est raide dingue amoureux de ma petite sœur, mais qui est aussi frustré. Je ne veux pas te froisser, mais tu sais que,, pour plus de sécurité, en plus du préservatif, tu peux pratiquer la « retirette »…, chuchote-t-il en faisant des guillemets avec ses doigts.

Si Jessy avait déjà le teint rosé avant, ce n'est rien en comparaison du rouge qui envahit son visage. À seize ans, je suis complètement novice de ces choses-là sur le plan technique, j'écoute mon frère et comprends juste qu'il existe un moyen pour que nous puissions faire l'amour sans danger.

— Cela demande une grande maîtrise, finit par répondre Jessy qui n'ose plus détacher ses yeux de la nappe à carreaux rouge et blanc qu'il plisse entre ses doigts sans même paraître s'en rendre compte.

— Parce que s'efforcer à ne pas aller plus loin que des bisous n'en demande pas peut-être ? Il y a d'autres méthodes de se faire du bien aussi, tout ne passe pas nécessairement par le sexe. Ne me dites pas que vous n'avez jamais échangé des caresses ?

Jessy est plus rouge que jamais. Il ne parvient plus à ouvrir la bouche et encore moins à me regarder.

— Bon ! On va peut-être parler d'autre chose, dis-je en suppliant mon frère du regard…

— OK, comme vous voulez, moi je dis ça pour vous. En tant qu'aîné, il est de mon devoir de vous transmettre mon savoir !

Nick affiche un grand sourire, pas gêné le moins du monde par cette conversation.

— Mais tu sais, Jess, à mon avis ton blocage est psychologique, pas physique, rien ne t'empêche de… en faisant gaffe. Bref, tu vois de quoi je veux parler, ajoute-t-il en voyant le serveur revenir avec nos plats.

— Oui, très bien, merci pour tes conseils, oh toi, notre aîné ! Se moque mon petit ami.

— J'espère que vous n'aviez rien prévu de faire aujourd'hui, parce que je nous ai préparé un emploi du temps surchargé ! Mais avant, Jessy, dis-moi quel est le genre de musique que tu aimes. Toi, sœurette, je sais que tu écoutes de tout, mais ton chéri, je n'en sais rien.

— J'aime bien un peu de tout en fait, dit-il, conciliant, tandis qu'il pose les yeux partout, sauf sur moi.

— Ne le crois pas. En fait, Jessy est un mordu de rock.

— Pas tant que ça.

— À peine ! Dans la voiture en venant ici, on a écouté les groupes Queen, U2, The Divinyls et Bruce Springsteen.

— Très bon goût ! Et cela tombe très bien, car il se trouve que ce soir il y a un concert privé du groupe Divinyls pour lequel j'ai réussi à obtenir quatre entrées, annonce fièrement Nick.

— Sans blague ! Dis-je. Oh ! j'adore leur dernière chanson *I Touch Myself* !

Nick lance un regard entendu à Jessy.

— Qu'est-ce que je te disais ?

— Oh, ça va, c'est juste une chanson ! Depuis quand as-tu l'esprit si pervers ?

— Et vous, depuis quand vous conduisez-vous si raisonnablement ? Merde, vous êtes jeunes, vous êtes à New York, loin de vos parents. Vous pouvez faire tout ce que vous voulez sans avoir à craindre que je vous balance, vous éclater pendant tout ce week-end et, pourtant, vous vous comportez comme un couple de vieux ! Pire, comme un couple de vieux frigide !

Jessy relève la tête avec un sourire amusé, me regarde enfin avant de poser les yeux sur Nick. Et tous trois éclatons de rire.

Mon frère n'a pas menti lorsqu'il a dit nous avoir programmés une journée chargée. Après le repas, il nous conduit au Metropolitan Museum of Art, c'est un superbe musée qui propose des collections de toutes les époques. Nous admirons les antiquités égyptiennes, les sculptures grecques, romaines et étrusques. Nous faisons le tour des arts de chaque continent. Mais c'est surtout les peintures qui intéressent Jessy. Là, devant les œuvres des plus grands artistes, il commente avec véhémence chaque trait que le peintre a tracé. En l'écoutant, on a envie de se plonger avec lui dans chaque toile pour vivre à travers sa description, le moment où la peinture a été créée. Même Nick qui n'est pas un passionné d'art l'interroge à quelques reprises sur la vie des peintres.

— Tu es incollable ! Finit-il par admettre avant de s'éloigner jusqu'à l'œuvre suivante.

— J'aime ça, c'est tout. Tu as vu comment l'artiste est repassé plusieurs fois au même endroit pour bien épaissir le trait et ainsi faire ressortir cette ombre. C'est un travail fascinant ! Exulte-t-il, les yeux rivés sur le tableau de Claude Monet : *Bain à la Grenouillère.*

Comme je ne réponds rien, il finit par tourner son visage vers moi.

— Qu'est-ce qu'il y a ? Me demande-t-il lorsqu'il s'aperçoit que je le dévisage.

— Je crois que je ne t'ai jamais vu autant passionné par quelque chose.

— À part toi, tu veux dire.

Il me fait un clin d'œil.

— Est-ce que tu t'y es remis ?

— Pas vraiment. J'ai juste fait quelques croquis...

— Je suis sûre que tu n'es pas bon juge. J'aimerais voir ce que tu fais.

— Promis, je te montrerai.

Me prenant la main, nous avançons jusqu'à la toile suivante.

Cependant, Jessy paraît soucieux soudainement.

— À quoi penses-tu ?

— À ce que Nick nous a dit... Je crois qu'il a raison.

J'en reste bouche bée de stupeur.

— C'est vrai qu'on est jeunes, mais nous nous comportons comme si nous étions écrasés par les responsabilités. Quand on est à Millisky, je trouve cela normal, car on a beaucoup de choses à gérer, mais ici... Nous sommes dans la Grosse Pomme, on devrait en profiter pour relâcher toute la pression, tout oublier, faire les fous comme deux ados le temps de ce week-end. Qu'est-ce que tu en dis ?

— Que c'est une super idée !

Je doute de pouvoir arrêter de penser à la maladie pendant le reste de notre séjour mais cela vaut le coup d'essayer. Il est vrai que depuis que j'ai rencontré Jessy, j'ai mûri, tout simplement parce que les circonstances m'y ont poussé et il en est de même pour mon petit ami. Lorsque l'on est confronté à la mort, on grandit d'un coup. Je trouve mon frère plus gamin que moi, il faut le faire ! Alors l'idée de replonger en adolescence, de s'amuser sans se ruiner les pensées avec la maladie ainsi que tout ce qu'il y a autour, nous ferait le plus grand bien.

Pour la suite, Nick nous guide à travers Manhattan pour nous faire découvrir les plus belles avenues de la ville. La hauteur des immeubles m'impressionne, me fait me sentir minuscule. Puis nous allons au Word Trade Center, là sous les yeux consternés de mon frère, Jessy et moi nous entrons en courant, bien décidés à monter le plus haut possible alors que lui n'en a aucune envie. Quand vient le soir, nous commandons des hot-dogs à un marchand de rues et nous retournons chez Nick en attendant l'heure du concert.

— Qu'est-ce que vous voulez boire ? De l'eau, je suppose ?

— Une bière pour moi ! affirmé-je.

— Pour moi aussi !

— Vous êtes malades vous deux ? Sourit Nicolas.

— Il ne fallait pas nous traiter de couple de vieux ! On va te montrer qu'on sait s'amuser.

Nick sort trois bières tandis que nous prenons place comme la veille dans le canapé et le fauteuil.

— Et d'ailleurs en parlant de s'amuser, tu nous as bien dit avoir quatre places pour Divinyls et nous sommes trois. J'imagine que tu as invité une fille ? S'enquiert Jessy.

— En effet, elle ne devrait plus tarder à arriver normalement.

— Elle s'appelle comment ?

C'est la première fois depuis qu'il est à New York que Nick parle d'une copine, j'ai hâte de la découvrir.

— Julia... ou Jenna... merde, je sais plus...

Il se tape le front avec la paume de la main. Jessy et moi échangeons un regard surpris, mais amusé.

— Attends, c'est ta copine et tu ne sais même plus son nom !

— Bah, pour le peu de temps qu'elle va me servir, je ne vais pas me forcer à retenir son prénom !

Jessy qui avale une gorgée de bière est pris d'un fou rire. À toute vitesse, il court jusqu'à l'évier pour recracher ce qu'il a dans la bouche. En le voyant ainsi, nous rigolons jusqu'aux larmes.

— Mon Dieu, mais qu'il est con celui-là ! S'écrit Jessy qui ne peut plus reprendre son sérieux, ce qui nous fait rire encore plus.

À ce moment-là, on sonne à la porte. Les yeux larmoyants, Nicolas va ouvrir. Une fille aux longs cheveux bruns et au visage en forme de cœur entre. Elle est jolie, mais je trouve que ses yeux noisette manquent de profondeur, comme une coquille vide.

— Je te présente ma sœur, Megan, et voici Jessy, son copain, indique mon frère.

Je comprends qu'il a formulé sa phrase de manière à ne pas se mouiller.

— Enchantée, je m'appelle Emma.

Jessy, qui se tient derrière moi, part d'un grand éclat de rire en murmurant :

— Oh, c'est pas possible...

J'ai toutes les peines du monde à me retenir de l'imiter. Je pouffe, m'étrangle par instants. Les yeux rieurs de Nick croisent les miens et c'est la fin, je me retourne vers mon petit ami qui se tient les côtes tant il rit, et j'éclate de rire à mon tour en cachant mon visage contre son torse.

— Qu'est-ce qui se passe ? Demande Emma d'une voix nonchalante.

— Rien, rien du tout. Je leur ai servi une bière et voilà le résultat, renchérit Nicolas en évitant de la regarder.

— J'aimerais bien en boire une aussi.

— Euh... ben... ben non...

Mon frère s'essuie les yeux tandis que son bégaiement nous fait rire de plus belle.

— On devrait y aller. Les jeunes ont besoin de prendre l'air. Je crois que cela va les calmer.

Essayant de reprendre notre souffle, nous acquiesçons d'un hochement de tête en prenant nos manteaux.

— Où t'as été la chercher, celle-là ? Questionne discrètement Jessy, alors que nous descendons l'escalier de l'immeuble, Emma en tête.

— Sur le trottoir !

Un nouvel éclat de rire me parvient en même temps que j'atteins la porte d'entrée.

— Non, mais sérieux, se défend Nick. Je l'ai branchée sur le trottoir devant l'université il y a trois jours.

— Et t'avais déjà oublié son nom ?

— En fait, j'ai confondu. Julia, c'était celle de la semaine dernière... ou de la semaine d'avant ?

— Ce n'est pas vrai, murmure Jessy, les larmes aux yeux tant il peine à s'empêcher de rire.

Lorsque nous sortons de l'immeuble, nous prenons une grande bouffée d'air frais. Nicolas va rejoindre Emma qui avance un peu devant nous, tandis que je marche en retrait avec Jessy.

— Je crois que je n'avais pas ri comme ça depuis des lustres, commente-t-il en passant son bras autour de mon cou.

Le concert a lieu dans une petite salle, à quelques centaines de mètres de chez Nicolas. Un monde fou attend déjà. Heureusement Nick a déjà ses places, ce qui nous permet de passer devant ceux qui font la queue dans l'espoir d'en acheter. Et vu le nombre de personnes qui attendent, il y aura beaucoup de déçus ce soir. Nous entrons dans la salle, qui a dû être un théâtre auparavant. Une grande scène nous fait face : de chaque côté, de grands rideaux rouges sont accrochés. Autour de nous, des petits balcons s'élèvent sur deux étages, là encore drapés de velours rouge. Devant nous, les sièges ont été enlevés libérant ainsi une plus grande surface pour accueillir le public. Il y a déjà un peu de monde, mais nous sommes bien placés à environ dix rangs de la scène. Après de longues minutes d'attente pendant lesquelles la foule se presse dans la salle, le groupe monte sur scène, d'abord les musiciens qui se mettent à jouer, puis Chrissy Amphlett apparaît en chantant les premières paroles de *Bullet*. Aussitôt, c'est un délire. Des cris retentissent des quatre coins de la salle. La chanteuse est très jolie avec ses longs cheveux roux qui retombent sur ses épaules et sa frange sur le front, son maquillage appuyé qui souligne les courbes de ses lèvres et de ses yeux. Ses vêtements noirs : bustier, short et cuissardes sont fidèles au côté sexy de Chrissy. Les chansons se succèdent, le public toujours prêt à accompagner le groupe. Nous chantons, nous dansons, nous sautons sur place, tous unis par les musiques que joue le groupe. Lorsque les premières notes de *I'm on Your Side* résonnent, Jessy enserre ma taille.

— C'est notre chanson, me susurre-t-il à l'oreille.

Je le regarde, surprise.

— Tu ne te souviens pas ? C'est celle qui passait sur la colline la première fois qu'on s'est embrassés.

— Bien sûr que si, je me le rappelle, mais je suis étonnée que toi, tu t'en souviennes.

Il esquisse un sourire. Puis jetant un regard vers mon frère, me dit :

— Regarde.

Je tourne la tête pour découvrir Nick qui serre une fille dans ses bras, mais ce n'est pas Emma. Celle-ci est petite et blonde. Je relève les yeux vers Jessy qui hausse les épaules, l'air aussi consterné que moi. Le concert s'achève par une salve d'applaudissements. Un rappel est demandé et le groupe revient chanter *I Touch Myself*. La foule entonne les paroles, accompagnant ainsi Chrissy qui semble se délecter de ce moment de partage. À la fin de la chanson, elle regarde le public et dit :

— Merci à tous d'être venus et à bientôt !

Je m'approche de mon frère et lui touche l'épaule.

— Où est Emma ?

— Aucune idée ! Elle est partie furieuse quand je lui ai dit qu'elle était terne !

— Tu n'as pas dit ça ? Interroge Jessy.

— Bien sûr que si ! C'est vrai, non ? Bon débarras ! D'autant plus que j'ai passé une bien meilleure soirée sans elle !

Autour de nous, les gens se dirigent vers la sortie, en nous bousculant légèrement.

— On avait remarqué ! C'était qui cette fille blonde ?

— Aucune idée, répète Nick avec un grand sourire innocent.

Il est plus de minuit lorsque nous sortons. La fraîcheur de la nuit nous saisit d'un seul coup. Il faisait si chaud dans la salle que nous avons oublié que nous ne sommes qu'en février. Je resserre mon manteau autour de mon corps tandis que nous rentrons à pied. Je grelotte.

— Il ne fait pas chaud.

Jessy me prend par la taille et me serre contre lui, tout en continuant à marcher, me transmettant ainsi un peu de sa chaleur.

— Ça va mieux ?

Reconnaissante, j'acquiesce.
Nick regarde un parterre de fleurs devant lequel nous passons et dont le feuillage devient blanc.

— Ce n'est pas étonnant, il est en train de geler. Dépêchons-nous de rentrer.

Nous pressons le pas en silence. Parvenu devant notre hôtel, mon frère nous laisse. Nous le retrouverons dans la matinée.

— Il fait meilleur ici, dis-je en entrant dans notre chambre.

— Je ne sais pas toi, mais moi j'ai adoré ce concert !

— Oh oui ! moi aussi. Il y avait une ambiance de folie. Par contre, je me demande bien à quoi joue Nick ?

— C'est vrai que parfois j'ai du mal à croire que vous êtes frère et sœur tant vous êtes différents, surtout ici.

— Bah, cela lui passera lorsqu'il reviendra à Millisky. Allez, je vais me brosser les dents.

Je prends ma chemise de nuit avec moi et, quelques minutes plus tard, je suis prête à aller me coucher. Comme la veille, Jessy me remplace dans la salle de bains et éteint la lumière avant de venir s'asseoir dans le lit. Au vu de ce qu'il m'a dit le matin, je n'essaie pas de m'approcher de lui.

— Bonne nuit.

Il m'embrasse du bout des lèvres. Puis il se couche en me tournant le dos. Je me tourne de mon côté, mais les yeux grands ouverts, je regarde les lumières de la ville par la baie vitrée. Au bout d'un moment, j'entends la respiration régulière de Jessy. Je comprends qu'il s'est endormi alors que le sommeil me fuit désespérément. Doucement, pour ne pas l'éveiller, je me lève pour aller vers la façade vitrée. Les mains posées sur le verre, je sens le froid de l'extérieur se mélanger avec la chaleur de la chambre. Je repense à ce que mon frère a dit à Jessy, ce midi. Je dois admettre qu'il a raison sur beaucoup de points notamment lorsqu'il dit que mon petit ami a un blocage psychologique, comment pourrait-il en être autrement alors que c'est en faisant l'amour qu'il a été contaminé ? L'amour l'a trahi. Malgré tout, je réalise combien j'ai de la chance d'être avec lui surtout lorsque je compare son comportement à celui de Nick. J'ai le bonheur d'être dans une relation stable, dans laquelle je peux entièrement faire confiance à mon compagnon, combien peuvent en dire autant ? Perdue dans mes pensées, je n'entends pas Jessy se lever. Tendrement, l'une de ses mains se pose sur la mienne tandis que, de l'autre, il enserre ma taille.

— À quoi penses-tu à cette heure-ci ? Chuchote-t-il à mon oreille.

— Je me disais que nous avons beaucoup de chance de nous être trouvés.

Sa main quitte la mienne, il écarte mes cheveux de mon cou. Bientôt, je sens son souffle chaud sur ma nuque, puis sa bouche effleure ma peau en un long baiser qui me fait frissonner.

— Je t'aime, Megan.

Je me retourne vers lui et passe mes bras autour de son cou. Mon visage n'est plus qu'à quelques centimètres du sien. Dans ses yeux, je vois la sincérité de ses sentiments.

— Je t'aime aussi, chéri.

Il se penche vers moi pour m'embrasser avec passion. Son corps se colle au mien tandis que ses mains remontent le long de mon dos. Je sens son sexe se réveiller et m'accroche davantage à lui. Lorsqu'il se détache de moi, il me prend la main pour me guider vers le lit.

— Attends, je reviens, me dit-il avant de disparaître dans la salle de bains.

Il en ressort assez vite. Je suis allongée à ma place, sur le dos. J'ai un frisson lorsqu'il soulève les draps de coton blanc pour venir me rejoindre. Au-dehors, les lampadaires éclairent notre chambre d'une lumière tamisée. Il se glisse jusqu'à moi et je sens son corps s'allonger sur le mien. L'une de ses mains caresse ma cuisse et remonte ma chemise de nuit jusqu'à mon ventre. Je frissonne de désir en sentant ses doigts toucher ma peau nue. Il le sent et stoppe ses gestes.

— Tu veux que j'arrête ?

Il se redresse pour voir mon visage.

— Surtout pas !

Sans que je sache trop comment, ma chemise de nuit se retrouve sur la moquette. Un désir que je ne lui ai encore jamais vu brille dans les yeux de Jessy. Je me sens rougir de la tête aux pieds. Lorsqu'il se penche à nouveau vers moi, je glisse mes mains sous son débardeur et le lui ôte. Je caresse la peau de son torse recouvert d'un léger duvet de poils, puis je glisse mes mains dans son dos, l'attirant à moi. Sa peau est douce sous mes doigts qui se faufilent jusqu'à son pyjama que j'entreprends de baisser. Pendant ce temps, les lèvres de Jessy parcourent ma poitrine, la couvrant de baisers enflammés. D'un seul coup, il s'arrête et se laisse tomber à côté de moi.

— Je suis désolée, murmure-t-il en se couvrant les yeux de ses mains. Je ne peux pas faire ça.

D'abord interdite, je m'approche de lui.

— Tout va bien, lui dis-je tout bas en ôtant ses mains. Tu ne vas pas me faire de mal.

— Si... Je pourrais te tuer.

Je lui caresse le visage et sens de l'eau salée sous mes doigts.

— Ne pleure pas, chéri, s'il te plaît, ne pleure pas. Regarde-moi, tout va bien.

Nous parlons tout bas sur le ton de la confidence comme si quelqu'un risquait à tout moment de nous surprendre.

— Je ne comprends pas comment tu peux me toucher alors que tout en moi me dégoûte.

Je pose mon menton sur son torse et y dépose un baiser.

— Je t'aime tellement, si tu savais...

— Comment peux-tu m'aimer alors que je me hais ?

— Comment peux-tu te haïr alors que je t'aime ?

Il esquisse un sourire et me caresse la joue.

— Je suis désolé, je ne pourrai pas... pas cette nuit.

— Ce n'est pas grave. Regarde ce que nous avons en ce moment, on pourrait continuer comme ça..., dis-je en recommençant à lui caresser le torse. On n'a qu'à y aller doucement..., je me penche au-dessus de lui avant de l'embrasser. Juste des caresses et le reste viendra plus tard...

Aussi soudainement qu'il s'était arrêté, Jessy me fait rouler sur le lit. Il est maintenant au-dessus de moi, reprenant ses droits sur mon corps qui ne demande qu'à lui céder.

— J'espérais que tu me dirais cela, susurre-t-il au creux de mon cou.

Maintenant que je nous sais sur la même longueur d'onde, mes mains s'enhardissent en parcourant sa peau, faisant rouler ses muscles sous mes doigts. Bientôt sa main se glisse entre mes cuisses, me faisant gémir sous ses caresses expertes. Le métal de ses bagues est froid contre ma peau brûlante. Une pointe de jalousie me transperce le cœur. Je ne suis pas la première à savourer sa tendresse. Devant mon manque d'expérience, je me raidis. Jessy le sent, semblant lire dans mes pensées.

— Tu es jalouse, mon amour ? (Il esquisse un sourire amusé.) Ne le sois pas, j'ai tellement rêvé de ce moment que j'ai l'impression de déjà connaître ton corps par cœur, souffle-t-il à mon oreille.

Pour toute réponse, je le fais basculer de manière à ce qu'il se retrouve sur le dos. Là, avec des gestes maladroits, je lui enlève son pantalon tout en lui couvrant le corps de mille baisers. Il gémit et me renverse à nouveau sur le lit. Je pousse de petits cris devant ce plaisir inconnu tandis que sa langue parcourt le haut de mon corps. J'ai l'impression que mon cœur va jaillir hors de ma poitrine. Je gémis à bout de souffle :

— Je... je t'aime.

Ne pouvant me retenir davantage, j'attrape le visage de Jessy, et l'embrasse en gémissant tandis que je jouis pour la première fois de ma vie. Lorsque je refais surface après cet orgasme, nous roulons sur le lit, mes mains quittent ses joues, je m'assieds sur ses cuisses et me penche pour l'embrasser dans le cou. Malgré mon manque d'expérience, je remarque qu'il porte un préservatif et je me dis que c'est cela qu'il était allé faire dans la salle de bains un peu plus tôt. Mes gestes sont maladroits, sans rien dire, Jessy pose l'une de ses mains sur la mienne et me guide pour faire les mouvements de va-et-vient sur son pénis. Au bout de quelques secondes, il me laisse continuer seule alors que ses mains se referment sur mes seins qu'il caresse avec douceur.

— Non... attends, murmure-t-il sans grande conviction alors que je passe mes doigts sur l'extrémité de son sexe.

Je décide de ne pas en tenir compte, continuant l'exploration de son corps. Il se mord la lèvre inférieure et gémit mon nom plusieurs fois. Seul mon instinct dicte désormais mes gestes. Il se laisse faire alors que ses mains ne quittent pas mon corps. Bientôt la respiration saccadée, il pousse un râle, son corps se détend après s'être subitement raidi. Il passe les mains dans mon dos et m'attire contre son torse tandis qu'il essaie de reprendre son souffle.

— Waouh, souffle-t-il dans mes cheveux.

— C'est exactement ce que je me suis dit tout à l'heure, lui dis-je avec un grand sourire.

Il m'embrasse tendrement avant de remonter son sous-vêtement et de se lever. Il repart dans la salle de bains, j'entends l'eau de la douche couler. Pendant ce temps, je retrouve ma culotte dans le lit, la remets ainsi que mon vieux t-shirt qui traînait par terre. Il ressort avec les cheveux humides.

— Ça va ? Je m'enquiers.

Il revient dans le lit, me prend dans ses bras, sa main attrape la mienne et il se met à jouer avec mes doigts.

— À l'heure actuelle, cela ne pourrait pas aller mieux, sourit-il.

— Tu crois que la douche était indispensable ?

— Je n'en sais rien mais je ne veux prendre aucun risque. Tu t'es rhabillé, constate-t-il, déçu.

— J'avais froid sans toi.

Il me serre plus fort contre lui. Nous nous endormons ainsi tendrement blottis l'un contre l'autre.

Dans un demi-sommeil, je tends la main vers Jessy. Elle y rencontre le vide et c'est ce qui me fait sortir totalement de mes rêves. J'ai alors la sensation d'un poids sur mon corps. En baissant les yeux, je réalise que mon amoureux m'enserre la taille alors que sa tête, le visage tourné vers la baie vitrée, repose sur mon ventre. Je lui touche les cheveux.

— Salut !

Il me fait un grand sourire en se tournant vers moi.

— Je croyais que tu dormais.

— Non, je suis réveillé depuis un moment. Je t'ai regardée dormir et puis…

— … Tu t'es perdu dans tes pensées.

— Exactement. Je crois que cette nuit était la plus belle de toute ma vie.

— Pour moi aussi.

Il se redresse et m'embrasse.

— Ce n'est pas seulement à cause de ce qui s'est passé.

La joue appuyée sur la main, il me fixe intensément.

— D'habitude, quand je suis chez moi, seul dans le noir, toutes sortes d'idées me traversent la tête durant la nuit. En fait, c'est le moment que je déteste le plus dans la journée, je suis submergé par les angoisses. Quelquefois, c'en est à un tel point que je me relève pour aller marcher dans le seul but de me fatiguer, afin de ne plus avoir à penser. Mais cette nuit… (Il secoue négativement la tête.) À chaque fois que je bougeais, je te sentais suivre mon mouvement. Je me tournais, tu te glissais derrière moi telle une ombre protectrice. Je ne sais pas si tu en étais consciente ?

Je fais signe que non et il reprend :

— C'est bien ce que je pensais, et cela est d'autant plus fort pour moi. Pour la première fois depuis longtemps, je n'ai pas eu d'angoisse, pire je me suis même imaginé un futur. Tu te rends compte ? Moi, un avenir !

Je lui demande en lui touchant les lèvres du bout des doigts :

— Qu'imaginais-tu dans ta vie future ?

Il s'allonge sur le dos, le regard soudain lointain.

— Je me voyais dessiner, peindre, créer des œuvres qui pourraient un jour être exposées dans de grands musées. Je visualisais les progrès de la recherche médicale qui me permettraient un jour de vivre normalement, enfin débarrassé de cette merde de virus. Et puis, je te voyais toi, à mes côtés, chaque jour de ma vie partageant cette existence que, bien sûr, j'imaginais parfaite.

Penses-tu à l'avenir parfois ?

— Chaque jour.

— Qu'est-ce que tu y vois ?

— Toi. Je sais que cela fait clicher, pourtant c'est vrai, quand je regarde l'avenir, c'est toi que j'y vois tout simplement parce que je ne peux plus imaginer ma vie sans toi.

Jessy s'assied sur le lit, le visage grave, évitant mon regard.

— Tu devrais te construire des projets sans moi... Je ne serai pas toujours là...

Je me redresse et en déposant un baiser sur son épaule, j'affirme :

— Ma vie sans toi serait dénuée de sens. Et puis tu sais, l'avenir, c'est ce que nous allons faire dans les prochaines minutes, il faut faire en sorte que chaque seconde compte.

Il se retourne vers moi, me fait basculer sur les oreillers.

— À quelle heure doit-on retrouver ton frère ?

— Il nous attendra !

Et je pose mes lèvres sur les siennes.

Le soleil de la veille a fait place à un ciel gris et brumeux où la pluie menace de tomber à tout moment.

— Ah ben quand même ! Cela fait une heure que je vous attends !

— Désolée, dis-je à Nick alors qu'on entre dans son appartement. Nous avons eu du mal à nous réveiller après le concert d'hier soir.

Nicolas nous regarde à tour de rôle, fait un petit sourire entendu, mais, heureusement, s'abstient de tout commentaire.

Nous passons la journée à visiter d'autres lieux de New York. Nous prenons une navette pour nous rendre à Ellis Island, nous gravissons les trois cent cinquante-quatre marches de la statue de la Liberté où, du haut de sa couronne, nous aurions dû avoir une vue magnifique de Manhattan, mais à cause du mauvais temps, seul le brouillard s'offre à nos yeux. Cela est quand même une drôle de sensation de se sentir si petit à côté de ce monument immense. Puis Nick nous entraîne dans le quartier de Midtown découvrir de nouvelles œuvres au Museum of Modern Art ; là encore Jessy se régale en commentant divers œuvres qui croisent son regard ébahi. Nous restons un long moment devant *La Nuit étoilée* de Van Gogh qui est, pour moi, la plus belle peinture du musée. Nous finissons la journée à admirer la vue, à couper le souffle, depuis le quatre-vingt-sixième étage de l'Empire State Building. Pour finir cette journée en beauté, mon frère nous invite à dîner dans un restaurant français de Manhattan. Jessy et moi ne savons plus comment remercier Nicolas qui s'est vraiment plié en quatre pour nous faire plaisir, en nous invitant partout, pendant tout ce week-end. Lorsque je lui demande d'où il sort l'argent, il me répond simplement que mon père lui a fait un virement un peu plus élevé que d'habitude.

Lorsque Jessy et moi rentrons à l'hôtel pour y passer cette dernière nuit, nous sommes heureux à l'idée d'être enfin seuls. A peine la porte de notre chambre refermée, nous sommes dans les bras l'un de l'autre. Pendant un long et tendre moment nous savourons le contact de nos corps comme la nuit précédente.

Pourtant le lendemain matin, je m'éveille mélancolique. Mon petit ami ne met pas longtemps à s'en apercevoir. Alors que je suis blottie entre ses bras, il replace une mèche de mes cheveux.

— Qu'est-ce qui t'arrive ?

Il est rare que j'aie des baisses de moral ; au contraire, je suis souvent celle qui le réconforte.

— On repart à Millisky tout à l'heure. J'aurais aimé rester ici.

— Ouais moi aussi, mais tôt ou tard il faut bien rentrer.

— Cela va me manquer de ne plus dormir avec toi.

Car le retour à la maison signifie aussi la fin de nos nuits ensemble. Nous allons retrouver nos parents, le lycée ainsi que le quotidien routinier de notre relation. Cette escapade new-yorkaise nous a tant rapprochés que je crains qu'on ne s'éloigne en étant de retour.

— On se fait vite à mes bras, plaisante Jessy, mais voyant que je n'ai pas envie de rire, il reprend sérieusement : nous trouverons une solution pour être toujours aussi proche.

Je soupire en pensant à mes parents qui m'imposent de rentrer à la maison avant la tombée de la nuit.

— Je ne vois pas comment.
— Tu me fais confiance ?

J'acquiesce.

— Alors on trouvera un moyen.

Avant de repartir, nous retrouvons mon frère pour manger un dernier hot-dog ensemble dans les allées ensoleillées de Central Park. Ce lieu clôture notre séjour. Je regarde cette verdure, ces jardins magnifiques, ces ponts sculptés et mon envie de rester dans cette ville s'accroît encore. Mais gentiment, Jessy me rappelle qu'il est l'heure de rentrer.

— Vous revenez quand vous voulez, nous dit Nicolas alors que nous sommes devant la voiture de Jessy, prêts à prendre la route du retour.

Nos sacs de voyage sont dans le coffre, il ne nous reste plus qu'à partir.

— Jouez le jeu auprès des parents, OK ? Je leur ai dit que je vous avais bien surveillés et que vous étiez assez remontés contre moi, alors attention.

— Merci, Nick, merci pour tout.

Jessy lui donne une grande accolade. Je vois mon frère dire quelque chose à l'oreille de mon petit ami, celui-ci acquiesce d'un hochement de tête.

— Merci beaucoup, Nick.

Je me jette à son cou et le serre très fort contre moi.

— De rien, petite tête ! Je suis sérieux, vous revenez quand vous voulez. Et tu sais, je vais sûrement venir vous voir aux vacances de printemps.

— Je croyais que tu partais en Floride avec tes potes ?

— C'est le cas, mais pas pendant quinze jours, donc je ferai un saut à Millisky.

— Je t'aime, Nick.

— Moi aussi, petite sœur. Prends soin de ton amoureux, OK ?

— Pas de soucis.

Je desserre mon étreinte.

— Ouais, j'ai cru remarquer qu'il y avait du progrès. Il est moins coincé. Tu lui as fait quoi au juste ?

— Nick, tais-toi !

Je lui donne une tape sur l'épaule.

— T'inquiète, j'ai tout compris. Vu vos yeux fatigués, vous allez pouvoir rattraper votre sommeil maintenant que vous n'allez plus « dormir » dans le même lit, poursuit-il en faisant des guillemets avec ses doigts, comme il l'avait fait au restaurant avec Jessy.

Je veux le taper à nouveau, mais il évite le coup et part d'un grand éclat de rire moqueur.

Tout à coup, une évidence me frappe, je n'aime pas mon frère, je l'adore ! Je lui fais un gros bisou sonore sur la joue avant de monter en voiture. Jessy démarre et, trop rapidement à mon goût, nous nous éloignons de Nicolas en échangeant des signes de la main.

— Laisse-moi deviner, dit Jessy alors que nous sortons de New York, ton frère t'a dit de prendre soin de moi ?

— Comment le sais-tu ?

— Parce qu'il m'a recommandé de prendre soin de sa petite sœur !

La nuit commence à tomber lorsque nous arrivons à Millisky. En voyant le panneau de la ville sur le bord de la route, Jessy et moi échangeons un regard éloquent. Nous sommes partagés entre la joie de retrouver nos familles et la tristesse d'être bientôt séparés.

— Je te ramène d'abord.

— Puisqu'il le faut !

— J'ai l'impression de conduire une condamnée à l'échafaud.

Je lui rends son sourire.

— Quand même pas, mais tu vas me manquer.

Nous sommes arrivés devant chez moi. Jessy coupe le moteur, se penche vers moi pour m'embrasser.

— Toi aussi, tu vas me manquer. Je t'aime, Meg...

Soudain on frappe à ma vitre, nous sursautons tous les deux.

C'est mon père. Je note tout de suite que quelque chose ne va pas, ses traits sont tirés et son teint paraît trop pâle sous l'éclairage des néons de la rue.

Je baisse mon carreau.

— Salut, papa, on se disait juste au revoir...

— Nous sommes tous là. Nous devons vous parler, venez tous les deux à la maison ! ordonne-t-il, le visage grave, avant de repartir vers la maison où ma mère en compagnie d'Élise nous observent derrière les vitres du salon.

Blafarde, je me tourne vers mon petit ami qui me renvoie mon regard paniqué, et je lui murmure :

— Nous sommes dans la merde !

Chapitre 9

Le choc

— Je n'y crois pas.
Jessy secoue négativement la tête.
— C'est impossible que Nick nous ait trahis.
Je le regarde ne sachant que penser. J'ai l'impression qu'il essaie de s'en convaincre lui-même. J'ai toute confiance en Nicolas, mais je sais aussi que mon père peut se montrer très persuasif pour obtenir des réponses. Or étudiant, mon frère dépend encore financièrement de nos parents !
— Je ne vois pourtant pas d'autres explications.
Jessy ouvre sa portière.
— Faut y aller. On ne peut pas rester ici toute la soirée.
Je sens mes jambes trembler, alors que je sors de la voiture. Mon petit ami prend mon sac dans le coffre et vient à ma hauteur, son visage est étonnamment serein, son regard déterminé.
— Quoi que nos parents nous disent, on fait front ensemble ! Déclare-t-il en me prenant la main.
J'acquiesce d'un hochement de tête. Ses lèvres effleurent les miennes avant qu'il m'entraîne dans l'allée de jardin. Je le suis, loin de ressentir son assurance. En fait, j'ai surtout envie de partir en courant. J'imagine déjà que mes parents vont me dire que je suis trop jeune pour prendre de tels risques, inconsciente, idiote et le pire est qu'ils vont m'interdire de revoir Jessy. Que deviendrons-

nous alors ? Voyant mes larmes sur le point de déborder de mes yeux, Jessy s'arrête avant d'ouvrir la porte.

— J'ai peur, dis-je dans un murmure en réponse à son regard inquiet.

Il pose mon sac et me prend le visage entre ses mains, déposant un baiser sur mon front.

— Ne t'en fais pas, quoi qu'il arrive, on restera ensemble. Si c'est aussi ce que tu souhaites ?

J'esquisse un sourire.

— Comment peux-tu me poser cette question ?

— Alors tout ira bien, affirme-t-il. Je t'aime. Ne lâche pas ma main.

Il reprend mon sac dans une main, la mienne dans l'autre, souffle un grand coup et ouvre la porte.
Élise, John et Ashley nous attendent debout dans le salon. L'air grave qu'ils affichent n'est pas des plus rassurants. Ma mère a les yeux rouges et triture un mouchoir en papier dans ses mains tremblantes. Élise esquisse un léger sourire en nous voyant, quant à mon père, il baisse la tête fixant le sol d'un air embarrassé. L'air est plus que pesant dans cette pièce d'ordinaire si joyeuse.

— Ça va les enfants ? Demande la mère de Jessy en s'avançant vers nous. Vous avez passé un bon week-end ?

Elle nous embrasse puis recule pour nous considérer.

— Ouais, c'était top, répond mon compagnon.

— Tant mieux.

Ma mère s'efforce de sourire, mais sa voix tremble autant que ses mains.
Mon père finit par relever le visage, nous regarde et reporte aussitôt son attention sur le parquet. Mon mal-être s'accroît. Je n'ai jamais vu mon père se comporter ainsi, on dirait qu'il n'ose même plus affronter mon regard. L'ai-je déçu à ce point ?

— Nous avons appris quelque chose qui nous a tous énormément choqués pendant ce week-end, affirme-t-il. Nous avons eu Nick au téléphone tout à l'heure...

Je sens la main de Jessy faire un soubresaut dans la mienne, mais je sais que ce n'est pas la peur qui provoque cela, seulement la trahison dont mon frère semble s'être rendu coupable.

— Mais vous étiez déjà repartis, poursuit mon père. Il a pris la route derrière vous, il ne devrait plus tarder à arriver.

J'échange un regard incrédule avec Jessy. Nos parents ont été jusqu'à faire revenir mon frère de New York pour nous confronter !

— Ce qui s'est passé est très grave et nous laisse tous abasourdis, enchaîne John. Nous ne nous attendions pas du tout à ça.

J'ouvre la bouche pour m'expliquer, mais d'une pression de la main, Jessy me fait taire et prend lui-même la parole :

— Qu'est-ce qu'il s'est passé ?

En voyant son teint livide, je comprends qu'il ne pense pas à nous, mais qu'il pressent quelque chose d'autrement plus grave.

— Où est Nina ?

Je suis subitement inquiète en notant son absence.

— Elle est dans sa chambre, elle va bien, dit mon père en osant enfin me regarder. Ce n'est pas d'elle dont il s'agit... Mon Dieu, c'est si difficile à dire. (Il soupire profondément.) Hier soir, quelques-uns de vos copains d'école sont allés faire une course sur l'autoroute, nous ignorons encore ce qui leur est passé par la tête... L'une des voitures a perdu le contrôle et s'est écrasée contre le pont à la sortie de la ville. Megan... (Mon père pose ses yeux sur moi et je vois des larmes rouler le long de ses joues.) Chérie, c'est Amy qui conduisait.

D'un geste instinctif, je lâche la main de Jessy et me couvre la bouche pour étouffer un cri. Même si ces derniers mois nous n'étions plus très proches, je la connais depuis le jardin d'enfants. Je ne peux plus compter les jours que j'ai passés chez elle, et elle chez moi. Nos parents sont amis depuis autant de temps que nous. Nos familles ont toujours été proches, même depuis qu'Amy et moi n'étions plus vraiment amies, nos parents continuaient de se fréquenter régulièrement.

— Elle... elle va bien ? Balbutié-je.

Mais, en regardant mon père, je sais déjà la réponse.

— Je crains que non, chérie... Elle a été tuée sur le coup.

— Qu... quoi ? Crié-je.

Du coin de l'œil, je vois mon père faire un pas vers moi, mais je me suis déjà tournée vers Jessy qui me serre dans ses bras. J'appuie mon front contre son cœur et mes larmes coulent sans que je puisse les retenir. J'entends ma mère renifler à moins que ce ne soit Élise.

— Ce n'est pas tout, reprend John.

Je garde la tête baissée, enfouie dans le blouson entrouvert de mon petit ami.

— Quand les secours sont arrivés sur place, la voiture était en feu. Apparemment sous le choc de l'accident, le passager du véhicule a été éjecté et a été retrouvé à plusieurs mètres de là. Il est aujourd'hui dans un état très grave. Les médecins ne savent pas s'il va s'en sortir.

Je relève le nez et fixe John.

— Qui est-ce ?

Mon père se détourne, incapable de parler davantage. Ma mère s'avance vers nous, s'essuyant les yeux avec son mouchoir qui part en lambeaux.

— Le passager de la voiture était Chad.

Je me jette à nouveau dans les bras de Jessy, il m'attrape le visage et le colle au plus près de lui, caressant mes cheveux tandis que j'étouffe de nouveaux cris de stupeur et de douleur contre son torse.

— Ça va aller, ça va aller, répète-t-il à mon oreille. Respire, respire...

J'ai aimé Chad pendant tellement de temps et, malgré notre rupture, il est resté important à mes yeux.

Mille questions tournent dans mon esprit qui se refuse à accepter ces faits. C'est un cauchemar, rien ne peut être vrai. Pas Amy... Pas Chad... C'est inconcevable. Je les connais depuis toujours. Comment est-ce possible ? Comme pour Amy, ma famille est liée à celle de Chad. Nous habitons tous la même petite ville, fréquentons les mêmes écoles, les mêmes centres de loisirs. Nos vies se sont toujours entrecroisées.

Je repense à la dernière fois où j'ai vu Amy, c'était le vendredi midi avant que nous partions pour le week-end. Elle était passée à côté de moi dans l'un des couloirs du lycée en me faisant un sourire et un petit signe de la main auxquels j'avais répondu en me faisant la réflexion qu'elle semblait reprendre sa vie en main. Elle paraissait heureuse et mieux dans sa peau. J'avais l'espoir qu'elle redevienne l'amie que j'avais toujours connue et qui me manquait, même si je n'osais l'avouer. Et maintenant, je n'aurais plus jamais l'occasion de lui dire que, malgré tout ce qui s'est passé, je n'ai aucune rancune envers elle, jamais je ne pourrais lui dire que je l'aime toujours malgré nos différends. À cette pensée, mes sanglots redoublent.

La voix de Jessy me parvient, rassurante, apaisante. Il me dit de respirer. Chad aussi respire toujours en ce moment mais pour combien de temps ? Depuis l'épisode de la salle de jeux, nous ne nous sommes pas vraiment reparlés, juste un mot ou deux en nous croisant entre deux cours. Je repense à ses yeux noisette qu'il a si souvent posés sur moi, à son sourire qui m'a fait craquer dès la première fois où je l'ai vu, nous avions alors trois ans. Et aujourd'hui dans quel état est-il ? Il a toujours été un grand sportif, un gagnant. Je me dis qu'il fera tout pour se battre, pour s'en sortir. Il le faut. Cette pensée me fait du bien, je relève la tête et sens les larmes de Jessy sur mon front. Il n'a rien dit, aucun sanglot n'a secoué son corps et pourtant ses larmes roulent sur ses joues, silencieuses et abondantes, comme les miennes. Il ne les connaît pas aussi bien que moi, Amy a même été dure avec lui. Mais il m'a confié avoir été touché par ses excuses qu'il a ressenties sincères. Quant à Chad, il a été le premier, hormis moi, à l'accepter tel qu'il est au milieu de tous ces élèves qui le rejetaient. Jessy est d'une sensibilité à fleur de peau et le voir pleurer ne m'étonne plus.

À ce moment, la porte s'ouvre, Nicolas fait son entrée. Il vient embrasser nos parents et Élise avant de demander, visiblement inquiet :

— Des nouvelles de Chad ?

Mon père secoue négativement la tête.

— Nous sommes passés à l'hôpital après t'avoir téléphoné cet après-midi, Dan et Hanna sont effondrés. C'est si dur de les voir ainsi et de ne rien pouvoir faire pour les aider. Avoir son enfant entre la vie et la mort est si atroce... Je ne sais pas ce que je ferais si c'était l'un de vous qui était à la place de Chad à cette heure-ci... Il souffre d'un sérieux traumatisme crânien. Lorsqu'il est arrivé à l'hôpital, il avait également une hémorragie interne, les médecins l'ont opéré en urgence. Depuis, il est dans le coma et, à part attendre qu'il se réveille, nous ne pouvons rien faire.

— Tu es l'un de leurs amis depuis tellement longtemps, c'est important qu'ils sachent que tu seras là pour eux… Quoi qu'il arrive, affirme mon frère.

— Nous allons vous laisser en famille. Jessy ? Intervient Mme Sutter.

Il acquiesce et se détache de moi en essuyant ses larmes. Je l'implore en m'accrochant à son blouson :

— Non, s'il te plaît, reste avec moi cette nuit. Je n'arriverai pas à dormir et je n'ai aucune envie d'être seule.

Ne sachant quoi faire, il se tourne vers sa mère.

— Si John et Ashley sont d'accord, je n'y vois aucune objection.

Je reporte mon attention sur mon père qui échange un regard avec Nick, puis hoche la tête pour approuver. Je crois que ce soir John est tellement déboussolé que son esprit n'est pas vraiment avec nous. Il semble errer dans la salle d'attente de l'hôpital en compagnie de ses amis qui risquent à tout instant de perdre leur fils. Je pense que même si je lui disais ce qui s'est passé entre Jessy et moi à New York, il ne réagirait pas, du moins pas sur le moment. Ma mère remercie Élise d'être venue les soutenir en cette triste journée et celle-ci s'éclipse.

— Comment va Nina ?

Mon frère se laisse tomber dans un fauteuil.

— Elle est triste et très inquiète, mais ça va.

Je me rappelle ce que ma sœur m'a confié sur ses sentiments pour Chad. En cet instant, je doute fort qu'elle aille bien, aussi je quitte les autres pour monter la voir dans sa chambre.

Parvenue devant sa porte, je toque. Aucune réponse. J'ouvre doucement. Elle est allongée sur son lit, me tournant le dos, je vois des sanglots silencieux secouer son corps.

— Nina, c'est moi.

Je vais me placer devant elle.

En me voyant, ses yeux s'écarquillent et je me demande si elle va se jeter dans mes bras ou me gifler tant son expression est ambiguë. Finalement, elle ne fait ni l'un ni l'autre. Elle reste allongée à pleurer. Je lui caresse les cheveux pour tenter de l'apaiser. Attendant qu'elle se décide à me parler.

— Tu sais ? Balbutie-t-elle au bout d'un long moment.

J'acquiesce.

— Je ne veux pas qu'il meure, dit-elle et elle se met à pleurer de plus belle.

Mes larmes, qui s'étaient taries, recommencent à déborder de mes yeux.

— Chad est fort, il s'en sortira.

— Tu crois ?

Ses mots sont hachurés par les sanglots qui lui brisent la voix par instants.

— Je l'espère, en tout cas…

— Tu n'aurais pas dû partir à New York…

Je suis surprise par ses propos et encore plus par la lueur de colère que je vois briller d'un coup dans ses yeux.

— Ce qui est arrivé n'a rien à voir avec ce séjour…

— Bien sûr que si, intervient-elle en se redressant sur son lit. Si tu étais restée avec Chad, tu ne serais pas parti, ou alors c'est lui qui t'aurait accompagnée et, à cette heure-ci, il ne serait pas mourant dans un lit d'hôpital !

— Nina...

— C'est ta faute ! Avant votre rupture, Chad passait son temps avec toi alors que depuis que vous n'êtes plus ensemble, il passe son temps à traîner avec ses copains qui l'embarquent dans des situations pas possibles !

— Attends, comment sais-tu ce que fait Chad ?

Ma sœur baisse la tête, honteuse, sa colère retombe.

— Je le sais parce qu'avec mes copines, j'ai passé pas mal de temps à le suivre un peu partout.

Je n'en reviens pas, ma sœur de treize ans s'est tellement entichée de mon ex, qu'elle s'est mise à le suivre comme son ombre.

— Tu étais présente quand l'accident a eu lieu ?

Elle secoue négativement la tête, ce qui me soulage. C'est assez horrible d'imaginer Amy prisonnière des flammes dans sa voiture sans avoir ma sœur comme témoin.

— Non, mais hier soir, j'étais au snack-bar lorsqu'un mec, Ethan, je crois, est venu voir Chad pour lui parler de la course sur l'autoroute. Il disait que ça allait être sympa. Au début, Chad ne savait pas trop s'il devait y aller puis quand l'autre lui a dit que tous leurs amis seraient là, il a dit oui et il est parti avec lui. Après ça, je suis rentrée à la maison, et ce matin, on a su...

Elle se remet à pleurer.

— Et Amy ? Tu l'as vu hier ?

Ma sœur secoue à nouveau la tête.

— Non, elle n'était pas avec Chad au snack.

Nina se rallonge en sanglotant. Je tends une main vers elle, mais d'un geste brusque, elle se dégage.

— C'est ta faute ! Recommence-t-elle à m'accuser. Rien ne serait arrivé si tu ne lui avais pas fait tant de peine !

Je renonce à discuter. Ma tête est prête à exploser. Je prends une couverture, en recouvre ma petite sœur avant de sortir de la pièce. Sur le palier, je croise mes parents qui rejoignent leur chambre avec l'espoir de pouvoir dormir un peu. Ils m'indiquent que Nick et Jessy sont sortis prendre l'air dans le jardin. Je les retrouve en effet assis sur la balancelle. En me voyant arriver, Nicolas sort des clefs de sa poche.

— On va chez moi ?

Nous le suivons jusqu'à son appartement au-dessus du garage. Nous y accédons par une entrée sur le côté de la maison où mon père a construit un escalier, afin que Nick puisse avoir son indépendance. Ce n'est pas un logement immense, mais il a une vaste pièce à vivre avec un coin cuisine, une chambre et une petite salle de bains. Une odeur de renfermé nous accueille. L'appartement est fermé depuis les fêtes de fin d'année. Je me laisse tomber sur le canapé bleu ciel que Nick a récupéré quand nos parents en ont acheté un nouveau.

— Tu as pu parler à Nina ?

— Oh oui ! En deux mots, elle m'accuse d'être responsable de ce qui s'est passé.

Je me sens vide, totalement dépassée par les événements.

— Ce qui est arrivé est tellement injuste, qu'elle cherche un responsable, analyse mon frère. Cela lui passera.

— Pas sûr… Elle est amoureuse de Chad et s'il…

Incapable de prononcer un mot de plus, je laisse ma phrase en suspens.

— Ce n'est pas vrai. (Nick se laisse tomber dans un fauteuil avec sa bière à la main.) Mais qu'est-ce qu'il a ce type pour faire craquer toutes les filles de notre famille ?

Malgré la gravité de la situation, Nicolas parvient à nous faire sourire.

— Moi j'en suis revenue. Et c'est justement de cela que m'accuse notre sœur. Selon elle, Chad s'est mis à faire n'importe quoi depuis qu'on a rompu.

— Tu crois que c'est vrai ? Demande Jessy.

Je hausse les épaules. La vérité est que, depuis la fin de notre histoire, j'ignore ce que fait mon ex la plupart du temps.

— Ne te culpabilise pas, reprend mon frère, je connais Chad aussi bien que toi et, crois-moi , il n'a jamais eu besoin d'une raison valable pour faire le con avec ses potes.

— Peut-être... Mais alors pourquoi est-ce que je me sens si mal ? Dis-je dans un murmure.

Jessy se lève d'un bond.

— C'est à cause de moi ?

Je le regarde sans comprendre.

— Ben oui, reprend-il, énervé, si tu penses que rien ne serait arrivé à Chad si tu étais restée avec lui, alors ça veut dire que tu regrettes de sortir avec moi !

— Ce n'est pas ce que je voulais dire...

— Hou, il a du caractère, le petit, marmonne mon frère en allant dans sa chambre y déposer sa valise.

Mais je comprends aussitôt qu'il veut juste nous laisser seuls.

— La question est simple : même si tu avais su ce qui allait arriver, tu serais sortie avec moi ?

Je me lève et rejoins mon petit ami au centre de la pièce.

— Oui, sans aucune hésitation. Jessy, il faut que tu arrêtes de toujours douter de toi comme ça. Je n'ai jamais pensé qu'on aurait dû se rater nous deux. J'ai juste dit que je me sentais mal... parce que si ce que Nina a dit est vrai, alors cela veut dire que je n'ai pas été là pour lui, en tant qu'amie. J'étais amie avec lui bien avant que nous vivions une histoire, j'aurai dû redevenir cette amie dont il avait sûrement besoin. C'est de cela dont je me sens coupable, de rien d'autre.

— C'est vrai ?

— Évidemment. Combien de fois t'ai-je dit que Chad n'est pas un obstacle entre nous ?

Jessy me fixe, longuement.

— Moi aussi je me sens coupable, chuchote-t- il.

— De quoi ?

— De me sentir heureux malgré ce qui arrive.

Il m'embrasse du bout des lèvres tandis que sa main caresse ma joue.

— Je t'aime, chéri.

— C'est bon ? Vous êtes calmés ? Questionne mon frère depuis la porte entrebâillée de sa chambre.

Nous acquiesçons.

— Eh bien, mon pote, je ne pensais pas que tu étais si impulsif, commente Nick en reprenant place dans le fauteuil.

— C'est l'un de mes gros défauts. Désolé, sourit Jessy.

Nous passons la nuit à parler d'Amy. Nick nous raconte des anecdotes qui l'ont marqué lorsqu'elle et moi étions gamines et toujours dans ses jambes. Il est vrai que, comme j'ai toujours été proche de lui, Amy m'a suivie. Nous nous liguions alors à deux filles contre lui, pour lui prendre ses petites voitures. En grandissant, nous le suivions pour ses premiers rendez-vous galants, en gloussant dans la rangée derrière la sienne au cinéma. Comme Amy était l'aînée de sa fratrie, Nick était aussi devenu un peu son grand frère. De temps en temps, la voix de Nicolas se brise, il se tait, ravale ses larmes avant de reprendre son histoire.

— J'ai toujours pensé qu'elle avait un faible pour moi, finit-il alors que le jour commence à poindre à l'horizon.

— Je ne veux pas te faire douter de ton charme, surtout après ce que j'ai vu ce week-end, mais je crois que tu te trompes. Amy était amoureuse de Chad !

— Pas possible, s'exclame-t-il, l'air dégoûté. Mais qu'est-ce qu'il fait aux filles pour toutes les rendre folles de lui ?

— Je crois que tu n'as pas de soucis à te faire de ce côté-là. Tu es doué aussi, remarque Jessy en étouffant un bâillement. Au fait, je voulais m'excuser de t'avoir traité de salaud.

— Oui, moi aussi, renchéris-je. Bon moi, ce n'était pas cette insulte, mais le sens y était.

Nick nous regarde abasourdi.

— Quand m'avez-vous insulté ?

— Lorsque nous sommes revenus. Ton père nous a sautés dessus alors que nous étions encore dans la voiture et nous avons pensé qu'il savait… pour ce week-end, que tu nous avais…

— Balancé ? Coupe mon frère. Sympa, je pensais que vous me faisiez davantage confiance que ça.

— En fait, Jessy ne croyait pas que tu aies pu nous trahir. Moi, par contre, j'ai eu des doutes.

Nicolas se lève, l'air fâché.

— Je couvre vos frasques pendant votre séjour et voilà ce à quoi j'ai droit. Merci beaucoup !

— Désolée, mais, même si je t'adore, je connais les méthodes de papa. Tu sais très bien que s'il savait pour l'hôtel, il pourrait te couper les vivres.

— Exactement, c'est bien pour cela que je ne vous trahirai jamais.

Il laisse ses bras retomber le long de son corps. Son incompréhension est palpable. Je me dirige vers lui.

— Je suis vraiment désolée d'avoir douté de toi. Je te promets que cela n'arrivera plus.

Jessy s'approche à son tour et tape dans le dos de mon frère.

Celui-ci esquisse un sourire.

— Confidence pour confidence. Je me suis dépêché de rouler jusqu'ici puisque je savais que vous alliez penser que j'avais tout balancé. Ma seule peur était que vous vous trahissiez vous-mêmes.

— Ça a failli. Si Jessy ne m'avait pas pressé la main pour me faire taire, je crois que je nous aurais grillés.

Mon frère lève les bras dans un mouvement exagéré.

— Voilà ma sœur, la pipelette !

Elle marche dans le couloir d'un pas souple, derrière elle, les casiers défilent. Son pull rose magenta contraste avec ses longs cheveux blonds qui semblent flotter autour d'elle. Ses yeux bleus rieurs sont la démonstration de sa joie de vivre. Elle me regarde, me fait un grand sourire chaleureux qui est accompagné d'un geste amical de la main.

— Amy !

Je me réveille en sursaut. Sans m'en rendre compte, je m'étais assoupie sur le canapé de Nick. Mes larmes recommencent à couler en même temps que les images de mon rêve se superposent à la réalité. Dans ma tête, Amy passe encore et encore dans ce couloir du lycée sans que je ne sache que c'était la dernière fois que je la voyais. Mon petit ami entre en trombe dans l'appartement suivi de Nick.

— Je t'ai entendue crier...

Me voyant pleurer, il ne termine pas sa phrase et vient me prendre dans ses bras en échangeant un regard éloquent avec mon frère.

— Je ne me suis jamais excusée, balbutié-je.
— Quoi ? Demande Nicolas.
— Amy... Je ne lui ai pas demandé pardon... pour ce que je lui ai dit... à la salle de jeux.

Cette pensée me poursuivra longtemps. Je n'ai jamais eu l'occasion de m'excuser de vive voix face à elle.

Je lui demande de me pardonner trois jours plus tard, alors que nous assistons tous à son enterrement tandis que je me penche sur son cercueil blanc pour y déposer une rose blanche. C'est un moment très difficile à vivre. La cérémonie en elle-même est simple, juste une messe au cimetière où un léger souffle de vent balaye nos larmes. Je sais que tôt ou tard, les miennes finiront par s'estomper, mais qu'il n'en sera jamais de même pour ses proches, et cette pensée me chavire le cœur. Il y a énormément de monde, on dirait que la ville entière s'est déplacée pour venir mettre en terre l'une de ses enfants, partie trop tôt à l'âge de dix-sept ans. Je me tiens au second rang, entourée de Jessy et de Nick. Nina et mes parents se tiennent à côté de lui. Nous avons tous mis des lunettes de soleil noires pour cacher les cernes qui marquent nos yeux. Nous n'avons presque pas dormi depuis l'accident, partagés entre le deuil de notre amie et l'inquiétude qu'inspire toujours l'état de santé de Chad. Nous sommes allés à l'hôpital tous les jours, mais seule sa famille a l'autorisation de le voir. Cependant, nous savons par ses parents que son état n'a pas évolué, il est toujours dans le coma. Au cimetière, mes pensées vagabondent entre Chad et Amy. John pose sa main sur l'épaule de son vieil ami, le père d'Amy. Quand le pasteur fait son discours retraçant le caractère jovial d'Amy, ses parents ne peuvent retenir leurs larmes. Elle avait fêté son anniversaire une semaine avant le drame, entourée de sa famille. Près du cercueil, des photos d'elle, prises ce jour-là, ont été disposées rendant les hommages encore plus poignants. Tandis que le cercueil descend, dans la fosse que les fossoyeurs ont creusée avant la cérémonie, je me saisis de la main de Jessy que je presse fortement en priant le ciel de ne jamais avoir à vivre cela pour lui. Lorsque le cercueil touche terre, les sangles qui ont servi à le descendre émettent un clic qui me paraît assourdissant dans le silence qui règne. À cet instant, les nuages se dissipent, laissant le soleil percer, inondant de lumière les fleurs réunies autour de la tombe. La mère d'Amy émet un cri déchirant en se jetant vers le trou encore ouvert, son père la retient par les bras pour l'éloigner de ce lieu où leur fille restera seule désormais. En assistant à cela, je ne parviens pas à retenir mes sanglots tandis que Nicolas se détourne, je vois ses larmes couler sans retenue sous ses lunettes. Voir mon frère, d'ordinaire si solide, pleurer ainsi me bouleverse. Ma main posée sur son épaule, nous quittons le cimetière, en même temps que sa famille. Un buffet froid est servi chez eux pour remercier toutes les personnes qui sont venues assister aux obsèques, mais personne n'y reste très longtemps. En rentrant à la maison, tous dévastés, les yeux rougis, mon père remarque que le répondeur a enregistré un nouveau message. Après l'avoir écouté, il vient nous trouver dans le séjour où nous sommes tous rassemblés.

— Chad s'est réveillé ! Annonce-t-il sans préambule.

Nous nous rendons aussitôt à l'hôpital. Dan et Hanna, les parents de Chad sont auprès de lui. Cela fait plaisir de les voir sourire à travers la vitre de la porte. Il est dans le service de réanimation. Les couloirs d'un blanc terne où seules quelques affiches sont accrochées rendent ce lieu froid et austère. En nous voyant, Dan sort de la chambre pour venir saluer mon père d'une grande accolade.

— Comment va-t-il ? Questionne mon père.

— Pour être franc, ce n'est pas la grande forme, mais au moins il est sorti d'affaire. Par contre, d'après les médecins, la rééducation sera longue. Il a beaucoup de mal à s'exprimer. Ses membres inférieurs ont aussi été touchés, mais dans une moindre mesure.

Dan se tourne vers Nina, Nicolas, Jessy et moi.

— Les enfants, ne soyez pas choqués en le voyant. Il ne peut presque pas parler pour le moment. Cela reviendra, peut-être jamais totalement, mais il est costaud, il travaillera pour s'en sortir au mieux.

Nous acquiesçons d'un signe de tête.

Hanna sort à son tour et nous salue avec un grand sourire.

— Si vous voulez aller voir Chad, vous pouvez... mais pas tous en même temps, achève-t-elle tandis que nous avançons tous d'un même pas pour entrer dans sa chambre.

— OK, je crois que Meg et Jessy devraient y aller en premier, argumente Nick sous le regard catastrophé de ma jeune sœur.

Je m'attends déjà à l'entendre protester, mais, à ma grande surprise, elle se tait, sûrement parce que nos parents se tiennent à côté d'elle.

— Nous n'allons pas rester longtemps, et après, ça sera votre tour...

Jessy entre le premier, je lui emboîte le pas. Heureusement que Dan nous a prévenus, car c'est vraiment choquant de voir ce jeune garçon, autrefois plein de vitalité et de force, être allongé sur ce lit d'hôpital. Un bandage lui enserre la tête, son visage est marbré de différentes couleurs qui vont du jaune au noir. En nous voyant entrer, il tente d'esquisser un sourire, mais sa bouche refuse de lui obéir complètement et pend d'un côté nous offrant un étrange rictus entre rire et grimace. Je prends sur moi pour faire comme si je ne remarquais rien, je sens Jessy en faire autant.

— Comment tu te sens ?

Je m'assieds près de lui. Chad ouvre la bouche et marmonne :

— Va… bien.

— Tu nous as fait une sacrée peur, tu sais.

Jessy se place de l'autre côté du lit.

— Dé… dés… olé.

Je reprends :

— Le principal, c'est que tu te sois réveillé, ça va aller maintenant.

Chad nous regarde à tour de rôle et ses yeux se remplissent de larmes alors qu'il tente de dire :

— A… Amy…

Jessy et moi échangeons un regard. Ses parents ne nous ont pas dit si Chad est au courant de la mort de notre amie. Nous restons interdits, ne sachant quoi répondre. Finalement, c'est mon petit ami qui rompt le silence pesant qui s'est installé.

— Tu te souviens de ce qui s'est passé ?

Chad hoche la tête.

— De tout ?

Nouveau hochement de tête.

Jessy pose sa main sur le bras de Chad comme pour l'encourager à tenir le choc dans ce qu'il va lui dire.

— Nous revenions de son enterrement quand on a appris que tu t'étais réveillé.

Chad prend une profonde inspiration puis sa bouche se tord en une horrible grimace, tandis que des larmes roulent sur ses joues. Il rejette sa tête en arrière sur ses oreillers.

— F... feu, articule-t-il se souvenant apparemment d'avoir vu la voiture en flammes.

— Ça va aller ? Je m'inquiète.

Il hoche à nouveau la tête.

— Be... besoin sa... savoir.

Nous restons quelques minutes encore auprès de lui alors qu'il refait surface de son chagrin. Quand nous voyons qu'il va mieux, nous laissons notre place à Nick et Nina.

— Il a demandé pour Amy, annonce Jessy à ses parents qui attendent dans le couloir. Je lui ai dit la vérité.

Sa mère se couvre la bouche d'une main.

— Comment a-t-il réagi ?

— Il savait déjà, il avait juste besoin de l'entendre pour être sûr.

— Je ne vais pas mentir, me dit Jessy alors que nous sortons de l'hôpital pour prendre un peu l'air, cela fait bizarre de le voir comme ça.

— Moi aussi j'ai eu un choc. Lui d'ordinaire si fort, le voir si... faible.

— La vie est vraiment curieuse.

— Comment ça ?

— C'est moi qui devrais être dans une chambre d'hôpital, pas lui…

— Chéri, arrête. Tu sais bien que j'ai horreur quand tu parles comme ça…

— Toi, arrête ! Ne fais pas celle qui ignore ce qui arrivera un jour !

— Mais ce n'est pas vrai ! OK, tu es séropositif, OK, un jour tu tomberas malade et tu mourras ! Voilà tu es content, je l'ai dit ! Mais ce qui est arrivé à Amy et à Chad est un accident. Ça peut arriver à n'importe qui, moi y compris ! Alors, ne fais pas comme si la mort t'était réservée ! Tu n'en as pas le monopole !

Jessy me regarde visiblement déconcerté. Il est rare que je sois furieuse contre lui, mais je crois qu'en ce moment, je prends tellement sur moi pour tenir le coup, pour ne pas m'effondrer totalement que j'ai les nerfs qui lâchent.

— Regarde dans quel état tu te mets après avoir vu ton ex sur un lit d'hôpital ! Comment tu seras quand cela sera mon tour ?

— Jessy, par pitié, tais-toi !

Il ne répond rien, mais fait une volte-face et s'éloigne de moi à grandes enjambées, son manteau noir flottant derrière lui.

— Où tu vas ? Lui crié-je.

— Loin de toi !

Le soir venu, assise dans le canapé de Nick, blottie contre lui, je me laisse aller à la confidence.

— Je n'en peux plus. Je suis tellement fatiguée de tout ça. Pourquoi tout doit être si compliqué ? D'abord Amy, puis Chad, et maintenant cette engueulade avec Jessy.

— Tu as essayé de lui parler ?

J'acquiesce.

— J'ai téléphoné chez lui en rentrant de l'hôpital, Élise m'a dit qu'il n'était pas là. Quand il est énervé ou déprimé, il peut traîner dehors pendant des heures.

— Ne t'inquiète pas, petite tête, ça va s'arranger.

— Il passe son temps à me dire que je ne tiendrais pas le coup lorsqu'il sera malade, quand il partira, alors que moi, tout ce que je veux, c'est profiter de la vie avec lui. Il va très bien pour le moment, pourquoi faudrait-il déjà appréhender ce qui risque de se passer ?

Mon frère garde le silence un peu trop longtemps à mon goût pour que cela augure une bonne réponse.

— Je crois qu'il a tout simplement peur que tu ne sois anéantie le jour où il disparaîtra.

Je relève le visage vers lui, il reprend :

— Avant, la mort n'était pas vraiment concrète, mais après ce qui est arrivé, tu sais maintenant le mal que cela fait de perdre quelqu'un qu'on aime. Jessy a vu ta réaction, il a été là pour te soutenir, pour que tu pleures sur son épaule. Cependant, si un jour le sida se déclare et que c'est lui qui s'en va, tu t'imagines continuer à vivre sans lui ?

— Je ne peux pas l'imaginer...

— C'est justement ce qu'il te reproche. Viens là. (Il cale ma tête au creux de son épaule.) Si cela devait arriver un jour, je serais là. J'espère que tu le sais ?

J'acquiesce en silence. Je ne suis plus capable de pleurer, j'ai l'impression d'avoir épuisé mon stock de larmes durant ces derniers jours.

— Tu veux que je lui parle ?

— Non, c'est à moi de le faire. Mais, merci de ton offre. (Je souris.) Je suis contente que vous vous entendiez si bien tous les deux.

— Je me sens moins seul depuis qu'il est arrivé. Avant j'étais le seul garçon à vous affronter Nina et toi, Jessy a remis un peu d'équité dans cette famille.

— Si je sortais, pourrais-tu me couvrir auprès des parents ?

Je plante mon regard dans le sien.

— Comment pourrais-je résister à ces yeux de biche ? Allez vas-y ! Je vais leur dire que tu étais épuisée et que tu t'es endormie dans ma chambre...

— Merci, Nick, dis-je en lui collant un gros bisou sur la joue.

Je sors discrètement de l'appartement de Nicolas et me faufile le long de la maison avant de me mettre à courir dans les rues pour me rendre chez les Sutter. La nuit est froide, il ne gèle plus, mais l'air demeure vif. Toutefois, en courant je ressens moins le froid. J'arrive devant chez Jessy, essoufflée. Sa chambre est sur le devant, au premier étage. D'un rapide coup d'œil, je m'aperçois qu'il est chez lui, comme l'atteste le plafonnier allumé. Une fois ma respiration redevenue normale, je toque à la porte d'entrée.

Mme Sutter ouvre, visiblement surprise de me voir dehors à plus de 21 heures.

— Bonsoir, il faut que je parle à Jessy. Il est là ?

Elle s'efface pour me laisser entrer.

— Vous vous êtes disputés ? Demande-t-elle.

J'acquiesce.

— C'est bien ce qui me semblait.

Elle me fait un petit sourire compréhensif.

— Il est dans sa chambre.

Je monte l'escalier en bois et m'arrête devant la première porte à gauche du palier. Je frappe doucement.

— Ouais, entre !

Cependant, lorsque j'ouvre la porte, je comprends que mon amoureux s'attendait à voir sa mère et non moi. Sa chambre est juste meublée d'un grand lit au centre de la pièce, d'une commode qui lui fait face. Son bureau est placé devant la fenêtre. C'est la pure chambre d'un garçon qui ne s'ennuie pas avec les fioritures que nous les filles aimons tellement. C'est propre, il a l'habitude de ranger la plupart de ses vêtements dans les placards incrustés sur le côté droit de la porte. Jessy est debout sur le côté gauche de la pièce, posté devant un chevalet qui soutient une toile, un pinceau dans une main et une palette de peinture dans l'autre. À ma grande surprise, il est en train de peindre. Cette vision me redonne le sourire. En me voyant, il pose ce qu'il a dans les mains avant de s'avancer vers moi, les lèvres pincées.

— C'est la première fois que je te vois avec un pinceau à la main. Ça te va bien.

— Après tout ce qui est arrivé ces derniers temps, j'avais besoin de mettre mes émotions sur toile. Le papier ne suffisait plus.

Je hausse les sourcils.

— J'écris un journal. Je sais, cela ne fait pas très viril.

Son sourire est gêné.

Si un homme doit mettre des mots sur ce qu'il traverse, ressent, c'est bien lui, je pense.

— L'écriture n'est pas réservée aux filles. Est-ce que je peux voir ?

Je désigne le tableau du doigt. Jessy fait une petite grimace hésitante.

— D'accord.

Je m'approche et suis littéralement scotchée par ce que je découvre. Sous un ciel bleu foncé où scintillent des étoiles, deux ombres, une masculine, l'autre féminine, s'enlacent au bord d'une étendue d'eau dans laquelle la pleine lune se reflète, éclairant le couple. Je murmure très impressionnée :

— C'est superbe !

— Ouais, bof.

— Tu rigoles ? Mais Jessy, c'est splendide ! Vraiment !

Il fait la moue, je ne l'ai pas convaincu.

— Je ne savais pas que tu étais capable de peindre aussi bien !

Il esquisse un petit sourire.

— Faut vraiment que tu continues. Je n'y connais pas grand-chose, pour ne pas dire rien, mais tu es vraiment doué !

— Merci... Je ne m'attendais pas à te voir ici, surtout à cette heure-ci.

— J'ai fait le mur. Nick me couvre.

Il sourit.

— Qu'est-ce qu'on ferait sans lui ?

— Je suis venue pour m'excuser pour tout à l'heure... J'ai bien réfléchi et je comprends ce que tu essayais de me dire.

— Te voir souffrir m'est insupportable..., chuchote-t-il. Ces derniers jours, je t'ai vue pleurer je ne sais combien de fois et, à part rester planté là à te regarder, je ne pouvais rien faire.

— C'est faux. Tu m'as aidée. Si je ne t'avais pas eu près de moi, je n'aurais jamais tenu le coup. Tu as été là pour moi à chaque instant. Tu ne t'es pas plaint même lorsque j'ai trempé ta chemise en jean à force d'y verser mes larmes.

Les mains dans les poches, se balançant légèrement d'avant en arrière, il esquisse un sourire.

— Je sais que tu penses à ce qui arrivera si un jour tu n'es plus là.

— Pas seulement. Je me demande comment tu réagiras lorsque la maladie se déclarera et que mon corps me lâchera peu à peu. Cela ne sera pas beau à voir…

— Tu es toujours si pessimiste…

— Parce que je sais ce qui m'attend, dit-il d'une voix lasse. Je veux t'y préparer. Tu ne peux pas faire comme si tout allait bien, comme si je ne devais jamais mourir.

— Et toi tu dois arrêter de vivre comme si tu allais mourir demain ! Tu es là, bon sang !

Je m'énerve à nouveau.

— Ça ne sert à rien. Nous n'arrivons pas à nous comprendre.

Son ton est calme, mais cassant, comme s'il énonçait une évidence irréparable.

— En effet, dis-je en sortant précipitamment.

Je rentre chez moi en traînant les pieds. J'étais allée le voir pour que nous fassions la paix et la situation en est toujours au même point, si ce n'est pire puisque nous nous sommes encore disputés. Je n'arrive pas à croire que moins d'une semaine plus tôt, nous étions parfaitement heureux. Je monte directement chez Nicolas, sans me faire surprendre par nos parents, où je passe la nuit sur son canapé, perdue dans mes pensées.

Le lendemain, c'est un vendredi et le jour où je suis censée reprendre les cours après avoir été absente toute la semaine. Cependant, lorsque mes parents voient au petit déjeuner ma tête de « déterrée », selon leurs dires, ils me conseillent de me reposer et m'autorisent à ne reprendre l'école que le lundi. Ils pensent que c'est toujours dû à la disparition d'Amy, ainsi qu'à l'inquiétude pour la santé de Chad, c'est le cas, mais j'y rajoute également la nuit blanche que j'ai passée à penser à Jessy. J'ai l'impression que tout s'effondre autour de moi et que, malgré mes efforts, je ne peux rien faire, à part regarder le monde s'écrouler.

Le ciel gris, maussade, me renvoie à mes idées lugubres lorsque je sors pour aller voir Chad. À mon arrivée à l'hôpital, la pluie menaçante s'abat avec force, sans s'arrêter. Derrière la vitre de la chambre de Chad, je la regarde tomber d'un œil distrait. Mon ami est dans le même état que la veille. Le chemin sera long avant qu'il ne puisse récupérer ses facultés. Il est conscient de ses handicaps et je crois que c'est son regard sur lui-même qui est le plus dur à supporter. Il essaie de parler, mais les mots semblent se bloquer quelque part entre son esprit et sa bouche. Cela l'énerve au plus haut point, il finit par taper du poing sur la petite table à roulettes que les infirmières ont placée devant lui. Malgré la douleur qui en ressort, cela me fait sourire, car j'y vois sa rage de vivre. Lorsque je prends congé de lui, il n'est pas loin de midi et alors que j'arrive devant la porte d'entrée de l'hôpital, je me rends compte qu'il pleut toujours à verse et que, bien sûr, je n'ai pas pris de parapluie, et mon manteau est dépourvu de capuche.

— Tant pis, je murmure en franchissant les portes coulissantes.

Je fais deux pas et m'arrête sous la pluie.

— Qu'est-ce que tu fais là ? Je demande en voyant Jessy arriver.

— Je te cherchais… Je me suis inquiété en ne te voyant pas au lycée ce matin. Je suis passé chez toi, Nick m'a dit que tu étais là.

— Mais Jessy, tu es trempé ! Regarde-toi ! Tu sais bien que tu dois éviter de tomber malade, je réplique d'un ton maternel en m'approchant de lui

Je le trouve inconscient d'être sous une telle pluie alors que le moindre rhume peut le conduire à une hospitalisation, voire pire. Mais en même temps, c'est tout lui de se comporter ainsi, cela lui ressemble tellement.

Ses cheveux collent à son front, des gouttes d'eau s'accrochent à ses longs cils telles des larmes ; du doigt, je les efface.

— Tu n'es pas en reste, ajoute Jessy qui sourit en posant ses mains sur mes hanches. Nous n'allons pas rester sous cette pluie. Ma mère travaille, nous allons chez moi ?

J'acquiesce et lui tends la main. Nous courons jusqu'à sa maison où nous entrons, nos vêtements dégoulinants de pluie mouillent le sol. Il me passe une serviette de bain, je m'essuie de mon mieux, mais sans grand résultat.

— Viens avec moi, on va essayer de te trouver d'autres habits.

Je le suis jusqu'à la chambre de sa mère où il fouille dans sa garde-robe. C'est une grande pièce avec un lit en pin et son armoire assortie, une coiffeuse dans un coin recèle des maquillages et des bijoux. Il est impossible de se tromper sur l'identité de l'habitante des lieux avec ces murs lavande et rose pastel. Je comprends que Mme Sutter puisse s'y sentir bien, tant on a l'impression d'entrer dans un cocon où l'on est en sécurité.

— Tiens, cela devrait t'aller.

Jessy me tend un pull bleu et un pantalon noir à fines rayures blanches.

— Tu crois que ça ne va pas déranger ta mère ?

Il secoue négativement la tête.

— Non, pas du tout. Tu trouveras des serviettes dans la salle de bains, vas te changer.

Pendant ce temps, mon petit ami se rend dans sa chambre, où il se sèche et met des vêtements secs. J'ai la sensation de revenir huit jours en arrière dans cet hôtel de New York où, intimidée, j'avais eu du mal à quitter la salle d'eau. Je ressens la même timidité à me retrouver seule avec lui.

— C'est un peu grand, mais pour aujourd'hui ça ira.

Je retrouve Jessy à l'entrée de sa chambre. Mme Sutter est plus grande que moi et son pantalon traîne par terre, j'ai dû improviser un ourlet pour éviter de marcher dessus.
Il prend mes habits mouillés et les met au sèche-linge avec les siens. Pendant ce temps, je vais revoir la peinture qu'il réalisait la veille.

— Je ne l'ai pas encore finie.

— Comment arrives-tu à faire ça ? J'en serais incapable.

Il esquisse un sourire gêné puis s'assied sur le lit.

— Je ne veux plus qu'on se dispute, dit-il d'un ton las.

— Moi non plus.

— Est-ce que j'ai tort de m'inquiéter pour toi, le jour où je ne serai plus là ?

— Non, il est vrai que si tu pars, je serai mal, très mal, mais j'aurai ma famille pour me soutenir. Nicolas notamment…

D'un hochement de tête, Jessy confirme.

— C'est ce qu'il m'a dit tout à l'heure. On a parlé un long moment, lui et moi.

— Je peux savoir ce que vous vous êtes dit ?

Jessy a un franc sourire.

— Nous avons discuté de beaucoup de choses…

Devant sa réticence à m'en dire plus, je n'insiste pas. Il est bon aussi que chacun ait ses secrets et, puis, je suis bien placée pour savoir que mon frère est de bon conseil.

— Et moi, est-ce que j'ai tort de t'aimer tellement fort que je refuse que tu partes loin de moi ? Je reprends le plus sérieusement du monde.

Les larmes aux yeux, Jessy me fait signe que non. Je m'approche et lui passe une main dans ses cheveux humides. D'un geste rapide, il m'attire à lui, je me retrouve assise sur ses genoux, les bras autour de son cou.

— Tu as peur pour moi, mais après ce qui est arrivé à Amy et Chad, j'ai réalisé que je peux aussi te perdre à tout moment.

— C'est pourquoi il faut profiter de chaque minute que nous avons la chance de passer ensemble.

— Comme ça, tu veux dire ?

Dans un grand éclat de rire, il nous fait basculer sur son lit. Allongés côte à côte, son visage à quelques centimètres du mien, je lui susurre :

— Exactement comme ça.

Avant de l'embrasser.

Chapitre 10

Le cadeau

Durant les semaines qui suivent, je passe beaucoup de temps à l'hôpital. Je tiens compagnie à Chad, lui fais la lecture, lui raconte les derniers potins du lycée et essaie de le soutenir dans les quelques devoirs que je lui apporte. Son médecin a dit qu'il peut étudier un peu, mais sans se fatiguer et je crois que Chad s'ennuie tellement, enfermé seul dans sa chambre, qu'il finit par prendre du plaisir à travailler, même les maths. Cela fait presque deux mois que l'accident a eu lieu, tout le monde a repris sa vie, tout le monde, sauf les parents d'Amy qui ont beaucoup de mal à remonter la pente. Son père continue son travail d'ingénieur, s'y consacrant pleinement, quant à sa mère, elle ne sort de chez elle que pour se rendre au cimetière où elle passe le plus clair de son temps. Tous leurs proches, ma famille y compris, attendent que le temps fasse son œuvre et que leur peine devienne moindre.

Dan et Hanna, les parents de Chad, viennent le voir tous les soirs ainsi que les week-ends. Moi, je viens tous les jours après l'école, je reste jusqu'à ce qu'ils arrivent, ainsi il n'est pas seul. Sa bouche a toujours une forme bizarre, pendante d'un côté, mais il parvient à parler un peu mieux, même s'il est encore loin de pouvoir discourir pendant des heures. Nina vient beaucoup le voir, mais elle ressort toujours avec les larmes aux yeux, cela lui fait très mal de le voir dans cet état. Elle a fêté ses quatorze ans et, en soufflant ses bougies, je me doute du vœu qu'elle a fait. Chad semble prendre plaisir à la voir et je dois admettre que, malgré son jeune âge, ma sœur lui est dévouée, exauçant ses moindres demandes. Aussi, je la surprends plusieurs fois à lui apporter des hamburgers ou des sucreries en douce. Je fais celle qui ne remarque rien alors qu'à la dérobée, je vois les regards rieurs qu'ils échangent.

— Jessy... va... venir, articule Chad alors que je lui lis un poème que la prof nous a demandé d'apprendre pour le lendemain.

— Pas aujourd'hui. Il s'est inscrit à un cours de dessin qui a lieu trois fois par semaine après le lycée.

Je ne précise pas que je l'ai tellement encouragé à poursuivre la peinture que j'ai fini par le convaincre qu'il a du talent. Il reprend goût aux choses. J'adore voir son visage s'illuminer lorsqu'il me raconte ce qu'il fait comme tableau. Le seul point négatif, dans tout cela, est qu'entre ses cours de dessin, les moments où il va au centre anti-sida pour y établir son suivi médical et se renseigner sur les nouveaux traitements, les soirées qu'il passe à peindre sans oublier le lycée, on ne se voit plus beaucoup. Il me manque énormément, mais je ne peux pas être égoïste en le gardant que pour moi alors qu'il adore de nouveau peindre. Pourtant les moments d'intimité que nous avons partagés à New York me semblent très lointains. Depuis, nous n'en avons pas repartagé, la crainte que j'avais formulée avant de repartir de la Grosse Pomme s'est confirmée, malgré nous, le temps semble nous éloigner l'un de l'autre. Au lycée, nous passons le plus de moments possible ensemble, mais, en dehors de cela, nous sommes tellement occupés que je me demande, parfois, pendant encore combien de temps notre couple va résister. Et maintenant que les vacances de printemps ont débuté depuis quelques heures, je ne sais pas dans quelle mesure nous allons pouvoir nous voir. Je suis sûre que mes sentiments pour lui n'ont pas changé, en ce qui concerne les siens, je ne peux que l'espérer. Je le crois sincère lorsqu'il me dit qu'il m'aime mais un doute revient souvent m'habiter.

— Ça... va ? Me questionne Chad qui a suivi mon regard nostalgique.

— Oui, très bien. Demain, tu vas avoir la visite de Nicolas ! Il vient passer quelques jours à la maison avant de partir avec ses potes pour le Spring Break.

— Nicolas... Spring Break... pas compatible. Ton frère... trop sérieux.

Je manque d'éclater de rire en entendant Nick et sérieux dans la même phrase. Dire qu'il n'y a pas si longtemps, moi aussi je le trouvais trop responsable pour faire des bêtises, je n'ai plus du tout le même avis depuis que j'ai découvert sa manière d'agir à New York.

— Il sait s'amuser maintenant, je me contente de répondre.

Lorsque les parents de Chad arrivent, je prends congé comme tous les soirs, mais avec plus d'empressement à l'idée de revoir mon frère. Après deux longs mois d'absence, il arrive à la maison dans la soirée.
Nicolas a dû sentir le bon repas que ma mère a cuisiné, car il gare sa voiture dans l'allée du garage pile à l'heure du dîner. Comme d'habitude, il passe le repas à nous parler de sa vie new-yorkaise, surtout de ses études en omettant volontairement de préciser tous les détails scabreux de son statut de célibataire. Quand tard dans la soirée, mes parents

se retirent dans leur chambre et Nina dans les bras de Morphée, d'un clin d'œil, il m'invite dans son appartement au-dessus du garage. Rien n'a bougé depuis sa dernière visite. En revoyant le canapé où j'ai tant pleuré, je sens l'émotion de la disparition d'Amy m'étreindre le cœur à nouveau.

— Maintenant que nous sommes seuls, commence mon frère en choisissant ses mots, dis-moi où est Jessy ? J'ai été surpris de ne pas le voir en arrivant.

Nick va ouvrir son frigo, en sort deux bières et m'en tend une.

— Tu connais un fournisseur ou quoi ? Tu as toujours des canettes en stock.

Pour toute réponse, il me fait un clin d'œil avant d'avaler une gorgée.

— Jessy doit être chez lui en train de peindre, je suppose.

Mon frère regarde sa montre, il est 23 heures passées, et prend le téléphone.

— Tu ne vas pas l'appeler à cette heure-ci !

— Je vais me gêner !

Rapidement, il compose le numéro qu'il connaît par cœur. Je me fais la réflexion qu'ils doivent passer beaucoup de temps à se parler derrière mon dos.

— Mais sa mère…

Plaçant un doigt sur ses lèvres, mon frère m'intime l'ordre de me taire.

— Bonsoir, madame Sutter, c'est Nicolas Crawfords. Je suis désolé de vous déranger à cette heure si tardive, mais j'ai un souci et j'aurais voulu parler à Jessy, si c'est possible ?

Je regarde mon frère avec admiration. Les mots sortent de sa bouche avec une telle aisance que j'en arrive à oublier l'heure moi-même.

— Oui, je vais bien, et vous-même ?

J'entends Élise lui répondre.

— Parfait. Merci et encore désolé du dérangement. Bonne nuit.

Notant un changement sur le visage de Nick, je devine que Mme Sutter est partie chercher mon petit ami. Après quelques instants, Nicolas reprend :

— Salut, vieux frère ! Alors qu'est-ce que tu fous ? Je reviens à Millisky et tu n'es même pas là !

Jessy répond quelque chose.

— Nous sommes à l'appart, on se tape une bière. Tu as intérêt à ramener ton cul vite fait !

Nicolas raccroche, l'air très satisfait de lui-même.

— Il arrive !

Je regarde ma bière en méditant pendant un long moment.

— Tu connais son numéro de téléphone par cœur, finis-je par commenter.

— On discute pas mal entre mecs.

— Vous parlez de moi ?

Nick hausse les sourcils, un sourire s'affiche sur son visage.

— À ton avis ?

— OK, j'ai compris, tu ne me diras rien. Mais j'espère en tout cas que tu n'essaies pas de le dévergonder !

Nick part d'un grand éclat de rire.

— Je suis sérieuse. Déjà que nous ne nous voyons pas beaucoup ces derniers temps, donc j'ose espérer que tu ne lui conseilles pas de suivre ton exemple en allant folâtrer à droite et à gauche ?

— Bien sûr que non, enfin tu me connais.

J'affiche un air dubitatif qui ne plaît pas à mon frère.

— OK, à moi de te parler sérieusement. Jessy me parle de toi sans arrêt et c'est justement pour cela que je l'ai pressé de venir ce soir. Parce qu'apparemment vous avez besoin de vous parler face à face plutôt que de passer par moi. Sitôt qu'il sera là...

On frappe à la porte.

— Entre !

Jessy referme la porte derrière lui.

— T'es dingue de m'avoir appelé si tard ! lance-t-il sans préambule en s'avançant dans la pièce.

Il donne une tape sur la tête de mon frère au passage. Puis dépose un bisou sur mon front avant de prendre place à côté de moi.

— Tu n'avais qu'à venir de toi-même !

— Je finissais une toile !

— Tu n'as plus que cela à la bouche depuis quelque temps ! C'est très bien que tu t'y sois remis, vraiment, mais n'oublie pas de sortir de chez toi aussi. Tu as vraiment une sale tête !

— Merci ! Tu sais très bien pourquoi.

Je regarde Jessy, c'est vrai qu'il a l'air fatigué, plus que ce matin lorsque nous nous sommes vus au lycée. Sous l'éclairage électrique, son teint est pâle, ses yeux cernés.

— De quoi parlez-vous ? Interviens-je.

Mon petit ami scrute mon frère avec ressentiment.

— D'accord, je vais vous mettre à égalité tous les deux. Toi... (Il pointe du doigt Jessy.)... Tu vas lui expliquer pourquoi tu préfères l'éviter ces derniers temps. Et toi... (Il tourne son doigt accusateur vers moi.)... Tu vas lui dire ce que tu penses vraiment de ses cours de dessin ! Bonne nuit, les amoureux !

Sans demander son reste, Nicolas sort en prenant sa veste ainsi que ses clefs de voiture.

J'ai le cœur qui tambourine dans ma poitrine. Jessy m'évite ! Et il l'a confié à mon frère ! J'avais peur que ses sentiments aient changé depuis quelque temps, mais j'essayais de me rassurer malgré cette petite voix qui s'insinuait parfois dans mon esprit. Bien sûr, qu'il se montre plus distant ces derniers temps, mais, inconsciente que je suis, je me répétais que c'était normal, il est tellement occupé. Incrédule, je me lève du sofa et me mets à arpenter l'appartement.

— Je suis une idiote ! Murmuré-je.

Je me retourne pour lui faire face, il regarde le sol, visiblement mal à l'aise. Je l'accuse en m'énervant :

— Alors il faut que j'apprenne par mon frère que tu m'évites ! Tu comptes rompre avec moi en passant par lui aussi ?

Il relève brusquement le visage, ses traits sont encore plus tirés qu'à son arrivée.

— Je n'ai jamais eu l'intention de rompre !

— Ah bon ? C'est pourtant l'étape suivante lorsqu'on évite quelqu'un !

— Ce n'est pas ce que tu crois… Ce n'est pas ta faute…

— Ah non, par pitié, ne me fais pas en plus le coup du « ce n'est pas toi, c'est moi », dis-je en le coupant.

Jessy se lève d'un bond du canapé en s'énervant à son tour.

— Tu vas me laisser parler, oui ! Si j'ai moins voulu te voir ces derniers jours, c'est parce que je suis un nouveau traitement responsable de mon anémie ! C'est pour ça que j'ai une sale gueule et que je suis crevé !

Je scrute ses yeux, incapable de comprendre son silence.

— Pourquoi ne me l'as-tu pas dit ?

— Parce que je ne veux pas t'impliquer dans mes problèmes de santé. Je te l'ai déjà dit, tu sors avec moi, pas avec le sida.

— Tu crois vraiment que c'est en me cachant des choses que notre couple va fonctionner ? Je sais que tu veux me protéger de tout cet univers, mais la vérité c'est que tu ne peux pas. Si tu veux que cela marche entre nous, tu ne dois pas me laisser à l'écart.

Il pince les lèvres, garde le silence et je reprends calmement.

— Je sais que je n'ai pas été très disponible de mon côté. J'ai passé pas mal de temps à l'hôpital avec Chad. Mais je vais moins y aller. Nina me remplacera pour lui faire la lecture.

— C'est vrai qu'en ce moment tu passes plus de temps avec lui qu'avec moi.

Je vois briller une once de malice dans son regard.

— Mon chéri, es-tu jaloux ?

Il s'approche de moi et enroule une mèche de mes cheveux autour de l'un de ses doigts.

— Eh bien, disons que cela ne fait jamais très plaisir de savoir que sa copine passe tout son temps libre avec son ex.

— Si tu me consacrais davantage d'heures, je ne le verrais plus tous les jours.

Souriant, il passe ses bras autour de ma taille.

— Ma mère part ce week-end à Allentown. Elle va voir son autre fils et son mari, ajoute-t-il devant mon visage surpris. Tu viens dîner chez moi samedi soir ?

Le lendemain dans l'après-midi, je me rends à l'hôpital voir Chad. J'ai l'intention de le prévenir que, dorénavant, je viendrais moins lui rendre visite, et que Nina me remplacera pour son plus grand bonheur. J'ai pris l'habitude d'entrer directement dans sa chambre après avoir frappé, ce que je fais ce jour-là encore. J'ai à peine posé un pied sur le linoléum beige qu'un gobelet d'eau atterrit devant moi. Surprise, je relève la tête pour voir Chad furieux, assis sur son lit, ses parents debout face à lui le regardent, décontenancés.

— Bonjour, tout le monde. Ça ne va pas ?

Je pose la question à Chad, mais c'est sa mère qui se retourne pour me répondre.

— Il est en colère, car il est prévu qu'il parte lundi pour Philadelphie dans un centre de rééducation. Les médecins d'ici ont fait tout ce qu'ils pouvaient pour l'aider, mais ils ne sont pas spécialisés.

— Je... ne veux pas... y aller, articule Chad.

— C'est pour ton bien, affirme Dan. Ce n'est pas pour toujours, quelques mois puis tu reviendras en ayant retrouvé tes capacités.

— Suis... pas débile !

Chad envoie voler la télécommande de la télévision le long du mur.

— Mais je n'ai pas dit ça, proteste son père.

Je tente à mon tour :

— Chad, ne me balance rien à la figure pour ce que je vais te dire, mais franchement je trouve que c'est ce que tu as de mieux à faire. Tu as fait des progrès ces dernières semaines, mais si ce centre peut te permettre de te remettre complètement de cet accident, alors il n'y a pas à hésiter.

Il a en effet progressé, même si ses pas sont encore mal assurés, il parvient à se tenir seul debout. Sa plus grande gêne réside dans le langage et là je dois reconnaître que son état stagne. Cela me fait toujours autant de peine de le voir chercher ses mots, parfois durant plusieurs minutes, avant de réussir à les prononcer correctement. C'est aussi pour cette raison que j'entre dans sa chambre sans attendre son feu vert, sinon je pourrais rester derrière la porte à patienter pour obtenir son autorisation pendant un bon moment.

Il n'envoie rien d'autre par terre, mais grogne de mécontentement en croisant les bras. Il me fait penser à un enfant qui boude lorsque ses parents ne cèdent pas à ses caprices.

— Tous... copains... ici, finit-il par dire.

— Tu sais, Philly n'est qu'à trois heures d'ici, nous viendrons te voir, je le rassure. Il faut que tu penses à toi. Plus vite tu seras complètement remis et plus vite tu pourras reprendre ta vie en main.

— C'est ce qu'on n'arrête pas de lui dire, souffle sa mère.

— Sur... viendrez ?

J'acquiesce avec un sourire et ajoute en plaisantant avec un fond de vérité.

— Tu crois vraiment que Nina nous laissera le choix ?

Il éclate de rire.

— OK, cède-t-il.

— Parfait, nous allons tout mettre en place pour le transfert lundi, se félicite Hanna avant de sortir avec Dan.

Je ramasse la télécommande et la remets sur la table devant lui.

— Tu vas... me... manquer.

Je réfléchis avant de répondre. Je ne veux pas lui laisser de faux espoirs. J'ai peur que le temps passé près de lui n'ait réattisé une flamme qui est définitivement éteinte de mon côté.

— Jessy, Nina et moi, nous viendrons te voir.

En entendant le nom de mon petit ami, je vois à sa façon de regarder ailleurs qu'il a compris que nul espoir n'est permis.

En revanche, c'est une autre histoire d'expliquer à Nina que Chad doit partir pendant plusieurs mois. Comme je l'avais prévu, elle se jette sur son lit en pleurant. En la voyant agir ainsi, j'ai un petit sourire. Combien de fois, moi aussi, me suis-je jetée en larmes sur mon lit, à cause de lui ? Trop pour pouvoir les compter à l'époque où il m'ignorait complètement. Dorénavant, avec le recul, je me trouve stupide. Je croyais aimer Chad à cette période, mais ce n'était pas un véritable amour comme celui que je partage avec Jessy. Chad a été une petite amourette dans ma vie, même s'il reste un ami fidèle. Je crains qu'à son tour ma petite sœur ne se casse les dents sur lui, mais je ne peux rien contre cela. Elle apprendra elle-même de ses erreurs, comme tout un chacun. Je peux seulement lui promettre que nous rendrons visite à Chad régulièrement. Cela la fait arrêter de pleurer, cependant en scrutant son regard, je sais qu'elle en a gros sur le cœur.

Comme les cours de dessin accaparent beaucoup Jessy, je décide de lui faire une surprise en allant le retrouver à la fin de sa classe. Lorsque la cloche sonne la fin des cours, les premiers élèves sortent. J'attends patiemment mais ne voyant pas Jessy, j'entre dans la salle. La pièce est assez grande, des chevalets y sont dispersés à côté de petites tables. J'aperçois immédiatement Jessy qui se tient dans le fond de la pièce, il discute avec une fille. Aussitôt, une flèche de jalousie me transperce le coeur. Jessy ne m'a pas vu, je m'approche alors qu'il lui répond :

— Si tu aimais ce que tu fais, je suis sûr que tu t'améliorerais.

— Peut-être, mais voilà je n'aime pas ça, elle pose sa main sur son bras et reprend : Avec Sam et Jack, on va boire un verre, tu viens avec nous ?

Je n'en crois pas mes yeux. Comment ose-t-elle le toucher ?! Je les fixe avec une furieuse envie de hurler. A cet instant, Jessy relève la tête et se rend compte de ma présence alors que mon regard s'attarde toujours sur cette maudite main qui tripote mon petit ami.

— Hey, qu'est-ce que tu fais là ? Sourit-il, pas gêné le moins du monde par la situation.

Je reporte mon regard inquisiteur sur lui et j'ai du mal à cacher ma mauvaise humeur lorsque je lui explique :

— Je voulais te faire une surprise mais je tombe peut-être mal ?

— Pas du tout. Je suis content de te voir.

Il fait les deux pas qui nous séparent et m'embrasse. J'aimerais me sentir rassurée mais je n'y parviens pas, je suis trop en colère pour cela. Surtout qu'en reportant mon regard sur la fille, je remarque que son teint est pâle. J'avais donc raison en pensant qu'elle draguait Jessy.

— Meg, je te présente Emily. Emily, voici Megan, ma petite amie.

Aux mots de Jessy, je passe un bras possessif autour de sa taille.

Eh oui ma cocotte, il est à moi !

— Contente de te rencontrer, dis-je avec le sourire le plus hypocrite que j'ai en réserve.

De biais, j'aperçois Jessy qui se pince les lèvres pour retenir un rire. Il me connait bien et sait déjà que cette fille me tape sur le système.

— Moi aussi, affirme-t-elle en me rendant mon faux sourire. Bon, je dois y aller. À la semaine prochaine Jessy.

— Ouais, salut.

Sans demander son reste, elle quitte la classe. Je m'écarte de Jessy et laisse éclater ma colère :

— C'était quoi ça ?

— Rien, c'est juste une copine.

Mais bien sûr ! Je lève les yeux au ciel.

— Ben voyons, cette fille était en train de te draguer quand je suis arrivée.

— Pas du tout, répond-il avec un petit sourire.

— Oh je t'en prie ! « On va boire un verre, tu viens avec nous ? » J'imite Emily.

— J'essaie juste de me faire de nouveaux amis, rien de plus, plaide-t-il.

— Et j'en suis contente mais pas quand une autre nana te tourne autour !

Ne voyant plus quoi dire, je quitte la salle, Jessy sur les talons jusqu'à sa voiture.

— Tu vas me faire la tête pendant tout le trajet ? Me demande Jessy alors que je boude, bras croisés sur la poitrine.

Bien sûr, je ne réponds pas. Sitôt arrivés devant chez moi, je descends de la voiture et marche vivement vers la maison. J'aperçois mon père dans l'allée du garage, occupé à peindre des volets, qui nous observe.

— Si tu veux continuer à me faire la gueule autant que je rentre chez moi, crie Jessy dans mon dos.

Je me retourne vivement :

— Fais ce que tu veux !

— Megan, tu ne crois pas que tu exagères ?

Mes yeux s'arrondissent de stupeur.

— J'exagère ? Je m'écrie. Parce que c'est ma faute si je t'ai trouvé en train de te faire draguer et tripoter par une fille. Et pour couronner le tout, cela n'avait pas l'air de te déplaire !

—Tu dis n'importe quoi ! Je discutais juste avec une copine, rien de plus, et puis tu n'étais pas censée être là !

Mon père baisse la tête et la secoue négativement alors que mes yeux fusillent Jessy sur place.

Il ose me dire ça ?! C'est le monde à l'envers !

Je grogne de mécontentement et pénètre dans la maison en claquant la porte derrière moi, plus en colère que jamais.

Mes pieds tapent le parquet alors que je gravis les escaliers, parvenue à ma chambre je claque une nouvelle fois la porte derrière moi et m'assieds sur mon lit.

Des larmes me montent aux yeux et je dois faire un effort pour les ravaler. Pourquoi Jessy ne comprend pas que le voir avec une autre fille me fait peur ? Qu'à chaque seconde, je crains de le perdre ?

Quelques minutes plus tard, alors que je rumine toujours ma colère, trois petits coups se font entendre sur ma porte. Je n'ai pas le temps de répondre qu'elle s'ouvre sur Jessy qui la referme derrière lui.

— La porte doit rester ouverte, je lui rappelle d'un ton brusque.

— Je sais, mais je m'en fous. J'ai besoin de te parler et je n'ai aucune envie que toute ta famille m'entende.

Je ne bouge pas, attendant qu'il parle.

— Megan, je suis désolé pour ce que je t'ai dit dehors. Je ne le pensais pas.

— Moi qui voulais te faire la surprise de venir te rejoindre, ça a très bien réussi, je marmonne entre mes dents.

Jessy se met à faire les cent pas devant mon lit, semblant chercher quoi dire sans m'énerver davantage.

— Je suis désolé. Je sais ce que tu as cru voir en arrivant dans la salle…

— Je n'ai pas cru voir ! Cette fille te draguait !

— Emily est juste une camarade de classe. Je lui donne un coup de main lorsqu'elle est perdue. L'histoire s'arrête là, m'explique-t-il calmement.

— Elle te tripotait ! Et ce n'est pas la première !

— Comment ça, pas la première ? Questionne-t-il en plissant les yeux.

— Amy !

Je lui rafraîchis la mémoire, toujours furieuse alors qu'il s'arrête de marcher pour me fixer.

— Attends ! La seule fois où Amy a posé la main sur moi, c'était pendant la fête de Chad, le jour de mon arrivée au lycée. Toi et moi n'étions pas ensemble, on ne s'était même pas encore adressés la parole à ce moment-là !

— N'empêche que tu aurais dû deviner ce qui allait se passer entre nous et ne pas la laisser te toucher !

Jessy éclate de rire. Aussitôt, je le fusille à nouveau du regard.

— Megan, ma puce, je crois que là tu dérailles un peu. Et dois-je te rappeler que trente secondes plus tard tes lèvres étaient sur celles de Chad ! Réplique-t-il d'un ton amusé.

Merde, c'est vrai !

— Pour en revenir à Emily, elle ne me tripotait pas, elle avait juste sa main sur mon bras. Alors oui, elle m'a invité à boire un verre mais il y aurait eu aussi deux autres élèves et, de toute façon, j'allais refuser d'y aller quand tu es arrivé. Parce que je voulais te voir, toi !

Il baisse la voix pour ajouter :

— Franchement Meg, après ce qui s'est passé entre nous, comment peux-tu encore douter de moi ? Tu es bien placé pour savoir que si quelqu'un a le droit de me toucher, c'est toi et personne d'autre !

Je détourne le regard. Il faut que j'arrête d'imaginer Jesy tenant cette fille dans ses bras, tenant Haley dans ses bras alors qu'il lui fait l'amour. Pourquoi est-ce que cette vision revient me hanter dès que ma crainte de le perdre se manifeste ?

— Ok, soupire-t-il devant mon silence pesant. Je te laisse te calmer ce soir, mais j'espère vraiment que demain tu auras réalisé combien cette histoire est stupide. Tu me piques une crise pour une nana que je connais à peine et qui ne représente rien pour moi.

Il ouvre ma porte et se retourne une dernière fois vers moi pour m'avouer :

— Je ne peux pas revenir en arrière pour changer ce qui s'est passé, je ne peux que regarder devant moi, comme tu me le répètes sans cesse. Alors je comprends que cela soit difficile pour toi d'imaginer le moment où ma vie à basculer avec Haley. Mais Emily n'est pas Haley. Et je ne suis plus celui que j'étais à cette époque.

A ces paroles, j'ai un hoquet de surprise. Il a compris ce qui me met en colère, je laisse couler les larmes que je retenais depuis que je l'ai vu en compagnie d'Emily.

— Je n'ai jamais aimé que toi Meg, murmure-t-il en refermant la porte de ma chambre sur lui.

Les yeux noyés de larmes, je fixe ma porte pendant quelques secondes. Je descends les escaliers au moment où Jessy parvient à sa voiture, il rive son regard à la fenêtre du salon devant laquelle je me trouve. Je ne veux pas le voir partir, jamais !

— Jessy !

Je traverse la pelouse en courant et vais me jeter dans ses bras. Aussitôt, il me soulève du sol, je croise mes jambes autour de sa taille en enfouissant mon visage dans son cou.

— Je suis désolée. Je t'aime Jessy.

Il resserre la pression autour de mon corps et par ce geste, je réalise qu'il me pardonne.

— Je comprends, ma puce. Je sais que je t'en demande beaucoup entre ma maladie et mon passé...

— Non, je suis juste jalouse. J'ai peur que tu rencontres une fille mieux que moi et que tu me quittes, j'avoue, le visage toujours enfoui dans son cou tant je n'ose le regarder.

— Mieux que toi ? Répète-t-il, incrédule. Meg, tu es parfaite. Pour moi, il n'y a pas et n'y aura jamais une autre fille qui puisse te surpasser. Je te trouve magnifique sur tous les plans, autant physiquement, qu'émotionnellement, qu'intellectuellement.

Il me repose délicatement sur le sol mais je garde mes mains sur sa nuque alors que mon coeur bat à mille à l'heure devant les compliments qu'il m'a adressés.

— Je sais bien que ce n'est pas vrai mais merci d'être aussi gentil.

— Bien sûr que si, c'est vrai !

Je me demande si je peux le croire... Laissant mes doutes de côté, je l'attire dans mes bras et nous nous embrassons avec un mélange de tendresse et de passion.

— Tu es mon idéal. Ton passé, ta maladie, ne sont pas des obstacles, ne t'imagines jamais le contraire Jessy. Je crois que je suis juste jalouse des filles que tu as connues avant, de celles qui veulent être proches de toi et de celles qui voudront l'être.

Son sourire est radieux alors qu'il pose son front contre le mien pour m'avouer :

— Je ressens la même chose pour toi. Mais je ne laisserai personne se mettre entre nous. Je t'ai trop attendu pour risquer de te perdre.

Rassurée, je me blottis dans ses bras, là où est ma place.

Le samedi dans la soirée, j'arrive chez Jessy comme prévu.

— Je suis dans la cuisine, me lance celui-ci lorsque je franchis le pas de la porte.

Après avoir déposé mon manteau, je vais le rejoindre. Il est en train de faire cuire des pâtes. Je lui trouve meilleure mine que la veille. Il est habillé d'une chemise en jean bleu ciel et d'un pantalon noir. Comme d'habitude, en le voyant, des papillons semblent prendre leur envol au creux de mon estomac. C'est une douce sensation à laquelle s'ajoutent les battements de cœur qui s'accélèrent.

— Salut, toi, me dit-il avant que ses lèvres n'effleurent les miennes.

— Je peux t'aider ?

— Non, j'ai presque fini. Assieds-toi.

Je prends place sur un haut tabouret derrière le bar de la cuisine américaine. Mme Sutter, qui est une très bonne cuisinière, a choisi ses équipements avec soin. Des casseroles de diverses tailles sont accrochées au-dessus du plan de travail. Les placards blancs contiennent tout ce qu'il convient pour faire de bons petits plats.

— Ça ne t'ennuie pas trop que ta mère soit partie voir son mari ?

De dos, je vois les épaules de Jessy se contracter alors qu'il sort une petite boîte de sauce tomate de l'un des placards situés devant lui.

— Honnêtement, si... Je veux dire, c'est son mari donc je comprends, mais je sais aussi ce qu'il pense de moi. Ma mère voudrait lui faire entendre raison... Cependant pour ma part... (Il secoue la tête en signe de négation tout en ouvrant la boîte.)... Même si elle y parvient, rien ne sera plus jamais comme avant. Aïe !

Il se tient un doigt. Je saute en bas du tabouret et m'approche de lui.

— Ce n'est rien, je me suis juste coupé. Reste où tu es.

Il passe sa main sous l'eau froide, puis attrape la boîte de sauce qu'il jette rageusement à la poubelle tout en maugréant :

— Putain, ce n'est pas vrai ! J'en ai marre !

Je vois le sang réapparaître sur sa peau entaillée.

— Je vais mettre un pansement.

Il prend la direction de la salle de bains du rez-de-chaussée.

Je le suis pour lui trouver de quoi désinfecter la plaie.

— Tu sais si tu as de l'alcool ?

Il me jette un regard éloquent qui signifie à lui seul : « Comme si je pouvais m'en passer. »

— Désolée... Mais c'est le genre de question que je ne poserais pas si tu ne me tenais pas à l'écart de cette partie de ta vie.

— Dans l'armoire à pharmacie derrière toi.

Je vois qu'il y a du coton à côté de la bouteille d'alcool, des pansements sur l'étagère du dessous ainsi que des gants stérilisés.

Je prends le tout.

— Merci, je vais m'en occuper.

— Laisse- moi t'aider... — Megan... non.
J'enfile les gants avant d'imbiber le coton d'alcool.
— Donne ton doigt.
Il me fixe intensément.
— Jessy, laisse-moi entrer dans ta vie. Arrête de me tenir à distance, je ne crains rien.
Fébrilement, il me tend sa main. Avec des gestes précautionneux, je désinfecte la plaie qui s'arrête de saigner puis entoure l'extrémité de son doigt dans un pansement.
— Rajoute du sparadrap par-dessus, s'il te plaît, juste au cas où.
Sa voix tremble. Je fais ce qu'il me demande, puis ôte les gants et les jette à la poubelle. Quand je me retourne pour lui faire face, il a la tête baissée, mais je vois deux larmes rouler sur ses joues.
— Ça va ? Je demande avec inquiétude.
Il hoche la tête.
— Je ne comprendrais jamais comment tu peux poser tes mains sur moi malgré...
Sa voix se brise. Je me colle à lui, prends son visage de mes deux mains et le force à me regarder. De mes pouces, j'essuie les larmes de ses joues.
— Je t'aime.
Il me serre contre lui.
— Je t'aime tellement, me chuchote-t-il.

Un peu plus tard après avoir dîné de pâtes au fromage, faute de sauce tomate, je raconte à Jessy les derniers événements, et notamment le départ de Chad pour Philadelphie le surlendemain.

— C'est moche pour lui, il va se retrouver loin de sa famille, de ses amis. Mais d'un autre côté, je suis soulagé de le voir s'éloigner un peu, avoue-t-il avec un petit sourire.

— S'éloigner de moi ? C'est bien ce que tu veux dire, non ?

J'adore voir Jessy jaloux. Dans ces moments-là, je sais qu'il serait prêt à se battre contre le premier mec qui essaierait de m'éloigner de lui. Cette pensée me fait toujours sourire et me réconforte.

— Si demain l'une de mes ex revenait me tourner autour, tu le prendrais comment ? Me taquine-t-il.

— Oh ce n'est pas dur, je la ferais dégager en vitesse, lui dis-je en riant.

Il me prend la main par-dessus la table et la presse tendrement.

— Je suppose que tu vas devoir rentrer chez toi ?

Je jette un regard sur la rue qui est déjà sombre, puis sur l'horloge qui indique 22 h 38.

— Comme on est samedi, j'ai la permission de 23 heures, dis-je en grimaçant.

— Dommage. Pour une fois que ma mère n'est pas là, nous aurions pu en profiter pour que tu passes la nuit ici.

Je sens mes joues s'enflammer et des nuées de papillons s'envoler dans mon estomac. Nous n'avons pas repassé de tendres moments ensemble depuis New York, et le fait de sentir la proximité de son corps me manque autant qu'il me trouble.

— J'aurais tellement aimé, mais si je ne rentre pas, mon père va débarquer chez toi.

— Il faut vraiment que l'on trouve un moyen d'être seul de temps en temps sans avoir nos parents sur le dos. Et si nous faisions un autre voyage à New York avant la fin de l'année scolaire ?

— Sérieux ?

Je me réjouis en me levant. Jessy me tient toujours la main, je contourne la table pour venir m'asseoir sur ses genoux et passe mes bras autour de son cou.

— Très sérieux, affirme-t-il avec un grand sourire. Vu que tout s'est bien passé la dernière fois, je pense que tes parents seront d'accord pour que nous y retournions, et Nicolas a dit qu'on pouvait aller le voir quand on voulait, donc...

— Surtout après le coup qu'il nous a fait hier soir, de balancer nos confidences comme cela au milieu de la pièce avant de se barrer.

— Cela nous aura au moins permis de tout mettre à plat. Je ne savais pas que tu voyais mes cours de dessin d'un mauvais œil.

— Ce n'est pas le cas, j'ai juste dit à Nick que c'est super que tu retrouves la passion de la peinture, mais que, de ce fait, on ne se voit plus beaucoup et que tu me manques énormément.

— Tant que ça ? Demande Jessy avec un sourire malicieux.

— Plus encore !

Ses lèvres, d'abord douces sur les miennes, renforcent leur appui tandis que sa langue explore ma bouche. Ses mains pressent ma taille contre lui, réveillant sa virilité. Quand sa bouche quitte mes lèvres pour glisser dans mon cou, je me sens suffoquer. Jessy relève le visage et me regarde intensément, puis il jette un œil sur l'horloge.

— Il faut vraiment qu'on reparte à New York ! Confirme-t- il.

Le lendemain après-midi, nous retrouvons Nick dans la chambre de son appartement, il prépare ses bagages pour partir, destination Miami.

— Veinard ! Tu vas aller au soleil faire la fiesta, tu as une chance ! Je t'envie.

— Vous le ferez aussi d'ici quelques années.

— Franchement cela ne me tente pas plus que ça, dit Jessy, adossé à l'armoire de mon frère.

— C'est parce que tous les deux, vous êtes bien trop sérieux !

— Pas tant que ça ! Nous avons une chose à te demander.

Intéressé, Nick laisse tomber le tri de ses vêtements pour nous observer à tour de rôle.

— Nous pourrions revenir te voir à New York avant la fin juin ?

Mon frère nous fait un sourire entendu.

— Je vous l'ai déjà dit, vous venez quand vous voulez.

Il se saisit d'une chemise hawaïenne, l'examine un instant avant de reprendre :

— Je vous prendrais deux chambres, cette fois.

— Euh… Je crois qu'une chambre comme la dernière fois nous suffira, souffle Jessy, ses joues prenant une jolie couleur rosée.

Nick plie sa chemise et la met dans sa valise.

— Si je comprends bien, on se décoince un peu tous les deux, nous taquine-t-il tandis que nos visages s'empourprent. Je suppose que je dois en parler aux parents avant de partir ?

— Je préférerais, dis-je en me mordant la lèvre inférieure.

— D'accord.

Jessy le gratifie d'une tape amicale dans le dos tout en lui avouant :

— Heureusement que nous t'avons avec nous.

— Tu ne crois pas si bien dire, mon pote. Figurez-vous que j'ai pensé à vous, ces derniers jours. Et j'ai, quelque peu, trouvé injuste que je puisse faire tout ce que je veux à New York pendant que vous, vous êtes coincés ici entre vos parents.

Jessy et moi échangeons des regards interrogateurs, alors que Nick sourit à pleines dents.

— De ce fait, j'ai un petit cadeau pour vous. Je me suis dit que vous auriez peut-être besoin d'un peu d'intimité, aussi je vous ai fait à chacun un double des clefs de cet appart pour que vous puissiez vous y retrouver quand vous le souhaitez.

Il sort des poches arrière de son jean deux clefs qu'il nous tend.

— Nick, t'es le meilleur !

Je lui saute au cou. Et Jessy le gratifie d'une nouvelle tape dans le dos en le remerciant.

— De rien, mais j'y mets deux conditions. La première est, par pitié, ne vous faites pas prendre ! Je raconterai à papa que j'ai pris les clefs avec moi, comme cela, il ne viendra pas vous déranger, mais s'il vous voit, on sera tous foutus.

— On sera prudents. C'est pour ça que t'as baissé les stores ?

En arrivant, j'ai remarqué qu'il fait plus sombre que d'habitude et que tous les rideaux ont été baissés.

— J'espère que vous ferez gaffe. En effet, j'ai tout fermé depuis hier soir en prévision. Cela aurait paru bizarre si j'avais plongé l'appart dans la pénombre à la dernière minute avant de partir. Et la seconde condition, dit-il avec le plus grand sérieux me faisant craindre le pire. Je veux pouvoir dormir dans des draps propres quand je reviendrais, donc faites ce que vous voulez, mais changez les draps avant mon retour !

Jessy éclate de rire alors que je reste muette de gêne.

Une heure plus tard, Nicolas glisse sa valise dans le coffre de sa voiture, toute la famille est rassemblée dehors pour lui dire au revoir. Il commence par faire une accolade à Jessy, puis un câlin à Nina. Lorsqu'il se tourne vers moi, il me fait un clin d'œil complice avant de me prendre dans ses bras. En arrivant devant nos parents, il prend la parole en s'adressant particulièrement à mon père :

— J'ai invité Meg et Jessy à revenir me voir à New York pendant quelques jours.

Mon père se tourne vers nous, j'ai la sensation de m'enfoncer dans le bitume sous son regard perçant.

— Je ne vois pas de raison de refuser. Je sais qu'avec toi qui veilles, cela ne craint rien, ils sont en sécurité dans la Grosse Pomme.

À côté de moi, je vois Jessy se retenir de sourire. Nick, lui, sourit ouvertement, mais de joie à l'idée que nous allons bientôt le revoir.

— Jessy, il faudra demander la permission à ta mère, reprend mon père.

— Je suis majeur, lui rappelle gentiment mon petit ami.

Mon père se donne une petite tape sur le front.

— C'est vrai, j'avais oublié, mais tu lui en parleras quand même, histoire qu'elle ne pense pas que notre famille te kidnappe.

— Bien sûr, aucun souci.

— Parfait puisque c'est réglé, les jeunes, je vous attends prochainement chez moi. Nous ferons comme la dernière fois, on se serrera pendant quelques jours.

Intérieurement, je supplie Nick de ne pas trop en faire tant j'ai peur que mes parents ne soupçonnent quelque chose, mais curieusement cette dernière phrase ravit mon père qui affiche un grand sourire satisfait. Il n'y a pas à dire, mon frère est vraiment doué pour amadouer les parents et rien que pour cette raison je l'admire. Il prend nos parents dans ses bras pour une dernière accolade avant de monter en voiture. Le tuyau d'échappement ronfle quand il démarre, puis le bruit sourd s'amenuise alors qu'il s'éloigne. Avec reconnaissance, nous lui faisons au revoir de la main tandis que dans nos poches se cachent les clefs de son appartement.

Chapitre 11

Un peu de liberté

Après le départ de Nicolas, nous nous rendons à l'hôpital pour dire au revoir à Chad qui doit partir le lendemain pour Philadelphie. Nina nous accompagne. Je suis surprise par sa détermination lorsqu'elle lui fait la bise au moment de partir, son visage est digne, dénué des larmes que j'ai tant redoutées. Elle lui recommande d'être fort, de revenir au plus vite, et Chad l'écoute avec attention en hochant la tête. Cela me fait bizarre de voir que, malgré son jeune âge, ma sœur semble avoir de l'ascendant sur lui. Jessy lui confirme que nous irons le voir à Philly prochainement, et lorsque nous quittons Chad il est rassuré de savoir que nous attendons déjà son retour avec, nous l'espérons, une amélioration de son état de santé.

Le lendemain, c'est le début des vacances, mes parents partent travailler comme tous les matins. En milieu de matinée, Nina vient me voir pour me dire qu'elle va rejoindre des copines, elle ne reviendra qu'en fin de journée. Je me retrouve seule à la maison. Avec un petit sourire, je téléphone à Jessy. Puis je vais dans ma chambre, où j'ouvre le double fond de ma boîte à bijoux. Clefs en main, je me rends à l'appartement de Nick en prenant garde que personne dans le voisinage ne me voie. Je suis un peu nerveuse en attendant que Jessy arrive. Cela fait plus de deux mois que nous n'avons pas partagé de moment d'intimité et j'ai l'impression que cela fait une éternité. J'attrape un roman que Nick a posé sur la table basse et me mets à lire jusqu'à ce qu'un clic ne me parvienne de la serrure. Précautionneusement, Jessy entre en refermant la porte à double tour derrière lui. Je m'élance dans ses bras.

— Salut, lance-t-il avant de m'embrasser. Je ne sais pas pour toi, mais moi je flippe à l'idée que nous nous fassions prendre.

Nous marchons jusqu'au canapé où nous nous asseyons. Je me fais la réflexion que je ne suis sûrement pas la seule à me sentir intimider par la présence de l'autre.

— On ne craint rien. Mes parents sont au boulot, Nina est chez l'une de ses copines, quant à moi, je suis censée passer la journée avec toi au bord du lac.

— Ah bon ? S'étonne Jessy avec un sourire.

— Ben oui, tu n'es pas au courant ? Tu avais envie d'aller peindre là-bas, du coup je t'ai accompagné.

— Très bon alibi, il va falloir que je dessine le lac maintenant…

— Laisse tomber. Mon père n'ira pas jusqu'à demander à voir ton tableau. Enfin, je ne pense pas…

Jessy hausse les sourcils.

— Je ferai un croquis quand même, juste au cas où…

— Ta mère est rentrée ?

— Oh oui, répond-il avec un mélange de froideur et de soulagement. Elle est revenue hier soir.

— Cela s'est mal passé ?

Il se lève. À sa façon de contracter les mâchoires, je vois qu'il est tendu.

— Ça dépend de la façon dont on voit les choses. Mon beau-père a proposé à ma mère de revenir vivre avec lui.

J'écarquille les yeux de surprise. Je ne veux pas qu'il reparte vivre à Allentown. Je ne supporterai pas d'être séparée de lui.

— À condition que je ne vive pas avec eux !
— Quoi ? Non, mais... ce n'est pas possible !
— Oh si !

Il me tourne le dos. Je comprends que cela le touche plus qu'il ne veut l'admettre. Je me lève pour lui enserrer la taille et pose mon menton sur son épaule.

— Et ta mère, qu'a-t-elle répondu ?
— Elle a demandé le divorce !

Je souffle de soulagement. Jessy pose ses mains sur les miennes.

— Je me sens coupable... Sans moi, elle serait heureuse avec lui à cette heure-ci. J'ai l'impression de lui gâcher la vie. Pourtant, une part de moi est tellement soulagée à l'idée de ne jamais revoir ce type.

— Je comprends ce que tu veux dire, mais tu n'as pas à te sentir coupable. Tu n'y es pour rien si Élise s'est mariée avec un gros con ! A présent, elle a fait le meilleur choix possible. Tu vaux tellement mieux que ce mec. C'est lui le perdant dans l'histoire, pas toi ! Ta mère mérite mieux qu'un homme qui lui dit des absurdités pareilles, affirmé-je avec force.

Jessy se retourne vers moi avec un petit sourire.

— Comment fais-tu pour toujours avoir les mots qui me remontent le moral ?
— Je sais qui tu es, c'est tout.

Nous retournons nous asseoir sur le sofa.

— Ma mère va demander la garde de mon frère. Et bien sûr, puisque je suis un danger ambulant, mon beau-père va s'y opposer. Cela se réglera devant les tribunaux dans quelques mois.

— Et Élise, comment réagit-elle face à tout ça ?

— Oh, tu la connais, elle fait bonne figure et affirme que c'est ce qu'il y a de mieux, mais je l'ai entendue pleurer hier soir.

— Elle s'en remettra vite, ne t'en fais pas.

— Tu crois vraiment ?

— On ne peut pas pleurer un tel abruti toute sa vie !

Se penchant vers moi, les lèvres de Jessy effleurent les miennes en un doux baiser. Je passe ma main sur sa nuque pour le rapprocher de moi.

— Nous avons combien de temps ?

Je jette un œil vers l'horloge qui indique un peu plus de 11 heures.

— Je dirais jusqu'à environ 18 heures.

— Extra, dit Jessy en s'emparant de ma main pour me guider jusqu'à la chambre.

Je me sens fébrile de me retrouver ainsi seule avec lui après toutes ces semaines. Mais lorsque sa bouche reprend possession de la mienne, nos langues se repaissant l'une de l'autre, toutes craintes s'évanouissent. J'ai besoin de lui, envie de le toucher, de me rassasier de son corps que je désire tellement. Jessy interrompt notre baiser pour m'ôter mon t-shirt avant de reprendre mes lèvres. Des gémissements de plaisir s'échappent de nos gorges, faisant augmenter la passion. Mon Dieu comme j'aime cet homme. Je glisse mes mains sous son pull et lui enlève, lorsque je m'attaque à la ceinture de son jean, mon petit ami se détache de moi.

— Attends, je reviens.

Il entre dans la salle de bains pour y mettre un préservatif. Notre timidité respective m'amuse et acerbe mon désir. Je finis de me déshabiller et me glisse entre les draps. Jessy revient simplement vêtu de son caleçon et s'allonge sur moi. Comme les fois précédentes, mes jambes s'écartent pour qu'il se positionne en leur centre. En appui sur les avant-bras, mon amoureux reprend possession de ma bouche avec férocité avant de descendre sur mon cou puis sur ma poitrine. Lorsque ses lèvres embrassent mes seins à tour de rôle, je rejette la tête en arrière en gémissant. Mes mains caressent son dos, ses épaules. Sa main se glisse entre mes cuisses, de son pouce il fait des cercles sur mon clitoris. Je me sens dériver et m'accroche davantage à son corps pour m'éviter de chavirer. Jessy relève le visage pour me contempler, ses yeux brûlent d'une lueur sauvage que je ne lui avais encore jamais vue.

— Tu me fais confiance ? Chuchote-t-il en interrompant tous gestes.

Les idées embrouillées, je ne comprends pas où il veut en venir mais je n'ai aucun doute sur ma foi en lui.

— Bien sûr.

Il esquisse un sourire satisfait avant de titiller à nouveau mon clitoris. Un râle de plaisir s'étrangle dans ma gorge. Les lèvres de Jessy se posent sur les miennes, aussitôt nos langues se caressent à nouveau en des mouvements lancinants. C'est à cet instant que je sens un de ses doigts s'introduire à l'intérieur de mon sexe humide. Une vague de pur délice me soulève et je rejette la tête en arrière sur les oreillers en resserrant mon étreinte autour de son corps. Le doigt de Jessy fait des va-et-vient en moi tandis que son pouce tourne autour de mon clitoris. Mes hanches se soulèvent par réflexe et vont à sa rencontre, suivant le rythme de ses mouvements. Mon souffle est saccadé, je ne suis plus que cris et gémissements. Quand la bouche de

Jessy s'empare d'un de mes seins, je ne tiens plus et jouis en criant de plaisir. Je n'ai jamais connu un tel moment d'abandon et de jouissance. Il me faut quelques minutes pour revenir sur terre. Lorsque les étoiles ont quitté mes yeux, je découvre Jessy allongé à côté de moi qui me sourit, visiblement fier de lui. Sans réfléchir, je m'empare de sa bouche et le fais basculer sur le lit, m'asseyant à cheval sur ses cuisses. Je me saisis de son sexe gonflé dont je sens le cœur palpiter entre mes doigts et lui prodigue les gestes qu'il m'avait montrés à New York. Son pénis durcit encore dans ma main et son bassin se met à suivre mes gestes. Ma bouche parsème des baisers langoureux sur son visage, son cou et son torse. Bientôt, je me redresse et de ma seconde main m'empare de ses testicules que je caresse et soupèse. Jessy soupire fortement en serrant les draps dans ses poings fermés. Je passe mon pouce sur son gland.

— Meg... Je ne vais plus tenir longtemps, gémit-il entre deux souffles entrecoupés.

J'abandonne ses testicules et me penche sur lui en passant à nouveau mon pouce sur l'extrémité de son sexe alors que mes lèvres se posent sur les siennes et que mes doigts caressent sa joue. J'avale son cri de jouissance lorsqu'il se lâche dans le préservatif.

Je me laisse retomber sur le côté, tout aussi satisfaite que lui.

— Cela valait le coup d'attendre deux mois, soupire-t-il en me regardant quelques minutes plus tard.

Il a les yeux qui pétillent de bonheur et je suis sûre que les miens ne sont pas en reste. Il n'y a aucun doute, nous sommes accros l'un à l'autre.

Ces vacances de printemps sont splendides. Nous avons une liberté qui nous grise. Comme mes parents travaillent toute la semaine, nous pouvons à loisir nous retrouver à n'importe quel moment de la journée. Généralement, une fois Nina sortie voir ses amies, je me rends en douce dans l'appartement de Nick où Jessy me rejoint peu de temps après. Nous y passons des heures à nous aimer, parler, à rêver, à faire des projets d'avenir, à imaginer que tout ira toujours pour le mieux. Nous avons retrouvé la complicité qui nous avait unis à New York et que nous avions dû mettre entre parenthèses en revenant à Millisky. Lorsque nous voyons la fin d'après-midi approcher, nous sortons de l'appart, prenons la voiture de Jessy et allons nous balader un peu en faisant semblant de revenir après avoir passé la journée dehors. Mes parents sont alors revenus de leur travail et ne se doutent de rien. Cela ne me plaît pas de leur mentir ainsi, mais que puis-je faire d'autre ? Je sais que tôt ou tard, il me faudra leur avouer que mon petit ami et moi avons dépassé le stade des baisers, mais ce n'est pas le moment. Je sais quelles conséquences cela aura, et je ne suis pas prête à les affronter. Jessy ne me dit rien à ce sujet, il me laisse gérer cela à ma façon, ce dont je lui suis reconnaissante.

Malheureusement, les vacances ne durent pas éternellement. Lorsqu'au bout de deux semaines, nous reprenons les cours, je voudrais, pour une fois, rester chez moi. À voir la tête de Jessy, je comprends que je ne suis pas la seule à regretter ces jours de congé. Entre deux cours, il s'approche de moi et me glisse à l'oreille :

— 22, 23, 24 et 25.

— Quoi ?

Il me fixe avec un petit sourire avant de répéter les mêmes chiffres.

— Désolée de te décevoir, chéri, mais je ne comprends toujours pas.

— OK, et si je te dis le mois prochain, reprend-il énigmatique.

J'écarquille les yeux de surprise.

— New York ?

Il hoche la tête.

— Départ le 22 après les cours, retour le 25 au soir, cela te convient ?

Pour toute réponse, je lui saute au cou avec frénésie.

— Je prends ça pour un oui, dit-il en riant. Je vais téléphoner à Nick ce soir pour voir si cela lui convient.

Bien sûr, Nicolas est d'accord. Comme la fois précédente, il règle tous les détails afin que nous n'ayons plus qu'à arriver. Comme le répète régulièrement Jessy :

« Que ferions-nous sans lui ? »

C'est aussi la question que je me pose alors que Jessy et moi sommes dans l'appartement de mon frère à discuter de notre voyage. Nous partons dans deux jours et n'avons plus que New York à la bouche. Depuis que l'école a repris, nous avons moins de temps libre et ne venons pratiquement plus au-dessus du garage. Mais cet après-midi, nous avons fini les cours plus tôt, mes parents n'étant pas à la maison, nous avons envie d'être tranquilles.

— Je me demande quelles filles va nous présenter Nick, cette fois ? Et tu noteras que j'ai dit fille au pluriel ! Plaisante Jessy.

Nous sommes assis dans le canapé, je suis adossée à mon amoureux. Nous enlaçons nos doigts dans un sens puis dans l'autre.

— Si nous rions autant que la dernière fois, cela va donner !

Soudain, un bruit de moteur attire notre attention. Je me redresse, regarde entre les stores baissés pour y voir, avec horreur, la voiture de mon père entrer dans l'allée du garage. Je chuchote :

— Mon père !

En moins de temps qu'il nous en faut pour le dire, nous nous levons et nous précipitons dans la chambre de Nick qui est située à l'arrière de l'appartement. Là, dans la semi-pénombre, nous attendons, le cœur battant à mille à l'heure, que John reparte.

— Qu'est-ce qu'il fait là ? Demande Jessy à voix basse en fixant la porte de la chambre comme si mon père pouvait y pénétrer à tout instant.

— Je n'en sais rien du tout... Peut-être a-t-il oublié quelque chose ?

N'osant aller revoir à la fenêtre, je m'assieds en tailleur au centre du lit. Je devine que mon père doit être juste en dessous de nos pieds, dans le garage, en train de fouiller dans ses outils.

Jessy demeure debout, tous les sens en alerte.
Je murmure :

— Relax ! Dois-je te rappeler qu'il ne peut pas entrer ici.

Je lui attrape la main et la presse doucement.

— Ouais, c'est vrai.

Il s'assied sur le lit, mais demeure inquiet et fixe la porte. Je m'approche de lui et mets mes bras autour de ses épaules.

— Tu ne trouves pas que cette situation a un côté très romantique ?

— Si on se fait prendre, ça le sera nettement moins, je t'assure !

— Il n'y a pas de raison qu'on se fasse choper, susurré-je en l'embrassant dans le cou.

Il rejette la tête en arrière, j'en profite pour continuer à l'embrasser.

— Tu crois vraiment que c'est le moment ? Grogne-t-il en se laissant malgré tout tomber sur le lit.

Pour toute réponse, je hausse les épaules et m'allonge en lui tendant la main, l'invitant à me rejoindre. Il attrape mes doigts avant de s'allonger sur moi. Appuyé sur les coudes, il me caresse le visage avec des gestes tendres. Je tends le bras pour lui ôter sa veste en jean, mais ma main heurte la lampe de chevet qui chute lourdement sur le sol dans un bruit sourd. Aussitôt nous échangeons des regards paniqués en nous figeant. D'un seul coup, le romantisme et l'excitation nous ont quittés. Cela est pire lorsque nous entendons mon père monter l'escalier puis tourner la poignée de la porte. Heureusement que nous avons toujours le réflexe de la refermer à clef derrière nous et de ne rien laisser traîner dans la pièce principale qui est à demi visible depuis les stores de la porte. J'imagine mon père en train d'essayer de regarder à travers la vitre de la porte, à la recherche de la source du bruit qu'il a entendu. Après des secondes qui nous paraissent des heures, nous l'entendons redescendre. N'osant esquisser le moindre mouvement, nous ne pouvons que deviner ce qu'il fait. Il se passe encore quelques minutes puis nous entendons le moteur de sa voiture démarrer. Pourtant, il nous faut encore plusieurs minutes avant que nous osions aller voir à la fenêtre s'il est vraiment reparti. Lorsque nous sommes sûrs qu'il s'est bien éloigné, nous sortons de l'appartement pour aller passer le reste de l'après-midi chez Jessy, où la peur qui nous avait envahi laisse place à de grands éclats de rire de soulagement.

— Je crois qu'on va attendre d'être dans la Grosse Pomme pour laisser parler de romantisme, conclut Jessy.

— Cela fait plaisir de vous revoir, lance Nick alors que nous posons les pieds sur le sol new-yorkais.

Il nous attend sur le trottoir devant chez lui. Il a gardé une peau dorée par le soleil de Floride, mise en valeur avec la chemisette blanche qu'il porte par-dessus un pantalon noir. Ses cheveux sont un peu plus longs et retombent à présent en de fines mèches sur son front, ce qui lui va très bien. Je me doute qu'avec ce look, les filles doivent encore plus se bousculer devant sa porte.
Comme d'habitude, il nous fait une grande accolade en souriant.

— Si vous voulez poser vos bagages, vous connaissez le chemin de l'hôtel maintenant.

Nick nous accompagne. Avec joie, nous constatons qu'il nous a réservé la même chambre du dernier étage que la fois précédente. Puis nous allons chez lui où, comme la dernière fois, il sort des bières de son réfrigérateur. Avant d'ouvrir la mienne, je passe un coup de téléphone à mes parents pour les avertir que nous sommes bien arrivés.

— Tant mieux, dit mon père, rassuré. Tu peux me passer Nicolas ?

Je tends le combiné à mon frère.

— Salut, papa, lance-t-il, enjoué.

Le silence qui suit nous fait savoir que mon père parle.

— Oui, oui, tout va très bien. Nous sommes un peu à l'étroit, mais pour un week-end de temps en temps, cela convient parfaitement.

Mon frère ment avec une telle facilité que j'en arrive presque à y croire moi-même.

— Ah bon ? Un bruit dans mon appart ? Quand ça ?

Nicolas nous regarde, incrédule.

— Avant-hier, reprend-il en écho à mon père.

Il brandit un poing menaçant en nous fixant, avant de le laisser retomber devant nos visages qui se décomposent.

— Non, je ne vois pas... Ah, peut-être est-ce ma pile de livres qui est tombée dans ma chambre.

— Le bruit venait bien de ma chambre ? (Nick se tape le front en nous dévisageant à tour de rôle.) Bien, cela doit être ça alors. Tu sais comment je suis, je lis des bouquins que j'empile à côté de mon lit jusqu'à ce que tout s'écroule.

Il se couvre les yeux de sa main.

— Ouais, je sais, papa, je devrais être moins sérieux, mais que veux-tu, je suis comme ça !

Devant cet énorme mensonge, nous nous couvrons la bouche de nos mains pour éviter de pouffer de rire.

— Oui, ne t'inquiète pas, je les ai à l'œil ! Bonne soirée aussi, je vous embrasse.

D'un geste brusque, Nicolas raccroche le téléphone.

— Oh purée ! Qu'est-ce que vous ne me faites pas dire comme conneries ! Nous accuse-t-il sérieusement avant d'éclater de rire. Je vais changer de voie pour devenir acteur, je crois. Bon, c'est quoi cette histoire de bruit qu'a entendu papa ?

— Nous étions dans ton appart quand il est arrivé au milieu de l'après-midi, on s'est aussitôt réfugiés dans ta chambre pour éviter qu'il ne nous voie et j'ai fait tomber ta lampe de chevet, expliqué-je.

— Et bien sûr, vous n'étiez dans ma chambre que pour vous planquer ? Glisse malicieusement mon frère. Purée, prévenez-moi la prochaine fois que j'ai le temps d'inventer une meilleure histoire que celle des livres !

— Désolé, murmure Jessy.

— Ça va, il n'y a pas mort d'homme. Et puis vous avez entendu, c'est ma faute, je suis trop sérieux ! Sourit Nick avant de boire une gorgée de bière. Bon, sur ce, que voulez-vous manger ce soir ?

— J'ai repéré un restaurant chinois dans le quartier, cela vous tente que j'aille chercher des plats à emporter ? Demande Jessy.

— Parfait, mais attends, chéri, on va venir avec toi.

Jessy se lève, prend son portefeuille dans sa veste et le glisse dans la poche de son jean.

— Non, ça va aller. Je prends un assortiment de tout pour que l'on partage ?

— Parfait, répète mon frère. Merci, mon pote !

Jessy s'éclipse, nous laissant seuls. Nick prend place à côté de moi, en voyant son air soucieux, je comprends qu'une discussion m'attend.

— Quoi ? Dis-je un brin exaspérée devant son silence.

— Cela fait un moment que tu ne m'as rien dit sur vous deux, cela m'inquiète. Soit c'est parce que ça va très bien ou alors très mal.

— Désolée, mais ce n'est pas facile de te parler avec les parents derrière moi à chaque fois que je t'appelle. Je te rassure, tout va très bien.

— Jess s'est remis de la stupidité de son futur ex-beau-père ?

— Il t'en a parlé ?

Nicolas me fait son petit sourire qui m'est si familier.

— C'est vrai, entre mecs vous parlez beaucoup, je me rappelle. Je trouve qu'il a l'air de plutôt bien le vivre. À vrai dire, lorsqu'il m'a rapporté les propos de ce type, j'ai cru qu'il allait s'effondrer d'être à nouveau rejeté, mais non… Je n'irais pas jusqu'à dire que cela ne lui a rien fait, mais je crois qu'il sait que nous sommes là pour lui. Il n'est plus seul.

— Ouais, je crois aussi. Mais quand même ce mec, quelle ordure !

— Oh oui ! Cependant je suis soulagée de savoir qu'une fois le divorce prononcé, Jessy n'aura plus rien à voir avec ce type.

— Bon et maintenant que nous sommes entre nous, cette histoire de lampe de chevet, c'est vrai ?

Nick me scrute, je me sens rougir.

— Allons, je suis ton grand frère, tu peux tout me dire, insiste-t-il avec le plus grand sérieux.

Je bois une gorgée de bière.

— Je t'ai dit la vérité.

— Franchement quand j'ai répondu à papa tout à l'heure, je croyais qu'à ce moment-là vous étiez en pleine action.

Devant son œil perçant, j'ajoute :

— Pas vraiment. OK, je te raconte. Nous étions bien sur ton lit, mais il ne s'est rien passé.

— Tu ne vas pas me dire que vous n'avez toujours pas…

— Nick, arrête ! C'est gênant, merde ! Je te demande combien de fois tu le fais par semaine, toi !

— Oh bien, je dirais que cela dépend des semaines, mais entre cinq et dix fois !

— Tant que ça ?

Mon frère me fait un clin d'œil.

— Eh oui, qu'est-ce que tu crois ? Ajoute-t-il en riant. Et vous, toujours pas ?

Je me couvre le visage de mes deux mains, tellement je sens mes joues rougir.

— Nous n'avons pas dépassé le stade des caresses.

— Quoi ? Depuis février ?

Incapable de parler, je hoche la tête tout en buvant une nouvelle gorgée.

— Tu veux que…

— Non merci, mais surtout pas ! Je te remercie pour tout ce que tu as fait pour nous jusqu'à présent, franchement sans toi… je ne sais pas où l'on en serait. Mais je connais Jessy, je n'ai pas envie que tes discours le bloquent davantage.

— Cela a fonctionné la dernière fois, me rappelle Nicolas.

— C'est vrai. Cependant, là, c'est différent. Sa séropositivité bloque pas mal de choses. On doit toujours faire attention, ne serait-ce que lorsqu'on échange des baisers. Par exemple, à chaque fois que l'on s'embrasse passionnément, je fais toujours gaffe de ne pas lui mordre la lèvre, pour qu'il ne saigne pas.

Nicolas soupire.

— Je n'avais jamais réfléchi à tout ça.

— Moi non plus, pas avant de connaître Jessy.

— Mais tu l'aimes ?

— Plus que tout.

— Dis-moi, si Jessy n'était pas malade, tu crois que cela se passerait comment entre vous ?

Je prends un instant de réflexion avant de répondre :

— C'est une situation à laquelle je n'ai jamais pensé. Je l'ai toujours connu séropositif et, malheureusement, nous ne pouvons rien faire pour changer cela. Sa maladie n'a rien à voir avec mes sentiments pour lui, même si évidemment, cela serait plus simple s'il n'avait pas ce virus. Mais je l'aime pour la personne qu'il est. C'est pour cela que je pense que c'est à moi de le rassurer dans nos rapports, car finalement c'est moi qui prends des risques. Donc qui mieux que moi peux savoir jusqu'où aller ?

Je regarde mon frère et éclate de rire.

— Mon Dieu, je n'en reviens pas de parler de sexe avec toi !

À cet instant, Jessy revient avec deux sacs contenant le repas.

— Vous parliez de quoi ?

Je bois une nouvelle gorgée.

— De comment on fait les bébés, avoue mon frère avec un sourire amusé.

J'explose de rire, toute la bière que j'avais dans la bouche éclabousse sa chemise blanche.
Nicolas se lève en râlant, tandis que Jessy et moi éclatons de rire.

— Pouah, je croyais que tu avais passé l'âge de me baver dessus ! Lance Nick en essuyant le tissu qui est taché de gouttelettes brunes.

— Je suis vraiment désolée, je m'excuse, dis-je en riant aux larmes. Je t'en rachèterai une, promis !

— Bah, laisse tomber. C'est juste une chemise après tout.

Il me fait un clin d'œil qui n'augure rien de bon avant de reprendre :

— Jess, elle est trop en forme, faut vraiment que tu la fatigues, cette nuit !

Je m'élance sur mon frère, mais il se met à courir, et tels les gamins que nous avons été, nous nous poursuivons dans son studio. Cependant, comme l'appartement est petit, je ne tarde pas à le rattraper, mais Nicolas n'a pas dit son dernier mot et me lance le reste de sa bière à la figure.

Je m'arrête immédiatement, stupéfaite. Nick se moque de moi en riant aux éclats. Jessy nous regarde l'un après l'autre, un sourire amusé sur le visage. Il semble errer entre ses pensées et le studio.

— Si vous avez fini de jouer, les enfants, nous pourrions peut-être passer à table ? Propose-t-il sans se départir de son sourire.

— C'était vraiment une super soirée, me dit Jessy alors que nous entrons dans notre chambre.

Devant nous, les grandes baies vitrées, qui nous sont déjà devenues familières, nous offrent une vue imprenable sur la ville éclairée de mille lumières.

— J'adore être ici. Avec Nick et toi, tous les trois dans cette ville, j'ai l'impression d'être chez moi.

Mon petit ami m'embrasse sur le front.

— Je file à la salle de bains.

Il prend ses affaires.

Je sais qu'il a terminé son traitement pour l'anémie depuis quelques jours, rien qu'à le regarder, je vois qu'il est en meilleure forme. Ses dernières analyses sont bonnes d'après ce qu'il m'a dit. Il n'entre pas dans les détails, mais consent à me tenir au courant de ce qui lui arrive, ce qui est déjà un progrès à mes yeux. Cependant, il a toujours le réflexe de partir dans une autre pièce pour prendre son traitement. Cela a tendance à m'agacer, car j'aimerais tout partager avec lui, y compris ses soins.

Lorsqu'il ressort de la salle d'eau, j'y entre à mon tour. Je prends une douche pour me débarrasser des dernières gouttes de bière qui sont toujours collées à ma peau ainsi qu'à mes cheveux. Puis je passe un vieux T-shirt de couleur grise qui a appartenu à mon frère dans une autre vie et qui m'arrive à mi-cuisses. Il est bizarre de constater que malgré tout ce que nous avons partagé, nous ressentons toujours de la pudeur à nous montrer sans nos vêtements. Toutefois, je n'ai plus de gêne à l'idée de quitter la salle de bains. Alors que je reviens dans la chambre, je vois que Jessy a enfilé un bas de pyjama gris et un débardeur noir. Le plafonnier de la chambre est éteint, cependant avec les lumières de la ville, la pièce reste tamisée. Comme la fois précédente, je regarde les ombres de dehors onduler au plafond ainsi que sur les murs en dessinant de drôle de forme sur nous et les objets qui nous entourent. Jessy est allongé les bras sous la nuque à fixer le plafond. À mon approche, son regard se détache des ombres dansantes pour se poser sur moi. Malgré la pénombre, cela me trouble. Je me glisse de mon côté du lit puis me tourne vers lui. Il me fait face en replaçant une mèche de mes cheveux encore humides derrière mon oreille.

— Tu es fatigué ? Je lui demande.

Prenant appui sur les coudes, il se hisse jusqu'à moi et m'embrasse voluptueusement.

— À ton avis ? Répond-il en souriant.

Je m'allonge sur le dos, Jessy s'étend sur moi, restant en appui sur les mains pour ne pas m'écraser de son poids. Je lui saisis le visage et l'embrasse, l'attirant à moi. Comme je les ai attendues, ces nuits où nous serions enfin de nouveau seuls. Notre instinct prend rapidement le dessus et bientôt nous nous retrouvons nus à nous caresser avec douceur sur toutes les parties de nos corps jusqu'à ce que, vaincus par le désir, nous retombions haletants sur le lit. Comme à l'accoutumée, mon petit ami va prendre une douche, se secouant les cheveux mouillés en revenant près de moi pour m'éclabousser en riant. Lorsqu'il écarte les draps pour revenir s'allonger près de moi, je me sens pleinement heureuse. Il me prend dans ses bras et remonte mon vieux T-shirt, que j'ai renfilé, jusqu'à ma taille.

— Je veux dormir en sentant ta peau contre la mienne, me murmure-t-il en calant sa tête dans mon cou, tandis que sa main se pose sur mon ventre.

Je me réveille à l'aube, ce samedi matin. Je sens le souffle régulier de Jessy derrière moi. L'une de ses mains est négligemment posée sur mon bras. Je n'ai plus envie de dormir, mais aucune envie de me lever non plus. Je songe à ma conversation de la veille avec mon frère. Comme beaucoup de gens, dont je faisais moi-même partie avant, il ne s'est jamais douté de ce que la maladie de mon petit ami implique dans la vie quotidienne. C'est normal, à le voir, on ne le croirait jamais porteur d'un virus mortel. Mortel, le mot me fait frémir. Je détourne mon regard des fenêtres pour contempler son visage d'ange. J'attrape sa main et noue nos doigts comme pour mieux le retenir auprès de moi. Parfois l'angoisse de le perdre m'est tellement insupportable que je parviens à peine à respirer. Rien qu'à y penser, cette douleur m'étouffe, mais je garde ces émotions pour moi. C'est un secret que je ne peux partager avec lui, il a déjà assez de choses à gérer.
Je le vois cligner des paupières puis ouvrir lentement les yeux.

— Tu es déjà réveillée ? S'étonne-t-il.

Il me regarde plus attentivement, semblant lire en moi.

— OK, qu'est-ce qu'il y a ?

Il s'assied dans le lit et se frotte le visage pour finir de s'éveiller.

— Rien.

Je lui mens.

Il se laisse retomber sur les oreillers et scrute mon regard, y cherchant une réponse.

— Il n'y a rien. Je pensais juste que ces instants où nous sommes ensemble passent trop vite. J'aimerais que ces moments ne finissent jamais.

— C'est drôle, mais c'est exactement la réflexion que je me suis faite hier soir quand nous étions avec ton frère. Je vous regardais vous amuser en me disant que j'ai de la chance de vous avoir. Surtout quand je compare votre famille à la mienne où règne le chaos...

Il souffle d'exaspération.

— Mais Jessy... (Je me penche au- dessus de lui.) Tu n'as pas encore compris ? Tu fais partie intégrante de notre famille.

Il hausse les sourcils d'étonnement.

— Je t'assure. J'en ai déjà discuté avec Nick, il est d'accord avec moi. Il te considère comme son petit frère, tu sais ?

— Vraiment ?

Un sourire apparaît sur son visage, chassant les idées noires qui avaient fait surface.

J'acquiesce.

— Bon évidemment, Nicolas est un frère un peu cinglé, mais il ferait tout pour toi, comme pour Nina ou moi. Tu croyais que tout ce qu'il faisait pour nous aider était seulement pour moi ?

— Ben ouais... Je pensais qu'il t'adore et qu'il se pliait en quatre pour toi.

— C'est vrai dans un certain sens, mais quand je sortais avec Chad, il n'a jamais levé le petit doigt pour m'aider. Il m'écoutait, me conseillait, mais cela s'arrêtait là. Alors qu'avec toi… Regarde où nous sommes, rien que cet hôtel, il ne l'aurait pas fait pour Chad.

— Tu peux arrêter de parler de ton ex, s'il te plaît ? Quand tu me dis ça, j'ai l'impression de vous voir au lit ensemble.

Je me renverse sur mon oreiller en riant, et lui avoue :

— Je n'ai jamais eu cette proximité avec quiconque avant.

Jessy se penche vers moi, et ses lèvres effleurent les miennes avant qu'il me fasse une grimace.

— Quoi ? Dis-je, déconcertée.

— Je me disais que si je fais partie de ta famille et que Nick est mon frère, cela fait de toi ma sœur ! Je ne peux pas sortir avec ma sœur !

J'attrape mon oreiller et lui lance à la figure en riant :

— T'es bête !

En réponse, il me jette le sien que je lui relance en suivant. J'ai mal calculé mon coup, car il se retrouve armé des deux coussins qu'il me flanque sur la tête avec un éclat de rire. Je retombe sur le lit, il s'allonge au-dessus de moi, son sourire s'efface lorsqu'il affirme le plus sérieusement du monde :

— Toi, tu es ma femme.

À l'heure du déjeuner, nous retrouvons Nick devant l'hôtel, il nous propose d'aller au restaurant. Durant ce séjour, nous n'avons pas envie de courir partout comme lors de notre précédente visite, mais plutôt de passer du temps tous les trois à nous balader et à rire.

— À nous ! Lance Jessy en levant son verre de limonade.

Nous avons trouvé un petit restaurant français au fond d'une ruelle dans le quartier de Manhattan. L'établissement est caché derrière un jardin transformé en terrasse où nous déjeunons tranquillement à l'ombre de quelques arbres et parasols qui ombragent le lieu. C'est l'un de ces endroits secrets dont raffolent les New-Yorkais, et leur présence ne se dément pas en ce jour. Nous profitons du soleil ainsi que de la chaleur qui commence à réchauffer l'environnement sans que cela ne devienne étouffant.
Nous reprenons le toast en chœur avant de goûter à la fraîcheur de nos verres.

— Et je vous préviens, commandez ce que vous voulez, c'est moi qui paie.

— Pas question, Jess, tu as déjà payé le chinois hier soir, cette fois c'est pour moi, intervient mon frère.

— Non, l'addition est pour moi, dis-je à mon tour.

— Il en est hors de question, reprend mon petit ami, c'est pour moi. Et je ne veux plus entendre d'objections.

Nicolas jette un coup d'œil aux tarifs affichés sur le menu.

— Tu as gagné à la loterie ?

Il est vrai que les prix sont plus élevés que ce que nous avons l'habitude de dépenser ordinairement.

— Non, j'ai hérité, répond Jessy.

A cet instant, je crois voir un étrange regard s'échanger entre les deux hommes, mais quelques secondes plus tard, mon amoureux reprend la parole comme si de rien n'était.

— Mon père, mon vrai père, qui est décédé alors que j'étais gamin avait souscrit une assurance-vie que j'ai perçue il y a peu. Donc, j'ai les moyens de vous inviter.

Je reste bouche bée.

— Ça alors tu sors avec Crésus ! Plaisante Nick en me regardant.

— Je te rassure, je ne suis pas riche à ce point-là, ajoute Jessy en souriant.

— Tu l'as su quand ?

Je suis intriguée qu'il ne m'en ait pas parlé plus tôt.

— Ma mère m'en avait touché deux mots à mon anniversaire, mais franchement je n'y croyais pas. Et puis quand elle est allée voir son mari le mois dernier, elle est passée voir l'exécuteur testamentaire qui a fait le nécessaire, le chèque a été déposé sur mon compte hier, juste avant notre départ. Je voulais vous faire la surprise de vous inviter au resto pour fêter ça, même si fêter n'est pas vraiment le mot qui convient.

Nicolas sourit tandis que je demeure davantage sur la réserve. Je suis contente pour Jessy, mais je ne comprends pas pourquoi il me cache toujours quelque chose. Il s'en rend compte, car il se penche vers moi et me souffle à l'oreille :

— Tu ne vas pas m'en vouloir pour ça ?

Je fixe ses yeux d'un vert transparent où se reflètent les rayons du soleil et lui souris.

— Bien sûr que non.

Après le repas, nous nous promenons dans les rues durant quelques heures, nous arrêtant de temps à autre pour boire un verre à la terrasse d'un café. Le temps est chaud et humide pour un mois de mai, comme si le ciel nous réservait un orage. Ensuite, lorsque nous sommes trop fatigués pour parcourir d'autres avenues, nous décidons d'aller au cinéma voir *Basic Instinct* avant de retourner dîner chez Nicolas.

— C'était... chaud comme film, débriefe Jessy.

— Brûlant, tu veux dire ! Tu as vu ce croisé de jambes torride ! Exulte mon frère en se mordant le poing.

— Si je vous dérange, je peux vous laisser.

Je me recroqueville dans le sofa.

— Ça va, ne boude pas, réplique Nick.

— Je ne boude pas, j'ai froid. Jessy, tu peux me passer la clef de l'hôtel, je vais aller me chercher un gilet.

La température si chaude pendant la journée est tombée d'un coup en même temps que le jour s'est couché.

— Tu ne veux pas que j'y aille ?

— Non, reste avec Nick, je suis de retour dans cinq minutes. Tu as vu s'il est gentil ? Dis-je à mon frère qui nous observe. Tu devrais en prendre de la graine !

— Je suis toujours gentil avec mes copines... Enfin presque toujours... Et seulement avec celles qui le méritent !

Abandonnant les garçons, je retourne à l'hôtel. L'humidité s'est encore accentuée avec la nuit, la fraîcheur aussi. Il règne une atmosphère pesante dans la rue et je me félicite que notre logement ne soit pas plus loin. Une fois dans notre chambre, j'attrape le premier pull qui traîne avant de retourner chez mon frère, réchauffée. Lorsque j'entre dans le studio, j'ai la sensation de couper court à une conversation. Jessy et Nick, chacun à un bout de la pièce, s'observent comme deux amis qui partagent un secret.

— Comme tu veux, grommelle Nicolas en fixant mon compagnon.

— Qu'est-ce qui se passe ?

Je reprends ma place à côté de Jessy.

— Rien du tout. J'aimerais juste aller voir un match de football.

— Je vais voir si je peux avoir des places pour celui de demain, renchérit Nick.

Jessy passe un bras autour de mes épaules en regardant mon frère, et j'ai la certitude que tous deux me cachent quelque chose.

Une journée, un match et un karaoké plus tard, nous rentrons dans notre chambre. C'est notre dernière nuit à New York avant un long moment. Dans un mois, Nicolas reviendra passer l'été à Millisky, il reprendra les clefs de son appartement. Jessy et moi n'aurons plus de moment d'intimité avant la rentrée de septembre. Allongés dans les bras l'un de l'autre, nous passons en revue la journée que nous venons de passer.

— Nick nous a encore bien fait rire, ce soir ! Mon Dieu, je n'aurais jamais imaginé que quelqu'un puisse chanter faux à ce point ! S'esclaffe Jessy.

— Mais même en chantant comme une casserole, il parvient à draguer. Mon frère est incroyable ! J'ai adoré ce bar karaoké, l'ambiance était grandiose !

— Pour moi, c'est ce match qui était génial ! Même si notre équipe a perdu.

— Ils feront mieux l'année prochaine. Pour ma part, c'est plutôt le fait de repartir demain qui me chagrine.

Il glisse son visage dans mon cou.

— Tu sais, je me disais que dans un mois il y aura notre bal de fin d'année au lycée. Peut-être que pour cette occasion tes parents accepteraient que tu dormes chez l'une de tes copines ?

— Je ne vois pourquoi j'irais dormir chez Pearl ou une autre de mes amies.

Jessy se redresse pour me faire face.

— Je n'ai pas dit que tu irais y dormir, j'ai seulement prétendu que tes parents accepteraient peut-être que tu y ailles.

— Qu'est-ce que tu mijotes ? Lui demandé-je avec un sourire.

— Le bal va se finir tard... Je me disais que nous aurions peut-être pu réserver une chambre dans un hôtel de la ville. Comme pendant l'été nous n'aurons plus les clefs de l'appart de Nick, cela sera la dernière nuit que nous pourrons passer ensemble avant un long moment. Chacun de nous pourrait dire qu'il dort ailleurs, ainsi nous serions tranquilles, ajoute-t-il avec un sourire espiègle.

Je prends le même ton pour lui répliquer :

— Cela serait possible, mais je ne sais pas encore si je vais aller au bal. Mon petit ami ne m'ayant toujours pas invitée à l'accompagner.

— Oh, il a oublié ?

J'acquiesce.

— Et s'il te le demandait, tu dirais oui ?

Je jette un coup d'œil au plafond où les ombres sont balayées par le vent.

— Je ne sais pas trop...

Jessy grogne et se met à me chatouiller, je me tortille dans tous les sens alors que nous rions à en perdre haleine.

— Tu viendras avec moi ? Questionne-t-il de temps à autre entre deux chatouillis.

À bout de souffle, je cède alors qu'il est étendu sur moi.

— Oui, j'irai avec toi, mais, par pitié, arrête, je vais étouffer.

Il y a comme ça des instants où l'on oublie tout. Les ados que nous aurions dû rester reprennent le dessus sur les responsabilités qu'il nous faut affronter au quotidien et nous redevenons deux gosses insouciants qui ne pensent qu'à s'amuser.

Appuyé sur les coudes en équilibre au-dessus de moi, je vois l'étincelle du désir se rallumer dans ses yeux.

— Pourquoi tu te rhabilles toujours après ?

Peu de temps avant, nous avons partagé un nouveau moment intime et, comme à chaque fois, j'ai remis ma culotte ainsi que mon vieux T-shirt pendant qu'il prenait une douche.

— Ça te va bien de dire cela, Monsieur je-ne-quitte-jamais-mon-caleçon ! Le taquiné-je.

Je sens la main de Jessy glisser sur ma hanche jusqu'à trouver l'élastique de ma culotte. Le contact de ses doigts sur ma peau me fait vibrer, il le sent et esquisse un sourire satisfait.

— Et ça, c'est quoi ?

J'attire son visage à moi pour l'embrasser.

— Je reviens.

Il repart dans la salle de bains pour y mettre un nouveau préservatif.

Lorsqu'il revient, son corps se colle au mien. De ses doigts fins, il suit les courbes de mon corps, me laissant dériver quelque part entre rêves, réalité et fantasmes.

— Et si on essayait d'aller plus loin ? Je suggère tandis que ses lèvres parcourent mon cou.

Jessy s'arrête brusquement et me regarde.

— Tu voudrais ?

J'acquiesce d'un hochement de tête.

— Pas toi ?

Il se laisse tomber à côté de moi.

— Bien sûr que si, mais…

— … tu as peur.

— Cela fait seulement quelques mois que je commence à reprendre confiance en moi, je n'ai pas envie de brusquer les choses. Je préfère que nous y allions doucement. Tu m'en veux ?

La tête appuyée sur un coude, il s'est tourné vers moi, guettant ma réaction. Je me penche vers lui et mes lèvres effleurent les siennes tandis que, de ma main, je caresse son torse nu.

— Bien sûr que non. Seulement le jour où tu te sentiras prêt, sache que je suis d'accord.

— Tu n'as aucune appréhension ?

Je secoue la tête.

— J'ai toute confiance en toi et aucun doute sur le fait que tout se passera bien.

— J'aimerais en être aussi certain que toi !

Il se laisse retomber sur son oreiller. Je m'allonge sur lui et me love contre ce corps que je désire tellement et ce cœur qui n'appartient qu'à moi. Jessy me renverse sur le lit.

— Tu me rends dingue, grogne-t-il dans mon cou avant que nous n'apaisions le feu qui nous dévore.

C'est avec le cœur lourd que nous quittons Nick et New York le lundi après-midi. De retour à Millisky, la vie reprend son cours. Jessy et moi redoublons de prudence les rares fois où nous nous retrouvons dans l'appartement de mon frère. La crainte de nous faire prendre a remplacé l'excitation de nous voir. Nous avons suivi le conseil de Nicolas en renversant la pile de livres à côté de son lit pour nous assurer un alibi si mon père venait à monter en même temps que mon frère lorsqu'il reviendra pour l'été.

— Tu peux passer chez moi ce soir ? Me demande Jessy à la pause déjeuner. Il faut que je te parle.

Je le trouve soucieux depuis qu'il est arrivé au lycée, ce matin-là. Nous sommes à deux semaines du bal de fin d'année et des vacances scolaires, tout va bien entre nous, il n'a pas l'air d'avoir de soucis de santé. Pourtant lorsque je scrute son visage qui n'augure rien de positif, je sens une ombre planer sur nous.

— Que tu me parles de quoi ?

Il se penche vers moi, dépose un léger baiser sur mes lèvres.

— Ce soir, lance-t-il avant de courir reprendre les cours.

À la sortie du lycée, je rentre à la maison pour faire mes devoirs avant de me rendre chez lui.
C'est Mme Sutter qui m'ouvre la porte.

— Entre. Jessy ne devrait pas tarder à arriver, m'indique-t-elle alors que je la suis dans la cuisine.

— Je croyais qu'il serait déjà revenu de son cours de dessin.

— Il est en retard aujourd'hui. Tu vas bien ?

— Oui très bien et vous ?

— Oui, un peu sur les nerfs comme tu dois t'en douter...

— Jessy m'a parlé de votre divorce.

— Il t'a dit que mon autre fils va passer un mois avec nous cet été ?

Je secoue la tête en signe de négation.

— Je suis contente, je vais avoir mes deux garçons avec moi. Cela fait longtemps que ce n'est pas arrivé, ajoute-t-elle avec un sourire. Mais je suis désolée pour vous deux...

En voyant mon air dubitatif, elle laisse sa phrase en suspens.

— Jessy ne t'a rien dit ?
— Il m'a juste demandé de passer ce soir. Il veut me parler de quelque chose.

Je la fixe, incrédule. L'ombre que j'ai sentie planer au-dessus de mon couple semble venir m'englober entièrement.

— Je me disais aussi que tu réagissais trop bien.

Élise n'ose plus soutenir mon regard qui cherche des réponses.

— Qu'est-ce qui se passe ?

Elle semble peser le pour et le contre avant de me répondre. Je devine qu'elle est contente, mais qu'elle se refuse à me dire une chose qui, selon toute vraisemblance, va me blesser.

— J'ai eu une promotion dans mon travail.
— C'est très bien, félicitations cependant…
— Je suis mutée à San Diego, termine-t-elle dans un souffle.
— En Californie ?

Je reste stoïque, ne sachant que penser. Tout se bouscule dans ma tête.

— Mais c'est à l'autre bout du pays !

Élise hoche la tête.

— Je sais que cela va être dur pour toi et Jessy, mais je ne peux pas me permettre de refuser cette chance. Mon patron me l'a annoncé hier soir. Jessy et moi en avons parlé une bonne partie de la nuit, et ce matin, j'ai donné mon accord.
— Quand ? Lui demandé-je alors que je sens mes yeux me brûler.
— Nous partons à la fin du mois.
— Mais c'est dans quinze jours !

Deux larmes roulent sur mes joues, alors que mon regard se fixe sur une tasse à café qui traîne sur le comptoir de la cuisine. *Jessy va partir,* me répète inlassablement ma conscience.

Soudain la porte d'entrée claque et mon petit ami apparaît dans mon dos. Il s'approche de moi et me voit pleurer. Aussitôt, il regarde sa mère avec fureur :

— Il a fallu que tu lui dises ! L'accuse-t-il.

— Excusez-moi, j'ai besoin d'air, dis-je en descendant de mon tabouret avant de sortir précipitamment.

Chapitre   12

Le Bal

Les cris de Jessy me parviennent de la cuisine avant que je referme la porte.

— C'était à moi de lui dire, pas à toi ! Arrête de te mêler de ma vie ! Tu crois que ce n'est pas assez difficile comme ça !

Tout ce qui me vient à l'idée, c'est que mon amoureux va partir loin, très loin de moi. J'ai toujours pensé que ce serait sa maladie qui finirait par nous séparer, pas un boulot sur la côte ouest. Je m'assieds sur les marches de son perron. Je le connais assez bien pour savoir qu'il va sortir me chercher, pensant que je suis partie en courant. Il ira en premier chez Nick où nous risquerons plus que jamais de nous faire surprendre. Mais je n'ai pas la force de courir me cacher dans un coin pour pleurer. Jessy représente toute ma vie, il est toute ma vie. Sans lui rien n'a de sens. Comment vais-je faire pour vivre sans le voir chaque jour ? Sans pouvoir poser mes mains sur son beau visage ? Sans le goût de ses lèvres sur les miennes ? Cela me paraît impossible. Rien que l'idée de le voir s'éloigner de moi m'est insupportable. Peu de temps après, la porte s'ouvre à la volée et ses pas précipités s'arrêtent brusquement lorsqu'il me découvre devant chez lui.

— Je pensais que tu étais partie, j'allais te voir…

— Je sais.

— Je suis désolé. Je ne voulais pas que tu l'apprennes comme ça.

Il s'assied à côté de moi.

— Tu vas partir ?

Malgré moi, mes larmes recommencent à rouler sur mes joues. Il baisse la tête tandis que ses épaules s'affaissent en signe d'impuissance.

— Je n'en ai aucune envie, mais je n'ai pas le choix.

Il souffle bruyamment puis contracte ses mâchoires.

— Ma mère a tout sacrifié pour moi. Aujourd'hui, elle a l'opportunité de reprendre sa vie en main. Je ne peux pas la laisser seule, pas après tout ce qu'elle a fait.

— Alors c'est moi que tu vas laisser.

Ce n'est pas une question, juste un constat.

— Je ne te laisse pas. Nous nous verrons toujours. Tu viendras me voir et je reviendrai pour les vacances.

— Ça ne sera pas pareil.

— Tu crois que je ne le sais pas ? Tu penses que je suis heureux de m'éloigner de toi ?

Sa voix trahit sa colère. Je vois des larmes apparaître dans ses yeux, je pose ma main sur son genou. Aussitôt, il passe son bras autour de mes épaules et m'attire à lui.

— Je ne veux pas qu'on se perde, je sanglote.

— Cela n'arrivera pas. Tu viendras me voir en août et, moi, je reviendrai pour les vacances d'automne. On va s'arranger comme ça, OK ?

J'acquiesce sans enthousiasme.

— Et puis il nous reste deux semaines à passer ensemble, continue-t-il.

Je sais qu'il fait son possible pour me remonter le moral, mais cela ne fonctionne pas. Je me sens dépitée.

— Le bal ?

— J'irai avec toi. Ma mère et moi partirons juste après, donc pour ce que nous avions prévu pour la nuit, cela tombe à l'eau. Cependant je voulais être là pour le bal, c'était l'une de mes conditions si j'acceptais de la suivre.
— Quelles sont les autres ?
— Que tu puisses venir dès que tu le voudras et que je vienne te rendre visite dès que j'en ai envie.
— Alors le bal sera notre dernière soirée ensemble ?
Le visage fermé, il acquiesce.
— Dire que nous pensions que seule la mort nous séparerait. Je n'aurais jamais imaginé ça. S'il te plaît, chéri, j'ai besoin d'un câlin.
Jessy resserre son étreinte.
— Je t'aime, Megan.
— Moi aussi, je t'aime. Seulement parfois l'amour ne semble pas suffire.

J'aimerais retenir le temps, encore plus que d'habitude, pour ne jamais le voir partir. Malheureusement, je ne possède pas ce pouvoir et les quinze jours qui nous séparent de son déménagement passent bien trop vite. Nous essayons de passer le plus de moments ensemble, d'en profiter au maximum. Cependant les heures semblent glisser entre nos doigts comme les grains de sable dans un sablier. Sa mère a annoncé leur déménagement au propriétaire de leur maison, elle rendra les clefs le soir du bal. Elle a également trouvé un garage qui accepte de s'occuper de la vente de sa voiture. Quant à la vieille voiture de Jessy, elle restera chez nous, attendant comme moi, son retour pour des vacances qui seront toujours trop courtes. En attendant, il me laissera les clefs pour que je puisse m'en servir comme bon me semble. Cela me démoralise énormément de les entendre planifier tous ces projets. Je comprends l'opportunité dont bénéficie Élise, pourtant au fond de moi, je ne peux m'empêcher de lui en vouloir de m'enlever Jessy.

Je vis la dernière semaine comme dans un brouillard épais. Je m'occupe à trouver une robe de soirée, ainsi que les chaussures et accessoires qui vont avec, cependant mon esprit redoute tant ce samedi soir que rien ne me semble réel. Ne voulant pas faire culpabiliser davantage Jessy, je me confie à mon frère. A chacun de nos appels, je lui déverse ma tristesse et ma colère. Nicolas essaie de trouver les mots pour me réconforter mais peine à y parvenir.

Lorsque le jour du bal arrive, je suis déprimée au plus haut point. Je crains de ne pas pouvoir tenir toute la soirée sans m'effondrer. Je n'arrive pas à croire qu'il va partir, rien ne me paraît réel.

Dans le gymnase, transformé pour l'occasion en salle de bal, l'ambiance est joyeuse (beaucoup trop à mon goût). Des guirlandes argentées tombent du plafond, telles des cascades, des spots de couleur multi colores parcourent la salle éclairant la piste de danse. Nos camarades de classe rient, plaisantent, certains dansent alors que d'autres discutent en buvant un verre.

— Tu danses ? Me demande Jessy.

— Je ne sais pas...

— Allez, nous avions dit qu'on profiterait à fond de cette soirée, dit-il en me prenant la main.

— Je sais.

— Alors, arrête de faire cette tête d'enterrement. Fais-moi plaisir, danse avec moi.

Je souris devant la détermination de mon petit ami et l'accompagne au milieu des autres danseurs. Plusieurs regards se posent sur nous. La rumeur du départ de Jessy s'est propagée à travers l'école comme une traînée de poudre, ces deux dernières semaines. Je décide d'ignorer mes camarades. C'est mon ultime soirée avec mon petit ami, seul compte cet instant. Je me serre contre lui, tête sur son épaule, tandis que le slow nous emporte.

— Au cas où j'aurais oublié de te le dire, tu es superbe, ce soir.

J'esquisse un timide sourire. Je ne me sens pas très à l'aise dans cette robe en soie bleu marine qui m'arrive à hauteur des genoux. Deux fines bretelles s'ouvrent sur un décolleté drapé alors que la jupe est évasée. La soie a tendance à mouler de trop près ma taille, mais si Jessy apprécie alors c'est le plus important. Cela me change tellement de mes habituels jeans et petits hauts décontractés.

— Tu n'es pas mal non plus, dis-je en le détaillant dans son costume noir à chemise blanche.

Il resserre son étreinte et nous évoluons ainsi bercés jusqu'à ce qu'un rock succède à la musique douce. Je prends sur moi le reste de la soirée pour ne pas éclater en sanglots. Certains élèves viennent dire au revoir à mon compagnon. Dans ces moments, je vois ses lèvres se pincer et ses mâchoires se contracter en même temps que ses épaules. Cela me rassure quelque peu, je ne suis pas la seule à prendre sur moi, même s'il affiche une belle assurance. À plusieurs reprises, je vois Jessy regarder le cadran de l'horloge qui est suspendue dans la salle, à côté du panier de basket qui est camouflé derrière une grande banderole aux couleurs de notre école rouge et or.

— Il va falloir que j'y aille, finit-il par m'annoncer.

— Déjà ?

Il fait signe que oui de la tête.

— Mais, attends. (Je m'accroche à sa main comme si ma vie en dépendait.) Ils n'ont pas encore annoncé les rois et les reines de la soirée.

— Je sais, mais...

— Reste deux minutes de plus, s'il te plaît.

— OK, mais après je devrais vraiment filer avant que ma mère ne vienne piquer une crise ici parce que nous aurons raté notre avion, ajoute-t-il en souriant.

Pour ma part, je n'ai aucune envie de sourire. Je compte les secondes qui me restent à passer avec lui et lorsque je vois le présentateur prendre le micro en montant sur scène, je sais que le compte à rebours est enclenché. L'animateur est un homme d'une vingtaine d'années, à l'allure frêle, mais au visage sympathique.

— Bonsoir, je suis Steve, j'ai l'honneur de vous accompagner ce soir. Je suis d'autant plus touché que ce bal fera exception. En effet, il a été décidé par l'ensemble des élèves de cette année qu'aucun roi et aucune reine ne seraient élus. À la place, le lycée a souhaité honorer la mémoire d'Amy Braund qui, comme vous le savez, nous a quittés il y a quelques mois. Amy, si tu nous regardes de là-haut, sache que nous ne t'oublions pas et que tu nous manques.

Cette fois, c'en est trop. Mes larmes coulent malgré moi. Je risque un coup d'œil vers Jessy et suis surprise de voir ses yeux brouillés. Il passe son bras autour de mon cou, je me blottis contre lui. C'est notre dernière étreinte avant nos adieux, je le sais. Il regarde à nouveau l'horloge et m'annonce :

— Il faut que j'y aille.

Nous avons convenu que je le laisserais partir sans me retourner, que je resterais à la fête où je ferais semblant de m'amuser encore un peu avant de rentrer chez moi pour y pleurer.

Il m'embrasse passionnément. Je ne cesse de me demander comment je vais vivre dorénavant sans ses bras, sa bouche et son regard. Ses lèvres quittent les miennes pour aller se poser sur mon front.

— On ne se quitte pas vraiment. C'est juste un au revoir, murmure-t-il. On se revoit très vite, dans quelques semaines.

Prenant sur moi, j'acquiesce d'un hochement de tête.

— Oui, tu as raison. Au revoir, balbutié-je, les joues mouillées de larmes.

Il me lâche, s'éloigne de quelques pas sans se retourner. Je craque et me retourne vivement pour le rattraper.

— Chéri, attends !

— Megan, je dois y aller !

Je le prends dans mes bras.

— Juste une seconde. Je t'aime de tout mon cœur, Jessy. Ne l'oublie pas.

— Je t'aime tellement.

Il relâche mon étreinte avant de sortir précipitamment du gymnase. Je reporte mon attention sur la salle de bal, me mordant la lèvre inférieure jusqu'au sang pour retenir de nouvelles larmes. Puis, relevant la tête, je fais un effort pour me concentrer sur la soirée. Jessy est parti, je dois faire face, mes pleurs ne serviraient à rien. J'aimerais tant que Nick soit là, je pourrais alors me blottir dans ses bras et laisser sortir ma détresse. Lui comprendrait ce que je ressens en cet instant, cette envie de m'effondrer qui me submerge. Ravalant mon désespoir, je souffle un grand coup quand, brusquement, je me sens happée en arrière. Je manque de tomber en me retournant pour voir qui ose ainsi m'attraper par les épaules.

— Jessy ?!

Il est là, devant moi, essoufflé, mais avec un regard déterminé.

— Mais…

Il me prend le visage entre ses mains, écrase ses lèvres sur les miennes avant d'affirmer :

— Je ne peux pas faire ça. Je ne peux pas te quitter.

Je lui saute au cou avant de voir derrière lui, dans l'embrasure de la porte, Mme Sutter qui nous observe. Je ne saurais dire si elle est dépitée ou contente de nous voir si proches.

— Et ta mère ?

— On va trouver une solution. Tu es ma famille aussi. Tu te souviens de ce que nous nous sommes dit à New York ? Tu es ma femme… Si tu veux toujours de moi ?

— Oh, Jessy ! Je ne veux pas que tu partes, jamais.

Nous nous embrassons à nouveau. Et cette fois, je n'ai plus de doute sur la réaction d'Élise lorsque je la vois adossée à la porte, l'arrière de sa tête tapant le chambranle avec désespoir.

— C'est bien beau tout cela, mais qu'est-ce qu'on va faire maintenant ? Questionne-t-elle lorsque nous la rejoignons. L'avion va partir sans nous et je n'ai plus les clefs de la maison, je te rappelle que je les ai rendus à son propriétaire. Donc je t'écoute !

Elle n'est pas en colère, mais semble lasse de cette situation. Je ne peux lui en vouloir, elle a tout misé sur cette promotion et maintenant elle se retrouve coincée à Millisky, tous ses projets bloqués à cause de Jessy et de moi.

— Nous allons commencer par aller chez moi.

— Meg, tu as vu l'heure qu'il est, on ne va pas réveiller tes parents.

Il est un peu plus de 23 heures. Je souris à la remarque d'Élise.

— Vous croyez vraiment que mon père dort alors qu'il me sait dehors avec des garçons ?

Et en effet, lorsque nous parvenons à la maison, les lumières du rez-de-chaussée sont allumées et une heureuse surprise nous attend : la voiture de Nicolas est garée dans l'allée du garage.

— Je suis désolée que nous ayons à vous déranger à une telle heure, annonce Mme Sutter en pénétrant dans le salon où toute ma famille est rassemblée.

— Nous vous pensions partis, dit mon père en scrutant Élise, puis Jessy qui me tient la main.

— J'aurais bien aimé, mais on a un problème, se lamente Élise tandis que ma mère l'invite à s'asseoir. Ils refusent de se séparer !

Mon père nous regarde et émet un grognement de désapprobation. De notre côté, Jessy et moi nous sommes rapprochés de Nicolas qui a une discussion animée avec Nina.

— Salut, petite sœur, dit-il en me serrant dans ses bras. Je suis revenu plus tôt à la maison pour te remonter le moral, mais je vois que je n'en aurai pas besoin. Ça va, vieux frère ? Poursuit-il en donnant une accolade à Jessy.

— Ça ira mieux lorsque nous aurons réglé ce problème, répond-il en reportant son attention vers sa mère. Je veux que tu ailles à San Diego. Cet avancement est une grande chance pour toi, tu ne dois pas passer à côté.

— Mais et toi ? Je ne vais pas partir sans toi.

— Bien sûr que si. Maman, je suis majeur maintenant et tu sais aussi bien que moi que je n'ai pas de temps à perdre. Je dois vivre comme je le ressens, comme j'en ai envie, je ne peux pas me permettre d'avoir des regrets.

Élise baisse la tête en signe de résignation.

Mes parents et elles parlent jusqu'à 2 heures du matin. Il en ressort que Jessy ira passer une partie de l'été avec elle et Jason, son frère, dès qu'il se sera trouvé un appartement à louer à Millisky. À la fin des vacances, il reviendra vivre ici. Tous sont d'accord pour admettre que Jessy est un garçon responsable, capable d'habiter seul. De plus, je donne ma parole que s'il y a quoi que ce soit d'inquiétant à propos de la santé de mon petit ami, je préviendrais immédiatement Mme Sutter. Au cours de l'année, il ira parfois voir sa mère pour les vacances. De plus, en agissant ainsi, il n'y a plus aucune raison pour que le juge rejette la demande de garde de Jason à Élise. Comme dit Jessy :

— Finalement tout s'arrange pour le mieux.

— Ouais, à un détail près, intervient Nick. Madame Sutter, vous allez prendre l'avion demain matin, mais pour cette nuit, je propose que vous restiez tous les deux ici.

Je vois aussitôt le regard de mon père passer de Jessy à moi et je me fais la réflexion que j'ai bien fait de me taire à propos de nos rapports.

— Si Nicolas me prête son canapé, je laisse ma chambre à Élise, répliqué-je avec bon sens, car je sais que Jessy va loger dans l'appartement de Nick jusqu'à son départ pour la Californie.

— Parfait ! Conclut aussi vite mon frère, ne laissant aucune chance à notre père de réfléchir.

Après avoir été cherché mes effets pour la nuit, je rejoins les deux garçons dans l'appart au-dessus du garage.

— Quand on est arrivés, tu avais l'air en colère contre Nina.

— Oh, Megan, je crois que mes sœurs vont finir par me rendre cinglé ! Elle me parlait de Chad. Je lui disais qu'elle n'a que quatorze ans, elle ne peut pas être folle amoureuse de lui, mais apparemment je parlais dans le vide.

— Et la discussion s'est finie comment ? Questionne Jessy.

Je remarque qu'il s'empare d'un verre d'eau pour avaler des comprimés devant nous, ce qui est une première depuis que je le connais.

— Je dois l'emmener le voir demain. Quand je vous dis que vous allez me rendre fou toutes les deux.

— Allez, admets que tu préfères Jessy à Chad.

Je souris en me penchant vers lui.

— Ne comparons pas ce qui n'est pas comparable. Chad est un copain, je l'aime bien, mais cela s'arrête là. Jessy… (Il le regarde pour voir sa réaction.)… Jess est comme mon frère.

Cela me fait plaisir, car je sais que mon petit ami, si souvent rejeté, a besoin de connaître les sentiments des gens envers lui pour avoir pleinement confiance en lui-même.

— Je t'aime aussi, mon pote.

— Ouais bon, reprend mon frère avec gêne. Maintenant qu'on est tous une grande famille, il serait peut-être temps d'aller se coucher. Tout est éteint à la maison. (Il regarde entre les stores.) Je vous laisse ma chambre, les amoureux. Je vais fermer la porte d'entrée à clef, baisser le rideau pour que personne ne puisse voir à l'intérieur et dormir sur le canapé.

— Merci, Nick.

Je lui dépose un bisou sonore sur la joue.

— Merci, mec, dit Jessy avant de me suivre dans la chambre.

Je suis épuisée. Je n'ai presque pas fermé l'œil ces dernières nuits, trop rongée par l'angoisse de la séparation.

Sitôt allongée, Jessy m'attire contre lui et me sentant en sécurité, je m'endors rapidement.

Le matin suivant, Élise prend l'avion pour San Diego. Avant de partir, elle m'éloigne des autres et me demande comme un service de veiller sur Jessy. Je sais à ce moment que les rôles se sont inversés et que c'est elle, à présent, qui m'en veut de lui ôter son fils. Mais ce ressentiment est peu de chose à payer en comparaison de sa présence à mes côtés. Dans l'après-midi, nous allons rendre visite à Chad. C'est la troisième fois que nous allons le voir depuis qu'il est parti à Philadelphie. Sa rééducation porte ses fruits. Sa démarche est redevenue normale et son langage s'est nettement amélioré. Il bute encore sur certains mots, mais, par rapport à ce que cela a été juste après l'accident, les progrès sont flagrants. Il est heureux de nous voir. Nous parlons de la vie à Millisky pendant un long moment, puis Jessy et moi nous éclipsons pour aller nous promener dans le parc du centre de rééducation. Je n'arrive pas à réaliser qu'il est près de moi et ne parviens pas à lâcher sa main tant j'ai peur de le voir m'échapper. Lorsque nous repartons, Chad nous accompagne jusqu'à la porte et je suis surprise de constater qu'une réelle complicité s'est nouée entre ma petite sœur et mon ex-copain. Ils rient des mêmes choses et se parlent comme s'ils étaient les meilleurs amis du monde. Cela est assez déroutant.

La semaine qui suit, Jessy passe son temps à éplucher les petites annonces à la recherche de l'appartement de ses rêves. Nous en visitons plusieurs jusqu'à ce qu'il arrête son choix sur un joli deux-pièces meublé, en rez-de-chaussée d'une petite résidence moderne. Nous entrons par un vaste séjour suivi d'une cuisine ouverte par un comptoir sur la droite, alors que sur la gauche un petit couloir conduit à une chambre aux proportions modestes, mais confortables et à une salle d'eau avec douche. Les murs sont d'un blanc cassé et le sol est en parquet. L'appartement est très lumineux et c'est ce dernier élément qui termine de convaincre Jessy de signer. L'endroit sera parfait pour qu'il puisse travailler sa peinture. Élise y verra que le loyer n'est pas très élevé, car elle tient à le payer afin que son fils ne dépense pas tout son héritage en frais locatifs. Moi, j'y vois surtout qu'il est situé à deux rues de chez moi.

À la fin de la semaine, Jessy prend l'avion pour aller rejoindre sa mère. Il restera en Californie jusqu'à la fin des vacances d'été. Cela est difficile de le voir partir, même si je sais qu'il reviendra bientôt définitivement. Nos « au revoir » sont interminables et quand finalement nous sommes obligés de nous séparer, nous pleurons tous les deux.

Chapitre 13

Cette nuit-là

Les jours me semblent longs pendant l'été. Jessy et moi nous téléphonons presque chaque soir. Il me raconte ses vacances, les instants qu'il passe avec son frère qu'il est si heureux de retrouver. Il me parle de leurs parties de basket, de baseball et de football. Élise est ravie de son nouveau travail et de recommencer sa vie dans un autre État. Tout semble si parfait à San Diego que j'en viens à me demander si Jessy ne regrette pas de devoir revenir vivre à Millisky. Parfois, dans les lettres qu'il m'envoie chaque semaine, il glisse un dessin de son environnement, cela me fait un pincement au cœur, car j'ai l'impression qu'il s'éloigne de moi. Je suis terrifiée à l'idée qu'il préfère rester vivre là-bas.

Pendant l'été, je fête mes dix-sept ans. À cette occasion, nous faisons un repas familial. Je suis triste de célébrer mon anniversaire sans Jessy, mais il me promet de se rattraper lorsqu'il reviendra. En attendant, je reçois de San Diego un très beau bracelet de perles et de coquillages.

Heureusement que j'ai Nicolas pour me soutenir et aussi Nina qui se montre d'une efficacité redoutable lorsqu'il est question de me changer les idées. Elle n'arrête pas de me dire qu'elle en a marre de me voir traîner dans la maison comme une âme en peine et fait son possible pour me faire rire. Je dois reconnaître qu'elle a beaucoup mûri au cours des derniers mois, et je suis certaine que cela a un lien avec l'accident d'Amy et Chad. Nous avons souvent de grandes discussions toutes les deux. Elle n'est plus cette ado rebelle qui boudait pour un rien, mais une jeune fille qui sait parfaitement ce qu'elle désire. Je lui parle de Jessy qui me manque tant et elle de Chad dont elle s'ennuie autant. Elle s'excuse pour ses paroles qui ont dépassé sa pensée lorsqu'elle m'a accusée d'être responsable de l'accident. Et alors que je lui demande si elle souhaite toujours que je me remette avec mon ex, elle me répond très franchement en riant, qu'il en est hors de question ! Elle le veut pour elle seule. Me souvenant de leur complicité, je me demande si un jour elle n'arrivera pas à obtenir ce qu'elle attend de lui. Pour éviter de trop déprimer, je me suis inscrite à un stage d'écriture. Le seul cours où il y avait encore des places disponibles à vrai dire, mais, au moins, cela me fait sortir de la maison. Et en plus, j'ai la joie de m'y être fait une nouvelle amie : Mady. Je n'ai plus eu de vraies amies depuis Amy à qui d'ailleurs elle ressemble un peu. Mady est jolie, mais ne semble pas s'en rendre compte, ce qui lui confère un charme particulier. Nous passons beaucoup de temps ensemble. Je lui parle bien sûr de Jessy et elle me parle de son ex qu'elle n'arrive pas à oublier. Elle a emménagé à Millisky au début de l'été, notre petite ville la change du quartier du Queens de New York d'où elle est originaire.

Nicolas, de son côté, passe l'été à faire des va-et-vient entre la maison et ses copains d'université qui résident dans divers États du pays. Je ne cesse de lui répéter que s'il va en Californie, j'irai avec lui tant je m'ennuie de mon amoureux. Quand le mois d'août commence, je compte les jours qui me séparent encore de mon chéri, ce qui exaspère mon entourage.

— Dans deux semaines, il sera là, ton mec, me rappelle Nina.

— Et s'il n'est pas là à la date prévue, promis, je t'emmènerai moi-même le chercher, rajoute Nicolas devant mon air désespéré.

Je suis assise en tailleur sur le canapé, face à Nina, dos à la porte. Nick debout devant nous revient de la cuisine, un sandwich au beurre de cacahuète à la main. C'est l'une de ces journées où l'on a l'impression que le temps s'est arrêté et transforme les minutes en heures.

— Et moi, quand est-ce que tu me reconduis à Philly pour voir Chad ?

— Ce n'est pas vrai ! Maugrée mon frère. Quand ce n'est pas l'une, c'est l'autre ! Aucune de vous deux ne s'intéresse à ma vie privée ?

Nina et moi échangeons un regard amusé.

— Ta vie privée consiste à boire des bières avec tes potes, souligne ma sœur.

— Et à draguer tout ce qui porte une jupe, rajouté-je.

— D'ailleurs, à ce propos, j'ai aperçu ta copine Mendy l'autre jour, elle est canon.

— C'est Mady. Commence déjà par retenir son nom avant de lui sauter dessus !

On sonne à la porte, Nicolas va ouvrir tout en râlant :

— Ah ah ah, c'est ça, moquez-vous, les filles ! Bande d'ingrates !

Nina et moi, restées dans le salon, continuons à rire. Tout d'un coup, ma petite sœur se fige.

— Meg ?

Je lève la tête vers elle, surprise de son drôle d'air.

— Ouais ? Qu'est-ce qu'il y a ?

Bouche bée, elle pointe un doigt derrière moi.

— Megan ?

J'entends prononcer mon prénom dans mon dos au moment où je me retourne. Je reconnaîtrais cette voix entre mille. Je bondis du canapé.

— Jessy !

Je lui saute au cou manquant de lui faire perdre l'équilibre.

— Tu m'as manqué, murmure-t-il à mon oreille tandis qu'il me serre contre lui.

— Toi aussi.

D'une main, il me caresse le visage tout en m'embrassant.

Je retrouve avec un plaisir infini le goût de ses lèvres sur ma bouche, tandis que sa langue caresse longuement la mienne. Je m'accroche à lui de toutes mes forces pour ne pas défaillir.

Quand nous nous séparons, je réalise que mon frère et ma sœur se sont éclipsés.

— Qu'est-ce que tu fais là ? Tu ne devais pas revenir avant deux semaines.

— Je m'ennuyais tellement de toi que lorsque j'ai vu que je pouvais changer mon billet d'avion, je n'ai pas hésité une seconde à te faire la surprise.

Je suis folle de joie. Je passe ma main sur sa nuque et l'attire à moi pour un nouveau baiser.

— Moi qui pensais que tu adorais la Californie et que tu ne voudrais peut-être plus revenir.

— J'aime San Diego, c'est génial ! Mais sans toi… Je préfère New York, dit-il en me faisant un clin d'œil. Je dois aller déballer les cartons qui m'attendent dans mon nouveau chez-moi, tu m'accompagnes ?

Lorsque nous entrons dans l'appartement, le soleil a déjà envahi l'espace, y pénétrant à profusion par les grandes fenêtres. Au centre de la pièce, il y a une trentaine de cartons empilés sur deux niveaux.

— C'est le bordel pour le moment, cela sera mieux lorsque tout sera rangé.

Jessy hausse les épaules d'impuissance.

— Au boulot !

J'ouvre un premier carton.

— Merci. Si tu trouves le téléphone, dis-le-moi, il faut que j'appelle ma mère avant qu'elle ne débarque ici, affolée. Tu la connais, elle doit déjà s'inquiéter.

J'esquisse un sourire. J'ouvre un carton rempli de vêtements que je transporte dans sa chambre. Puis un second qui va tout droit à la cuisine. Quand j'ouvre le troisième, mon euphorie retombe comme un soufflé sorti trop tôt du four. Ce carton ne contient que des boîtes de médicaments. Jessy est de retour et la maladie aussi. Pendant l'été, j'avais presque oublié qu'il est séropositif. Je le regarde s'affairer à ranger des toiles vierges dans un coin du living et la sensation douloureuse que je peux le perdre à tout moment revient s'insinuer en moi tel un poison violent. Je referme le carton et fais comme si je ne l'avais jamais ouvert avant de me saisir d'un autre. Je vois Jessy faire une grimace lorsqu'il l'ouvre à son tour. Il va le ranger dans la salle de bains sans dire un mot.

À la fin de la journée, le téléphone a été branché et Élise est rassurée. Nous sommes tous deux épuisés, mais le plus gros est rangé. Affalés sur le canapé, nous regardons autour de nous, un sourire satisfait aux lèvres.

— Désolé, je ne pensais pas que cela prendrait autant de temps. J'aurais largement préféré qu'on fasse autre chose de cette première journée ensemble ; demain, tu me réserves ta soirée, je t'ai promis de me rattraper, nous ferons tout ce que tu veux.

— Tout ? M'étonné-je en haussant les sourcils.

Jessy m'offre un grand sourire.

— Tout !

Le lendemain après-midi, j'ai rendez-vous avec Mady dans un café du centre-ville que nous avons beaucoup fréquenté au cours des dernières semaines. C'est un petit établissement sans prétention, en plein milieu de la rue piétonne. Les tables rectangulaires se trouvent dans des box et l'on s'assied sur des banquettes en simili cuir de couleur bordeaux. La décoration est sommaire, mais le personnel est aimable et le service rapide. Mady est déjà attablée lorsque j'arrive. Comme à son habitude, elle m'accueille avec un grand sourire chaleureux.

— Hello, devine quoi ?

— Salut, dis-moi tout !

Je prends place en face d'elle avant de me commander une limonade.

— Jessy est revenu !

J'ai du mal à contrôler l'excitation qui perce dans ma voix.

— Jessy ? Ah tu veux dire l'homme de ta vie ?

Elle se moque gentiment de moi.

— Exactement ! Il est arrivé par surprise chez moi hier après-midi.

— Il ne devait pas rester encore plusieurs jours en Californie ?

— Si, mais apparemment je lui manquais trop.

Je souris avant de boire une gorgée de limonade bien fraîche.

— Et comment se sont passées vos retrouvailles ? Questionne-t-elle avec malice.

— Fatigantes !

Deux petites fossettes creusent les joues de Mady quand elle éclate de rire.

— À ce point-là ?

— Ce n'est pas ce que tu penses ! Nous avons passé la journée à déballer ses affaires des cartons.

Pendant nos longues conversations, je lui ai beaucoup parlé de Jessy, mais j'ai omis de lui préciser que mon petit ami est séropositif. Au début, je ne la connaissais pas assez pour lui en parler, ensuite j'ai eu peur qu'elle prenne mal mon manque de confiance en elle. Et puis, c'est si agréable de pouvoir parler avec quelqu'un qui ne me répète pas à longueur de temps que Jessy va mourir de cette maladie et que je dois me montrer prudente dans tous les sens du terme.

À ce moment, je vois passer Jessy dans la rue. Je tape à la vitre du café pour attirer son attention. Il se retourne et, me voyant, entre dans l'établissement. Il vient directement m'embrasser.

— Quand on parle du loup... Mady, je te présente Jessy, et inversement.

— Voilà donc la fameuse Mady. Meg m'a beaucoup parlé de toi.

Jessy s'assied à côté de moi sur la banquette.

— Sûrement pas autant qu'elle m'a parlé de toi ! Il n'y a pas plus tard qu'une minute encore, elle me disait combien tu es parfait.

— Parfait ? S'étonne Jessy en me regardant avec un grand sourire.

— En effet.

Je passe mes bras autour de son cou tandis que sa main glisse dans mon dos.

Mady esquisse un sourire envieux.

— Votre bonheur fait plaisir à voir. Ce n'est pas à moi que cela arriverait. Votre histoire ressemble à un conte de fées.

Jessy éclate d'un rire ironique.

— Je crois que, vu ma situation, nous sommes très loin du conte de fées !

Mady hausse les sourcils tandis que je me tasse sur mon siège.

— Ne me dis pas que tu es un tueur en série recherché par toutes les forces de l'ordre, plaisante Mady.

— Non, répond sérieusement Jessy. Non, mais…

Il se tourne vers moi, incrédule.

— Tu ne lui as rien dit ?

Je secoue négativement la tête.

Jessy pince les lèvres avant de contracter les mâchoires. Chaque trait de son visage trahit la colère qui monte en lui. Je le connais assez bien pour savoir qu'il va laisser sa rage exploser. Il me fusille du regard alors que je m'enfonce un peu plus sur la banquette. Exaspéré, Jessy nous regarde à tour de rôle avant de sortir précipitamment.

— Et merde ! Dis-je avant de me lancer à sa poursuite.

Mady qui ne comprend rien à ce qui se passe me rattrape. Arrivée dans la rue, je l'appelle, la peur au ventre. Il se retourne vivement et fonce droit sur moi à grandes enjambées.

— Jessy, je suis désolée.

— Ça va, j'ai compris. Tu as honte de moi !

Je reste interdite.

— Quoi ? Non ! Ce n'est pas du tout ça !

— Je ne veux pas vous déranger, mais je pourrais savoir ce qui se passe ?

Mady lève son doigt comme une élève à l'école. Jessy me regarde, la respiration saccadée.

— Si tu n'as pas honte de moi, vas-y, dis-lui !

Mes yeux passent de Jessy à Mady. C'est la troisième fois que je vois Jessy dans un tel état d'énervement. La première fois, c'était lorsque son secret a été révélé et que tout le monde le montrait du doigt. Je ne pourrai jamais chasser le souvenir de cette soirée sur le pont, pas plus que je ne pourrai oublier dans quel état il s'était mis après avoir appris la mort d'Haley, il avait une telle fureur, une telle révolte contre lui-même et sa maladie. Alors que là, c'est contre moi qu'est dirigée sa colère. Je ne peux m'empêcher de tressaillir devant les flammes qui semblent jaillir de ses yeux. Devant mon silence, ses épaules s'affaissent, je vois en ce geste toute la déception que je lui inspire. Je m'en veux encore davantage. Je me tourne vers Mady et lui dis simplement :

— Jessy est séropositif.

Elle reste muette de stupeur. Puis son regard se fait plus doux alors qu'il passe de Jessy à moi.

— Pourquoi ne me l'as-tu pas dit ? Me demande-t-elle simplement.

— Parce qu'elle est gênée d'être avec moi qui suis malade ! Elle ne voulait pas que sa nouvelle amie apprenne son secret honteux.

Des larmes troublent ma vue.

— Non, Jessy, arrête, ce n'est pas ça…

— Ah bon ? Et ben tu sais quoi ? Lorsque tu n'auras plus de mépris pour moi, tu me feras signe !

Puis il s'éloigne à grands pas.

Mady me raccompagne chez moi.

— Je suis désolée.

Je m'excuse une nouvelle fois en parvenant devant ma porte.

— Ne t'en fais pas. J'espère juste que cela s'arrangera avec Jessy. Il est souvent en colère comme ça ? Demande-t-elle, impressionnée.

C'est vrai que pour le coup, Jessy a fait fort. Même si je sais qu'il est incapable de me faire physiquement du mal, il a réussi à me faire trembler d'appréhension.
Je lui fais signe que non.

— C'est la première fois qu'il est vraiment en colère contre moi et c'est entièrement de ma faute.

— Ça, c'est vrai.

Je la regarde, surprise, et esquisse un sourire devant sa spontanéité. Elle me rend mon sourire avant de me demander, intimidée :

— Est-ce vraiment parce que tu as honte que tu n'as rien dit ?

— Non, bien sûr que non. J'aime Jessy plus que tout au monde et je n'ai jamais été gênée par le regard des autres. Je ne comprends même pas comment il peut en douter. Si je ne t'ai rien dit, c'est simplement parce que je voulais oublier sa maladie, mettre de côté les traitements, leurs effets secondaires, oublier qu'à plus ou moins longue échéance il est condamné.

Mes yeux se remplissent de larmes à nouveau.

— Ce n'est pas facile de vivre en sachant que l'homme que tu aimes risque de mourir jeune. Je voulais juste oublier tous ces côtés négatifs le temps de cet été.

Mady pose sa main sur mon épaule.

— Tu devrais le lui dire.

Jessy m'avait dit la veille qu'il devait se rendre au centre médical pour sidéens. C'est un lieu dont je ne m'approche que rarement. Cet établissement fait partie de la vie de Jessy, cette partie de son existence où je dois forcer la porte si je veux y entrer. Je m'assieds sur un banc dans le parc qui entoure le bâtiment. Je hume la douce odeur d'herbe fraîchement coupée, j'écoute les oiseaux. C'est un endroit calme qui parvient à me déstresser, ce qui est un paradoxe lorsque je regarde vers la grande bâtisse aux murs gris. Elle abrite tant de malades, de souffrances. Je vois une ombre se dessiner derrière l'une des fenêtres du rez-de-chaussée. Jessy est bien là. Je devine qu'il est venu se confier à ceux qui partagent sa peur du lendemain et qui peuvent le comprendre. Mes mains tremblent, mon cœur tambourine dans ma poitrine lorsque je le vois arriver. Il a le visage fermé, le regard fuyant, dirigé vers le sol. Je me lève à son approche, ne sachant comment entamer l'explication que je lui dois. Il m'ignore tout en s'asseyant sur le banc.

OK, je l'ai mérité.

Je reprends ma place à son côté en baissant la tête. Je réalise alors que même nos attitudes sont semblables, cela me fait légèrement sourire. Nous nous ressemblons tellement...

— Jessy ?

Lentement, il relève le visage. Il est toujours très remonté contre moi. Ses traits sont contractés, ses yeux sont partagés entre colère et tristesse. Son expression me donne une boule à l'estomac. Jamais, je n'aurais imaginé qu'un jour je le décevrais à ce point.

— Je suis tellement désolée pour ce qui est arrivé. Je ne veux surtout pas que tu penses, ne serait-ce qu'une seconde, que j'ai honte de toi. Ce n'est pas le cas.

Jessy rebaisse la tête et fixe le sol.

— Alors pourquoi lui as-tu caché le fait que je sois séropo ? Tu prétends que Mady est ton amie et pourtant tu ne lui as rien dit. Pourquoi ?

Je me lève pour lui faire face.

— Cet été a été le plus difficile à vivre de ma vie. Tu n'étais pas là et tu me manquais atrocement. Je passais mes journées à penser à toi. Je voulais tellement que tu reviennes au plus vite auprès de moi. J'avais même convaincu Nick de m'emmener te voir à l'autre bout du pays si tu n'étais pas revenu à la date prévue. Mais tout cela m'a fait très peur aussi, car j'ai réalisé que si je souffrais à ce point alors que je te savais en vie, heureux avec ta famille, qu'est-ce que cela serait si tu partais définitivement ?

Mes larmes commencent à couler le long de mes joues. Jessy me regarde, pensivement.

— Je n'aurais peut-être pas dû revenir…

— Et comme ça, je t'aurais oublié ?

— Cela aurait été plus facile pour toi. Je serais sorti de ta vie et tu aurais pu être heureuse. Tu aurais rencontré un autre homme qui pourrait t'apporter tout le bonheur que tu mérites et non pas toutes ces emmerdes.

Il parle d'une voix lasse, comme si tout cela n'est qu'une évidence que je refuse d'admettre.

— Qu'est-ce que tu crois ? Lui dis-je soudainement avec colère. Moi aussi, j'y ai pensé. En effet, tout aurait peut-être été plus simple si tu étais resté à San Diego, mais tu ne pouvais pas… Je te l'ai dit, j'aurais été te rechercher si tu y étais resté. On ne peut pas rester loin l'un de l'autre. Jessy, nous sommes faits pour être ensemble, et ce, peu importe le temps qu'il nous reste.

— C'est pour cette raison que je suis revenu.

— Quand tu n'es pas auprès de moi, j'ai l'impression de mourir à petit feu. Il me manque une part de moi-même.

Son regard me scrute, mais il garde le silence. Je reprends :

— Si je n'ai pas parlé de ta maladie à Mady, c'est juste que je souhaitais oublier l'espace de ces deux mois, cette épée de Damoclès qui flotte au-dessus de nos têtes. Je voulais rêver à un avenir heureux, faire des projets de couple… Et puis que j'en parle ou pas, qu'est-ce que cela peut bien faire ? Ça ne change rien tant que je parle de toi.

— Si, ça change tout ! Lance vivement Jessy en se levant.

— Pourquoi ?

— Parce que je ne serai pas toujours là et que si tu n'arrives pas à parler librement de mon virus, de cette putain de maladie, avec les gens que tu aimes, comment feras-tu quand je serai mort ? Je veux que tu puisses parler de moi, de notre histoire entière. Que tu puisses raconter les bons et les mauvais côtés de notre relation. Je veux que tu puisses te confier à tes proches lorsque je partirais. Sinon comment feras-tu pour retrouver le goût de vivre ? Tu ne pourras pas tout garder en toi sans étouffer. Je ne veux pas que tu enterres les moments que nous avons vécu avec moi, que tu fasses comme si on ne s'était jamais rencontrés, jamais aimés. Je ne souhaite pas être juste un mec que tu auras aimé peu de temps avant qu'il ne parte, devenir une histoire insignifiante au milieu de ta vie. Tu ne comprends pas que si tu ne continues pas à me faire exister, je mourrai vraiment. Si tu venais à ne plus penser à moi, si je ne vivais plus dans ta mémoire, dans ton cœur alors ça serait comme si je n'avais jamais vécu. J'ai besoin d'être sûr que tu me garderas toujours en toi. Je t'aime tellement que je ne veux pas que tu m'oublies un jour !

Soudainement, il éclate en sanglots. Mon cœur se brise à le voir ainsi et mes larmes redoublent. Je franchis rapidement les deux pas qui nous séparent, le prends dans mes bras en le serrant le plus fort possible, et je lui promets le plus sincèrement du monde.

— Je t'aime et je t'aimerai toute ma vie.

Le lendemain matin, je retrouve Mady à notre café habituel.

— Ça va mieux ?

Sa voix laisse passer une pointe d'anxiété. Je prends place face à elle.

— Oui, nous nous sommes expliqués. Cela n'a pas été facile, on a fini tous les deux en larmes. J'espère que cela ne t'ennuie pas, mais Jessy va venir nous rejoindre. Il m'a dit qu'il voulait te parler.

— Avec plaisir. Hier on ne peut pas dire que nous avons pu faire vraiment connaissance. Tiens, le voilà, m'indique-t-elle tandis que Jessy pousse la porte de l'établissement.

— Salut, lance-t-il avant de se pencher pour m'embrasser.

Il prend place à côté de moi sur la banquette et annonce de but en blanc :

— Mady, je voulais m'excuser pour mon attitude d'hier. C'était la première fois qu'on se rencontrait et j'ai tout foutu en l'air en m'emportant bêtement. Je n'ose pas imaginer ce que tu dois penser de moi, mais je voulais juste que tu saches que je m'en veux. Je te rassure, je ne suis pas tout le temps aussi colérique.

Mady esquisse un sourire.

— Tu n'as pas à t'excuser. Après tout, ce que tu vis doit être très pesant. Je trouve cela normal de craquer par moments.

Il baisse la tête, honteux.

— Il n'empêche que j'ai fait fort.

— Je vais être franche, je ne te connais pas et je n'en sais pas beaucoup sur le sida, ni la séropositivité. Mais je suis au courant de la façon dont cela s'attrape.

Jessy baisse à nouveau les yeux, ne sachant pas quelle attitude adopter devant mon amie. Moi-même, je sens l'angoisse s'installer, ne voyant pas où elle souhaite en venir. Va-t-elle le rejeter comme tant de personnes avant elle ?

— Et je n'ai aucune crainte par rapport à ça, poursuit-elle. Je n'ai pas de problème à te côtoyer. D'après ce que Megan m'a dit, tu es un mec génial et, malade ou pas, cela ne change pas qui tu es.

Jessy relève son visage qui exprime une profonde reconnaissance.

— Merci. Si tout le monde pouvait avoir ton ouverture d'esprit.

Mady me fait un clin d'œil complice avant de nous proposer :

— Et si ce soir nous sortions tous les trois ? On pourrait se faire un ciné ?

Je suis prête à accepter lorsque Jessy intervient en passant son bras autour de mon cou.

— Plutôt demain soir si tu veux bien. Ce soir, je tiens la promesse que j'ai faite à Meg et que je n'ai pas pu respecter hier. Tu es toujours partante ?

Heureuse, j'acquiesce. Mady me fait un grand sourire.

— Un homme qui tient sa parole, c'est rare. Garde-le bien, Meg !

— Alors, comment as-tu trouvé cette soirée ? Demande Jessy en sortant la clef de son appartement.

Nous sommes allés dîner dans un restaurant italien, puis nous avons fait une balade très romantique dans le parc.

— J'ai adoré, lui dis-je avec un grand sourire béat.

— Vous entrez dans mon humble demeure pour boire un dernier verre, mademoiselle ?

— T'es bête ! Lui dis-je tandis qu'il s'efface en faisant une courbette pour me laisser entrer.

Aussitôt, je constate les changements qu'il a effectués dans son logement. Tout y est propre et bien rangé. Il a déplacé la télévision du coin de la pièce pour la mettre face au sofa et à son ancienne place, près de la fenêtre, il a installé son chevalet, ses toiles ainsi que son nécessaire à peinture.

— C'est joli comme ça.

Je sens les mains de Jessy glisser autour de ma taille.

— Joli ? Ça ne fait pas très viril.

Il m'embrasse langoureusement dans le cou, je me laisse aller contre lui et je balbutie.

— Beau si tu préfères.

Il relâche son étreinte, ôte sa veste et va à la cuisine nous prendre deux jus de fruits. Pendant ce temps, j'enlève mon gilet et m'assieds sur le canapé. Il revient en posant les verres sur la table basse devant nous et prend place à ma droite.

— C'est étrange, tu ne trouves pas ? D'être à Millisky, la nuit, sans avoir tes parents dans la maison voisine.

— Ni mon frère dans l'autre pièce. Mais si ça t'ennuie, je peux aller dormir chez Mady, après tout c'est là qu'officiellement je passe la nuit, dis-je avec espièglerie en sirotant mon jus de fruits.

Le matin, j'ai demandé à mon amie de me couvrir pour la nuit et elle a accepté volontiers. Elle m'a accompagnée chez moi pour y prendre des affaires de toilette et de rechange dont j'aurais besoin, puis m'a laissée alors que nous retrouvions Jessy devant sa résidence où il a rangé mon sac.

— Ça ne va pas non ?

Jessy boit son verre d'une traite et, me prenant par la main, m'entraîne derrière lui en riant :

— Allons nous mettre au lit avant que tu ne changes d'avis !

Sa chambre est au bout d'un petit couloir. Une lampe est installée de chaque côté du lit sur des petites tables en pin, l'armature du lit en fer forgé dessine des feuilles semblant voler au vent. Au-dessus, il a accroché la toile qu'il a peinte et que j'aime tant, celle représentant ce couple au bord du lac baignant dans la lueur des étoiles.

Je lui demande alors que je sors ma brosse à dents de mon sac.

— Cela ne te fait pas bizarre d'habiter seul ?

Il hausse les épaules.

— Pas vraiment. Tu sais que j'ai toujours été assez indépendant et puis quand je me sentirai seul, je viendrai te voir. On est presque voisins maintenant.

— Tu me prêtes un T-shirt ?

Il ouvre l'un des placards et m'en tend un noir dont je me saisis en embrassant son propriétaire avant de m'éclipser dans la salle d'eau.

Comme nous en avions l'habitude à l'hôtel, Jessy prend ma suite lorsque j'en ressors. C'est la première fois que je dors dans son appartement et cela m'impressionne. À New

York, nous sommes en terrain neutre alors que là, je suis chez lui. Je m'installe du côté de la fenêtre et bientôt Jessy vient me rejoindre sous la couette. J'éteins la lampe de mon côté, il en fait de même et nous nous tournons l'un vers l'autre au centre du lit.

— Je suis tellement heureuse que tu sois là, dis-je en effleurant son visage du bout de mes doigts. J'ai eu peur de te perdre.

Il se penche vers moi pour m'embrasser. Bientôt, son corps recouvre le mien. La faible clarté venant de la rue ne me permet pas de détailler ses traits.

— Je suis là, murmure-t-il à mon oreille avant de m'embrasser dans le cou.

Une vague de chaleur m'envahit, comme cela fait du bien de retrouver la douceur de sa peau sur la mienne. D'un geste qui m'est devenu habituel, je lui ôte son débardeur et caresse son torse nu. Je sens son cœur battre à tout rompre sous mes doigts. Il enlève mon T-shirt et je l'attire à moi, le serrant au plus près.

— Tu m'as tellement manqué, susurre-t-il tandis que ses mains parcourent mon corps. Je t'aime plus que tout au monde.

— Je t'aime tellement, chéri. Et j'ai confiance en toi.

Il se redresse pour me regarder d'un désir brûlant.

— Tu veux toujours qu'on aille jusqu'au bout ?

— Je ne veux pas que ma première fois soit avec un autre que toi. (Je chuchote en caressant sa joue.) Je sais que je ne risque rien… Nous allons faire attention.

Il semble hésiter pendant quelques secondes, mais je l'attire à nouveau à moi, faisant fondre ses dernières résistances. Il reprend possession de mon corps qui suffoque sous ses mains et sa bouche pendant de longues minutes. Je ne me lasse pas de l'entendre gémir lorsque mes doigts parcourent sa peau. Il se redresse et met un préservatif.

— Tu es sûre que c'est ce que tu veux ? Me demande-t-il alors que son corps se glisse entre mes cuisses ouvertes.

Il est au-dessus de moi, appuyé sur les mains, scrutant mon visage.

— J'en suis certaine, j'affirme plus déterminée que jamais.

— Tu n'as pas peur ?

Sincèrement, je fais signe que non. Toute appréhension m'a quitté, seul compte mon amour pour lui.

— Jessy, ce n'est pas parce que tu es malade que tu n'as pas le droit d'aimer et d'être aimé.

Je devine l'incertitude qui doit se disputer au désir. Je ne veux pas qu'il renonce, aussi je l'attire encore plus fort. Mes doigts agrippent son dos.

— Viens, chéri.

Ne pouvant résister davantage, il se glisse en moi avec douceur, me faisant me cambrer.

— Ça va ? S'inquiète-t-il.

— Très bien.

Mon amour pour lui dépasse amplement la douleur que la pénétration provoque. Jessy se meut en moi en un rythme lent qui m'emballe le cœur, nous faisant gémir tous deux sans retenue. J'ai la sensation que mon corps ne m'appartient plus, mais ne fait qu'un avec le sien. Il m'embrasse et je me perds dans sa tendresse. J'ai toujours su qu'il était doux mais chacun de ses baisers est comme une caresse sur ma peau et mes lèvres.

Bientôt, je sens sa main qui soulève mes reins alors qu'il accélère le rythme. Jessy se redresse légèrement, sa main quitte mon dos et se glisse entre nos deux corps. De son index, il exerce une pression sur mon clitoris. Un râle de plaisir s'échappe de mes lèvres tandis que son doigt me caresse. La sensation de son corps dans le mien auquel s'ajoute la douceur de sa main me conduit directement à l'extase. Je perds complètement le contrôle de moi-même et l'embrasse en gémissant son nom.

— Tu es… toute ma vie… Meg !

En cet instant, je me moque complètement de vivre ou de mourir, tout ce qui m'importe c'est notre amour qui s'exprime enfin pleinement. Jessy se retire brusquement pour éviter d'éjaculer en moi et retombe à mon côté. Nos yeux ne se quittent plus, nous sommes tous deux à bout de souffle mais souriants. Cette nuit-là, nous nous endormons dans les bras l'un de l'autre, complètement apaisés.

— Tu vas bien ? Me demande Jessy le lendemain matin en enserrant ma taille.

— Super bien.

Je lui souris en frôlant son bras du bout de mes doigts. Nous sommes allongés dans le lit. Je fixe le plafond depuis cinq bonnes minutes, repassant les événements de la nuit en boucle dans ma tête. Je me sens plus proche de lui que je ne l'ai jamais été. Jessy est mon évidence depuis notre premier regard, celui qui me connaît le mieux en ce monde et ce sur tous les plans. Après cette nuit, j'ai envie de partager plus de moments intimes avec lui, à présent il me faudra davantage qu'une nuit de temps en temps et cela m'angoisse. Je suis tellement accro à lui. Mais je sais déjà que d'autres personnes ne respecteront pas ma volonté.

— Alors pourquoi as-tu l'air si préoccupé ?

Je pose ma main sur la sienne.

— Cette nuit était magique !

— Ouais, c'était… Je ne trouve pas les mots.

Nous rions tous les deux.

— Mais…

— Ouille, un mais !

— Cependant, dis-je en souriant, je commence à en avoir marre de mentir pour passer la nuit avec toi.

Jessy se redresse sur un coude, il paraît très soucieux soudainement.

— Tu veux en parler à tes parents ?

— Peut-être pas dans l'immédiat mais prochainement oui. Qu'est-ce que tu en penses ?

— Oh, mon Dieu ! Ton père va me tuer !

— J'en ai assez de ne pas pouvoir être avec toi comme je veux. J'ai eu dix-sept ans pendant l'été, cela va bientôt faire un an que nous nous connaissons et je suis toujours en train de chercher des excuses bidon pour passer une nuit de temps à autre avec toi. Je déteste être loin de toi. J'aimerais pouvoir partager tes nuits quand nous le voulons.

— J'aimerais aussi. Tu me manques quand je ne dors pas dans tes bras, soupire-t-il en caressant mes cheveux. Bon, voyons les choses de manière positive. John peut me tuer, je suis déjà condamné.

— Ne plaisante pas avec ça, ce n'est pas drôle.

Jessy me fixe puis baisse la tête.

— T'as raison, désolé. Tu sais quoi ?

Je fais signe que non.
Il se penche au-dessus de moi avec un air coquin :

— Puisque ton père va me trucider dès qu'il saura tout, on pourrait peut-être encore en profiter un peu ?

Je reviens chez moi dans la journée sans que mes parents ne se doutent de l'endroit où j'ai réellement passé la nuit. Par contre, ce n'est pas le cas de mon frère et de ma sœur lorsque je les rejoins dans l'appartement de Nicolas.

— La nuit a été bonne ? S'enquit Nick avec un grand sourire.

— Quoi ? C'est noté sur ma figure ou quoi ?

Je me touche le visage pour vérifier qu'il n'est pas différent.

— C'est ton petit sourire béat qui te trahit, renchérit ma sœur.

— Parce que toi aussi tu sais ?

— Que tu as passé la nuit avec Jessy ? (Nina hausse les épaules.) Je l'ai compris quand je t'ai vu rassembler tes affaires hier. Tu paraissais trop heureuse pour une simple nuit chez une copine.

Je reste abasourdie. D'accord tous deux me connaissent bien mais quand même, je n'aurais jamais deviné qu'ils pouvaient lire en moi comme dans un livre ouvert.

— C'était comment ?

Mes joues s'empourprent devant la question de ma sœur.

— Désolée mais… ça… ça ne vous… regarde pas ; j'en bégaie.

— Eh bien cela a dû être grandiose pour que tu perdes tes moyens à ce point, se moque mon frère.

— Vraiment ? Insiste Nina.

— C'était génial ! Ça va, vous me lâchez maintenant tous les deux ?

La vérité c'est que la deuxième fois où nous avons fait l'amour était encore mieux que la première, cette pensée me fait rougir davantage.

Ils acquiescent en riant. Souhaitant changer de sujet, je note que Nicolas prend un roman sur une table, un cd sur une étagère.

— Ne me dis pas que tu repars déjà ?

— Et si, demain ! À la fac, les cours reprennent dans moins de quinze jours, je te signale. Et avant cela, je vais aller voir un pote en Géorgie. Maintenant que Jessy est revenu et que ton moral est au beau fixe, je peux partir en vacances sans me culpabiliser.

— Tu t'en voulais de me laisser déprimer ? Je m'étonne sincèrement.

— Oh oui ! Du coup, je compte bien me rattraper avant de reprendre la fac. Je sais que tu es sur ton petit nuage après ta nuit torride mais nous autres mortels avons une vie plus terre à terre, se moque-t-il.

— Je suis désolée d'avoir gâché tes vacances.

— Cela n'a pas été le cas mais disons que j'ai fait le tour des filles de Millisky pour l'instant. Je vais aller voir comment est le gibier en Géorgie !

Nous éclatons de rire.

— Nous allons rater ton anniversaire, je regrette.

Nick hausse les épaules avec désinvolture.

— Jessy et toi reviendrez me voir dans la Grosse Pomme et on fêtera cela ensemble.

Je souris à cette agréable perspective. Nina nous regarde semblant comprendre le double jeu auquel se voue notre frère depuis quelques mois.

— Il doit s'en passer de belles à New York, soupire-t-elle.

— Tout ce qui se passe à New York, reste dans la Grosse Pomme, sourit Nick.

— En tout cas merci grand frère. Cela me fera des nuits supplémentaires à passer avec mon chéri.

— Tu comptes dire aux parents que tu as franchi le cap avec Jessy ? S'enquit Nina qui apparemment s'intéresse beaucoup à mon couple.

Nicolas qui est en train de se baisser pour ramasser un dossier, suspend son geste, attendant ma réponse.

— Justement nous en avons parlé tout à l'heure. Jessy me laisse faire comme je l'entends.

— Tu devrais attendre encore un peu à mon avis. Je vais repartir demain et Nina n'a pas beaucoup de pouvoir sur nos parents. Désolée petite sœur mais c'est vrai, ajoute-t-il devant le regard inquisiteur de celle-ci. Si tu leur dis maintenant tu seras seule face à eux.

— Je ne comptais pas leur dire dans la minute. Mais j'en ai marre de devoir me cacher pour passer du temps avec Jessy. D'un autre côté, une fois qu'ils sauront, ils risquent fort de m'interdire de le voir.

— C'est pour cela que tu auras besoin de l'épaule de quelqu'un sur qui pleurer, sourit mon frère.

Ma sœur acquiesce d'un hochement de tête.

Je décide de garder le silence pour le moment.

Chapitre 14

Choisis mieux tes amis

— Papa, Jessy et moi retournerons voir Nick à la fin du mois de septembre, dis-je à mon père, alors que Nicolas charge ses valises dans la voiture.

Nous sommes mi-août 1992, à quelques jours de la reprise scolaire signant la fin des vacances d'été..

Mon père hoche la tête de ce petit mouvement imperceptible qui veut dire oui, parce que je n'ai pas le choix, avant d'échanger un regard avec mon frère qui hoche si vigoureusement la tête en signe d'acquiescement que mon père ne peut que sourire en retour.

Pauvre papa, si tu savais ! Pensé-je.

Comme à l'accoutumée, je me suis adressée à mon père car je sais que ma mère ne s'y opposera pas. Comme dit toujours mon frère : *si tu as le père dans la poche, c'est tout bon !*

Jessy, à côté de moi, reste muet comme une carpe, visiblement mal à l'aise face à mes parents depuis que nous avons couché ensemble. Il se contente d'afficher un sourire satisfait et d'attendre que nous réglions les détails.

Nick place son dernier sac de voyage sur la banquette arrière.

— Ah, voilà ta copine, lance-t-il en pointant un doigt dans mon dos.

En me retournant, je vois en effet Mady arriver à pied, elle sourit, l'air détendu.

— Bonjour, tout le monde, salue-t-elle.

— Salut ! Mady, c'est bien ça ? S'enquiert Nicolas.

Jessy et moi pouffons de rire devant l'attitude éloquente de mon frère qui est entré en mode séduction.

Mady le regarde, étonnée, avant de lui répliquer :

— Oui, c'est ça, joli cœur !

Nicolas reste figé, il ne s'était pas attendu à ce que mon amie entre dans son jeu.

— OK, bon... ben... j'y vais.

Il s'approche de mon amoureux, lui serre la main avant leur traditionnelle accolade.

— Jess, à bientôt, vieux frère.

— Merci pour tout, Nick.

Puis il se dirige vers moi.

— On se revoit très vite et nous fêterons mon anniversaire comme il se doit à New York, dit Nick avant d'embrasser Nina et nos parents.

Dans un dernier réflexe, il se tourne vers Mady.

— On va peut-être se passer de câlin, don Juan, lance-t-elle, nous faisant tous rire, tous sauf Nicolas qui reste interdit.

Je crois que c'est la première fois qu'une fille lui tient ainsi tête. D'habitude, toutes les filles tombent en pâmoison devant lui, mais Mady, pour une raison méconnue, demeure insensible à son charme. Cela le déroute autant que ça l'intrigue.

Sans la quitter des yeux, il monte en voiture, descend sa vitre et me lance avec un petit sourire incrédule.

— Elle est bizarre, ta copine !

— Ça te change d'Emma !

J'ai l'impression de voir des rouages se mettre en fonctionnement dans le cerveau de mon frère, à la recherche de la personne à qui appartient ce nom. Après quelques secondes, il lève la main en signe de capitulation et s'éloigne en nous faisant signe. Mes parents et Nina rentrent à la maison.

— Tu vas aller à New York ? Me questionne Mady.

— Nous allons y aller, je rectifie en passant un bras autour de la taille de mon petit ami.

— J'ai mes copains là-bas. Cela vous dérangerait si je faisais la route avec vous ? J'irais voir mes amis et on pourrait passer des moments tous ensemble.

— Pas de problème pour moi, répond Jessy en sortant enfin de son mutisme.

— Avec joie !

Puis me tournant vers mon amoureux, j'ajoute avec espièglerie :

— Ça y est, tu as retrouvé la parole maintenant que mes parents sont rentrés ?

Il grimace un sourire.

— J'ai l'impression que ton père va me sauter à la gorge d'un moment à l'autre.

Mady et moi rions.

— Il va falloir mettre ta parano de côté, vous êtes tous deux invités à dîner ce soir !

Le repas se déroule sans encombre. Jessy prend sur lui et parle à tout le monde comme si de rien n'était. Il en est de même durant les jours et les semaines qui suivent. Avec un peu de retard sur mon anniversaire, j'ai droit à un très beau cadeau de Jessy. Il m'offre la toile qu'il a peinte et que j'aime tellement, celle qui était jusque-là accrochée au-dessus de son lit. Elle fait désormais face au mien, ainsi je la regarde tous les soirs avant de m'endormir, en pensant à lui. C'est sa première œuvre aboutie et il me l'a offert, cela représente beaucoup pour moi.

Lorsque nous reprenons le lycée, nous constatons que les choses sérieuses se profilent, tous les professeurs ont le même discours : le diplôme à la fin de l'année scolaire. C'est cette année qu'il nous faudra choisir où nous irons à l'université et bien sûr étudier sans relâche pour ne pas rater nos examens.

Quand vient l'heure de passer le week-end à New York, je suis soulagée de m'éloigner de toute cette pression. Au moins Jessy n'a personne derrière lui pour lui rappeler sans cesse combien cette année est importante, mais Mady et moi ne pouvons en dire autant. Mes parents me répètent à longueur de temps que je dois travailler plus, et sortir moins. Ce qui fait qu'en dehors du lycée, Jessy et moi avons beaucoup de mal à passer plus d'une heure ou deux ensemble. En parvenant à la Grosse Pomme, nous déposons mon amie dans le quartier du Queens où habite l'une de ses amies qui s'est proposée de la loger. Mady m'a confié avoir un faible pour un garçon qu'elle connaît depuis longtemps et qui habite tout près. Elle fera ainsi d'une pierre deux coups en passant du temps avec une vieille copine et en revoyant un garçon qui l'attire. Nous devons nous retrouver avec ce jeune homme dans le bar karaoké, près de chez Nicolas, le lendemain soir.

Mon frère est très content de nous revoir. Comme à son habitude, il s'est occupé de tout et nous a réservé notre chambre d'hôtel fétiche.

— Vu ta tête, je suppose que les parents sont autant derrière toi qu'ils l'ont été avec moi.

Je confirme.

— Exact, je n'en peux plus.

— Je connais ça, dit Nick en buvant une nouvelle gorgée de bière. Ils ont failli me faire craquer.

Nous sommes tous les trois chez lui à discuter tranquillement. Malgré tout l'amour que j'ai pour eux, cela fait du bien d'être loin des parents pendant quelques jours.

— Tu aurais dû voir leurs têtes lorsqu'on leur a dit que nous allions manquer un jour de classe ! Renchérit Jessy. Même la fin du monde aurait été plus simple à annoncer.

— J'imagine. J'ai eu un coup de fil de maman à la suite de cela pour me demander ce que j'en pensais.

Je fixe mon frère, incrédule.

— Je leur ai dit que vous aviez raison, deux jours c'est trop court pour faire l'aller-retour.

Jessy se prend la tête dans les mains.

— J'hallucine. J'aime bien vos parents mais franchement, avec eux, j'ai l'impression d'avoir quatre ans.

— Et vous deux, vous vous en sortez comment ?

Je lui réponds honnêtement.

— C'est pénible. Dès que je suis chez Jessy, tu peux être sûr que le téléphone va sonner pour me dire de rentrer à la maison, et ce, que ce soit en semaine ou le week-end.

Mon petit ami confirme d'un hochement de tête.

— Allez relax, au moins ici vous êtes tranquilles ! Et ta copine, Mady, elle va bien ?

— Pas possible, s'étonne Jessy. Tu te souviens de son prénom !

Nous éclatons de rire sous le regard inquisiteur de mon frère.

— Elle va bien. Nous l'avons déposée dans le Queens en arrivant. Demain soir, on passe la soirée ensemble, tu te joins à nous ?

Nick fait une petite grimace.

— Je voulais qu'on fête mon anniversaire demain... Mais je suppose que nous pouvons aller au restaurant demain midi et faire la java demain soir tous ensemble. Cela vous ennuie si j'invite des potes ?

— Plus on est de fous, plus on rit, résume Jessy.

Cela est plus qu'agréable de se retrouver seuls Jessy et moi pour la nuit : cette sensation d'être totalement moi-même lorsque je suis avec lui ne s'estompe pas, c'est comme si sa peau était devenue la mienne.

Le midi suivant, mon frère nous invite dans un restaurant chic en plein cœur de Manhattan. Là, nous levons nos verres à ses vingt ans et nous lui offrons notre cadeau commun : une jolie montre de marque. Dans l'après-midi, Nick nous guide dans divers magasins de vêtements et me demande d'arrêter mon choix sur l'article que je veux pour qu'il puisse me l'offrir. Finalement, je me décide pour un ensemble jean noir et chemisier à carreaux bleu et blanc. En ressortant, je fais une grosse bise à mon frère pour le remercier et lui tends à mon tour un sachet contenant une chemisette blanche identique à celle que j'avais tachée d'alcool quelques mois plus tôt. Nous allons boire un café dans un bar et Jessy me fait la surprise de me tendre un petit paquet. À l'intérieur d'une jolie boîte bleu marine se trouve un bracelet en cuir noir où est inscrit en strass brillants : *New York Forever*.

— Tu ne croyais tout de même pas que je t'avais juste offert ce bracelet de San Diego pour ton anniversaire, me glisse-t-il à l'oreille.
— Et le tableau.
— Ce n'était pas grand-chose, réplique-t-il avant de m'embrasser.

Le soir venu, nous rentrons chez Nicolas où trois de ses amis ne tardent pas à arriver. Mon frère fait rapidement les présentations.
— Voici Michaël, dit-il en désignant un grand type brun à l'allure frêle mais dynamique. Là, c'est Aaron et là, Steve.
Le dénommé Aaron est de taille moyenne et a l'air jovial alors que le dernier est blond aux yeux bleus. Je n'ai aucun mal à comprendre pourquoi mon frère est ami avec eux lorsque je les vois prendre une bière en parlant de filles.
Mady arrive peu de temps après avec sa copine Véronika qui est d'une beauté à couper le souffle. Elle est grande avec de longs cheveux soyeux bruns, un corps élancé qui paraît tout simplement parfait, un joli visage aux traits fins et des yeux d'un noir profond. Mady est également accompagnée d'un mec, qui, dès le premier regard, ne me plaît pas du tout. Charly donne l'impression de dominer le monde en projetant ses épaules en arrière et en bombant le torse. Physiquement, il n'est pas moche, même s'il a les yeux trop rapprochés à mon goût. Il n'est pas très grand mais a dû user et abuser de stéroïdes pour avoir cette musculature. Je me demande ce que Mady peut lui trouver et j'en conclus qu'il doit avoir de bons côtés cachés… très bien cachés. J'échange un regard avec Jessy, nous pensons

la même chose. Mon petit ami, qui paraît si frêle à côté, dégage un charme ainsi qu'une beauté que Charly est loin de posséder. Je vois les yeux de Véronika se poser sur Jessy avec un petit air qui ne m'enchante pas, comme si elle était un rapace fixant sa prochaine proie. En voyant Mady arriver, mon frère vient la saluer et refait les présentations. Il ne s'attarde pas sur Véronika, ce qui m'étonne au vu de son habituel jeu de séduction.

— Mon Dieu, où Mady a-t-elle été cherchée ce mec ? Murmure-t-il en passant à côté de moi.

Je hausse les épaules en signe d'incompréhension.

Puis nous nous rendons tous dans le bar où nous avions été lors de notre précédent séjour à New York. L'établissement se compose d'une grande salle où nous pouvons danser en plus de nous asseoir pour boire un verre. Au fond de la pièce, il y a une estrade où l'on peut chanter dans un karaoké. La décoration cow-boy est purement dans l'esprit texan avec des box en bois où des tables et des banquettes sont installées. Çà et là des selles de chevaux, des harnais sont disposés sur les murs en lambris au milieu d'affiches de western. C'est le genre de bar qui donne envie de danser tous ensemble sur des airs de country en portant des Stetsons. Il est rempli de jeunes qui, comme nous, sont facilement reconnaissables à la marque que l'on nous a tamponnée sur le dos de la main en entrant afin qu'on ne nous serve pas d'alcool.

Rapidement, nous prenons tous place autour d'une grande table ronde où nous commandons des jus de fruits et autres limonades. Mady s'assied entre Charly et Nick, et essaie de parler autant à l'un qu'à l'autre jusqu'à ce que deux types viennent saluer Charly et s'installent à côté de lui. À partir de cet instant, je remarque que mon frère se penche pour parler plus bas à mon amie qui rit à intervalles réguliers.

— Qui veut chanter ? Interroge Aaron avec qui Jessy et moi discutons.

— Et si nous faisions deux équipes ?

Il est décidé que Nick, Aaron, Véronika, Charly et les deux nouveaux venus seront contre le reste du groupe dont je fais partie. Nous réservons le karaoké et, trop vite à mon goût, nous sommes appelés sur scène pour chanter *I Will Survive*.

L'équipe de mon frère commence et la nôtre prend le relais, le tout dans un esprit bon enfant. En redescendant de l'estrade, je vois Charly prendre brutalement Mady par un bras pour l'entraîner dans un coin reculé de la salle, loin de mon regard inquiet.

— Il y a un problème, murmuré-je à Jessy en désignant l'endroit où Charly retient Mady.

Aussitôt, il s'y rend. Le voyant s'éloigner si rapidement, Nick s'approche de moi, je lui résume la situation, il va rejoindre mon petit ami. Ils reviennent quelques minutes plus tard, Mady marchant devant eux et Charly à quelques pas derrière. Celui-ci parle à ses copains et tous sortent du bar.

— Bon débarras ! Lance Mady avec les yeux rouges.

— Qu'est-ce qui s'est passé ?

— Il m'a piqué une crise parce que je parlais avec ton frère !

— Tu vas bien ? Lui demande Jessy.

Mady hoche la tête en se massant le poignet.

— Il m'a juste fait un peu mal au bras en me le tordant, heureusement que tu es arrivé à temps pour m'aider. Merci.

Jessy esquisse un sourire gêné.

— Le principal, c'est que tu ailles bien.
— Oui, mais si Nick et toi n'étiez pas intervenus, cela ne serait peut-être pas le cas à cette heure-ci.

Mady remercie également mon frère.

— Pas de problème. Mais tu crois que ça va aller pour rentrer ? Véronika, tu habites à côté de chez lui ? Je pense que cette situation est risquée.

— Oui, mais je le connais depuis longtemps, il ne me fera rien.

— Ce n'est pas à toi que je pense, reprend mon frère d'un ton plus sec.

Le teint déjà pâle de Mady blanchit davantage.

— Je n'y avais pas pensé, admet-elle.

— Si tu veux, tu peux rester chez moi, propose Nicolas. Tu n'auras rien à craindre, promis. Je te laisse mon lit, je dormirai sur un matelas par terre.

Mady scrute le visage de mon frère, cherchant à savoir si elle peut lui faire confiance. Puis regarde Véronika, qui hausse les épaules l'air de dire « Fais comme tu le sens. »

— Je veux bien, merci... encore.

Mady sourit à Nick.

— De rien. Allez, on ne va pas laisser ce con nous gâcher la soirée.

Il prend la main de Mady et l'entraîne vers la piste de danse.

Jessy les observe et finit par me demander :

— Tu crois qu'eux deux... ?

Je hausse les épaules en paraphrasant mon frère :

— Ce qui se passe à New York reste dans la Grosse Pomme !

Nous retournons nous asseoir et bientôt Aaron me tend la main.

— Tu danses un rock avec moi ?

J'hésite et me retourne vers mon petit ami pour voir sa réaction. Il m'encourage d'un signe de tête, j'accepte l'invitation. Tandis que je ris devant les pitreries d'Aaron qui se déhanche devant moi en des mouvements volontairement exagérés, je jette discrètement des coups d'œil vers Jessy qui est resté à table et dont Véronika s'est dangereusement rapprochée. Je remarque que le bras de cette dernière n'est plus qu'à quelques centimètres de l'épaule de mon amoureux, cela ne me plaît pas. Je sens une boule de jalousie envahir mon estomac avant de remonter dans ma gorge. À sa façon de se pencher vers lui, je vois qu'elle est en train de le draguer ouvertement. Jessy l'écoute, lui répond parfois, les mains jointes posées sur la table. Je suis soulagée lorsque la chanson se finit. Aaron me propose une autre danse, que je décline poliment pour aller rejoindre Jessy. Il paraît parler très sérieusement à cette fille.

— Et je suis très amoureux d'elle.

Je l'entends dire alors que j'arrive derrière lui et passe mes bras autour de son cou, aussitôt ses mains rejoignent les miennes. Véronika a une petite grimace de déception et s'éloigne de nous. Je pose mon menton sur l'épaule de mon amoureux.

— Tu danses avec moi ? Me demande-t-il.

Angie résonne dans tout le bar.

— Véronika t'a dragué ?

— Oh que oui !

Je jette un regard torve à cette fille qui, dès le moment où je l'ai vue, ne m'a pas inspiré confiance. Jessy étudie mes traits et sourit.

— T'es en mode jalouse ?

J'acquiesce d'un hochement de tête.

— Tu n'as pas de raison de l'être, je l'ai gentiment remise à sa place.

— Qu'est-ce que tu lui as dit ? Je questionne alors que les battements de mon cœur s'accélèrent.

— La vérité : je suis très heureux et très amoureux de toi. Je n'ai de la place dans ma vie pour personne d'autre que toi.

Ma main remonte le long de sa joue en une tendre caresse.

— Parfois, je me demande si tu serais encore avec moi si tu n'étais pas séropo ?

Jessy se fige brusquement en m'observant. Ses traits oscillent entre incrédulité, doute et colère.

— Tu crois que je suis avec toi parce que j'ai ce virus ?

Je regarde Véronika qui parle avec Michaël, et hausse les épaules.

— Viens, dit Jessy qui me prend par la main pour me guider dehors.

Parvenus sur le trottoir, la fraîcheur nous saisit. Quelques jeunes fument en discutant devant l'entrée. Nous longeons la façade pour nous mettre à l'écart. Je m'adosse à un mur d'un gris noir, sali par la pollution.

— Alors ? m'accuse Jessy avec colère. Qu'est-ce que c'est que cette idée complètement stupide que tu viens de me sortir ?

— Désolée, mais c'est ce que je ressens quand je vois une fille canon comme Véronika te tourner autour.

La vérité c'est que cette fille a un physique parfait et que je me sens quelconque à côté.

— Je suis avec toi parce que je t'aime ! Ma séropositivité n'a rien à voir avec les sentiments que je te porte. Si je voulais sortir avec une autre fille, j'aurais juste à entrer dans ce bar et me mettre à draguer, ce n'est pas ce virus qui m'en empêcherait mais je n'y tiens absolument pas. Est-ce que tu serais toujours avec moi si je n'étais pas malade ?

— Évidemment !

— Meg, soupire-t-il en s'adossant au mur à côté de moi, je me fous des filles comme Véronika, elle est peut-être jolie, mais elle est vide. J'ai connu ce genre de filles avant de te rencontrer, j'en ai fait le tour.

— Merci de ta franchise, dis-je dans un souffle, décontenancée.

— Je te l'ai dit, j'ai eu une vie avant de te connaître, mais ces filles ne m'ont jamais rien apporté de bien. Tu sais, il y a des nuits où je me réveille en sursaut, bouffé par les angoisses. Je t'assure c'est parfois tellement flippant de se dire que ce putain de virus vit en moi que j'ai l'impression d'étouffer. Dans ces moments-là, je n'ai plus envie de me battre, je me dis que je devrais me laisser partir puisque, de toute façon, c'est ce qui arrivera tôt ou tard…

— Jessy, murmuré-je, émue, en m'emparant de sa main.

— Mais ensuite je pense à toi, à notre histoire, à ton sourire, à ta manière de poser tes mains sur moi, à la façon dont tu me regardes, et alors je reprends espoir. Je crois que, sans toi, il y a longtemps que je me serais jeté du pont… La première fois que je t'ai vue, c'était dans le couloir du lycée, nos regards se sont croisés et je me suis tout de suite dit que tu étais celle que je voulais.

Je me souviens bien de ce jour moi aussi où j'avais eu l'impression de tomber d'un immeuble rien qu'en le regardant passer.

Il se place devant moi et appuie ses mains sur le mur de chaque côté de mon visage. Je pose mes mains sur sa taille.

— Bien sûr, aussitôt après je me suis dit que j'étais débile, que tu ne voudrais jamais de moi… D'ailleurs par moments, je me demande encore qu'est-ce que tu fous avec moi… Megan, dit-il en caressant mes cheveux, c'est toi qui me donnes la force de me battre contre cette saloperie de virus, c'est grâce à toi que j'ai relevé la tête, que je refais des projets. Je ne suis pas amoureux de toi parce que je suis malade, je t'aime parce que tu es toi.

Je lui prends le visage entre mes mains et l'embrasse.

— Je suis avec toi parce que je t'aime tout simplement.

— Et bien moi aussi. Je ne veux pas que tu doutes de moi. Jamais.

Ses lèvres se posent sur les miennes.

— Promis, je ne le ferai plus. Allez viens, rentrons avant de prendre froid, affirmé-je en lui reprenant la main.

Le reste de la soirée se déroule joyeusement et je dois admettre que les amis de Nick sont vraiment très sympas. À eux quatre, ils forment une bande de joyeux lurons qui plaisantent des mêmes choses, et qui possèdent une vision identique de la vie.

Lorsque nous ressortons de l'établissement au milieu de la nuit, Aaron et Steve proposent à Mady de l'accompagner dans le Queens pour aller y prendre ses affaires et d'y déposer Véronika par la même occasion. Ils craignent que Charly les attende et tous deux sont les plus costauds de notre petite troupe. Il fait froid en cette fin septembre, surtout au cœur de la nuit. Loin derrière nous, des jeunes suivent le même chemin. C'est juste un samedi soir qui se finit. En route, je me colle à Jessy pour gagner un peu de chaleur mais lui aussi semble frigorifié. Parvenu en bas de l'immeuble de Nicolas, Jessy décide de se rendre à notre hôtel pour aller nous chercher des vêtements plus chauds. Nick habite un quartier calme où l'on ne risque rien même à cette heure-ci et c'est sans préoccupation que nous le voyons s'éloigner de quelques pas avant que nous ne rentrions nous mettre au chaud. J'interroge mon frère sitôt entré dans son studio :

— Dis-moi , il se passe quoi entre Mady et toi ? Tu n'as même pas regardé Véronika.

Nick fait un sourire innocent qui ne trompe personne avant de répliquer :

— Rien du tout ! L'autre fille ? Elle est mignonne mais elle me fait l'impression d'un joli coquillage vide.

— Même moi j'ai remarqué que tu as l'air accroché…, commence Michaël avant de s'interrompre brusquement. Vous entendez ?

Moi aussi, j'ai entendu des bruits anormaux provenant de la rue que nous avons quittée quelques instants plus tôt. Une dispute semble avoir éclaté. Des coups sourds résonnent ainsi que des cris. Nicolas se met à la fenêtre, pousse un juron avant d'ouvrir la porte à la volée et de dévaler l'escalier. Pendant ce temps, j'ai pris sa place pour voir ce qui se passe et me mets à crier avant de sortir précipitamment du studio. Arrivée dans la rue, je vois Jessy allongé à plat ventre sur le trottoir. Il ne bouge pas et est couvert de sang. Sans réfléchir, je me précipite vers lui, je m'agenouille sur le trottoir et le retourne pour le prendre dans mes bras. Mon frère revient vers nous en courant alors que Michaël s'est mis à la fenêtre, Nick lui crie d'appeler les secours. Jessy est inconscient, mais je sens son cœur battre contre mon corps. Son visage gonfle devenant quasiment méconnaissable sous la force des coups qu'il a reçus. Je pleure en le serrant fortement contre moi. Je suis morte de peur.

— Ça va aller, répète sans cesse mon frère. Tiens le coup, petit frère ! Ça va aller !

Après quelques minutes qui n'en finissent pas, les secours arrivent. Il me faut expliquer la séropositivité et faire face de nouveau à ces regards incrédules et méfiants. Ils transportent rapidement Jessy à l'hôpital, je monte avec lui dans l'ambulance tandis que mon frère nous suit en voiture.

À l'hôpital Bellevue, le service des urgences prend le relais, emmenant Jessy, toujours inconscient, loin de moi.

J'attends à l'accueil lorsque Nick arrive. Il me regarde un instant avant de me demander de le suivre. Avec étonnement, je le vois entrer avec moi dans les toilettes réservées aux femmes où il me montre mon reflet dans le miroir. Je ne m'en étais pas aperçue jusque-là, mais j'ai du sang sur ma veste, sur mon jean et des traces s'attardent sur mes joues, mon front et mes mains. Je ressemble à Carrie après son bal. D'un geste instinctif, je me lave, les larmes aux yeux tandis que je réalise que c'est le sang de Jessy que j'ai sur moi, ce sang dont il a toujours voulu me tenir éloigné, du sang empreint du virus du sida. J'enlève ma veste et la replie pour cacher les traces en attendant de savoir si je dois la nettoyer ou la jeter. Osant un nouveau regard dans le miroir, je me mets à pleurer. Mon frère s'approche et me prend contre lui.

— Ça va aller, ne t'en fais pas. Mais tu dois te faire examiner juste au cas où…

Incapable de parler, j'acquiesce.

— Mais mon Dieu, Nick, qu'est-ce qui s'est passé ? Je n'y comprends rien. J'ai vu Jessy étendu sur le trottoir, le visage en sang, je me suis précipitée vers lui sans réfléchir… Où étais-tu ? Tu étais sorti avant moi, pourtant tu n'étais pas présent quand je suis arrivée dehors.

Les phrases décousues sortent toutes seules de ma bouche alors que mon frère m'entraîne avec lui vers l'accueil de l'hôpital.

— Lorsque je me suis penché à la fenêtre, j'ai vu des types frapper Jess. Ils étaient trois, peut-être quatre, je ne suis pas très sûr. Ton mec essayait de se défendre, mais ils le maintenaient pendant qu'un autre le cognait. Je suis descendu aussi vite que j'ai pu, mais quand j'ai ouvert la porte de mon immeuble, ils sont partis en courant. Je les ai poursuivis, mais je n'ai pas réussi à les rattraper alors je suis revenu vers Jessy et c'est là que je t'ai vue.

— Mais pourquoi Jessy ? Tu les as vus, ces types ?

— Je les ai aperçus, cependant je ne suis pas certain de les avoir reconnus. Mais Jess va me confirmer si j'ai raison ou pas.

Un médecin, petit et chauve, s'approche de nous.

— Vous êtes avec Jessy Sutter ?

— Oui. Comment va-t-il ?

Le docteur fait une petite grimace de circonstance.

— Il a repris conscience, mais il est bien amoché. Ses ecchymoses s'estomperont toutes seules d'ici quelques jours. Nous lui avons fait des points de suture à la lèvre et à la pommette, et après lui avoir fait passer une radio, nous nous sommes aperçus qu'il avait également trois côtes cassées. Par chance, son scanner n'a montré aucune lésion au cerveau. Mais nous allons le garder en observation pendant 48 heures.

Le médecin tapote son bloc-notes d'un geste impatient.

— La police va venir vous interroger, veuillez rester ici.

— Est-ce qu'on peut le voir ? Demandé-je.

— Oui, il est dans la chambre 4.

— Docteur, intervient mon frère. Vous pourriez examiner ma sœur ?

Le regard scrutateur du médecin semble me passer aux rayons X alors que Nick lui explique comment je me suis retrouvée en contact avec le sang de mon petit ami.
Le médecin me prend les mains, les examine et fait la même chose avec mon visage ainsi qu'avec mon cou.

— Vous avez des coupures, des écorchures, des griffures quelque part ?

Je secoue négativement la tête. — Non, aucune.

— Parfait, je vous conseillerai de faire un test de dépistage dans environ six semaines afin d'être sûre, mais à mon avis, vous ne risquez rien. Le sang de votre ami n'est pas entré en contact avec le vôtre. Vous avez eu des rapports sexuels non protégés ?

Devenant rouge cramoisie, j'affirme que non.

— Faites un test pour confirmer, mais je pense que cela sera négatif. Ne vous inquiétez pas outre mesure et continuez à prendre des précautions.

— Merci, docteur.

Avec un hochement de tête, il s'éloigne vers d'autres patients, alors que nous nous précipitons dans la salle où est Jessy. Il est étendu sur un lit, recouvert d'un drap blanc et d'une couverture vert pomme. Sa tête enfoncée dans l'oreiller laisse apparaître un visage tuméfié. Ses yeux pochés ont pris une couleur violacée, ses pommettes, dont une présente une entaille, sont bleues, et sa bouche, déchirée par les coups, est d'un bleu plus soutenu encore. Ces traces de coups montrent la violence de l'agression. Je porte une main devant ma bouche, les larmes me montent aux yeux de le voir ainsi. Jessy entrouvre un œil et nous voyant, essaie de sourire mais cela ressemble davantage à une grimace.

— Putain, ce n'est pas vrai, s'exclame mon frère à mon côté en serrant le poing.

— Je vais mieux que j'en ai l'air, nous lance Jessy mais je sais qu'il essaie juste de nous rassurer.

Nous nous approchons de lui.

— Jess, dis-moi qui t'a fait ça ? C'était Charly et ses potes ?

Je n'ai jamais vu mon frère avoir un tel regard. On dirait qu'il est prêt à tuer d'un moment à l'autre.

— Ouais, c'était eux.

Sans rien ajouter, Nick quitte la pièce précipitamment. Je m'inquiète de savoir ce qu'il va faire mais ma place est auprès de mon petit ami, aussi je reste dans la chambre. Celui-ci tend ses bras, je vais m'y réfugier.

— Oh, excuse- moi, mon cœur, murmuré-je alors qu'il gémit.

— Ce n'est rien.

Je m'assieds sur le lit et tends une main pour lui caresser la joue, mais il arrête mon geste.

— Dans quel état tu es, murmuré-je, les larmes aux yeux.

— Ce ne sont que quelques bleus, plaies et côtes cassées, cela va guérir. Et tu as vu, moi aussi je les ai cognés.

Avec fierté, il me montre ses poings meurtris. J'esquisse un sourire.

À cet instant, l'on frappe à la porte, c'est un homme grand, à l'allure solide. Il doit avoir une cinquantaine d'années comme l'attestent ses cheveux poivre et sel. Il se présente comme étant l'inspecteur Schmidt, il paraît très sérieux, très strict et ne met pas les gens à l'aise. Sa première question est la même que celle de Nicolas. Jessy me regarde et je comprends qu'il pense aux représailles autant pour lui que pour notre petit groupe. Je pose ma main dans la paume de la sienne qui est intacte de toute blessure, l'incitant à parler. Jessy pince les lèvres avant de répondre dans un souffle :

— Oui, je les ai vus.

— Vous sauriez les reconnaître ? Demande l'inspecteur en prenant des notes.

— C'était Charly et ses deux copains qui étaient avec nous au bar...

Il raconte au policier toute la soirée, y compris son intervention lorsque les choses ont commencé à mal tourner entre Mady et ce type.

— Vous étiez à plusieurs ce soir, alors pourquoi vous ?

Jessy tente de hausser les épaules mais sa douleur aux côtes l'empêche de faire le mouvement complet.

— Je n'en sais rien, peut-être parce que c'est moi qui les ai séparés en premier au bar. Avant de me frapper, Charly m'a dit que je n'aurais pas dû me mêler de ses affaires. Peut-être aussi parce que j'étais seul et qu'ils ont vu l'occasion, ou que j'étais l'un des moins baraqués de notre groupe, qu'en sais-je ? En tout cas, lorsque vous les aurez arrêtés, n'oubliez pas de leur dire de faire un test de dépistage, enrage Jessy.

L'inspecteur lève les yeux de son carnet, visiblement surpris.

— Dépistage de quoi ?

— Je suis séropositif, dit Jessy comme si cela coulait de source.

Aussitôt le policier scrute le visage de mon petit ami puis regarde ma main qui repose toujours dans la sienne. Je sais ce qu'il pense, c'est toujours la même chose : *Mon Dieu, je suis dans la même pièce, respirant le même air que ce mec malade.*

Et moi, j'ai juste envie de hurler : *Va te faire foutre, pauvre type !*

Mais comme d'habitude, je me retiens. Si Jessy peut supporter ces regards alors moi aussi.
L'inspecteur se racle la gorge et questionne :
— Vous êtes homosexuel ?
La question me scotche apparemment autant que Jessy puisqu'il lui demande de répéter, ce que fait le policier.
Je m'écrie avant que mon petit ami n'ait le temps d'ouvrir la bouche :
— Non !
Voilà le préjugé qui revient le plus souvent à cette époque, sida égal homo.
— C'est à M. Sutter que je pose la question, me réplique froidement l'inspecteur.
— Meg est ma petite amie depuis un an alors elle est bien placée pour savoir qui je suis, dit Jessy pour me défendre.
L'inspecteur se penche vers lui et, pour la première fois, son visage s'adoucit.
— Excusez-moi de vous avoir posé la question, mais avec cette maladie et vu votre âge, c'est tout de suite ce que l'on suppose.
— C'est une fille qui m'a transmis le sida lors d'un rapport non protégé.
L'inspecteur se tourne vers moi, l'œil accusateur.
— Ce n'était pas Megan ! Ajoute tout de suite mon petit ami. Cette fille est décédée depuis.
— Très bien, j'ai toutes les infos qu'il me faut. Monsieur Sutter, bon courage ; à vous aussi, mademoiselle.
Il sort de la chambre. Jessy essaie de bâiller mais ne peut s'empêcher de grimacer.
— La nuit a été longue. Je vais te laisser te reposer. Je reviendrai dans la matinée. Il faut aussi que j'appelle ta mère…

— Non, ne lui dis rien.
— Jessy, ça fait partie de notre accord.
— Si tu la préviens, elle va s'inquiéter inutilement. Je lui téléphonerai moi-même demain.
— Comme tu veux.

Je cède en l'embrassant sur le front, seul endroit de son visage dépourvu de blessure.
— Je t'aime, Meg.
— Et moi, encore plus.
— Ça, c'est impossible, murmure Jessy qui sourit légèrement tandis que je sors de la pièce.

En me dirigeant vers le hall d'accueil, j'aperçois Mady qui attend sur un siège en se rongeant les ongles. Elle se précipite vers moi et me prend dans ses bras.
— Michaël puis ton frère m'ont raconté… Comment va-t-il ?

Je regarde aux alentours à la recherche de Nicolas, mais il n'est nulle part.
— Ce n'est pas beau à voir, mais il a le moral. Il devrait vite être sur pied. Où sont les garçons ?
— Je n'en sais rien. Lorsque je suis arrivée chez ton frère avec Aaron et Steve, Michaël nous a raconté. Nous sommes aussitôt venus vous rejoindre ici et Nicolas est arrivé, il a pris les garçons à l'écart. Quand ils sont revenus vers moi, ils m'ont dit que nous devions les attendre, qu'ils revenaient rapidement, mais cela fait plus d'une demi-heure maintenant.
— J'espère juste qu'ils vont bien.

Connaissant mon frère et après avoir vu sa réaction, je me doute de l'endroit où il se trouve actuellement, mais je ne dis rien. S'il veut agir, je suis toute disposée à le laisser faire sans aucun scrupule.

De longues minutes plus tard, je ne suis pas étonnée de le voir revenir avec un œil au beurre noir, entouré de ses copains dont de jolis bleus ornent également les visages. Toutefois, ils affichent tous un sourire satisfait. Je ne pose aucune question, c'est inutile, j'ai déjà toutes les réponses que je souhaite. Il est 6 heures du matin lorsque nous quittons l'hôpital. Les amis de mon frère rentrent chez eux, tandis que Mady et moi dormons sur le canapé convertible de Nick alors que celui-ci dort sur un lit de camp à côté de nous.

Dans la matinée qui suit, mon frère a la lourde tâche de prévenir nos parents. Il les rassure en expliquant la bagarre ainsi que la raison de celle-ci, puis il les prévient que je suis contrainte de rester quelques jours de plus à New York, le temps que Jessy sorte de l'hôpital et qu'il soit assez en forme pour supporter le voyage du retour. J'ai demandé à Nicolas de ne pas mentionner le sang de Jessy sur moi et, avec soulagement, je constate qu'il n'en touche mot. Mes parents veulent venir nous retrouver mais comme leur répond Nick, cela ne servirait à rien. Jessy est hors de danger et nous serons de retour au plus vite.

Ensuite, nous nous rendons à l'hôpital, Mady veut s'arrêter dans une boutique de souvenirs, elle en ressort avec un bouquet de fleurs. Dans le couloir conduisant à la chambre de Jessy, nous croisons l'inspecteur Schmidt.

— Nous avons arrêté les agresseurs à la première heure ce matin, nous annonce-t-il avec un sourire satisfait. Si cela peut soulager un peu votre colère, ils sont dans un sale état également… un peu comme vous d'ailleurs, ajoute-t-il en fixant mon frère qui arbore toujours un joli coquard.

— Oh, je me suis pris une porte, répond Nick, mal à l'aise.

— Mais bien sûr... Quoi qu'il en soit quand votre ami sortira d'ici, il faudra qu'il vienne au commissariat pour les identifier et vous aussi. Cette nuit, vous m'avez dit les avoir vus s'enfuir.

— En effet, dit Nicolas. Nous viendrons.

L'inspecteur hoche la tête, s'éloigne de quelques pas avant de s'exclamer :

— C'est quand même curieux le nombre de portes qui se sont vengées, cette nuit !

Tous trois nous échangeons un petit sourire complice avant de nous diriger vers la chambre de Jessy. Alors que nous allons entrer, Mady recule.

— Je ne peux pas y aller.

Je regarde mon amie qui est devenue très pâle avant de faire signe à mon frère d'entrer seul. Mady s'est réfugiée dans le hall de l'hôpital. En parvenant à sa hauteur, je remarque ses mains qui tremblent alors qu'elles se resserrent autour du bouquet de fleurs qu'elle tient droit devant elle tel un drapeau blanc.

— Je suis désolée, Meg. Ce qui est arrivé à Jessy est ma faute. Si je n'avais pas amené Charly hier soir, rien ne se serait produit.

— Avec des « si », on peut refaire le monde.

— Je pensais que Charly était un mec bien, et finalement ce n'est qu'un gros con. J'ai honte de m'être intéressée à lui, tu ne peux pas t'imaginer ! Quand j'étais seule avec lui, il était tellement gentil que je n'ai pas songé une seconde qu'il serait capable de faire preuve de violence.

— Mady, je ne t'en veux pas. Par contre, à lui, oui, je lui en veux énormément.

— Je crois qu'il a dû se monter la tête avec ses potes...

— Et mon chéri se retrouve à l'hôpital, j'achève en m'adossant à l'un des murs couleur crème. Tu sais, je crois que ce mec ne t'aurait attiré que des emmerdes dans le futur.

Mady acquiesce et me demande l'air grave :

— Tu crois que Jessy m'en veut ? Je l'ai déjà vu en colère et, franchement, je n'ai pas envie qu'il me crie dessus, lui d'ordinaire si calme est une vraie tornade lorsqu'il est énervé. Il me fait peur.

J'esquisse un sourire.

— Je pense surtout que tu devrais lui poser la question directement. Allez, viens. Mais je te préviens cela risque de te faire un choc, ils l'ont salement amoché.

Mady fait une petite grimace de compréhension.

— Je lui ai pris des fleurs, cela ne se fait pas d'arriver les mains vides.

— J'ai vu. Mais tu sais, si tu souhaites qu'elles vivent, tu devrais arrêter de serrer les tiges avec autant de force.

Mon amie regarde ses mains qui sont crispées sur l'emballage et part d'un grand éclat de rire.

— Désolée. Parler de Charly et de ses amis me donne envie de les étrangler.

Parvenue devant la porte de la chambre, je frappe avant d'entrer. Mady reste volontairement en retrait derrière moi.

— Salut, toi, dis-je à Jessy.

— Salut.

— J'ai quelqu'un avec moi qui aimerait te parler mais qui n'ose pas entrer.

— Qui ça ? Demande-t-il suspicieux.

— Allez, entre !

Je fais un geste de la main pour l'inciter à surmonter sa peur. Cela m'est étrange de voir quelqu'un avoir peur de Jessy à ce point car, pour moi, il est l'homme le plus doux du monde. Nicolas fixe la porte et fait un clin d'œil à mon amie pour l'encourager. Timidement, Mady entre, osant à peine regarder Jessy.

— Salut !

Rassurée par le ton amical de sa voix, elle lève les yeux.

— Mon Dieu ! Dans quel état t'ont mis ces salauds ! Dit-elle atterrée, en le découvrant.

— Mady, tes mains.

Je vois le bouquet de fleurs au bord de l'asphyxie, une nouvelle fois. Portant son regard sur ses mains, elle desserre son étreinte.

— Oups, désolée ! Tiens, Jessy, c'est pour toi. Il vaut mieux que je te les donne avant qu'elles ne soient complètement bousillées.

— Merci, c'est sympa. Tu sais, ce n'est pas beau à voir mais ce n'est pas si grave, dit-il en indiquant son visage violacé.

— Il faut que je sache, sur une échelle de un à dix, tu m'en veux à quel point ?

Jessy paraît effaré par cette question.

— Je ne t'en veux pas du tout. OK, Charly est un gros naze, mais ce n'est pas toi qui m'as cogné.

— Non, mais c'est moi qui l'ai amené à notre soirée, et c'est parce que tu m'as défendue qu'il t'a fait ça.

— Disons que la prochaine fois, tu choisiras mieux les mecs avec qui tu sors.

— Ça, c'est sûr !

Jessy bâille à s'en décrocher la mâchoire. Pour lui, comme pour nous, la nuit a été courte.

— On va te laisser te reposer, annonce Nicolas avant de sortir avec Mady.

Je m'approche du lit. Cela me fait toujours autant mal de le voir dans cet état.

— Tu sais quand tu sors ?
— Demain !
— L'inspecteur t'a dit qu'il les avait arrêtés ?
Mon petit ami hoche la tête.
— Et à voir la tête de ton frère, j'en déduis que lui aussi les a retrouvés.
— Je ne lui ai rien demandé, mais j'espère vraiment qu'il ne les a pas ratés.

Le lendemain, j'apporte des vêtements propres à Jessy et, quelques instants plus tard, il peut sortir de l'hôpital. Son visage commence à cicatriser, en revanche, chaque mouvement lui arrache une grimace de douleur. Le médecin lui prescrit des antidouleurs pour lui permettre de se déplacer sans trop souffrir, cela le calme un peu.
— Autant en finir maintenant, lance-t-il en se dirigeant vers le commissariat.
Je l'accompagne, je veux revoir les visages de ces lâches qui l'ont blessé.
À notre arrivée, l'inspecteur nous salue avec sympathie avant de nous conduire dans une petite pièce sombre, où une grande vitre prend la moitié de la pièce. Il appuie sur le bouton de l'interphone pour ordonner que l'on amène les suspects. Dix hommes de toutes races, tailles, corpulences s'avancent dans la salle voisine, visibles par le miroir sans tain. Je n'ai aucun mal à les reconnaître, non seulement parce que leurs traits sont gravés dans ma mémoire, mais surtout à cause des ecchymoses qui ornent leurs visages. Presque malgré moi, un sourire naît sur mes lèvres, Nick et ses copains ont bien vengé Jessy. Je lui jette un regard en biais et m'aperçois qu'il arbore également un petit sourire entendu en fixant Charly.

— Vous reconnaissez ceux qui vous ont agressé ? Questionne l'inspecteur.

Jessy baisse la tête, ne sachant que répondre.

— Vous n'avez pas à craindre les représailles. Ces types ont déjà des casiers bien fournis pour des histoires de bagarres, ainsi que pour un braquage de petit commerce de quartier, la semaine dernière. D'autres victimes les ont déjà reconnus.

— Ils ne sauront pas que c'est moi qui les ai dénoncés ?

— Non, vous êtes plusieurs à avoir porté plainte contre ce petit gang de malfrats.

Nous échangeons un regard, et Jessy annonce :

— Le trois, le sept et le neuf. Ce sont eux.

— Vous êtes sûr ?

— Certain.

Je regarde ces individus qui ne m'inspirent que de la colère. Charly a les yeux perdus dans le vague. À n'en pas douter, c'est lui le chef de file de cette bande de racailles. Il se tient fièrement comme si tout cela faisait partie intégrante de sa vie. Ses deux acolytes sont avachis sur eux-mêmes, essayant sans succès de se faire oublier. J'observe leurs mains. Tous trois ont des marques provenant des coups qu'ils ont donnés. Eux aussi devront faire le test pour savoir s'ils ont été contaminés par le sang de Jessy.

— Parfait, dit Schmidt en nous raccompagnant. Je pense qu'ils vont plaider coupable ainsi il n'y aura pas de procès, vous serez tranquille.

— Merci, inspecteur, répond Jessy dont le visage se fait soudainement plus dur. Vous savez ce n'est pas parce que je suis hétéro et que j'ai attrapé le virus du sida dans une relation sexuelle non homosexuelle que je suis différent des autres. À l'hôpital, j'ai remarqué que vous me traitiez froidement jusqu'à ce que vous appreniez mon histoire. Comment auriez-vous réagi si je vous avais dit que j'étais gay ?

Le policier garde le silence. Je reste estomaquée par l'aplomb de Jessy ! Celui-ci, satisfait de son discours, décide de conclure :

— Face au sida, tous les séropositifs sont égaux. Souvenez-vous-en !

Nous sortons du commissariat de police.

— Je suis fière de toi.

Je le regarde avec admiration, Jessy sourit.

— Je n'étais pas bien à l'hosto quand il est venu l'autre nuit, mais je n'avais pas l'intention de laisser passer ça. Je crois qu'il pense, comme beaucoup de gens, que si des gays ont le sida, quelque part c'est bien fait pour eux, qu'ils l'ont plus ou moins cherché. Mais c'est faux ! Personne ne souhaite mourir en aimant l'autre, et ce, quel que soit son sexe !

Chapitre 15

Angoisses

Six semaines plus tard, je mens à nouveau à mes parents avec la complicité de Mady. Nous prétendons avoir un devoir de science à rendre pour le lendemain, de ce fait, je dois rester dormir chez elle étant donné que nous allons travailler tard. C'est la seule excuse qui m'est venue à l'esprit, sachant très bien que mes parents privilégient les études au fait que je découche et j'ai raison : ils acceptent. Jessy s'est remis de ses blessures, ses bleus se sont estompés avec le temps et ses côtes se sont reconsolidées. Mais demeure de ce séjour à New York un goût d'inachevé. Nous n'avons pas pu en profiter comme nous l'avions souhaité. Surtout, une peur m'envahit lorsque je songe au test de dépistage que je dois faire le lendemain. C'est pour cette raison que j'ai voulu être près de mon amoureux en ce jeudi soir, même si je ne lui ai rien dit, sa seule présence suffit à me calmer. Je sais que j'aurais dû lui en parler mais à quoi cela aurait servi ? À le faire culpabiliser, à le rendre malade d'angoisse pendant des semaines ? Je l'aime trop pour lui infliger cela. De plus, nous sommes à deux jours d'Halloween, et nous allons bientôt fêter nos un an ensemble, cela me remet un peu de baume au cœur au milieu de cette grisaille qui obstrue mes pensées. À cause de ses blessures, nous avons dû passer des jours sans nous toucher, cependant, maintenant que les plaies se sont refermées, je retrouve avec bonheur la douceur de sa peau. Mais quand, dans un demi-sommeil, je tends la main vers lui et qu'elle y rencontre le vide, je sors de ma torpeur aussitôt. Me tournant vers le radio-réveil dont les chiffres rouges s'affichent dans la pièce sombre, j'allume la lumière. Mon petit ami est assis à côté de moi, recroquevillé, la tête dans les genoux ramenés sur son torse.

— Jessy, il est plus de 4 heures du mat, qu'est-ce qui se passe ?

— Ça va, rendors-toi, balbutie-t-il en gardant la tête baissée.

Je me redresse, puis passe ma main sur sa nuque qui est trempée de sueur.

— Qu'est-ce que tu as ?

— Rien, c'est stupide... J'ai juste fait un cauchemar.

— Ce n'est pas idiot si cela te met dans un tel état.

Je m'assieds derrière lui et le prenant par le cou, je le force à prendre place devant moi. Il cale sa tête sur mon épaule avant de prendre plusieurs profondes inspirations.

— Je m'en veux tellement, il pose une main sur mon genou et sanglote. Je n'aurais jamais dû faire ça. S'il te plaît, pardonne-moi.

Une peur panique m'envahit.

— De quoi tu parles ?

— Je n'aurais jamais dû coucher avec Haley.

Je me détends d'un seul coup en soufflant.

— Oh, ce n'est que ça !

Jessy relève ses yeux humides vers moi avec surprise.

— Ce n'est que ça ?

Un timide sourire étire ses lèvres.

— J'ai eu peur. J'ai cru que tu allais m'annoncer que tu m'avais trompée l'été dernier pendant que tu étais chez ta mère !

— Jamais, je ne te ferai ça.

— Chéri, je n'ai rien à te pardonner. Tu as fait une erreur, c'est à toi-même de te pardonner. Et franchement, je pense que tu t'es déjà assez puni comme ça.

— J'ai foutu nos vies en l'air, maugrée-t-il. On ne pourra jamais rien construire ensemble à cause de cette maudite nuit que j'ai passée avec elle.

Du poing, il tape le matelas avec rage.

— C'est vrai pour le moment, mais pense à l'avenir. Des chercheurs se démènent pour trouver un traitement contre ce maudit virus ! Quand ils y arriveront, tu seras guéri et, alors, nous pourrons faire tout ce que nous voulons.

Je lui caresse le front et ramène ses cheveux en arrière.

— Penses-y, qu'est-ce que tu voudrais ? À quoi rêves-tu ?

Il s'échappe de mon étreinte et s'allonge à côté de moi, me prenant au creux de ses bras.

— Aussi dingues que soient mes rêves ?

— Rêves absolus.

Je le sens de nouveau confiant.

— Alors, je me verrais bien passer ma vie à peindre, réussir à en vivre en exposant dans des galeries d'art, dans des musées. Ce serait l'idéal.

— Et d'un point de vue personnel ?

Il resserre la pression autour de moi, tandis que son autre main attrape la mienne pour jouer avec mes doigts.

— J'aimerais que nous vivions ensemble et qu'on se marie.

Je le regarde, incrédule et souris.

— Tu voudrais devenir mon mari ?

— Je rêve de passer ma vie avec toi.
— Et un bébé ? Tu ne voudrais pas que nous ayons un bébé ensemble ?

Jessy reste bouche bée, il me considère un instant avant de retrouver l'usage de la parole :

— C'est ce que tu voudrais ?

J'acquiesce.

— Je n'y avais jamais pensé, mais oui. Une mini Megan… Oui, ça me plairait.

— Ou un Jessy en miniature, dis-je en souriant.

Je vois son regard se faire lointain, se retrouver à des lieues de notre réalité. Ma peur de faire le test de dépistage s'atténue. Quoi qu'il arrive, nous serons deux jusqu'au bout.

Nous nous rendormons ainsi en nous projetant très loin dans le temps, à l'heure où n'existe plus que l'espoir.

Je suis dans un état étrange en me levant le matin, cela est bizarre de se réveiller chez Jessy pour ensuite aller au lycée ensemble, c'est une grande première. Je me brosse les dents lorsque mon petit ami arrive dans la salle de bains. J'admire son reflet dans le miroir, il est torse nu avec juste un pantalon de pyjama gris qui lui tombe à la perfection sur les hanches. Je détaille sa silhouette fine mais musclée dont je raffole.

— Mon T-shirt est beaucoup mieux porté par toi, affirme Jessy.

Je suis simplement vêtu de son vêtement qui m'arrive à mi-cuisses.

— Je l'aime bien, il y a ton odeur dessus.
— J'adore t'avoir avec moi, ici, ajoute-t-il en souriant.
— J'aime être chez toi.

Je me rince la bouche.

— Ce qui t'est arrivé cette nuit, c'est ce qui se passe lorsque tu es seul ?

Jessy baisse les yeux.

— Je suis désolé que tu m'aies vu comme ça.

— Tu n'as pas à l'être, je me retourne vers lui. Chéri, tu n'as pas à être fort tout le temps, tout le monde craque par moments. Si tu ne peux pas te permettre d'être mal devant moi alors face à qui le seras-tu ? Cela m'arrive aussi…

Jessy lève un sourcil interrogateur.

— Ben oui. Par moments je m'inquiète, je pique des crises de jalousie. J'ai peur de te perdre.

Il pose ses mains sur mes hanches.

— Je peux t'assurer d'une chose : quoi qu'il arrive, tu ne perdras jamais l'amour que je te porte.

Je passe ma main sur sa nuque et l'attire à moi pour l'embrasser.

— Ça t'arrive souvent ces cauchemars ?

— Pas mal en ce moment. J'ai du mal à dormir… Soit c'est dû au contrecoup de l'agression, soit à un effet secondaire d'un médicament d'après mon toubib. Mais heureusement, tu étais là pour me rassurer.

Je fais une grimace de circonstance car ces nuits sont trop rares.

— J'ai horreur quand c'est le soir et que tous les deux on est obligés de se séparer.

— Moi aussi. Mais pour le moment on ne peut rien faire pour changer cela.

J'ai perdu ma belle assurance lorsque je me rends au laboratoire pour faire le test de dépistage. Je n'en ai parlé à personne, seul Nicolas est au courant. Il est revenu de New York exprès pour m'accompagner, ce dont je lui suis très reconnaissante. De son côté, il a tenu parole en se taisant mais je vois à son allure qu'il a peur du résultat, tout comme moi. La journée a été longue jusqu'à ce que la cloche sonne, me libérant du lycée. Jessy est parti à son cours de dessin. En entrant dans le centre d'analyses, Nick me prend la main, elle tremble légèrement dans la mienne.

Un médecin nous reçoit rapidement, il se montre rassurant lorsque je lui explique la situation. Puis, il me fait une prise de sang et nous demande de revenir le lendemain matin pour connaître le résultat.

— Eh bien, au moins maintenant c'est fait, il n'y a plus qu'à attendre jusqu'à demain, commente mon frère en ressortant.

— Merci d'être venu avec moi.

— C'est normal, petite tête. Tu as peur ?

— Oui, j'avoue. J'ai peur pour plusieurs raisons.

Nicolas s'arrête à hauteur d'un banc, nous nous y asseyons. L'automne est bien entamé apportant avec lui la fraîcheur à laquelle succédera bientôt le froid vif et sec de l'hiver. Distraitement, je regarde les véhicules passer sur la route devant nous.

— Je vois la façon dont Jessy vit sa maladie, ce n'est pas évident tous les jours même s'il essaie de le cacher aux autres. Il a souvent des angoisses...

— Je l'ignorais.

— Il le cache bien. Quand il est avec toi, il préfère déconner mais à moi, qui le vois quotidiennement, il ne peut pas les occulter. Je n'ai pas envie de vivre ça. Je ne lui serai plus d'aucun soutien si je m'écroule à mon tour. Sans compter que s'il s'avère que son sang m'a contaminée, je ne te raconte même pas dans quel état il sera.

— Tu devrais lui en parler.

— Non, affirmé-je avec force.

— Megan, ne sois pas si têtue. En tant qu'homme, je vais te dire la manière dont je vois les choses. Tu es le soutien sans faille de Jessy, c'est la vérité, tout le monde peut le voir. Mais en agissant ainsi tu le maternes trop. Par moments, en te voyant avec lui, je me demande si tu es sa copine ou sa mère.

Je fixe mon frère avec des yeux ronds de stupeur.

— Je t'assure, reprend-il. Par exemple, il veut sortir acheter de la bouffe et aussitôt tu veux l'accompagner. Quand il fait froid, tu lui dis de rentrer. Ce n'est pas une critique, vous fonctionnez comme ça. Jessy essaie aussi de le faire avec toi mais tu ne lui en laisses pas vraiment la place.

— Mais c'est parce que je m'inquiète pour lui...

— Je sais. Je le comprends mais c'est un homme. Il a besoin de pouvoir te protéger en retour. Et ce n'est pas en lui cachant des choses qu'il y parviendra.

Je baisse la tête, ne sachant plus quoi dire, quoi faire. Pourquoi les choses doivent-elles toujours être si compliquées ?

— J'ai le cerveau qui va exploser ! Jessy ne va pas bien en ce moment. Il fait des cauchemars, a des sueurs nocturnes, des crises d'angoisse. Bref, si je lui rajoute mon test de dépistage en prime, il va disjoncter.

— Au contraire, il a peut-être besoin de cela pour prendre sur lui et être présent pour toi.

Nick passe un bras autour de mes épaules.

— Qu'est-ce que tu souhaites vraiment faire ?

— Honnêtement ce que j'aimerais, c'est passer la nuit chez lui, qu'il puisse me prendre dans ses bras et me rassurer en attendant le résultat de ce test demain.

— Alors tu sais ce qu'il te reste à faire.

Nicolas et moi rentrons à la maison. Mes parents sont installés dans le salon. Nina est chez l'une de ses amies pour la soirée. Ma mère pose le livre qu'elle lit sur ses genoux en nous voyant entrer. En revanche, mon père ne lève pas les yeux de la télévision où un match de football américain retient toute son attention. Nick va s'asseoir à côté de lui sur le canapé, alors que je monte dans ma chambre mettre quelques affaires dans mon sac à dos. En redescendant, je dépose mon sac dans l'entrée, à l'abri des regards, avant de m'avancer dans le salon.

— Maman, papa, je voudrais vous parler.

J'ai le cœur qui bat à tout rompre et mes mains sont moites. Je suis consciente que les prochaines paroles échangées vont changer beaucoup de choses dans nos vies, alors une peur inextricable me tenaille les entrailles. Ma mère et Nicolas relèvent la tête. Mon frère me fait un clin d'œil d'encouragement alors que mon père ne m'accorde pas un regard, trop absorbé par son match. Mais je sais que bientôt je vais avoir beaucoup plus d'attention de sa part que je ne le souhaite.

— J'aimerais dormir chez Jessy ce soir, annoncé-je d'un seul trait.

— Megan, tu es sérieuse ? Réplique de son côté ma mère en me regardant avec anxiété.

Je pense que c'est la tonalité de sa voix plus aiguë qu'à l'ordinaire qui fait relever la tête de mon père.

— Qu'est-ce qu'elle a dit ? Demande-t-il à sa femme.

— Elle a dit qu'elle veut aller passer la nuit chez Jessy, répète-t-elle lentement comme si elle avait besoin de détacher chaque mot pour en saisir l'importance du sens.

Ma mère est comme cela, elle ne hurle pas, ne s'emporte pas. Elle tente de demeurer calme le plus possible avec une voix toujours mesurée, ce qui ne l'empêche pas de dire ce qu'elle pense avec ténacité. Rares sont ses colères mais, d'une certaine façon, elles n'en sont que plus redoutables. Mon père bondit du sofa.

— Ça ne va pas, non ? T'es malade ou tu es devenue cinglée ? Crie-t-il.

Ayant prévu sa réaction, je garde mon calme.

— Je vais très bien, merci.

— Et ne réponds pas ! Tu as dix-sept ans ! Il est hors de question que tu ailles passer la nuit chez ton petit ami !

— Je suis beaucoup plus mûre que mes dix-sept ans, tu ne peux pas prétendre le contraire !

— C'est vrai, admet ma mère.

Aussitôt, mon père la fusille du regard.

— Tu ne peux dire l'inverse, John.

— Là n'est pas la question ! Jessy est séropositif, je te le rappelle !

— Et alors ? Intervient doucement Nick en se levant du canapé.

— Et alors ? Répète notre père. Il le regarde comme si, lui aussi, était tombé sur la tête. Tu as envie que ta sœur meure ? C'est ça que tu veux ?

— Ne dis pas n'importe quoi…, je commence avant que mon frère ne me fasse taire d'un geste.

— Finalement, est-ce que tu connais Jessy ou pas ? Réplique Nicolas en demeurant très calme. Parce que moi, je le connais très bien et je pense que si tu avais fait l'effort de lui parler, de le voir se comporter avec Megan, tu ne te poserais aucune question sur la sécurité de ta fille.

— Je ne veux pas que mon enfant gâche sa vie avec un type qui n'a aucun avenir devant lui !

Je reçois ses paroles en pleine figure, mon père n'aurait pas fait pire s'il m'avait giflée. Les larmes me montent aux yeux. Je surprends le poing de mon frère en train de se contracter, c'est une chose inhabituelle pour lui, surtout devant notre père.

— Tu te rends compte que tu parles d'un homme ? J'ai la chance d'avoir un petit ami génial et toi, tu le rabaisses sans arrêt.

— J'aime bien Jessy, se défend mon père en retrouvant un peu de son calme, mais là, Meg, tu atteins des sommets dans la connerie ! Parce que tu ne vas pas prétendre que si je te laisse y aller, vous allez passer la nuit à jouer aux billes !

Je sens le regard pesant de notre mère, je sais à quoi elle pense avant même qu'elle me le demande :

— Meg, tu as déjà couché avec lui ?

D'un hochement de tête, j'acquiesce. Ma mère me fixe d'une manière indéchiffrable, nulle émotion n'émane d'elle alors que mon père se prend la tête dans les mains, et se frotte les yeux comme pour chasser mon image de sa vue.

— Ce n'est pas vrai, s'emporte-t-il. Mais t'es cinglée !

— Non, je suis fière de Jessy, et très heureuse de faire l'amour avec lui, affirmé-je en sachant très bien que mon père va hurler de plus belle.

— Tu as couché avec ce jeune con ! S'exclame notre père en se plaçant, menaçant, devant moi.

— Il a des défauts comme tout le monde, mais c'est loin d'être un con ! S'écrie Nicolas en s'interposant entre mon père et moi. Tu parles d'un mec qui est comme mon frère, alors surveille ton langage !

Je reste bouche bée à regarder mon frère tenir tête à notre père pour la première fois de sa vie.

— Ne me parle pas comme ça !

— Jessy est un mec bien ! Il sait exactement ce qu'il fait et Meg aussi ! Votre fille est amoureuse de lui, il serait grand temps que vous l'acceptiez. Vous pouvez l'empêcher d'y aller cette nuit, vous pouvez même lui interdire de le revoir à l'avenir mais vous savez ce qui va se passer ? Elle le verra en cachette s'il le faut, mais elle ne le lâchera pas et je peux vous assurer que lui non plus. Et si vous arrivez à la cloîtrer dans sa chambre et que Jessy meurt dans les prochaines semaines, comment croyez-vous que Meg réagira en sachant que vous lui avez interdit d'être avec lui ? Elle ne vous le pardonnera jamais... et moi non plus. C'est ça que vous voulez ?

Mon frère fait une pause, tel un avocat après son plaidoyer, juste avant de conclure :

— Pour en avoir parlé avec lui à de nombreuses reprises, je peux vous assurer que Megan n'a rien à craindre en faisant l'amour avec Jessy. Ils prennent mille précautions. Ils s'aiment, ils veulent juste être ensemble, vous n'avez pas le droit de les en empêcher, ils ont besoin l'un de l'autre. Ce sont leurs vies, pas les vôtres.

— Tu peux y aller, Megan, dit notre mère en scrutant mon visage que je sens s'enflammer sous le coup de la colère et de mes émotions qui se mélangent.

— Quoi ? S'indigne notre père en fixant sa femme comme si elle avait perdu toute sa raison.

Je regarde mes parents, ne sachant quoi faire.

— Vas-y. Bonne nuit, à demain, confirme ma mère d'un ton qui se veut doux, mais dont je pourrais affirmer qu'il contient une menace.

— Euh... Jessy m'a invité à dîner, donc je l'accompagne, ajoute mon frère. À plus tard.

Notre mère nous fait un signe de tête approbateur. Quelques secondes plus tard, je l'entends élever la voix face à notre père alors que nous franchissons le pas de la porte. Je respire une grande bouffée d'air frais. Tout cela m'a semblé si irréel et intense à la fois que mes mains tremblent toutes seules.

— Oh putain, murmuré-je, paniquée, une fois dans le jardin. Qu'est-ce que j'ai fait ? Qu'est-ce que tu as fait ?

— Bravo, petite sœur, tu viens d'obtenir ton indépendance, me félicite Nick.

Quelques minutes plus tard, nous arrivons chez Jessy avec un pack de bière.

Nicolas lève les bières et moi mon sac à dos tandis que nous entrons chez Jessy.

— Nous avons une chose à t'apprendre, dis-je avant de l'embrasser.

Et alors que le jour décline, confortablement installés dans le salon, nous lui racontons la scène qui vient d'avoir lieu.

— Eh ben, ça alors, dit Jessy impressionné.

Il y a un mélange de fierté et d'admiration dans sa voix. J'ai souri en me rendant compte que Nicolas a sauté certains propos de notre père à son encontre. Mon frère m'a reproché de trop couver Jessy, mais il fait de même à sa façon.

— Vous croyez que c'est gagné ? Ils ne vont pas débarquer au milieu de la nuit pour te récupérer ?

— Rien à craindre, Nick ouvre trois bières. Maintenant que maman a dit oui, papa va suivre. Bien sûr, cela risque de leur prendre un peu de temps pour s'y habituer mais c'est définitif, vous êtes libres !

Triomphant, mon frère lève sa bière, nous l'imitons. Les canettes de bière s'entrechoquent joyeusement tandis que nous trinquons à mon indépendance.

Nous dînons de pizzas en parlant de tout et de rien. Je note que mon frère me demande des nouvelles de Mady comme souvent. Jessy promet de l'inviter le lendemain et Nick semble content. Il est tard lorsque mon frère prend congé.

— Dis-lui, murmure-t-il à mon oreille avant que je referme la porte sur lui.

Une fois seule, la peur me saisit les entrailles. Plus les heures passent et plus je crains le résultat du test. Je veux parler à Jessy, lui dire combien j'ai besoin de lui, cette nuit plus que toute autre mais comment amener la discussion sans le faire culpabiliser davantage ?

— Je n'en reviens pas que tu sois là, dit Jessy en me tendant une main afin que je le rejoigne dans le canapé.

Je me blottis contre lui, respirant son odeur, un mélange de savon et d'after-shave.

— Tu as l'air bizarre ce soir, ça va ?

En silence, j'acquiesce.

— Ne t'en fais pas pour ton père, c'est moi qui lui parlerai lorsqu'il viendra.

— Tu crois qu'il va venir jusqu'ici ? M'étonné-je.

— Oh, j'en suis certain. C'est juste une question de temps… Mais cela se passera bien, tu verras, ses yeux verts scrutent mon visage anxieux.

Je me lève et me mets à marcher sans but dans son appartement. Soudainement, je tombe en arrêt devant un nouveau tableau qu'il peint sur une grande toile. C'est un autoportrait d'un réalisme impressionnant, tout y est, de la profondeur de son regard, à la finesse de ses traits en passant par la coupe de cheveux. La perfection du dessin me laisse sans voix alors que, du bout des doigts, je frôle la toile.

— Mais comment tu fais ça ? Lui dis-je, subjuguée.

— C'est un devoir pour mon cours de dessin. Tu aimes bien ?

— Non... j'adore ! Je pourrais l'avoir ?

— Il n'est pas fini, réplique-t-il en souriant.

— Mais quand il le sera ? S'te plaît, s'te plaît, s'te plaît... et je l'embrasse dans le cou.

Rejetant la tête en arrière en riant, Jessy cède.

— OK, il sera à toi. Quand tu veux quelque chose, tu sais comment l'obtenir.

Je le fixe avant de lui dire :

— Tu sais à quel point je t'aime ?

Il acquiesce.

— Je t'aime aussi.

— J'ai une chose importante à te dire. Une chose que je te cache depuis des semaines, mais là je n'en peux plus parce que j'ai peur et que j'ai horriblement besoin de toi...

Je lui raconte tout. Jessy ne m'interrompt pas, il m'observe alors que je vois dans ses yeux, mille questions lui passer par la tête. Quand je termine, il s'assied en soufflant un grand coup, se malaxe les mains avec angoisse.

— Pourquoi as-tu fait une chose aussi stupide ? Questionne-t-il avec une pointe de colère dans la voix. Nous en avons parlé tant de fois !

— Je t'ai vu inconscient sur le sol, je n'ai pas réfléchi, je t'ai serré contre moi.

Il se lève et se met à arpenter la pièce, je comprends que ses grandes enjambées lui évitent de crier.

— Tu n'aurais jamais dû faire cela ! Combien de fois, t'ai-je dit de rester éloigné de moi lorsque je saigne ? Surtout de ne pas me toucher si tu ne portes pas de gants de protection ?

— Que veux-tu que je te réponde ? Je sais ce que tu m'as dit mais si la situation avait été inversée, qu'est-ce que tu aurais fait à ma place ?

Jessy s'arrête de marcher, me fixe, et après quelques secondes, il m'avoue :

— J'aurais fait comme toi… Mais tu imagines si à cause de moi… tu… Je ne pourrais pas vivre en sachant que je t'ai fait ça.

— Tu ne m'as rien fait, ce n'est pas toi.

— Mais c'est en moi ! J'ai comme une arme dans le sang qui est capable de tuer ! Depuis que nous nous connaissons, nous avons toujours pris mille précautions, nous avons toujours été sur nos gardes et voilà qu'aujourd'hui… À cet instant, j'ai une envie folle d'aller buter les mecs qui m'ont tabassé ! Sans eux, on n'en serait pas là !

— Les médecins m'ont dit que le risque que je sois contaminée dans ces circonstances est d'un sur mille, dis-je pour le rassurer.

— C'est toujours une possibilité de trop !

Je m'assieds sur le canapé et ramène mes genoux sous mon menton. Me voyant si inquiète, Jessy se glisse derrière moi et m'attire contre lui comme je l'ai fait lorsqu'il était angoissé la nuit précédente. Il dépose un baiser sur ma tempe et me susurre :

— Ça va aller, je suis sûr que tu n'as rien.

— J'ai tellement besoin de toi, Jessy.

— Je suis là, m'assure-t-il en me serrant plus fort contre lui.

Cette nuit-là, aucun de nous deux ne dort beaucoup. Je ressens juste la nécessité d'être dans les bras de mon amoureux. Il le comprend très bien et ne me lâche pas. Nicolas avait peut-être raison en m'affirmant que Jessy avait besoin de reprendre son rôle d'homme dans notre relation. En tout cas, cette nuit-là, il ne fait aucun cauchemar et ne se laisse submerger par aucune angoisse. Il est juste présent pour moi, me caresse les cheveux et me rassure à l'aide de paroles tendres.

Le lendemain matin, dès l'ouverture du laboratoire d'analyses, nous sommes là. Je m'approche de l'accueil, dis mon nom et la secrétaire me remet une enveloppe en me souhaitant une bonne journée. Je trouve cela ironique mais m'abstiens de tout commentaire. Je ressors du laboratoire en retournant l'enveloppe dans tous les sens. Comment une si petite chose peut changer toute ma vie ? Jessy m'attend dehors, Nicolas s'est joint à lui pendant que j'étais à l'intérieur. Tous deux sont très pâles. Mon cœur s'emballe et j'ai peur de ne jamais avoir le courage de connaître le résultat.

— Alors ? Dit mon petit ami.
— Je n'arrive pas à l'ouvrir. Fais-le, toi, je l'incite en lui tendant l'enveloppe.
— Non, j'ai assez eu la poisse quand j'ai ouvert la mienne, je ne tiens pas à te porter malheur encore plus.
— Bon, ça va.
Mon frère me prend l'enveloppe des mains.
Il n'hésite pas et l'ouvre mais je remarque que ses gestes sont incertains, ce qui trahit son appréhension. Il parcourt la feuille avant de la montrer à Jessy. Celui-ci la lit à son

tour et rapidement me prend dans ses bras, me soulevant du sol.

— Oh merci, Seigneur ! Tu n'as rien ! S'écrie-t-il avec soulagement.

— C'est négatif ?

Je m'étais tellement préparée à être séropositive que j'ai à peine osé espérer un résultat différent.

— Tu es officiellement séronégative, sourit mon frère.

Jessy me repose au sol avant de me dire le plus sérieusement du monde :

— À l'avenir, je t'interdis de me toucher si je saigne. Même si je suis prêt à mourir, tu me laisses par terre, sans me toucher, c'est clair ?

Je hoche la tête.

— Promis ? Insiste-t- il.

— Promis.

Nous allons boire un café tous les trois pour fêter cela. Bientôt le sujet dévie sur mes parents.

— Maman a piqué une crise à papa après notre départ hier soir, commence Nick. Elle m'a raconté lui avoir dit qu'il est temps de te laisser faire tes propres choix. Comme vous vous en doutez, papa, l'a très mal pris et, ce matin, aucun des deux ne se parlait. L'ambiance est très tendue à la maison.

Jessy et moi échangeons un regard, nous sommes mal à l'aise de savoir que mes parents se disputent à cause de notre relation. Après en avoir discuté avec mon frère, je décide de le suivre jusqu'à la maison tout en promettant à Jessy de revenir le soir chez lui.

Chapitre 16

Un an

— C'est nous, lance Nicolas en ouvrant la porte de la maison.
— Je suis à la cuisine, répond ma mère.
Nous allons la rejoindre. Elle prépare un fondant au chocolat avec Nina.
— Ça va ma puce ? Me demande-t-elle comme si de rien n'était.
J'acquiesce.
— Et toi ?
Une ombre balaie son regard.
— On fait aller.
— Nick m'a dit que vous vous êtes disputés à cause de Jessy et moi, nous n'avons jamais voulu ça.
— Je sais, c'est juste que ton père a une façon bien à lui d'envisager le genre de relation que tu devrais entretenir avec les garçons.
Nina lèche la cuillère qui a servi à préparer le gâteau et se retrouve avec le visage barbouillé de chocolat.
— Tu as quel âge ? Se moque Nicolas.
— Megan, suis-moi .
J'emboîte le pas à ma mère jusqu'au salon où nous prenons place sur le sofa. Elle a l'air grave, et je redoute ce qu'elle va me dire. Distraitement, elle remet une mèche de mes cheveux derrière mon oreille en esquissant un timide sourire.

— Es-tu sûre de savoir ce que tu fais ? Commence-t-elle. Tu sais que j'aime beaucoup Jessy, mais je ne peux m'empêcher d'avoir peur pour toi.

— Tu n'as pas à avoir de crainte. Je te promets que nous sommes très prudents.

— Malgré ce que tu peux penser, je t'ai toujours soutenue dans ta relation avec lui. Même si je me doutais depuis quelque temps déjà que vous étiez passés à la vitesse supérieure. Vous ne dormez pas chez Nick lorsque vous vous rendez à New York, n'est-ce pas ?

Malgré moi, un petit sourire naît sur mes lèvres, me trahissant.

— Je m'en doutais, mais je n'en ai rien dit à ton père. Tu vois, j'aurais eu tout le loisir de vous empêcher d'être ensemble si je l'avais voulu…

— Merci, maman, dis-je dans un murmure.

— À vrai dire, ton père et moi avons deux opinions différentes sur la façon d'appréhender les choses, mais nous sommes d'accord sur le résultat. Ton père pense qu'il faut t'interdire de voir Jessy jusqu'à ce que tu retrouves ta raison. Alors que moi, je crois qu'il vaut mieux vous laissez vivre comme vous le voulez tout en espérant vraiment que bientôt vous arrêterez de vous voir.

— Hein ? Non ! Il en est hors de question !

— Ne te méprends pas, ton père et moi aimons beaucoup Jessy, mais nous avons surtout très peur pour toi.

— Il me semble que nous avons déjà eu cette conversation quand je l'ai rencontré, lui dis-je de mauvaise humeur.

— C'est vrai, mais depuis, votre relation s'est renforcée, elle est devenue plus intime, insiste ma mère de son habituelle voix douce.

— Oui et alors ? Nous vous avions promis d'être prudents, nous avons tenu parole. Nous faisons toujours très attention.

— Nous le savons mais…

— Il n'y a pas de mais ! J'aime Jessy ! Il me rend heureuse et il est hors de question que je le quitte. J'étais revenue pour essayer d'apaiser les choses, mais finalement je pense que j'aurais mieux fait de rester chez lui. Tu vois, la différence entre lui et vous, c'est que jamais il ne me demandera de ne plus vous parler, et ce, quoi que vous puissiez dire sur lui.

— Tu vas repartir chez lui ? demande ma mère d'un ton las.

— Oui, de toute façon, nous dînons avec Nick et Mady ce soir. Je resterai dormir là-bas, je crois que c'est mieux pour le moment… jusqu'à ce que les choses s'apaisent ici. Cependant, mettez-vous bien dans la tête, papa et toi, que nous n'allons pas rompre et qu'il n'est pas nécessaire de revenir sur ce sujet.

— Meg…

— La discussion est close !

Je claque la porte derrière moi en ressortant.

Comme prévu, nous passons la soirée avec Nick et Mady à qui je rapporte les paroles de ma mère. J'en ai déjà parlé avec Jessy. Il a accusé le coup en me disant simplement : « Ce sont tes parents, c'est normal qu'ils aient peur mais ils ne savent pas comment on vit cette situation au quotidien, ni les précautions que nous prenons.» Avant de m'embrasser pour me réconforter. Nicolas et Mady me tiennent à peu de chose près le même discours que Jessy.

— Laisse-leur le temps, cela leur passera, me glisse mon frère avant de repartir.

Mais j'en suis moins sûr que lui.

Le lendemain matin, c'est un dimanche, je traîne en pyjama dans l'appartement. Cela fait du bien de se détendre après les événements de la veille. Assise dans le canapé, simplement vêtue d'un short de nuit et du T-shirt noir de Jessy qui accompagne toutes mes nuits chez lui, je regarde les informations à la télévision. Pendant ce temps, mon petit ami s'active en cuisine en préparant des pancakes pour le petit déjeuner. Il a enfilé un jean bleu ciel, un T-shirt noir à manches longues et des baskets, il dépose le plat sur la table basse avant de prendre place à côté de moi.

— Tu veux de la confiture de fraise ?

— Oui, merci.

Il me tend un pancake recouvert de confiture et alors que je mange, du jus de fraise coule le long de mon menton, ce qui n'échappe pas au regard de Jessy. Il se penche vers moi et m'embrasse pour ramasser la confiture. Il ne s'est pas encore rasé et sa barbe naissante me chatouille. D'un geste incertain, je repose le reste de mon pancake dans l'assiette avant de lui rendre ses baisers. Lentement, nous basculons allongés sur le canapé, lui au-dessus de moi. Je lui retire son t-shirt qui atterrit au sol alors que Jessy sort un préservatif de la poche de son pantalon. Je défais les boutons de son jean… Et l'on sonne à la porte.

— Fais comme s'il n'y avait personne, lui dis-je en continuant à l'embrasser.

— J'aimerais, mais je pense savoir qui c'est.

À regret, il me quitte pour aller ouvrir. Pendant ce temps, je m'assieds en tailleur dans le sofa, et ramasse son T-shirt.

Lorsqu'il ouvre la porte, il se retrouve face à mon père. Celui-ci le détaille avant de me jeter un regard. Je comprends qu'il a deviné qu'il arrive au mauvais moment. Mon cœur s'emballe à l'idée de ce qui va se passer.

— Désolé de vous déranger.
— Il n'y a pas de mal. Je vous attendais, monsieur Crawfords.

Jessy se tourne vers moi, je lui lance son T-shirt avec un petit sourire amusé. Mon père fait semblant de ne rien remarquer, se contentant de regarder autour de lui. C'est la première fois qu'il vient chez mon petit ami, il parcourt la pièce des yeux, puis son regard glisse vers le couloir au bout duquel se trouve la chambre. Il grimace en apercevant un morceau du lit et reporte son attention sur nous.

— Apparemment tu ne m'attendais pas ce matin, dit mon père en regardant Jessy se rhabiller. Je ne saurais dire ce qu'il y a de pire, toi torse nu ou avec ce T-shirt.

Le ton de mon père est aimable, à la limite amusé, il pointe du doigt l'inscription couleur argent qui brille sur le devant du vêtement : *Touch me.*

Jessy esquisse un sourire.

— Je crois que nous devons parler, reprend mon père plus sérieusement.

— En effet, admet Jessy.

Il invite mon père à s'asseoir dans un fauteuil tandis qu'il me rejoint sur le canapé et pose une main sur mon genou. Je sais que ce geste est calculé. Mon petit ami veut faire comprendre à mon père que je lui appartiens et qu'il ne nous séparera pas, cette pensée me fait sourire, j'en rajoute en recouvrant sa main de la mienne.

— J'ai longuement réfléchi depuis notre dispute. J'ai conscience que je ne peux pas faire grand-chose pour vous empêcher de vous voir. Même si cela me coûte, je me dois d'accepter votre relation. Mais je vous demande également de comprendre ma position de père. Ce n'est pas facile de voir le bébé d'hier devenir la jeune femme d'aujourd'hui. Je suis fatigué de tout cela, je ne veux plus que nous nous disputions.

— Si tu me laisses venir voir Jessy quand je veux, tout ira bien, j'assure.

— Oui... euh... À ce propos, je voudrais parler avec Jessy seul à seul, balbutie John, visiblement mal à l'aise.

J'échange un regard avec Jessy qui opine de la tête d'un air entendu. Je me rends dans la chambre. J'enrage de ne rien entendre de leur conversation malgré mon oreille collée à la porte. Finalement, je renonce et enfile mon jean et un chemisier, en prenant mon mal en patience. Après de longues minutes, Jessy vient me rejoindre. Ses joues sont en feu, je ne saurais dire si c'est à cause de la colère ou de la gêne. Lorsque je lui pose la question, il met un doigt sur ses lèvres et désigne le living, mon père est toujours là et nous entend. Jessy prend son portefeuille, sa veste en jean, et m'indique que John veut également me parler.

— Je vais faire une course, je reviens.

Il m'embrasse avant de me laisser seule avec mon père. Je reprends ma place sur le canapé.

— Je vois que Jessy se porte bien. Tu ne l'as pas massacré comme je l'avais craint.

Mon père esquisse un sourire.

— Ce n'est pourtant pas l'envie qui m'en a manqué vendredi soir. Cela fait longtemps que ça dure votre petit manège ?

— Papa, je te rappelle que cela va faire un an demain qu'on sort ensemble. Mais non... Ça ne fait pas longtemps que l'on va plus loin.

Connaissant mon père, je sais que je dois m'abstenir de prononcer certains mots pour ne pas le choquer davantage.

— Dis-moi la vérité, tu ne dormais pas chez Mady comme tu le prétendais ?

— Pas à chaque fois, non. Crois-moi, j'aurais mille fois préféré vous dire la vérité mais je savais comment cela allait se passer si je vous avouais que je venais ici.

— Pourtant tu as fini par tout nous dire...

— Oui, j'en avais assez de vous mentir, marre de ne pas être auprès de Jessy comme je le voulais.

— Est-ce qu'il t'a incité à... Bref, tu vois.

Le visage de mon père est soudainement devenu très rouge.

— Non, c'est tout le contraire, en fait c'est moi...

— Ok, par pitié, tais-toi. Je ne veux rien savoir de plus. J'ai déjà eu des réponses avec ton petit ami, je voulais juste m'assurer qu'il ne t'avait pas forcé.

— Jessy, me forcer ? Il ne veut même pas que je l'embrasse lorsqu'il a un aphte dans la bouche. Décidément, tu ne le connais pas, je murmure en me souvenant de ce que Nick lui a dit l'autre soir. Je voudrais te montrer quelque chose.

Mon père me suit jusqu'à la toile sur laquelle Jessy travaille ces derniers temps. En fond de son portrait, je note qu'il a rajouté un ciel sombre où des étoiles scintillent.

— Très joli, qu'est-ce que c'est ?

— C'est l'autoportrait du petit con qui n'a aucun avenir devant lui ! Je m'exclame d'une voix où filtre ma rancune.

Mon père ne quitte pas la toile des yeux, du coin de l'œil, je le vois déglutir.

— Je suis désolé d'avoir dit ça. Sous le coup de la colère mes paroles ont dépassé mes pensées. Je m'excuserai auprès de lui aussi.

— Pas la peine, Nicolas et moi ne lui avons pas rapporté tes propos. Tu vois, c'est idiot mais nous, on le protège.

— Il est vraiment très doué, admire John en détaillant la peinture. Tu m'en veux, n'est-ce pas ?

Je scrute le visage de mon père. A ses traits tirés, je vois qu'il n'a pas dû beaucoup dormir depuis notre dispute.

— Oui mais je suis surtout inquiète de savoir comment les choses vont évoluer maintenant.

— Tu l'aimes tant que ça ?

Mon père scrute le regard de Jessy sur la toile.

— Je l'aime plus que tout au monde.

— C'est bien ce que je pensais. Lui aussi apparemment... Je l'ai réalisé le soir où vous êtes revenus de New York, lorsqu'il y a eu l'accident d'Amy et Chad. Après t'avoir annoncé la mort de ton amie, j'ai voulu venir te serrer dans mes bras et tu t'es détournée de moi pour te blottir dans ceux de Jessy. Cela m'a fait mal au cœur sur le moment, et puis je me suis rendu compte que c'est lui dorénavant l'homme le plus important de ta vie, ce n'est plus moi.

— Je ne m'étais pas aperçue que je t'avais fait de la peine.

Mon père hausse les épaules.

— C'est ce qui arrive à tous les pères, je suppose. Pour en revenir au présent, je suis d'accord pour que tu viennes dormir ici certaines nuits, mais à la condition que tu n'en oublies pas ta famille pour autant.

Je fixe mon père, incrédule.

— Jessy est toujours le bienvenu à la maison quand il veut, comme je lui ai dit tout à l'heure.

— Merci, papa, lui dis-je en le serrant dans mes bras.

— Cela me fait quand même bizarre d'être ici. Il relâche son étreinte et regarde autour de nous. J'ai l'impression que vous vivez comme un vrai couple.

— Nous en sommes un ! Nick dit que nous sommes un couple de vieux !

Mon père esquisse un sourire. Je sais que cette situation lui pèse et qu'il prend sur lui.

— Jessy m'a dit que vous iriez au restaurant demain soir. Je suppose que tu vas rester ici, les nuits prochaines.

Mon petit ami ne m'a pas parlé de dîner dehors mais, pour notre premier anniversaire, je n'ai pas l'intention d'être séparée de lui.

— Je rentrerai après-demain.

Je suis debout, un café à la main, en train de contempler le tableau de Jessy lorsque celui-ci revient. Il jette un regard circulaire dans la pièce.

— John est parti ?

— Oui, tu peux respirer !

— Comment ça s'est passé ?

— Mieux que je le pensais. Il était venu pour faire la paix. Et avec toi ? Qu'est-ce qu'il t'a dit ?

— J'ai eu droit à la discussion la plus gênante de ma vie, dit Jessy en rougissant.

— Raconte...

— Pour faire court, nous avons eu une conversation entre hommes dans laquelle ton père m'a demandé comment je m'y prends pour ne te faire courir aucun risque lorsque nous faisons l'amour.

— Il n'a pas fait ça ! Je ris devant l'air embarrassé de mon compagnon.

— Oh si ! Je ne savais plus où me mettre ! Ajoute à cela des questions pour savoir si je t'aime vraiment et tu as le résumé de toute notre discussion. Mais je pensais que tu nous écoutais discrètement.

— J'aurais bien aimé, mais ta porte de chambre est trop épaisse pour laisser filtrer quoi que ce soit.

Mon regard se porte sur l'autoportrait de Jessy que j'admire tant.

— Est-ce que tu pourrais me faire une peinture sur demande ?

Je pose une main sur son torse, Jessy me lance un regard énigmatique.

— Cela dépend. Tu veux un tableau de mon superbe corps, c'est ça ? Plaisante-t-il en m'enserrant la taille.

— Hum… C'est une bonne idée que je vais mettre de côté mais, pour le moment, je pensais plutôt à une toile de nous deux.

Après m'avoir considérée un instant, Jessy acquiesce.

— Je vais voir ce que je peux faire. Avec la voûte céleste autour de nous ?

— Toi et tes étoiles… Pourquoi les aimes-tu autant ?

— Je ne sais pas trop. Peut-être parce que je leur ressemble. Elles ont une vie éphémère, pourtant elles brillent longtemps, même après leur mort. Moi aussi, je voudrais guider longuement le chemin de ceux que j'aime.

— Tu sais, j'ai bien réfléchi. Bientôt le lycée sera derrière nous, nous allons partir à l'université et devenir vraiment indépendants.

Jessy hoche la tête pour confirmer.

— Il va nous falloir choisir quoi faire de nos vies. Toi, tu as la chance d'avoir la peinture mais moi… Je me suis souvent demandé ce que je ferais dans l'avenir, maintenant je le sais. Je vais faire médecine.

Les yeux verts de Jessy se font plus perçants tandis qu'ils m'observent.

— Vraiment ?

— Tu es la première personne à qui j'en parle...

— Meg, c'est génial mais... Si tu veux faire ça pour moi... tu ne me sauveras pas !

— Je veux devenir médecin parce que j'aime m'occuper des autres. J'en ai marre de me sentir impuissante. Et si en prime je peux te sauver... Laisse-moi au moins essayer.

Mon petit ami acquiesce avant de me serrer contre lui, les larmes aux yeux.

Le lendemain soir, Jessy m'invite au restaurant pour fêter les un an de notre couple. Après avoir dîné de rôti de porc au sirop d'érable et à la moutarde, un vrai délice, et de brownies au chocolat en dessert, nous rentrons à l'appartement.

— Tu pensais que j'avais oublié notre anniversaire ? M'interroge Jessy tandis que nous enlevons nos vestes.

L'air est de plus en plus frais en ce début novembre. Les premières gelées ne tarderont plus, mon petit ami a allumé le chauffage depuis quelques jours déjà. Les journées ont des températures relativement douces mais les nuits commencent à être froides.

— Non mais comme nous avions convenu que nous ne nous ferions pas de cadeaux, je ne m'attendais pas à ce qu'on sorte. Chocolat chaud ?

— Oui, merci.

Jessy s'éloigne vers la chambre. Rapidement, je prépare deux chocolats que je mets au micro-ondes, ils en ressortent brûlants. Je les dépose sur la table basse devant le canapé.

— Quoi ?

Je souris devant le regard amusé de mon petit ami.

— Rien, c'est juste que... j'aime te voir agir comme si tu te sentais chez toi.

Je ne m'étais même pas rendu compte que je me servais alors que je ne suis pas à la maison. Les gestes me viennent naturellement comme si j'étais à ma place, exactement là où je dois être.

— Désolée, je ne veux pas que tu penses que je suis sans gêne. Ici c'est ton appart, pas le mien...

— Meg, arrête. Je souhaite que tu te sentes chez toi et à ce propos...; il sort une petite boîte de l'une des poches arrières de son jean. Tiens, c'est pour toi.

Je m'assieds sur le canapé pour l'ouvrir fébrilement :

— On avait dit qu'on ne se ferait pas de cadeau, lui dis-je en ouvrant l'écrin.

À l'intérieur se trouve une clef argentée. Je lève des yeux interrogateurs vers mon amoureux.

— Hier matin, après avoir parlé avec ton père, j'ai été faire un double de la porte d'entrée pour que tu puisses venir quand tu veux, dit-il en souriant. Cela faisait un petit moment que j'y pensais, mais j'attendais de connaître la réaction de tes parents. Maintenant qu'ils sont d'accord pour que tu viennes me voir...

Me relevant du canapé, j'embrasse Jessy le faisant taire instantanément. Mon petit ami resserre notre étreinte et j'ai toutes les peines du monde à m'en échapper.

— Pas si vite, j'ai moi aussi un petit quelque chose pour toi.

Je sors aussi une petite boîte de mon sac à main.

— Nous avions dit...

— Je sais, mais tu viens bien de m'en faire un...

— Ce n'est pas un cadeau, c'est une clef, corrige-t-il en souriant.

Toutefois, il ouvre mon écrin.

— Tu tiens à me faire pleurer ?

Il relève la tête pour me fixer sans se départir de son sourire.

En passant devant une bijouterie, j'ai remarqué un pendentif rectangulaire en argent sur lequel brille une petite étoile en strass. J'ai aussitôt craqué et lui ai acheté avec la chaîne assortie. J'y ai fait graver l'inscription : *Tu es l'amour de ma vie.*

— Ça te plaît ? J'ai fait mettre mon nom ainsi que la date au dos, comme tu l'as fait sur le mien ; j'attrape le cœur qu'il m'a offert et qui ne me quitte jamais. Jessy ? Dis quelque chose, s'il te plaît.

Soudainement, il s'avance d'un pas et colle son corps au mien en m'embrassant avec passion. D'abord surprise, je me laisse rapidement aller à son étreinte, lorsqu'il s'écarte de moi, je suis déçue. Il pose son front contre le mien et chuchote :

— Merci beaucoup. Nous sommes sur la même longueur d'onde.

Il sourit et me tend une nouvelle boîte en velours bleu marine.

— Mais, Jessy…

— C'était juste une clef. Ça, c'est ton cadeau.

Je détache mon front du sien pour ouvrir la boîte. Reposant au milieu d'un tissu bleu, une bague en argent sur laquelle est gravée *: I LOVE YOU FOREVER*, des mots ont été ajoutés à l'intérieur de l'anneau : *Pour nos 1 an ensemble : Jessy.*

Les larmes aux yeux, je le regarde soudainement submergée par des émotions inconnues. Tout se mélange dans ma tête, les épreuves passées, celles que l'avenir nous réserve encore, l'indéchiffrable peur de le perdre et surtout mon amour pour lui et son amour pour moi, inépuisable, indestructible. Il m'a dit que j'étais sa force de vivre, mais il est aussi la mienne. En tremblant légèrement, je glisse la bague à mon annulaire droit. Jessy me prend la main.

— Un jour, je te glisserai un anneau à l'autre main, affirme-t-il.

Je passe mes bras autour de son cou et lui susurre à l'oreille :

— Je t'aime, mon amour. Merci.

— Ce n'est qu'une bague...

— Pas seulement pour ce cadeau, mais merci d'être la personne la plus importante de ma vie.

Faufilant les doigts à travers les passants à ceinture de mon jean, Jessy m'attire davantage à lui, collant nos corps l'un à l'autre.

— Où en étions-nous avant que ton père n'arrive hier ?

— Là, je crois, répliqué-je en lui ôtant son T-shirt qui indique : *Sexy man*.

Chapitre 17

Quand l'avenir...

Bientôt la fin de l'année est là, Élise vient rendre visite à Jessy pour Thanksgiving que tous deux passent avec nous. Il en est de même pour Noël et le jour de l'An, à la différence que Jason, le jeune frère de Jessy, se joint également à nous. Ces festivités sont l'occasion de se retrouver tous ensemble, toutes tensions apaisées. De plus, nous avons la joie de voir Chad rentrer définitivement juste avant les fêtes. Il s'est presque entièrement remis de son accident. Il boite encore légèrement et, par moments, il cherche un peu ses mots mais cela lui revient rapidement. Nina a été très heureuse de le voir revenir mais peu après, elle semble se désintéresser de lui. Je ne comprends pas sa réaction mais décide de ne pas m'en mêler.

Depuis mon accord avec mes parents, je passe en moyenne les week-ends et une nuit dans la semaine chez Jessy. Le reste du temps, je dors chez moi. Il vient me voir quand il veut mais ne reste jamais la nuit, mes parents ne m'en parlent pas et nous non plus, cela serait trop gênant. Nous préférons l'intimité de son appartement. Par contre, dans la journée, il vient souvent me rendre visite à la maison, comme ce jour d'hiver. Nous sommes en début d'année et plus le temps passe, plus tous les jeunes de notre âge sont excités par le choix de leur future université.

Bien sûr, Jessy et moi n'échappons pas à cet état. Nous passons notre temps libre à parler de nos choix ainsi qu'à remplir des dossiers de candidature. Pour ma part, ayant toujours eu de bonnes notes tout au long de ma scolarité, je peux espérer obtenir une bourse pour la plupart des universités qui me plaisent : Harvard, Princeton, Yale et Columbia. Cette dernière a ma préférence, en plus elle est située à New York, ville que j'adore et cela me permettrait d'être proche de Nicolas qui compte s'installer là-bas une fois ses études terminées. De son côté, Jessy qui a souvent manqué les cours, a de moins bonnes notes que moi mais son talent artistique lui ouvre cependant de nombreuses portes.

— J'ai la tête qui va exploser !

Il laisse tomber ses livres sur la table où j'écris une nouvelle lettre de motivation. Nous sommes seuls dans ma salle à manger.

Je lève un sourcil interrogateur :

— J'ai été convoqué dans le bureau de la conseillère d'orientation. Elle m'a longuement parlé puis m'a fait remplir trois dossiers d'universités qui, selon elle, me voudraient.

— Mais c'est génial !

— Ne te réjouis pas trop vite..., il s'écroule sur une chaise en face de moi, l'air dépité. Ce sont de grandes écoles d'art mais elles se trouvent en Europe !

— Quoi ?

Mon stylo me glisse des mains et roule sur la table. Jessy fait signe que oui.

— Et qu'est-ce que tu en penses ?

— Je ne sais pas trop... Je veux dire, étudier le dessin à Londres, Paris ou Milan me tente mais... Nous nous

sommes mis d'accord pour prendre les mêmes universités ou à défaut des collèges voisins donc là...
Il me fixe avant de me demander :
— Si j'étais pris, que ferais-tu ?
Je reste interdite un instant. Je n'avais jamais envisagé cette possibilité. Aller en Europe signifierait quitter ma famille, mes amis, découvrir une nouvelle langue, vivre avec de nouveaux repères.
— Étudier à l'étranger ne me dérangerait pas, affirmé-je.
— Vraiment ? S'étonne Jessy. Mais tu rêves d'aller à Columbia !
— Oui, vraiment. Si tu décroches une place, cela sera une occasion à ne pas manquer. On ne te proposera pas cette opportunité tous les jours, donc si cela fonctionne pour toi, je te suivrai, je ferai mes études là-bas. New York peut m'attendre. Il est hors de question que l'on se sépare. Après tout, je peux obtenir des bourses pour étudier en Europe.
Le visage de Jessy se fend d'un grand sourire.
— OK, on fait comme ça. Et puis c'est le premier de nous deux qui aura une réponse positive intéressante qui emmènera l'autre dans ses valises.
— Exactement.
— Mais je pense qu'il faudrait un miracle pour que l'Europe me réclame.
Je tends une main pour la poser sur la sienne.
— Arrête de te sous-estimer ! Tu es super doué ! Tu dois avoir confiance en toi et en ton talent ! Je t'assure, c'est celle qui te pique tous tes tableaux qui l'affirme !
Car avec deux de ses peintures accrochées dans ma chambre ainsi que plusieurs de ses dessins, je me fais l'impression d'être sa groupie numéro un.
Jessy baisse la tête puis pince les lèvres.

— Je dois y aller. On m'attend au centre pour une réunion d'information ce soir, mais tu viens toujours dormir à l'appart demain ?

— Bien sûr.

J'acquiesce tout en remarquant qu'une nouvelle fois mon petit ami préfère s'esquiver plutôt que d'affronter son problème de confiance en lui. Mais je ne peux lui en vouloir, c'est ce qui arrive lorsqu'on vous répète maintes fois que votre vie ne sert à rien.

Il fait le tour de la table pour m'embrasser avant de repartir.

Le lendemain soir, je prépare le repas lorsque Jessy revient de son cours de dessin.

— Hello, me lance-t-il avant de déposer ses affaires dans le coin de la pièce qu'il réserve à ses toiles. Ça sent bon, tu fais quoi ?

— Gratin de macaronis au saumon, mais je ne me prononce pas sur le résultat.

— Ce n'est pas grave, je n'ai pas très faim.

Il vient s'asseoir sur l'un des hauts tabourets du comptoir de sa cuisine. Je scrute les traits de son visage. Il n'a pas l'air en grande forme.

— Tu te sens bien ?

— Oui, je suis juste un peu fatigué. Ça ira mieux demain.

Comme je continue à le dévisager, il ajoute d'un ton impatient :

— Je vais bien, ne t'inquiète pas. Mais j'ai besoin de tendresse. Je pourrais avoir un petit câlin ?

Son sourire me fait fondre.

— Depuis quand juges-tu utile de demander ?

— Depuis que tu es armée, réplique-t-il le sourire aux lèvres en désignant le couteau avec lequel je coupe le saumon en dés.

Je pose l'instrument et fais le tour du comptoir. Jessy descend du tabouret pour me prendre dans ses bras. Les mains nouées sur sa nuque, je respire l'odeur de son après-rasage qui est relevé d'une note de peinture.

— J'ai l'impression de ne pas t'avoir tenue ainsi depuis des jours, souffle-t-il dans mon cou.

— C'est le cas, la dernière fois c'était avant- hier.

— Il faut que je me rattrape alors…

Ses lèvres se posent sur les miennes en un tendre baiser. Mes doigts s'attardent sur les contours de son visage avant que je ne retourne en cuisine.

Il réprime un bâillement et toussote. Je le regarde, inquiète. Je le connais tellement que je vois tout de suite quand quelque chose ne va pas.

— Pourquoi ne vas-tu pas t'allonger un peu ? Regarde la télé pendant que je finis.

Je m'étais attendue à ce qu'il proteste mais non, son attitude soumise m'angoisse encore plus. Il va s'étendre sur le canapé et choisit une série. Une fois le plat au four, je vais le rejoindre. Il pose sa tête sur mes genoux.

— Ça sera bientôt cuit.

— Je n'ai pas faim.

Délicatement, je mets ma main sur son front. Il est à température ambiante.

— Je n'ai pas de fièvre, râle-t-il en toussant légèrement.

— Je vérifiais, c'est tout. Avec cette épidémie de grippe au lycée, mieux vaut être prudent.

— Je vais bien. Tu sais que cela m'énerve quand tu me dorlotes comme ça !

— Pas tout le temps, je lui fais remarquer avec un petit sourire malicieux.

— C'est vrai, mais garde ça pour des moments plus intimes, dit-il en répondant à mon sourire.

Ce soir-là, il ne touche presque pas à son assiette et nous allons nous coucher de bonne heure. Il s'endort en me serrant contre lui.

Ce sont des toussotements qui me réveillent le lendemain matin. Jessy est assis dans le lit, une main devant la bouche pour étouffer sa toux.

— Hé, ça va ? Je m'enquis en me redressant.

Il se tourne vers moi et j'ai immédiatement la réponse. Ses paupières sont rosées, des poches sont apparues sous ses yeux qui brillent d'un étrange éclat. Son teint est pâle mais ses joues roses. Je pose ma main sur son front.

— OK, tu as de la fièvre. Prépare-toi, je t'emmène chez ton médecin.

Je me lève vivement.

— Non, ça va.

— Jessy, tu es malade. Alors tu décides, soit c'est le médecin, soit l'hôpital !

Il marmonne des mots que je ne comprends pas, mais dont je devine l'intention sans difficulté.

— Tu dois aller en cours, me rappelle-t-il.

— L'école attendra. Prépare-toi !

Lorsque nous sommes prêts, je le conduis au cabinet médical où il a ses habitudes. Peu de temps après notre arrivée, son médecin nous reçoit. C'est une femme d'une quarantaine d'années, au visage sympathique et aux manières douces. Elle a attaché ses longs cheveux bruns en un catogan d'où s'échappent quelques mèches.

— Ben alors, Jessy, ça ne va pas ? Lui demande-t-elle gentiment lorsque nous pénétrons dans son bureau.

— Elle m'a forcé à venir, maugrée mon petit ami en me désignant d'un doigt.

— Et c'est ?

— Oh, pardon, je suis Megan...

— Évidemment. Il m'a beaucoup parlé de vous.

Jessy baisse la tête, mal à l'aise, alors que je souris.

— Il a de la fièvre, et au lycée nous avons une épidémie de grippe, alors bien que j'aie dû le traîner jusqu'ici, j'ai préféré vous l'amener.

Le médecin pose à son tour une main sur son front.

— Vous avez bien fait. Allez, Jessy, suis-moi

J'attends dans le bureau pendant qu'elle l'entraîne dans la salle d'examen. Je les entends parler mais je ne parviens pas à saisir ce qu'ils se disent.

Peu de temps après, ils reviennent dans la pièce.

— Bon, c'est bien la grippe. Température à 38,6. Je vais te prescrire des antibiotiques et de quoi faire baisser la fièvre. Toutefois si, d'ici 48 heures, cela ne va pas mieux, il faudra aller à l'hôpital. Tes poumons sont un peu encombrés, c'est ce qui m'inquiète le plus.

Mon petit ami émet une sorte de grognement de désapprobation.

— Pas de discussion, monsieur Sutter, reprend-elle plus fermement. Il faudrait que quelqu'un surveille comment ça évolue, vous le pouvez ? Me demande-t-elle.

— Oui, bien sûr.

— Génial, une nounou, marmonne-t-il de mauvaise humeur.

— Si vous constatez que sa fièvre augmente ou qu'il semble aller plus mal, appelez tout de suite les secours, me recommande-t-elle en l'ignorant.

— Je le ferai, promis.

En rentrant, Jessy va se coucher et je passe la journée à finaliser mes dossiers d'inscription. Lorsque le soir arrive, je téléphone à mes parents qui sont revenus de leur travail pour les informer de la situation. Bien qu'ils ne soient pas heureux d'apprendre que j'ai séché les cours, ils se montrent conciliants. À intervalles réguliers, je vais voir comment se sent Jessy, je lui apporte à boire, à manger et bavarde avec lui quand il ne dort pas.

— Ça va ? Je m'enquiers une fois de plus en me rapprochant de lui.

— Aussi bien qu'il y a cinq minutes quand tu me l'as demandé, réplique-t-il de mauvaise humeur.

— Bien, si tu t'énerves, c'est que tu te sens mieux.

Il râle encore plus lorsque je le force à ouvrir la bouche pour y mettre le thermomètre.

— Ne discute pas.

D'un regard, il me fusille.

— Tu es sûre de vouloir faire médecine ? Je plains tes futurs patients !

— 38. Bien. La fièvre tombe.

— Je t'ai dit que je me sentais mieux.

— Tu as entendu ton toubib aussi bien que moi – je hausse un sourcil réprobateur –, alors arrête tes commentaires, si tu crois que cela m'amuse. Je préférerais te voir debout, en pleine forme.

— Alors pourquoi restes-tu à t'occuper de moi ?

Son ton est toujours râleur mais son regard essaie vraiment de savoir la vérité.

— Parce que je donnerais tout ce que j'ai pour que tu ailles bien.

Je l'embrasse sur le front. Il me retient par la main.

— Tu restes près de moi ?

J'acquiesce et m'allonge à ma place. Il pose sa tête sur mon T-shirt, je lui caresse les cheveux.

— Je suis désolé d'être désagréable.

— Bah, j'ai l'habitude. À chaque fois que tu es malade, tu me repousses.

— Je ne m'en rends pas compte... Je n'aime pas que tu me voies amoindri.

— Je sais mais peu importe ton état de santé, tu es toi. Je t'aime.

Il passe ses bras autour de ma taille.

— Je t'aime aussi.

Il finit par s'endormir dans cette position. À travers la fenêtre, je vois la nuit se faire de plus en plus épaisse. Je regarde Jessy qui ronfle légèrement en s'accrochant à moi tandis que je suis incapable de fermer les yeux. Une peur inextricable m'assaille faisant fuir mon sommeil. Mon petit ami s'agite tout en dormant. Je pose ma main sur ses cheveux pour le calmer. Ils sont trempés de sueur. J'allume aussitôt la lampe de chevet et ma peur semble se canaliser sur lui. Il a les joues en feu, son front est brûlant.

— Jessy ?

Je le secoue légèrement pour le réveiller. Lentement, il ouvre les yeux et chuchote à bout de souffle :

— Meg, je ne me sens pas bien.

Je saute du lit et appelle les secours. Après leur avoir indiqué tous les renseignements qu'ils me demandent (son adresse, ses symptômes, ses antécédents), je raccroche et téléphone à Élise. Il doit être dans les 2 heures du matin à San Diego, mais je m'en moque.

— Allô, Élise ? C'est Megan. Jessy est malade, une ambulance va venir l'emmener à l'hôpital.

— Qu'est-ce qu'il a ? Demande-t-elle d'une voix aiguë où pointe l'inquiétude.

— Une grippe. Mais je pense que cela empire.
— J'arrive par le premier vol.

Je raccroche et retourne auprès de lui après avoir ouvert en grand la porte de l'appartement.

— Jessy ? Tu m'entends ? Tiens le coup, les secours arrivent. Ça va aller...

— Ne me laisse pas, Meg, souffle-t-il en ouvrant légèrement les yeux et en touchant la main que je lui tends.

Lui qui d'ordinaire me serre la main sans hésitation parvient à peine à me la presser. Je ne sais ce qui me fait le plus peur, le voir me repousser constamment quand il est mal ou au contraire, l'entendre d'un seul coup me supplier de rester près de lui.

— Je suis là, je ne te quitte pas.

Tout ce qui suit m'apparaît comme dans un brouillard. Les secours arrivent, je leur indique la chambre où mon petit ami est toujours allongé, oscillant entre inconscience et réalité. Rapidement, ils l'emmènent dans l'ambulance pour le conduire à l'hôpital. Je monte avec lui, je lui tiens la main, incapable de perdre ce contact. Les ambulanciers s'activent autour de lui dans un jargon médical que je ne comprends pas. Ils branchent des électrodes reliées à des machines qui bipent dans un brouhaha assourdissant. Soudainement, la main de Jessy se crispe sur la mienne et son corps entier est secoué par de violents tremblements. Je n'ai jamais vu cela de ma vie.

— Il convulse ! Crie un infirmier.

Un autre homme prépare une seringue qu'il lui enfonce dans le bras. Je regarde la scène en pleurant de peur, incapable de vraiment comprendre ce qui se passe. Doucement le corps de Jessy se détend, reprenant une attitude normale. Je souffle de soulagement en jetant un regard aux infirmiers, en quête de réconfort mais l'angoisse qui se dessine sur leurs visages me terrorise davantage.

— Quoi ? Questionné-je au moment où l'un d'eux demande au chauffeur de s'arrêter.

— Il tachycarde ! Crie le second homme.

C'est à ce moment que j'entends le son effréné des bips qui résonnent dans le véhicule. Je regarde la machine qui indique son rythme cardiaque et vois que la courbe s'est emballée en notant des chiffres bien trop hauts.

— On va le perdre, panique un homme à côté de moi.

Je reste une main dans celle de Jessy alors que, de l'autre, je me couvre la bouche pour m'empêcher de crier. D'un seul coup, un long bip sonne en même temps que le tracé cardiaque devient plat.

— Il est en arrêt ! S'écrie l'un des hommes.

— Non. Jessy ! Je hurle.

L'un des infirmiers me prend par les épaules et m'écarte de leur champ de travail. Je suis contrainte de lâcher sa main et me retrouve assise dans un coin de l'ambulance à trembler en pleurant. Jamais encore, je n'ai eu aussi peur de ma vie. En quelques secondes, je revois tous les moments que nous avons passés ensemble, de notre premier regard échangé à notre dernier baiser. Des mois d'un amour inconditionnel.

— Ne me quitte pas, je le supplie à voix basse. Pas déjà…

Nous avons fait tant de projets, nous avons tant de rêves à réaliser. Je ne veux pas le perdre, c'est trop tôt.
D'une vision brouillée par les larmes, je vois les infirmiers lui faire un massage cardiaque, tout en lui envoyant de l'air par le biais d'un masque.

— On s'écarte, lance l'un d'eux en posant deux plaques de défibrillation sur son torse.

Le corps de Jessy a un soubresaut sous le choc de la décharge électrique, sa tête part en arrière avant de reprendre sa position initiale. Je me mords le poing pour retenir de nouveaux hurlements.

— C'est bon, on l'a récupéré. On repart, dit un homme au chauffeur.

Je reporte mon regard sur la machine et vois que les battements de cœur de mon petit ami sont à nouveau indiqués dans une cadence normale.

— Il est costaud, ce petit, murmure un homme d'une cinquantaine d'années en me faisant un sourire réconfortant.

— Il... il va bien ? J'ose à peine demander, tellement je suis toujours terrorisée. Je peux ?

L'homme acquiesce.

— Oui, vous pouvez lui reprendre la main. Nous l'avons stabilisé. Ils vous en diront plus quand on sera à l'hôpital.

Quelques minutes plus tard, le brancard entre en trombe au service des urgences. Jessy a repris connaissance et murmure mon nom pour que je reste avec lui. Je le rassure en courant à côté des ambulanciers. Mais bientôt, un médecin l'emmène dans une salle d'examen où je n'ai pas le droit de l'accompagner. Je prie pour que son cœur ne le lâche pas une nouvelle fois. Faire une crise cardiaque à dix-neuf ans sans jamais avoir eu de problème de santé avec cet organe, je n'aurais jamais imaginé cela.

Fébrilement, je téléphone à mes parents et leur résume la situation, ils partent de la maison aussitôt. Puis j'appelle Nicolas. Si avec mes parents, je suis parvenue à rester forte, avec mon frère je m'effondre en larmes dès que j'entends sa voix pâteuse décrocher.

— Ça ne va pas de téléphoner à cette heure ?

— Nick, c'est Meg, sangloté-je.

— Qu'est-ce qui se passe ?

D'un seul coup, sa voix me paraît parfaitement réveillée.

— C'est Jessy. Il est à l'hôpital. Nick... Je crois qu'on va le perdre...

Incapable de retenir le flot de larmes qui m'envahit, je me laisse tomber au sol avec le combiné téléphonique. Mon frère marque un instant de silence avant de répondre:

— Tiens le coup. J'arrive.

Une fois de plus, je me retrouve dans la salle d'attente d'un hôpital. Rapidement, mes parents arrivent.

— Qu'est-ce qui s'est passé ?

Ma mère me prend dans ses bras. Je leur raconte tout, de la visite chez le médecin la veille, à l'arrêt cardiaque dans l'ambulance. Leurs yeux horrifiés me renvoient mon propre regard.

— Et Élise ?

— Je l'ai prévenue après avoir téléphoné au secours. Elle prend le premier avion.

Mon père m'étonne lorsqu'il fonce sur un médecin qui traverse la salle pour lui demander des nouvelles de Jessy.

— Désolé, mais je ne peux donner des renseignements qu'à la famille. Vous êtes ?

Et là, à ma grande stupéfaction, mon père répond :

— Je suis son futur beau-père.

— Vous ne faites pas officiellement partie de ses proches, je ne peux rien vous dire, reprend le médecin avant de s'éloigner.

— Eh merde, enrage mon père en revenant s'asseoir près de ma mère et de moi.

— Merci d'avoir essayé, lui dis-je.

L'attente reprend. Nous ne saurons probablement rien tant qu'Élise ne sera pas arrivée, mais aucun de nous n'a envie de quitter l'établissement. Moins de cinq heures après mon appel, Nicolas arrive en trombe. Je lui saute dans les bras en déversant toutes les larmes que j'ai réussi à contenir jusqu'à présent.

— Comment va-t-il ?

— Les médecins refusent de nous dire quoi que ce soit. Nous ne sommes pas sa famille, résume John.

— C'est ce qu'on va voir !

Nick s'avance jusqu'au bureau d'accueil.

— Je voudrais parler au médecin qui s'occupe de M. Sutter, dit-il très poliment.

— Et vous êtes ? Questionne la secrétaire d'un air intrigué.

— Son frère. Je viens d'arriver et sa fiancée m'apprend que vous n'avez rien voulu lui dire de l'état de santé de Jessy ! Je ne trouve pas cela juste !

— J'appelle le docteur tout de suite.

Mes parents et moi sommes restés un peu en retrait, mais nous n'avons pas perdu un mot de la conversation.

— Depuis quand mens-tu si facilement ? Questionne mon père avec un regard soupçonneux.

— J'ai dit la vérité, s'offusque mon frère avec un petit sourire. Enfin, à peu de chose près…

Quelques minutes plus tard, un médecin se présente à Nicolas.

— Je suis le docteur Tessan, c'est moi qui ai pris en charge votre frère.

Je m'approche pour entendre leurs propos. Le médecin me lance un regard inquisiteur.

— Vous pouvez tout dire à Megan, c'est la fiancée de mon frère. Comment va Jessy ?

— Nous l'avons transféré dans le service de pneumologie. Il souffre d'une pneumonie à *Pneumocystis jiroveci.*

— Qu'est-ce que c'est ?

— C'est une pneumonie causée par un champignon qui remplit de liquide les poumons au fur et à mesure que la maladie évolue. Cela crée de graves problèmes respiratoires.

— Mais ça se soigne ? S'enquiert Nicolas.

— Oui, nous l'avons mis sous traitement. Mais il faut que vous sachiez que chez les patients séropositifs les risques de décès sont élevés.

Je porte une main devant ma bouche, mon frère passe son bras autour de mon épaule.

— Et pour son cœur ?

Nicolas me regarde puis reporte son regard sur le médecin. Je n'ai pas eu le temps de lui raconter le transport à l'hôpital.

— La fièvre a créé chez lui de fortes convulsions, son cœur déjà affaibli par l'infection n'a pas tenu le coup mais les services de secours ont réussi à le réanimer. Il est à présent stabilisé. Le traitement que nous lui administrons permet aussi de soulager son cœur. Je ne pense pas que cela se reproduira. Ce qui me préoccupe le plus, c'est sa pneumonie.

— À combien est son taux de T4 ? Je demande.

Le médecin cherche dans son dossier qu'il tient à la main.

— 190 par mm^3.

— OK, et sa charge virale ?

Le médecin me lance un regard qui signifie clairement que je l'embête avec mes questions mais tant pis, je veux savoir.

— Elle est assez bonne à 5 000 par millilitre de sang à l'heure actuelle. Toutefois, il y a de forts risques pour qu'elle augmente rapidement.

— OK, Ok, pensé-je à voix haute en me prenant la tête entre les mains, ramenant mes cheveux en arrière. Docteur, je ne comprends pas, je l'ai emmené voir son médecin hier, elle a diagnostiqué une grippe alors comment cela a pu évoluer si vite ?

— Je pense que son médecin s'est trompé dans son diagnostic. Les symptômes sont quasiment les mêmes pour ces deux maladies, seule une prise de sang permet d'établir la pneumonie avec certitude.

— Quand saura-t-on si le traitement fonctionne ? reprend Nick.

— Il faut attendre minimum quatre jours pour savoir si les médicaments administrés seront efficaces, cela peut prendre jusqu'à une semaine parfois. Passé ce délai, si le traitement lui convient, il aura une chance de se remettre complètement mais, je préfère vous prévenir, cela sera long avant qu'il ne se rétablisse.

— Et si le traitement ne fonctionne pas ?

— Dans ce cas, son état empirera. Le problème est que si nous lui donnons un traitement trop fort dès le début, cela amenuisera davantage son système immunitaire. Nous préférons commencer par un traitement moins abrasif pour lui laisser les meilleures chances de survie.

J'ai envie de hurler. Il y a quelques jours encore, nous passions notre temps à planifier notre avenir et voilà que maintenant, il se trouve dans un lit d'hôpital et personne n'est en mesure de me dire s'il va vivre ou mourir.

— Nous pouvons le voir ? Je demande.

— Seulement la famille.

— Meg fait partie de la famille. Je dois bien pouvoir signer un papier pour l'autoriser à aller voir mon frère, c'est ce qu'il voudrait, cela l'aidera à aller mieux.

Le Dr Tessan nous regarde à tour de rôle.

— Si vous pensez que cela peut aider votre frère alors d'accord. Il est chambre 307.

— Merci, docteur, lance-t-on d'une seule voix.

Une fois le médecin éloigné, nous nous retournons vers nos parents.

— Vous avez entendu ?

Ma mère acquiesce.

— Le pauvre, murmure-t-elle les larmes aux yeux.

Mon père la prend contre lui.

— Meg, c'est quoi ce que tu as demandé au toubib : les T4 et la charge virale ?

— La charge virale calcule la quantité de virus par millilitre de sang. Plus la charge est élevée, plus le virus se multiplie dans son sang. À sa dernière prise de sang, il y a trois mois, sa charge virale était indétectable.

— Et là, il a dit qu'elle est de combien ? Questionne ma mère.

— cinq mille.

— C'est beaucoup ?

— Ça va. Cela peut monter jusqu'à un million de copies toujours par millilitre de sang. Mais c'est sûr que plus c'est bas, mieux c'est.

— Et l'autre truc ? Interroge mon frère.

— Le taux de T4 ? Ce sont les cellules immunitaires. Pour faire court, plus le taux de T4 est élevé et plus le système immunitaire est apte à faire face à une infection. Le problème est que le VIH détruit les défenses immunitaires pour ne laisser place qu'au sida. En ce moment, il est à 190 ce qui est bas. En temps normal, il est à plus de 500.

— Comment sais-tu tout ça ?

La voix de mon père est admirative. J'esquisse un petit sourire triste.

— Je me suis renseignée. Je veux tout savoir sur cette maudite maladie qui veut me prendre mon amour.

Nick et moi entrons dans la chambre avec fébrilité. Le lit est sur la droite, Jessy est allongé, le buste légèrement surélevé, son corps relié à diverses machines. Un tube placé sous son nez l'aide à respirer. Une perfusion dans son bras lui injecte son traitement. À notre approche, il cligne des paupières avant d'ouvrir doucement les yeux. Son teint pâle pourrait se confondre avec son oreiller blanc s'il n'avait pas de cernes violacés qui marquent ses traits. En l'espace de deux jours, il a perdu du poids, ses joues se sont creusées faisant ressortir ses pommettes.

— Salut, dit-il faiblement.

D'un même pas, Nicolas et moi nous portons à son chevet. Je m'assieds sur le lit à son côté et lui prends la main alors que mon frère reste debout.

— Ben alors, mon vieux, je te manquais tellement que tu n'as rien trouvé de mieux que cette pneumonie pour me faire revenir rapidement, le taquine-t-il.

Jessy esquisse un sourire.

— Maintenant que tu es là, je peux sortir d'ici.

— Je crois qu'il vaut mieux que tu restes quelques jours de plus. C'est plus prudent.

Mon petit ami acquiesce puis pose son regard sur moi. Je fais un effort surhumain pour ne pas fondre en larmes. Le voir dans cet état de faiblesse est atroce, et savoir que je ne peux rien faire pour soulager la douleur qui le tenaille me donne envie de crier.

— Ça va aller, me murmure-t-il en effleurant ma joue du bout de ses longs doigts fins.

— J'en suis sûre. ma voix est nouée par l'émotion.

— Alors, ne pleure pas.

Je ne m'étais pas rendu compte que deux larmes roulaient sur mes joues.

— Faut dire que tu lui as fait une sacrée peur, reprend mon frère avant de lui raconter l'arrêt cardiaque dans l'ambulance.

Je suis incapable de parler, je ne peux que hocher de la tête comme ces chiens stupides sur les plages arrière des voitures. Jessy nous regarde l'un après l'autre.

— Je suis désolé, chuchote-t-il. Vous ne devriez pas avoir à vivre tout ça...

Je serre davantage sa main.

— Ne dis pas cela, tout ce qu'on veut, c'est que tu ailles mieux ! j'assure quand je peux enfin parler sans sangloter.

— Ah au fait Jess ; mon frère se penche au-dessus de mon petit ami ; les médecins ne voulaient renseigner que ta famille, donc je suis ton frère et Megan est ta fiancée. C'est le seul moyen que j'ai trouvé pour que nous puissions savoir ce que tu as et te voir.

— Ces règlements sont idiots, souffle-t-il avec difficulté.

— Tu as mal quelque part ?

— J'ai l'impression qu'un trente-six tonnes m'écrase les poumons. C'est normal d'après le médecin.

— Il t'a parlé ?

— Oui, il m'a dit que j'ai peu de chance de m'en sortir.

Il fait une grimace et son buste se soulève légèrement. Nick et moi échangeons un regard, le poing de mon frère se contracte en même temps que sa mâchoire.

— Tu devrais te reposer.

— Bonne idée, reprend Nick, je vais aller dire aux parents comment tu vas et prendre des cafés. Meg, café serré ?

J'acquiesce. Nicolas sorti, je reporte mon attention sur Jessy dont le regard semble me poser mille questions.

— En arrivant ici, j'ai téléphoné à mes parents, ils sont arrivés rapidement. Ils s'inquiètent pour toi. Mon père a même été jusqu'à dire au médecin que tu es son futur gendre dans l'espoir d'avoir de tes nouvelles.

Jessy lève les yeux au ciel.

— Les miracles existent, murmure-t-il en souriant.

— Tu ne devrais pas parler, économise ton oxygène. J'ai appelé ta mère, elle va arriver, pas la peine de protester, j'ajoute précipitamment en le voyant sur le point de parler.

Je scrute son regard et sens de nouvelles larmes me brûler les yeux.

— Je me sens tellement inutile à te voir comme ça, sans rien pouvoir faire pour t'aider. Tu as besoin de quelque chose ? Demande-moi tout ce que tu veux, je te le trouverai.

De sa main libre, je le vois tendre l'index vers moi.

— J'ai besoin de toi. Si je dois mourir, je veux que tu sois la dernière chose que je verrais avant de partir. C'est égoïste mais je veux emporter ton regard, ton sourire avec moi.

Je laisse mes larmes couler sans tenter de les retenir.

— Je reste avec toi, mon amour. Je ne pars pas…

En faisant attention de ne pas accrocher un des fils auxquels il est relié, je pose ma tête sur son épaule.

— Bats-toi Jessy. Ne me laisse pas, je t'en prie…

Je passe la journée enfermée dans cette chambre à surveiller les machines qui émettent des bips réguliers. Nicolas vient me voir par moments puis ressort voir nos parents et Nina qui est venue les rejoindre à la sortie des cours. J'apprécie qu'ils demeurent à l'hôpital alors que rien ne les retient, étant donné qu'ils n'ont pas le droit d'entrer dans la chambre. Tôt dans la soirée, alors que Jessy se réveille après avoir sombré dans le sommeil depuis le matin, la porte de la chambre s'ouvre sur Élise accompagnée du Dr Tessan.

— Mam..., commence Jessy avant d'être pris d'une quinte de toux.

Le médecin s'approche de lui tandis que Nicolas se lève précipitamment en s'écriant :

— Maman !

Avant de se jeter dans les bras de Mme Sutter. Celle-ci reste interdite un instant, puis je vois mon frère lui chuchoter quelques paroles à l'oreille auxquelles elle sourit avec complicité.

Jessy, qui les observe du coin de l'œil, émet un rire et se remet à tousser de plus belle.

— C'est bon signe, dit le médecin.

Je ne vois pas ce qu'il y a de positif à voir mon petit ami étouffer ainsi en se tenant les côtes. Mais avant que je ne puisse savoir quoi que ce soit, Nick demande à voir le médecin en aparté. Je serre Élise contre moi tandis que les deux hommes sortent.

— Comment tu te sens mon chéri ? Demande Mme Sutter en se penchant sur son fils.

À peine la porte de la chambre refermée, j'entends mon frère crier.

— Qu'est-ce qui se passe ? S'étonne Jessy.

— Nick est en colère, je réponds alors que les mots échangés nous parviennent de plus en plus fortement.

Je sors précipitamment pour voir ce qui se passe.

— Pourquoi lui avoir dit qu'il va sûrement mourir ? Crie Nicolas au moment où je les rejoins devant la porte.

— M. Sutter est mon patient, je lui ai dit la vérité ! Martèle le Dr Tessan.

— Parce que vous croyez que cela va l'aider de lui apprendre qu'il risque de mourir ?

— Votre frère est séropositif...

— Ah bon ? Je ne m'en étais pas aperçu, ironise Nicolas en lui coupant la parole.

— Vous allez vous taire tous les deux, oui ! Je crie à mon tour pour les interrompre. Je vous signale que Jessy est là et qu'il vous entend ! Vous croyez vraiment qu'il a besoin de cela en plus de tout le reste !

Nick me fixe longuement avant de reprendre :

— C'est vrai, je suis désolé. Je suis à cran.

Il tend une main au médecin que celui-ci serre brièvement.

— Je comprends. Je peux vous assurer que je fais tout mon possible pour l'aider à s'en sortir.

Mon frère acquiesce, le médecin s'éloigne.

— Qu'est-ce qui t'a pris ? Je maugrée.

Nick se frotte le visage avec les mains.

— Rien, je te l'ai dit, je suis à cran.

C'est à ce moment que j'aperçois pour la première fois la fêlure dans le comportement de mon grand frère. Devant moi, il essaie d'être solide, fier, pour me forcer à tenir le coup mais dès que j'ai le dos tourné, il laisse tomber le masque et a tendance à s'effondrer. Finalement, derrière ses sourires de façade et ses plaisanteries, il est aussi inquiet que moi.

Je laisse mon petit ami avec sa mère et entraîne mon frère boire un café.

— C'est mon septième aujourd'hui, dit-il en appuyant sur le bouton expresso de la machine.

Je lui prends le gobelet des mains.

— Prends-toi une tisane, tu es déjà assez énervé comme ça.

— Comment tu tiens le coup ?

Je hausse les épaules.

— Mal. Le voir comme ça...

— Ouais, c'est dur, confirme mon frère.

— Pour la première fois depuis longtemps, j'ai peur de demain.

— Moi aussi, j'ai peur.

Avant que je n'aie le temps de réaliser l'intensité de ses mots, il m'emmène voir nos parents et notre sœur dans la salle d'attente du service. Je leur apprends l'arrivée de Mme Sutter et leur confirme que je reste à l'hôpital tant que Jessy ne va pas mieux.

Mon père fait une moue désapprobatrice :

— Tu as le lycée, je te rappelle.

— Parce que tu crois que j'arriverais à suivre les cours en sachant que Jessy est peut-être en train de mourir pendant ce temps-là ? Je lui réplique fermement. De toute façon, j'ai envoyé toutes mes demandes d'inscriptions à la fac, si cela doit être positif, ce n'est pas le fait que je manque quelques jours qui y changera quoi que ce soit. Vous devriez rentrer à la maison vous reposer, j'ajoute devant leurs visages fatigués.

— Et toi ? Intervient ma mère.

— Je vais rester ici.

— Megan, tu es épuisée.

— Je vais dormir un peu dans la chambre. Je ne peux pas le laisser... Il a demandé que je sois avec lui si...

Sentant les larmes me monter aux yeux, je m'interromps.

— Par contre, j'aimerais bien que l'un de vous me rapporte des vêtements de rechange.

Mes parents acquiescent.

Le soir venu, Nina revient avec un sac dans lequel elle a glissé des affaires dont j'aurais besoin. Elle n'est pas seule, Chad l'accompagne. Il ne semble pas à l'aise au milieu de ce dédale de couloirs, trop de souvenirs doivent lui revenir en mémoire.
— Je peux le voir ? Me demande-t-il avec espoir.
— Ils ne laissent entrer que la famille.
— Il doit bien y avoir un moyen ; il me fait le sourire charmeur qui jadis m'a tant fait craquer mais qui, aujourd'hui, m'indiffère totalement. Il y a un an de cela, j'étais à sa place. À moi aussi, on m'avait dit que je ne m'en remettrais pas et regarde ! Dit-il en écartant les bras pour me montrer qu'il est encore là. Jessy est venu me voir et m'a remonté le moral pendant cette période, c'est à mon tour, s'il te plaît.
Je me laisse convaincre. Ma petite sœur et lui me suivent discrètement jusqu'à la chambre de mon petit ami où il entre seul. Élise en ressort peu après, nous restons toutes trois dans le couloir à surveiller que personne n'arrive. Quelques minutes plus tard, Chad nous rejoint, l'air satisfait. Je ne sais pas ce que les hommes se sont dit mais Jessy a l'air plus serein lorsque sa mère et moi retournons auprès de lui.

Pendant plusieurs jours, Élise et moi demeurons à l'hôpital, surveillant Jessy vingt-quatre heures sur vingt-quatre. La journée, nous sortons à tour de rôle prendre l'air et la nuit nous dormons dans des fauteuils à l'assise bien trop dure. En temps normal, les heures de visite s'arrêtent à

18 heures mais Élise a tant bataillé que le chef du service de pneumologie a fini par céder et nous supporter. De toute façon, ni elle ni moi n'aurions accepté de bouger de cette chambre. La seule autre personne autorisée à entrer dans la chambre est Nick mais il est reparti étudier à New York. Tous les soirs, je lui téléphone pour lui rapporter l'évolution de la maladie et, comme d'habitude, je peux compter sur lui pour me réconforter.

Le personnel est gentil, surtout une infirmière du nom de Bessie, âgée d'une quarantaine d'années, qui appelle Jessy « mon chéri » à chaque fois qu'elle vient le voir. Elle a toujours un petit mot réconfortant pour lui ainsi que pour nous. La nuit, elle nous apporte des couvertures, et des cafés le matin. J'aime beaucoup cette femme de couleur noire à la corpulence charnue, au visage délicat.

L'état de santé de Jessy demeure inchangé. Il passe beaucoup de temps à dormir et à tousser en se tenant les côtes de douleur, sa fièvre ne fait que vaciller. Finalement après cinq jours, le Dr Tessan se décide à augmenter légèrement les doses de son traitement. Bessie vient lui poser une intraveineuse.

— Ça va aller, me dit-elle alors que je regarde mon petit ami sombrer à nouveau dans le sommeil. Il est solide, il se bat.

— Ouais, je sais, soufflé-je d'une voix lasse.

Et c'est vrai. Ces derniers jours, je l'ai vu s'accrocher à la vie avec une force qui m'épate. Je repense souvent à l'épisode sur le pont, où il était à deux doigts de se jeter dans le vide, tant la vie ne lui apportait aucun espoir. Il est loin, ce Jessy. Aujourd'hui, il serre le drap de toutes ses forces lorsqu'une douleur plus aiguë que les autres lui entrave les poumons.

Bessie m'observe avec attention.

— Je peux vous parler ?

J'acquiesce et nous sortons de la chambre pour ne pas le réveiller. Je jette des coups d'œil réguliers à travers le petit carreau de la porte pour m'assurer que tout va bien, je n'aime pas le laisser seul. Sa mère s'est absentée quelques heures pour aller prendre une douche chez son fils et se reposer un peu.

— J'ai une question à vous poser mais c'est délicat, commence-t-elle.

— Vous savez, vu ce que je vis ces derniers jours, plus rien ne peut me surprendre.

— Jessy était déjà séropositif lorsque vous l'avez rencontré ?

Je me suis trompée, sa question me surprend.

— Je suis désolée, balbutie-t-elle. C'est que j'ai un fils de vingt ans qui vient d'apprendre sa séropositivité et…, des larmes lui montent aux yeux, tout ce qu'il veut, c'est mourir. Il ne semble penser qu'à ça… Alors quand je vous vois tous les deux… J'essaie de le convaincre qu'il peut avoir un avenir.

— Je comprends. Je peux vous demander comment votre fils a été contaminé ?

Bessie s'adosse le long du mur du couloir.

— Eddy est un bon petit, mais il a eu de mauvaises fréquentations. Il s'est laissé entraîner par ses copains… Ils se droguaient tous, se passaient la seringue à tour de rôle. L'un d'eux était séropositif sans le savoir… Depuis Eddy a fait une cure de désintoxication, il est *clean* à présent. Il a tout fait pour s'en sortir et voilà le résultat.

— Je suis désolée pour lui et pour vous. Oui, Jessy avait déjà été contaminé…

Je me mets à lui raconter notre rencontre, combien cela a été difficile pour moi au début, de démontrer à mon amoureux qu'il fallait garder espoir. C'est étrange de se confier à une parfaite étrangère qui semble me comprendre mieux que mes parents. D'une certaine façon, nous sommes unies. Prisonnières involontaires de cette maladie.

— Ce n'est pas évident tous les jours mais je n'échangerais Jessy contre aucun autre homme, je termine en me tournant une nouvelle fois vers lui. Oh merde !

J'entre précipitamment dans la chambre. Jessy est assis sur le lit et se tient le buste en vomissant par terre.

— Je suis désolé, dit-il à Bessie en désignant le sol.

— Ne t'en fais pas pour cela, mon chou. C'est un des effets secondaires de ton traitement. Tu n'y es pour rien mais tiens, cela pourra t'être utile.

Elle lui tend un bassin.

— J'ai l'impression que ces antibiotiques sont en train de me tuer de l'intérieur.

Il se rallonge.

— C'est parce qu'ils sont en train d'éliminer le champignon responsable de ta pneumonie, répond Bessie pendant que nous nettoyons le linoléum.

— Alors c'est bon signe ? Je demande pleine d'espoir.

— Disons que cela progresse plutôt bien.

Ce soir-là, Bessie revient dans la chambre avec une surprise.

— J'ai fini mon service, mais avant de partir, je vous ai apporté ça.

Elle fait entrer un lit d'appoint qu'elle m'aide à installer à côté du lit de mon petit ami.

— Merci beaucoup, Bessie.

— De rien, cela sera mieux que de dormir dans l'un de ces fauteuils. Mme Sutter n'est pas là ? S'étonne-t-elle tant elle a l'habitude de nous voir toutes les deux dans cette chambre.

— Jessy l'a chassée, dis-je en souriant.

— Elle était épuisée. Je l'ai envoyée passer la nuit chez moi. Mais ne te réjouis pas, dit-il en me regardant. Demain ça sera à ton tour de rentrer chez toi.

— Parfait, se félicite l'infirmière avant de quitter la pièce. Demain soir, je serai de garde, je t'aurai rien que pour moi, beau gosse !

— Par moments, elle me fait peur, m'avoue Jessy d'un air incrédule.

— Chéri, il faut que je t'apprenne une chose, lui annoncé-je sans grand enthousiasme. J'ai reçu une réponse positive pour Columbia.

— C'est génial ! Affirme-t-il avant d'être pris d'une nouvelle quinte de toux. Tu leur as confirmé ta venue ?

— Pas encore, j'attends que tu ailles mieux.

— Accepte !

Je secoue négativement la tête.

— Tu te souviens ce que nous avons convenu ? Le premier emmène l'autre dans ses valises. Je n'irai pas sans toi.

— Megan, à l'heure actuelle, je ne me vois aller nulle part, et tu le sais aussi bien que moi. Il faut voir les choses en face. Je suis malade comme un chien et j'ai peu de chance de m'en sortir. Tu dois penser à toi, à ton avenir. Accepte ! Si tu m'aimes, accepte d'y aller.

— Les médecins ont dit que tu serais long à te remettre, que cela pourrait prendre des mois. Je confirmerai plus tard et je commencerai un semestre après les autres, mais avec toi.

— Dis leur oui, affirme-t-il avec conviction.

Comment lui faire comprendre que s'il vient à mourir, mes études seront alors le dernier de mes soucis ? Rien que d'y penser, l'émotion m'étreint le cœur. Mais d'un autre côté, je ressens le besoin de lui faire plaisir. Jessy a toujours voulu me rendre heureuse. Finalement, je décide de rester neutre.

— On verra…

Chapitre 17

... S'effondre

Durant les jours qui suivent, Jessy est malade à un tel point que je crois qu'il ne s'en sortira pas. Sa fièvre atteint 40, il vomit et est pris de violentes douleurs qui lui font contracter tous les muscles de son corps comme si des crampes géantes se manifestaient. Élise et moi nous relayons sans cesse et tout comme moi, je la vois parfois sortir en courant de la chambre pour aller pleurer dans le couloir, avant de revenir quelques minutes plus tard comme si de rien n'était. Les rares fois où je rentre chez moi, je reviens à l'hôpital avec une boule à l'estomac qui remonte dans ma gorge au moment d'entrer dans la chambre et de découvrir dans quel état se trouve Jessy. Chaque fois, en tournant la poignée de la porte, j'ai la peur affreuse de le trouver mort comme ce matin où j'arrive en osant à peine regarder vers lui.

— Salut !

Surprise, je relève la tête. Il est assis sur son lit. Des poches noirâtres cernent toujours ses yeux, mais il a meilleure mine.

— Hé, tu es plus en forme aujourd'hui.

Je m'approche de lui.

— Ouais, je crois que le traitement est enfin efficace, je respire mieux et j'ai moins mal.

Il me prend la main et la serre. Il n'a pas encore retrouvé sa force habituelle mais n'a plus la faiblesse des jours passés.

— C'est génial !
— Tu as répondu à Columbia ?

Je hoche la tête.

— Je leur ai dit oui.

Jessy souffle un grand coup.

— Je suis content. Tu ne dois pas laisser passer ton rêve pour moi, jamais, tu m'entends ?
— Oui, mais toi ?
— Ça ira. Au pire, je viendrai te rejoindre plus tard. New York n'est pas si loin.

À cet instant, Bessie entre.

— C'est l'heure de la douche, mon chéri !

Jessy me jette un regard éloquent et, en pouffant de rire, je réponds :

— Je crois qu'aujourd'hui c'est moi qui vais l'aider, si cela te convient ?

Mon petit ami acquiesce aussitôt.

— Comme vous voulez, lance Bessie en ressortant.

J'avais vu que Jessy avait maigri mais, ce jour-là, alors qu'il se déshabille, je suis stupéfaite de voir à quel point ses os ressortent sous sa peau fine.

— C'est moche, hein ? J'ai même perdu mes abdos.

Je m'approche et l'embrasse.

— Tu es toujours aussi beau. Et puis maintenant que tu vas mieux, on va te remplumer.
— La bouffe d'ici est dégueulasse.

Pour y avoir goûté maintes fois, je ne peux le contredire.

— J'ai une idée.

Le lendemain, le Dr Tessan vient ausculter Jessy et l'autorise à recevoir les visites. Mes parents sont les premiers à venir le voir, ma mère lui apporte divers gâteaux dont des cookies. Je les ai prévenus qu'il a perdu beaucoup de poids, ils ont donc jugé plus utile de lui faire des biscuits que d'apporter des fleurs. Mady, Nina et Chad viennent également. J'en profite pour prendre ma sœur à part dans le couloir.

— Tu pourrais apporter un hamburger et des frites pour Jessy ? Tu sais comme tu le faisais pour Chad lorsqu'il était ici.

Je n'avais pas vu Bessie passer dans mon dos, jusqu'à ce que j'entende sa voix :

— Si vous lui amenez un milk-shake, pensez à m'en prendre un, dit-elle joyeusement.

Et voilà comment, sans que le médecin ne soit au courant, nous faisons reprendre deux kilos à Jessy avant qu'il ne soit autorisé à sortir de l'hôpital la semaine suivante. Quelques jours après, Élise repart à San Diego où son autre fils ainsi que son travail la réclament. J'ai repris l'école et, chaque jour, à la fin des cours, je passe chez Jessy lui apporter ses devoirs et m'assurer que tout va bien. Il a l'air de se débrouiller et reprend des forces petit à petit. Mais je le trouve changé, c'est difficile à expliquer. Mes proches ne voient aucune différence mais moi, qui le connais tellement, je note une distance dans son comportement. Il paraît plus morose, comme absent de notre monde, je sens un fossé se creuser entre nous, mais je décide de ne pas trop y prêter attention. Après ce qu'il a vécu ces dernières semaines, je me dis qu'il lui faut juste un peu de temps pour se remettre et que bientôt, il redeviendra lui-même. Pourtant, je mentirais si je disais que cela ne m'inquiète pas. Derrière ses sourires de façade, je sens un fossé se creuser entre nous. Lorsqu'il m'embrasse, c'est du bout des lèvres. Il ne me touche plus, même me prendre la main semble lui demander un effort. A côté de cela, il est toujours gentil, aux petits soins pour moi et parfois son attitude arrive presque à me convaincre que j'invente des faits qui n'existent pas.

Nous sommes à la mi-mai, la remise de diplôme approche, ma place est réservée à Columbia, Jessy est toujours en vie et dans un peu plus de deux mois, je serai majeure. Finalement, après ces jours sombres, le ciel semble s'éclaircir. Par contre, je ne peux en dire autant des peintures que fait Jessy.

Je suis en train d'en scruter une lorsqu'il vient vers moi avec une tasse de café fumant.

— Comment tu trouves ? Me demande-t-il.

La toile en question représente une grotte plongée dans l'obscurité avec juste un point lumineux au fond. Le sol, les parois sont d'un noir soutenu.

— Tu n'aimes pas ?

— Je me demande juste ce que cela signifie. D'habitude, tes œuvres sont empreintes de joie de vivre, de légèreté alors que là… Qu'est-ce qui t'arrive ?

Il hausse les épaules et je crains qu'il ne s'énerve mais non, il demeure calme et me répond simplement :

— Je ne sais pas. Je n'arrête pas de penser au moment où je suis mort dans cette ambulance. Je ne comprends pas pourquoi je suis revenu. Je me réveille au milieu de la nuit et je peins ce que je vois dans mes rêves.

Je pose ma main sur son cœur pour en sentir les battements réguliers.

— J'étais là quand tu as failli mourir. J'ai eu la peur de ma vie, je t'ai supplié de revenir.

— Je n'ai pas failli mourir Megan. Je suis mort !

— Et tu es revenu à la vie. Tu es là !

Il ôte ma main et va s'asseoir.

— Si je suis là alors pourquoi je me sens si loin de moi-même ? J'ai l'impression que je me suis perdu en cours de route. Je ne sais plus qui je suis, ni ce que je veux.

Il me dévisage et je comprends où il veut en venir. Mon cœur se met à battre fortement tandis que mes mains deviennent moites.

— Tu ne m'aimes plus ? Murmuré-je.

— Si, bien sûr que si, je t'aime toujours. Mes sentiments pour toi n'ont pas changé, seulement…

— Tu ne veux plus être avec moi, j'achève à sa place.

Il baisse la tête d'un air coupable, par ce geste, il avoue ce que je sentais venir depuis des jours.

— Je dois faire ce qui est juste pour toi.

— Juste… pour moi, je répète bêtement comme si mon esprit refusait cette réalité.

— Depuis que l'on est ensemble, nous nous sommes efforcés de faire des projets d'avenir qui n'ont aucun sens. Tu mérites d'être avec un type qui pourra réaliser tes rêves de mariage, d'enfants. Tout ce que je ne pourrai jamais te donner. Tu vas partir faire tes études. Tu n'as pas besoin d'un mec malade derrière toi…

— Jessy, arrête ! S'il te plaît, tais-toi, l'imploré-je.

Je me mords la lèvre inférieure pour m'empêcher de pleurer tandis que je sors la clef de son appartement de ma poche, et la dépose devant lui sur la table basse. Il relève les yeux, incrédule.

Devant le silence de Jessy, je sors la clef de son appartement de ma poche, et la dépose devant lui sur la table basse. Il relève les yeux, incrédule.

— Je ne te demande pas de me la rendre.

— Pourquoi la garderais-je ? Apparemment, je n'aurais plus de raison de l'utiliser.

— J'essaie de faire ce qu'il y a de mieux pour toi, répète-t-il d'une petite voix alors que je referme la porte derrière moi.

Je rentre chez moi en courant et m'enferme dans ma chambre pour pleurer. Ma mère n'est pas longue à venir voir ce qui se passe.

— Oh, papa et toi allez être contents, répliqué-je furieusement. C'est fini avec Jessy ! Maintenant, laisse-moi !

— Je suis désolée pour toi mais tu es injuste envers nous.

— Oh, si peu, grogné-je avant qu'elle ne referme la porte.

Je reste cloîtrée dans ma chambre jusqu'au lendemain matin. Je refuse même de parler à Nick au téléphone. Je n'ai plus la force de pleurer, de parler, ni même d'esquisser un mouvement. Tout repasse en boucle dans ma tête en un film que je rembobine à l'infini. Tous les mots que nous nous sommes dits, les promesses d'avenir que nous nous sommes faites ! Et aujourd'hui, il n'en reste plus rien.

La fin de l'année scolaire approche à grands pas avec la remise des diplômes qui doit définitivement la clôturer.

Pour éviter de trop penser, je m'attache à tout préparer dans les moindres détails. Devant tout le monde, je joue à la fille sereine et joyeuse alors qu'intérieurement, je ne cesse de pleurer sur notre histoire achevée. Je mange à peine et dors encore moins. À chaque seconde, Jessy me manque un peu plus, me donnant l'impression de mourir lentement. Une semaine avant la fin des cours, il reprend le chemin du lycée. Il a l'air d'avoir récupéré toutes ses forces, son teint est moins pâle que la dernière fois où je l'ai vu. Cela m'est douloureux de le voir sans pouvoir être proche de lui mais son absence est pire que tout.

— Salut, me dit-il alors que je range des affaires dans mon casier. Comment tu vas ?

Mon Dieu, comme le son de sa voix m'a manqué. Pourtant, par fierté, je lui réponds d'un ton dégagé.

— Ça va et toi ?

— Pareil. Tu signes mon album ?

— Bien sûr. Tu signes le mien ?

Nous nous échangeons nos almanachs qui comportent les photos de tous les élèves de dernière année, ainsi que les faits marquants qui se sont déroulés ces derniers mois au sein de l'école. J'hésite sur les mots à lui écrire. Que doit-on noter à son ex-petit ami dont on est encore follement amoureuse ? Finalement, je décide d'être honnête et inscris :

Tu me manques, je t'aime, Meg

— Tu n'es pas revenue me voir, me lance-t-il avec sa franchise habituelle.

— J'ai cru comprendre que tu ne voulais plus de moi dans ta vie ! Je m'entends répliquer plus froidement que je ne l'aurais voulu. D'ailleurs, toi non plus tu n'es pas passé chez moi.

Chacun récupère son album. Jessy pince les lèvres en plantant son regard dans le mien. Je n'ai qu'une envie : lui sauter dans les bras. Mais bien sûr, je ne bouge pas.

— Il faut que j'y aille, à plus tard, finit-il par dire.

— Ouais, à plus.

Je le vois prendre la fuite, une fois encore. J'ouvre mon album et lis son écriture fine :

Je t'aimerai toujours, Jessy.

Je serre le livre contre mon cœur avec l'espoir de le voir bientôt revenir vers moi.

Le matin de la remise des diplômes, mes parents sont en effervescence. Quant à moi, conforme à ma nouvelle habitude, j'affiche un grand sourire alors que mon esprit est tourné vers les projets d'avenir commun avec Jessy qui ne verront jamais le jour. Après notre rencontre dans le couloir du lycée, j'avais espéré qu'il reviendrait, mais une semaine s'est écoulée et je n'en ai eu aucune nouvelle. Il n'est plus revenu en cours et j'ignore totalement vers quelle université il compte se diriger. Je prie pour le croiser d'ici peu sur le campus de Columbia mais j'en doute de plus en plus. Nicolas est arrivé depuis hier soir. Il m'a longuement questionné sur notre rupture. Je lui ai tout raconté en détail, il est le seul que je sais incapable de me juger et pourtant toujours là pour m'écouter et me rassurer. Il m'a avoué avoir parlé avec Jessy lorsqu'il a appris la fin de notre histoire mais depuis quelques jours, il n'arrive plus à le joindre. Nick veut rester neutre, il m'aime, mais il adore son pote comme on aime un frère, et ne veut pas se retrouver coincé entre nous deux, même si cela ne l'empêche pas d'espérer que les choses finissent par s'arranger.

Sitôt entrés dans l'enceinte du lycée, où la cérémonie se déroule en plein air à côté du terrain de sport, nous croisons Élise et Jason. Lorsque vient mon tour de monter sur l'estrade pour recevoir mon diplôme, Jessy est, avec ma famille, debout à m'applaudir et j'en fais autant quand c'est son tour. À la fin de la cérémonie, mes parents et Élise discutent ensemble alors que Nick, Nina, Mady, Jessy et moi nous retrouvons un peu gênés.

Nicolas lui fait une accolade comme à son habitude en lui lançant :

— Ça va, vieux frère ? Tu as meilleure mine que la dernière fois que je t'ai vu !

— Je n'en doute pas, réplique-t-il. Je revenais de loin à ce moment-là.

— Tout ce qui compte, c'est que tu ailles mieux. Tu sais que Meg va venir à New York, je suis content, nous pourrons nous voir davantage et, en plus, j'aurais le plaisir d'y revoir également Mady, n'est-ce pas, très chère ? Renchérit mon frère.

— Ouais, c'est chouette.

Jessy ne détache pas son regard de moi, cela m'emplit le cœur d'espoir. Nick nous dévisage à tour de rôle et se penche vers mon ex-petit ami.

— Bon, on va vous laisser. Je crois que vous avez des choses à vous dire.

— En fait, je voulais juste te demander si je pouvais passer te voir un peu plus tard dans la journée ?

— Oui, bien sûr.

— Bien, alors à tout à l'heure, il me serre brièvement la main alors qu'il passe à côté de moi avant d'aller rejoindre sa famille.

Je jette un regard surpris et heureux à mes proches.

— Il est toujours dingue de toi, affirme Mady.

— Tu crois ?

— Oh oui, répondent en chœur mon frère et ma sœur.

Mon cœur exulte. Enfin nous allons nous réconcilier…

Mes parents nous invitent au restaurant pour fêter mon diplôme et, pour la première fois depuis des semaines, je parle, je ris vraiment sans avoir à me forcer.

— Je vous invite au cinéma, choisissez le film que vous voulez voir, dit mon père une fois le repas terminé.

— Allez-y sans moi, je vais rentrer. Jessy doit passer me voir.

Mes parents me fixent, je suis à deux doigts de leur dire que ma relation avec lui ne les regarde pas lorsque je les vois sourire.

— Ce n'est pas trop tôt, affirme mon père. Il en aura mis du temps.

— Quoi ? Je balbutie, étonnée.

— Tu sais, Megan, ton père et moi avons bien réfléchi. OK, Jessy te fait courir des risques mais ces dernières semaines où vous étiez séparés, tu avais l'air si malheureuse... Regarde-toi, tu as perdu au moins trois kilos. Nous voulons que tu sois heureuse et si c'est avec lui alors... nous nous y ferons.

Je reste bouche bée de stupeur. Enfin, ils admettent mon amour pour lui.

Toute ma famille part au cinéma tandis que je rentre à la maison.

Impatiente, j'arpente le séjour en tous sens lorsque j'entends une voiture se garer devant la maison. Mon cœur bondit violemment. Un coup d'œil à la fenêtre me confirme l'arrivée de Jessy. Bientôt, il sonne. Je m'assieds sur le canapé avec un livre, faisant semblant de rien. Je ne veux pas paraître désespérée en sautant sur la poignée de la porte. Tranquillement je vais ouvrir, me retenant de rire devant les efforts que je fais pour paraître impossible. Jessy entre et s'adosse à la porte. Vêtu d'un jean bleu délavé, craqué d'un côté à hauteur du genou et d'un simple T-shirt blanc, je remarque qu'il a repris son poids normal. Il tient un grand paquet dans une main.

— Tu es toute seule ?

— Oui, ils sont tous sortis au ciné.

— Tiens, c'est pour toi, un petit cadeau. Mais attends que je sois parti pour l'ouvrir, cela me gêne un peu, confesse-t-il avec un petit sourire timide.

Je prends ce qui me semble être une toile et la pose le long du mur.

— Merci. Ta mère était fière de te voir diplômé.

— Ouais, comme tes parents.

Il souffle un grand coup en fixant le sol.

— Tu ne veux pas entrer ? Dis-je en désignant le salon.

Il esquisse un sourire triste en glissant ses mains dans ses poches.

— Il y en a des souvenirs de nous ici. Ce n'est pas facile… tout ça… entre nous. J'ai lu ce que tu as écrit dans mon album.

— C'est la vérité. J'ai essayé, ces dernières semaines, de vivre sans toi mais je ne peux pas. Jessy, tu me manques atrocement.

Il plonge ses yeux verts dans les miens.

— Toi aussi, tu me manques…

— C'est vrai ?

— Oui, c'est horrible. Ton absence est un vide immense, impossible à combler.

Heureuse, je le prends dans mes bras. C'est si bon de sentir sa peau contre la mienne, de respirer son odeur, d'entendre les battements de son cœur résonner contre moi. Il me rend mon étreinte avant de m'écarter lentement. Je remarque alors que son visage exprime une profonde tristesse.

— Ça va aller, dis-je doucement en lui caressant la joue. On s'aime, tout va s'arranger.

Il secoue négativement la tête.

— C'est la chose la plus difficile que j'aie eue à faire de toute ma vie, murmure-t-il.

— Quoi ?

— Je t'ai dit l'autre jour que j'ai l'impression de ne plus être moi-même depuis que je suis revenu à la vie. Je n'ai toujours pas compris pourquoi je suis encore vivant, mais je me dis que c'est sûrement parce que j'ai des choses à réaliser avant de mourir.

— Oui, peut- être, je réponds en cherchant à savoir où il veut en venir.

— Meg, je suis accepté dans une école d'art en Angleterre.

Je le regarde, stupéfaite.

— Pas de problème, on fait comme nous avions dit. Je pars avec toi.

Jessy fait un signe négatif de la tête.

— Non, souffle-t-il. Je pense toujours ce que je t'ai dit l'autre jour. Tu dois construire ta vie sans moi, sans le sida. Tu mérites d'être heureuse.

— Alors tu veux dire que c'est définitivement fini entre nous ? Je chuchote, les larmes aux yeux.

— Oui, Meg, je suis venu te dire au revoir.

Mes yeux s'agrandissent alors que des larmes roulent sur mes joues, incontrôlables.

— Jessy, quand comprendras-tu que toi seul me rends heureuse ?

Il me fixe. Je vois sa raison et son cœur se disputer notre avenir. Il finit par ouvrir la porte et se saisit d'un carton rempli de mes affaires que j'avais laissé chez lui, qu'il pose près de moi. J'aperçois notamment son T-shirt avec lequel j'avais l'habitude de dormir lorsque j'étais dans son appartement.

— Est-ce qu'on se reverra ?

J'ai de la peine à articuler.

— Je ne crois pas.

Ses yeux verts s'humidifient.

Il fait un pas vers moi, ses lèvres douces et chaudes effleurent les miennes une dernière fois. Je ferme les yeux en enserrant mes mains autour de sa nuque, ne pouvant croire que je le perds à jamais.

— Pourquoi me fais-tu ça ?

— Je le fais pour toi, pour que tu sois heureuse. Je t'aime trop pour continuer à gâcher ta vie. Pardonne-moi, chuchote-t-il en se dégageant de mes bras avant de s'éloigner.

J'entends plus que je ne vois la porte se refermer sur lui. Il me faut quelques minutes pour réaliser ce qui vient de se passer. Soudain un hurlement monte dans ma gorge, je fais un pas en avant, me sens vaciller et c'est le noir total.

Quand je reviens à moi, je m'aperçois que je suis allongée sur le canapé, mes parents, inquiets, sont penchés au-dessus de moi, tandis que Nick et Nina font les cent pas entre la cheminée et le sofa.

— Megan, ça va ? Me questionne vivement mon père.

— Le tableau ? Demandé-je en me redressant.

Aussitôt, Nicolas m'apporte la toile emballée dans du papier cadeau que Jessy m'a offerte. Je déchire le papier en y cherchant une lettre, un billet d'avion, n'importe quoi qui me laisserait un espoir de le revoir. Mais il n'y a rien, juste une peinture. C'est un portrait de nous deux, celui que je lui avais demandé quelque temps plus tôt, quand tout allait parfaitement bien. Nous sourions, nos têtes appuyées l'une contre l'autre. Du bout des doigts, je parcours les traits de Jessy tandis que les derniers événements me reviennent en mémoire. Son départ est définitif. Soudain, je me mets à pleurer sans pouvoir me contrôler, telle une cascade intarissable.

— Non, papa, ça ne va pas du tout... Ça n'ira jamais plus.

A suivre...

Copyright © 2023 Angélique Mieu
7 impasse Lebas, 64200 Biarritz

Tous droits réservés.
Le Code de la propriété intellectuelle interdit les reproductions interdit les copies ou reproductions destinées à une utilisation collective. Toute représentation ou reproduction intégrale ou partielle faite par quel que procédé que ce soit, sans le consentement de l'Auteur ou de ses ayants cause, est illicite et constitue une contrefaçon sanctionnée par les articles L 335-2 et suivants du Code de la propriété intellectuelle.

Dépôt légal : Juillet 2023

Printed in France by Amazon
Brétigny-sur-Orge, FR